Filho de ladrão

Manuel Rojas

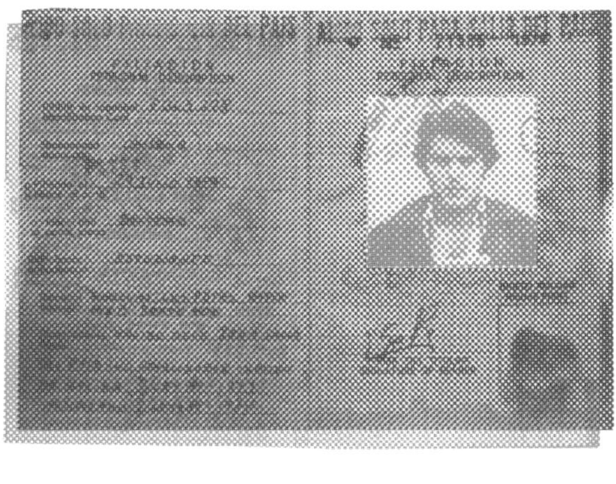

ÍNDICE

Primeira
PARTE

I

Como e por que cheguei até aqui? Pelos mesmos motivos pelos quais cheguei a tantos lugares. É uma longa história e, o que é pior, confusa. A culpa é minha: nunca consegui pensar como uma fita métrica, linha por linha, centímetro por centímetro, até chegar a cem ou mil; e minha memória não é muito melhor: ela salta de um fato a outro e às vezes pega aqueles que aparecem primeiro, refazendo seus passos somente quando os outros, mais preguiçosos ou mais densos, por sua vez, começam a emergir das profundezas da vida passada. Acho que, primeiro ou depois, estive preso. Nada de importante, claro: assalto a uma joalheria, uma joalheria cuja existência e localização eu desconhecia e ainda desconheço. Tive, ao que parece, cúmplices, que também não conheci e cujos nomes ou apelidos eu sabia tão bem quanto eles sabiam os meus; a única que soube de alguma coisa foi a polícia, embora não com muita certeza. Muitos dias na prisão e muitas noites dormindo no chão de cimento, sem cobertor; como consequência: pneumonia; então uma tosse, uma tosse que vinha de algum lugar do pulmão lesionado. Quando recebi alta e fui libertado, salvo da morte e da justiça, minhas roupas, amassadas e manchadas de tinta, pendiam de mim como de um prego. O que fazer? Não havia muito que eu pudesse fazer; no máximo, morrer; mas não é fácil morrer. Eu não conseguia pensar em trabalhar — teria caído da escada — e muito menos em roubar: meu pulmão lesionado me impedia de respirar fundo. Também não era fácil viver.

Nesse estado e com essas expectativas, me mandaram para a rua.

— Está em liberdade. Assine aqui. Carcereiro!

Sol e vento, mar e céu.

II

Eu tive um amigo naquela época; era tudo o que tive por alguns dias, mas o perdi: assim como alguém perde um objeto que aprecia em uma rua movimentada ou em uma praia deserta, eu, naquele porto, perdi meu amigo. Ele não morreu; não nos desentendemos; ele simplesmente se foi. Chegamos a Valparaíso com a intenção de embarcar em algum navio que navegasse para o Norte, mas não conseguimos; pelo menos eu não consegui; centenas de indivíduos, policiais, maquinistas, cônsules, capitães ou governadores de portos, patrões, comissários de bordo e outros tantos igualmente espantosos seres estão aqui, estão ali, estão em todos os lugares, impedindo o ser humano de se mover para onde quer e como quer.

— Gostaria de tirar uma caderneta de embarque.

— Nacionalidade?

— Argentino.

— Certidão de nascimento?

— Não tenho.

— Você perdeu?

— Nunca tive uma.

— Como você entrou no Chile?

— Em um vagão cheio de animais.

(A culpa foi do maquinista: nossa condição, em vez de provocar piedade nele, o deixou bravo; ele não deu atenção aos nossos apelos — como poderia ferir seus interesses o fato de que cinco pobres-diabos viajassem pendurados nos vagões do trem de carga? — e foi inútil que um de nós, depois de mostrar os sapatos destroçados, desatasse a chorar e garantisse que estava caminhando havia vinte dias, que seus pés estavam cheios de chagas e que, se não o deixassem continuar no trem, ele morreria, pelo amor do santinho, de frio e fome naquele desolado vale de Uspallata. Nada. Apesar dos melhores soluços do nosso camarada, não obtivemos nenhum resultado. O maquinista, mais animado que comovido com o homem chorando, e incitado pelos apitos da locomotiva, mostrou os dentes uma última vez, assobiou e desapareceu na escuridão, seguido por seu farol. O trem partiu. Assim que saiu, o homem dos sapatos esfarrapados enxugou as lágrimas e o ranho, deu uma banana para o maquinista desaparecido e correu atrás dos vagões; lá fomos nós: eram duas ou três da manhã, o vento soprava tão forte que zumbia em nossas orelhas e estávamos a muitos quilômetros da fronteira com o Chile; só um inválido poderia se assustar com as ameaças do maquinista. O trem logo retomou sua velocidade normal, e por um tempo fiquei em um degrau da escada, segurando-a com uma das mãos e sustentando minha bagagem com a outra. Depois de um tempo, comecei a perceber que não conseguiria continuar acordado daquele jeito a noite toda: um cansaço invencível e um sono profundo estavam se apoderando de mim, e embora eu soubesse que adormecer ou mesmo cochilar significava cair na linha e morrer, senti, duas ou três vezes, que meus músculos, dos olhos aos pés, se entregavam ao sono. O trem apareceu enquanto estávamos deitados como pedras no chão, dormindo depois de uma jornada de quarenta e poucos quilômetros, percorridos passo a passo. Nós nem comemos; o cansaço não nos permitiu. Às cegas, trocando cabeçadas no escuro, pois estávamos todos dormindo juntos, recolhemos nossas roupas e corremos para os vagões, eu por último, o feliz dono de uma maldita mala cujas fechaduras eu tinha de abrir e fechar toda vez que queria colocar ou tirar alguma coisa de lá. Olhando para cima, pude ver o céu e o perfil das montanhas; nas laterais, a escuridão e uma ou outra mancha de neve; e para cima e para baixo e por toda parte o vento gelado da cordilheira do início da primavera entrando em nós pelas calças, mangas, pescoço, enrijecendo nossas mãos, enchendo nossos olhos de terra e carvão e nos sacudindo como trapos. Precisava escolher entre morrer ou permanecer acordado, mas não conseguia nem pensar em fazer isso. Os ruídos do trem pareciam me embalar, e quando, por alguns segundos, fixava os olhos semicerrados nos trilhos que brilhavam lá embaixo, sentia que eles também, com seu deslizamento suave, me impeliam ao sono e à morte. Por um instante, pensei que cairia na linha e morreria: o chão parecia estar me chamando: era duro, mas eu podia descansar nele. Comecei a falar palavrões. "O que está acontecendo?", perguntou o homem com os sapatos puídos, que estava pendurado na escada da frente do vagão seguinte e cujas costas roçavam nas minhas toda vez que o trem diminuía a velocidade e os para-choques dos vagões colidiam. Eu não respondi; trepei na escada, subi no teto e, de lá, pelas aberturas, lutando com a maleta, deslizei para dentro do vagão. Ali eu não viajaria pendurado e, acima de tudo, não correria o risco de esbarrar novamente com aquele desalmado maquinista. Não suspeitei o que me esperava: quando caí entre os animais, não parecia que era um homem que caía, mas um leão; houve um tremor e os animais começaram a girar com um baque surdo de cascos. Eu não tinha mais sono, nem frio, nem mesmo fome: precisei correr com eles, aproveitando o espaço que me deixavam, bem como, tomado de surpresa com um movimento de retrocesso, respaldar as costas nas paredes do vagão, esticar os braços e, apoiando as mãos e até os cotovelos nos quartos traseiros de algum boi, segurá-lo, impedindo que me esmagasse. Depois de algumas voltas, os animais se acalmaram e eu consegui respirar; a próxima curva da linha os colocou em movimento novamente. O homem dos soluços, trasladado para a escada que eu havia abandonado, voltava a soluçar, embora agora de riso: o chão do vagão, coberto de bosta fresca, parecia o chão de uma pista de patinação, e eu, com a maleta na mão, aquela maldita maleta que eu não devia largar porque não queria vê-la transformada em tortilha, e dançando entre os bois, era a imagem perfeita da alma pequena e errante... Assim eu havia entrado no Chile. Para que eu ia precisar de certidão de nascimento?)

III

— Senhor: preciso de um certificado que comprove que sou argentino.

— Ah! E quem me certifica que você é mesmo? Tem sua certidão de nascimento?

— Não, senhor.

— Seu comprovante de alistamento?

— Não, senhor.

— Então?

— Preciso desse certificado. Tenho que embarcar. Não tenho emprego.

— Escreva e peça seus papéis. Você não tem parentes na Argentina?

— Sim, mas...

— É o único jeito: você me traz seus papéis e eu te dou o certificado de que você precisa. Certificado por certificado. Onde você nasceu?

(Bom, eu nasci em Buenos Aires, mas isso não tinha valor algum, o que valia era o certificado, nunca me serviu de nada o fato de me declarar argentino, e as pessoas a quem contei isso não demonstravam entusiasmo nem simpatia em seu rosto de funcionários; faltava o certificado; e os piores eram meus compatriotas: além de indiferentes ao fato de eu ter nascido em Buenos Aires, não acreditavam nisso, pedindo-me, para acreditar, um certificado. Gente estranha! Não acreditavam em mim, mas teriam acreditado no papel, que podia ser falso, enquanto meu nascimento não podia ser outra coisa senão verdadeiro. Não é difícil fabricar um certificado que assegure com selos e carimbos que se é turco; não é fácil, por outro lado, nascer na Turquia. E minha maneira de falar não se prestava a mal-entendidos: fizesse como eu fizesse, em voz alta ou baixa, era um argentino, mais ainda, um bonaerense, que não pode ser confundido com um peruano ou um cubano, nem sequer com um provinciano; embora meu tom, por ser descendente de pessoas de língua espanhola, fosse suave, sem a estridência de um descendente de italiano. Mas tudo isso não valia nada, portanto cheguei a me convencer de que seria a mesma coisa ter nascido nas selvas do Brasil ou nas montanhas do Tibete, e se eu continuava a afirmar ingenuamente minha cidadania bonaerense era porque era mais fácil para mim que alegar ter nascido em Mato Grosso ou no País-Distante-dos-Homens-da-Cara-Vermelha...[1] Claro, isso só acontecia com essas pessoas; com as outras, com as de minha condição, com aqueles que raramente têm certificados ou os têm de várias nacionalidades, acontecia o contrário: bastava que eu dissesse que era de Buenos Aires para que aceitassem o fato como um artigo de fé. Estes acreditavam nas pessoas; aqueles, nos papéis; e ainda me lembro da surpresa que experimentei um dia em que um homem alto e magro, de grande nariz aquilino, olhos cinzentos e um pomo de adão que combinava lindamente com seu nariz — era como uma réplica —, a quem encontrei olhando com uma expressão estranha para os peixinhos na fonte de uma praça pública da cidade de Mendoza, me contou, depois de engolir vários cachos de uvas colhidas em um vinhedo, que eu carregava nos braços, que era basco. Basco! Se aquele ho-

1 PAÍS-DISTANTE-DOS-HOMENS-DA-CARA-VERMELHA: Trata-se do Tibete. Antes de se converter ao budismo, seus povos originários pintavam o rosto usando ocre ou grená, minerais que proporcionavam à pele uma tintura avermelhada ou cor de café.

mem, em vez de dizer isso, tivesse tirado do bolso um filhote de jacaré ou uma ema jovem, minha surpresa e alegria não teriam sido maiores. Um basco! Conheci muitos, lá, em minha longínqua Buenos Aires, mas estes, todos ordenhadores, usando bombachas e lenço no pescoço, desapareceram junto com minha infância e não tinham nada a ver com esse homem, encontrado por mim em praça pública: este basco era meu. Depois de incentivá-lo a comer, agora com mais calma, outro par de cachos, perguntei-lhe tudo que um homem que salvou outro da morte tem direito de perguntar e, finalmente, enquanto fumávamos uns cigarros fedorentos oferecidos por um dos vagabundos que eu conhecia em Mendoza e que chegou até ali, como nós, para atestar a qualidade das uvas de Cuyo, implorei-lhe que falasse algumas palavras em sua língua nativa; mas aquele homem, que sem dúvida pretendia me deslumbrar, fez mais: ele cantou, sim, ele cantou. Não entendi, é claro, nada, nem uma palavra — dun-dun-ga-sí-bañolé —; no entanto, embora eu não entendesse, e embora a canção e suas palavras pudessem ser tanto bascas quanto tchecas ou lapônias, não cometi, nem por um segundo, a insolência de suspeitar que não fossem. Por que e com que propósito ele me enganaria...? Aquele basco, junto com todos os outros bascos, desapareceu no meio dos dias de minha juventude. Ele era piloto de embarcação. O que estava fazendo em Mendoza, a tantos quilômetros do mar? Ele me respondeu com um gesto que poderia significar tanto naufrágio como processo por contrabando. Nunca mais o vi. Porém, se dois dias depois alguém tivesse vindo me dizer que o homem não era basco, mas catalão, e que o que ele estava cantando não eram *zorcicos*[2], mas *sardanas*[3], esse alguém certamente teria passado por maus bocados.)

---

2 **ZORCICO:** Forma tradicional da música e da poesia popular basca, caracterizada por um compasso irregular (geralmente 5/8 ou 5/4) e, na poesia, por estrofes de oito versos. Costuma estar associada a canções solenes ou danças regionais.

3 **SARDANA:** Dança típica da Catalunha, em que homens e mulheres formam um círculo de mãos dadas, alternando passos curtos e longos ao som de uma *cobla* (pequena orquestra). É um símbolo da identidade e da união do povo catalão.

IV

Escrever? A quem? Era menos absurdo propor que eu encontrasse um camelo passando pelo buraco da agulha do que um parente meu em uma de suas cidades favoritas no Atlântico Sul. Meus parentes eram seres nômades, não nômades das estepes, pastores de renas ou de asnos, mas nômades urbanos, vagando de cidade em cidade e de república em república. Pertenciam às tribos que preferiram o gado aos vegetais e o mar aos bancos dos artesãos, e cujos indivíduos ainda resistem, com maior ou menor sucesso, à jornada de oito horas, à racionalização do trabalho e às regulamentações do trânsito internacional, escolhendo trabalhos — alguns simples, outros complicados ou perigosos — que lhes permitem manter o costume de vaguear pelos trezentos e sessenta graus da rosa dos ventos, seres peregrinos, geralmente desprezados e muitas vezes amaldiçoados, aos quais o mundo, invejoso de sua liberdade, vai fechando lentamente os caminhos... Nossos pais, porém, à medida que seus filhos cresciam, levavam vidas sedentárias, se é que se pode chamar vidas sedentárias aquelas de pessoas que durante a infância e a adolescência de uma criança mudam de residência quase tantas vezes quantas trocam de sapatos. Eles teriam preferido, como pássaros migratórios, permanecer no mesmo lugar até que a ninhada fosse capaz de se defender sozinha, mas a estratégia econômica da família, por um lado, e as instituições legais, por outro, se opuseram a isso: meu pai tinha uma profissão complicada e perigosa. Nem meus irmãos nem eu sabíamos, durante nossa primeira infância, qual era sua profissão, e o mesmo aconteceu com nossa mãe nos primeiros meses de casamento: meu pai dizia que era comerciante de tabaco, embora em relação a isso não fizesse outra coisa senão fumar, mas quando pouco depois de casados minha mãe lhe disse, meio irônica e meio curiosa, que nunca conhecera um comerciante tão singular, que nunca saía de casa durante o dia, mas quase todas as noites, voltando ao amanhecer, meu pai, atordoado e sorridente, sob seu grande bigode castanho, confessou que, na realidade, não era comerciante, mas jogador, e continuou sendo jogador, embora não por muito tempo: um ou dois meses depois, o suposto jogador, saindo de casa ao anoitecer, não voltou para dormir, contrariando seu costume, nem voltou no dia seguinte ou no outro, e minha mãe estava prestes a perambular pelas ruas desconhecidas do Rio de Janeiro quando surgiu diante dela, como por magia, um ser que parecia deslizar mais que andar e que parecia passar através dos umbrais das portas mais que cruzá-los. Por meio de algumas palavras em português e espanhol, murmuradas pelo indivíduo, minha mãe soube que seu marido a estava chamando. Surpresa e deixando-se guiar pela sombra, que se tornava mais deslizante ao passar perto de um policial, ela chegou diante de um prédio sombrio; e ali a sombra, que por sua cor e aparência parecia ter nascido atrás daqueles muros, disse, estendendo um longo dedo:

— A senhora pergunte por aí pelo Galego.

— Quem é o Galego? — perguntou minha mãe, espantada.

— Seu marido — sussurrou o indivíduo quase imponderável, também espantado. E assim que falou desapareceu no ar límpido e quente do Rio; era a prisão, e ali, atrás de uma grade, minha mãe encontrou seu marido, mas não aquele que ela conhecera até dois dias atrás, o limpo e pacífico cubano José del Real y Antequera, como ele dizia se chamar, mas o sujo e excitado espanhol Aniceto Hevia, apelidado de Galego, um ladrão famoso. Agarrando-se às grades, cujas barras mal cobriam suas mãos, minha mãe soltou um soluço, enquanto o Galego, enfiando os dedos manchados de amarelo por entre as grades, lhe dizia, acariciando suas mãos: "Não chore, Rosalía, isso não vai demorar, me traga roupas e cigarros". Ela trouxe roupas e cigarros para ele, e seu marido, limpo novamente, parecia o mesmo de antes, ainda que agora atrás de uma grade. Um dia, porém, o dinheiro acabou, mas ao anoitecer daquele mesmo dia a dona da casa, muito agitada, veio lhe dizer que um *senhor coronel* a procurava. "Será que é...", pensou minha mãe, lembrando-se do indivíduo quase imponderável, embora ele não parecesse em nada com um coronel, nem mesmo com um cabo; não era ele; assim como aquele parecia estar se dissolvendo, o que se apresentou parecia recém-feito, recém-feitos sua pele rosada, seu bigode loiro, seus olhos azuis, suas roupas, seus sapatos. "Meu nome é Nicolás", ele disse, com uma voz que parecia estar sendo usada pela primeira vez, "seu compatriota; sou amigo do seu marido e já fui parceiro dele em algum momento. Ele será solto em breve; não se preocupe", e foi embora, deixando sobre a mesa um pequeno maço de notas, novinhas, sem um único amassado, como ele, e como ele, talvez, recém-feitas. Minha mãe ficou deslumbrada com aquele indivíduo e, embora nunca mais o tenha visto, exceto atrás de uma fileira de grades e de uma grossa tela de arame, ela viveu deslumbrada com sua lembrança; seu aparecimento, tão inesperado naquele momento, seu porte, sua polidez, sua gentileza, seu distanciamento o transformaram, aos olhos dela, em uma espécie de arcanjo; por isso, quando meu pai, vários anos depois, disse a ela que Nicolás precisava de sua ajuda, ela, com uma voz que indicava que iria a qualquer lugar, perguntou: "Onde ele está?". O arcanjo não estava longe; meu pai, deixando o molde de cera em que trabalhava sobre a mesa, respondeu, soprando uma baforada de fumaça através do bigode já grisalho: "Na penitenciária. Você se lembra daquelas cédulas que distribuía no Brasil? Vinte e cinco anos em Ushuaia". Minha mãe me levou com ela: lá estava Nicolás, recém-feito, recém-feitos sua pele rosada, seu bigode loiro, seus olhos azuis, seu gorro e seu uniforme de prisioneiro; até o número que o distinguia parecia ter sido impresso recentemente no tecido resistente. Eles conversaram animadamente, embora em voz baixa, enquanto eu, segurando a saia de minha mãe, olhava para as pessoas ao redor: presidiários, guardas, mulheres que choravam, homens que xingavam ou permaneciam em silêncio, como se sua mente estivesse vagando em liberdade, e crianças que chupavam tristes balas ou choravam em uníssono com suas mães. Nicolás, auxiliado por um longo arame, passou para minha mãe, por entre as grades e barras, uma grande nota, não limpa e sem vincos, como as do Rio, mas amassada e molenga, como se alguém a tivesse carregado durante anos e a tivesse dobrado em vários lugares, escondida entre as solas dos sapatos. Nem essa nota, porém, nem os esforços de minha mãe foram de alguma utilidade: depois de duas tentativas de fuga, em uma das quais seus companheiros tiveram de arrastá-lo para fora, meio asfixiado, dos esgotos da penitenciária, Nicolás foi retirado dali e enviado para outra prisão no Sul, de onde, depois de outra tentativa de fuga, frustrado pelo grito de dor que soltou ao cair no chão, de pé, de uma altura de vários metros, foi transferido para a Terra do Fogo, onde, finalmente, fugindo pelos bosques chuvosos, morreu, decerto como sempre vivera: recém-feito. No entanto, apesar do que assegurava, meu pai não saiu tão cedo em liberdade: os juízes, indivíduos sem imaginação, precisaram de muitos dias para se convencerem, ainda que com certeza só um pouco, de que Aniceto Hevia não era, como opinavam legalmente, um malfeitor, mas, como também assegurava legalmente o advogado, um benfeitor da sociedade, já que era um homem de negócios: sua visita ao apartamento que a Patti[4] ocupava

4 PATTI: Trata-se de Adelina Patti (1843-1919), soprano italiana de voz excepcional. É o maior exemplo de diva lírica, e até hoje a cantora mais bem paga da história da ópera. Realizou turnês pelos principais palcos da Europa, dos Estados Unidos (onde foi vista e admirada por José Martí) e da América Latina.

no hotel se deveu ao desejo de mostrar à atriz algumas joias que queria lhe vender. Joias? Sim, meritíssimo, joias. Um joalheiro alemão, cliente dos ladrões do Rio, forneceu, depois de repetido inventário, um baú cheio de anéis, broches e outras bugigangas. Por que escolheu esse momento? E em que horário é possível ver os artistas do teatro? Como entrou? A porta estava aberta: "O senhor juiz sabe que o pessoal do teatro é desordeiro; todos os artistas são; meu cliente, depois de chamar várias vezes...". Minha mãe, que estava prestes a dar à luz, foi levada ao tribunal pelo advogado e lá ela não só confirmou tudo que o ser jurídico tinha pedido que ela confirmasse, como chorou muito mais do que o advogado havia sugerido. Dias depois, poucas horas após o nascimento de João, seu primogênito, o Galego voltou para casa, embora não sozinho; um policial o acompanhava, com ordens de não abandoná-lo em momento algum e de deixá-lo a bordo do primeiro navio que navegasse para o Sul ou para o Norte. Poucos dias depois, meu pai, acompanhado de sua mulher, que carregava seu primeiro filho no colo, partiu para o Sul; o advogado, com a carteira cheia daquelas belas notas que Nicolás distribuía, foi vê-lo partir no cais; e lá estava também o indivíduo quase imponderável, olhando com um olho para meu pai e com o outro para o policial... E assim a vida seguiu, de cidade em cidade, de república em república; nasciam os filhos, cresciam os filhos; meu pai desaparecia por períodos curtos ou longos; ele viajava, se escondia ou jazia em alguma masmorra; reaparecia, às vezes com uma bela barba, sempre industrioso, trabalhando em seus moldes de cera, suas chaves, suas fechaduras. Quando penso nele, pergunto-me: por quê? Mais de uma vez, e a julgar pelo que a polícia procurava, ele teve grandes quantias de dinheiro nas mãos; era sóbrio, calmo, econômico e muito sério em seus negócios: se não fosse ladrão, poderia ter sido escolhido, entre muitos, como o tipo de trabalhador com que sonham a burguesia e os marxistas do mundo inteiro, embora com diversas intenções e por diferentes motivos. As fechaduras das casas, ou às vezes apenas cômodos, em que morávamos, sempre funcionavam como instrumentos de alta precisão: não rangiam, não opunham resistência às chaves e quase pareciam se abrir com a simples aproximação das mãos, como se houvesse alguma atração oculta entre o metal frio e os dedos quentes. Ele odiava fechaduras quebradas ou teimosas, e uma chave destrambelhada ou um cadeado rebelde eram para ele o que uma cravelha torta é para um violonista; ele tirava as fechaduras, olhava para elas com curiosidade e ternura, como se lhes perguntasse por que incomodavam, e então, com imperceptível habilidade, tocava aqui, afrouxava ali, apertava isto, lixava aquilo e recolocava no lugar, ajustando a pressão dos parafusos; enfiava a chave, e a fechadura, sem um toque, sem um ruído, magicamente funcionava.

Graças a essa habilidade, eu não tinha ninguém a quem escrever.

V

Eu tinha passado por momentos ruins, é verdade, mas me parecia natural e lógico passar por eles: eram talvez uma contribuição que de vez em quando era necessário pagar a alguém, desconhecido mas exigente, e não era justo que apenas uma pessoa, meu pai, pagasse sempre por todos. Nós quatro, os irmãos, já estávamos crescidos e devíamos começar a contribuir com nosso quinhão, e como não podíamos dar o que os outros dão, trabalho ou dinheiro, demos a única coisa que naquele momento, e como filhos de ladrão, tínhamos: liberdade e lágrimas. Sempre gostei de pão com manteiga e polvilhado com açúcar e, naquela tarde, quando cheguei da escola, decidi comer um pedaço de pão e tomar um copo de leite. Estava fazendo isso quando três batidas fortes soaram na porta da frente. Minha mãe, que costurava ao meu lado, levantou a cabeça e olhou para mim: os golpes eram absurdos; na porta, à vista de todos, estava o botão da campainha. O que chamava não era, portanto, de casa e queria ser ouvido claramente. Quem poderia ser? Meus irmãos chegavam um pouco mais tarde e, por outro lado, conseguiriam encontrar o botão da campainha de olhos fechados; quanto ao meu pai, não só não batia na porta, como nem tocava a campainha; e nem sequer o ouvíamos entrar: ele aparecia de repente, como se emergisse da noite ou do ar, magicamente. Seus filhos se lembrariam por toda a vida daquela noite em que ele apareceu na porta quando terminávamos uma refeição em silêncio; não o víamos fazia algum tempo — talvez estivesse preso —, e quando o vimos surgir e notamos sua longa barba já grisalha, como se tivéssemos nos posto de acordo, desatamos a chorar, talvez de alegria, talvez de medo... Minha mãe, porém, parecia saber, porque me disse, levantando-se:

— Beba esse leite depressa.

Bebi tudo de um só gole e imediatamente coloquei quase metade do pão na boca. Fiquei perturbado, com a sensação de que iria acontecer algo desconhecido para mim. Minha mãe guardou a linha, a agulha, o dedal e as roupas que cerzia; olhou para os móveis da sala de jantar, como se quisesse ter certeza de que estavam limpos e em ordem, e ajeitou o avental; olhou para mim também, mas com um olhar diferente do anterior, um olhar que parecia me preparar para o que aconteceu a seguir. Eu estava terminando o pão e ele nunca me parecera tão saboroso: a manteiga estava macia e o açúcar que brilhava sobre ela me dava uma sensação deliciosa quando eu rapidamente passava a língua pelas comissuras da boca. Quando minha mãe saiu para o pátio, a porta tremeu com três novas batidas, mais fortes e mais rápidas, e depois da última — sem dúvida havia duas ou mais pessoas esperando — a campainha tocou, um toque longo e contínuo; o que chamava estava prestes a pôr a porta abaixo. Terminei de comer o pão, peguei o copo e o pires, que coloquei no aparador, e limpei as migalhas que ficaram na mesa.

Entre um movimento e outro, ouvi minha mãe abrir a porta e uma voz de homem, dura e indelicada, quase cortante, dizia algo como uma pergunta; a voz de minha mãe, quando respondeu, era incrivelmente terna, quase chorosa; a frase que o homem proferiu pareceu cortar sua delicadeza. Houve um breve diálogo, a porta soou como se tivesse sido empurrada abruptamente e um passo de homem avançou pelo corredor de lajotas. Eu escutava. A distância da porta da frente até a porta da sala de jantar era de quinze passos, quinze passos contados inúmeras vezes, à medida que se percorria a distância de várias maneiras: andando para a frente ou para trás, de um lado com os olhos abertos ou do outro com os olhos fechados, sem nunca encontrar uma diferença maior ou menor. Atrás dos passos do homem, vinha o som apressado dos passos da minha mãe: para ela, baixa de estatura como era, eram dezoito ou dezenove passos...

Quando o desconhecido — pois eu não tinha dúvidas de que era uma pessoa desconhecida — apareceu em frente à porta da sala de jantar, eu, ainda lambendo os lábios, estava de pé atrás da mesa, com os olhos fixos no local exato onde ele iria aparecer; não me ocorreu sentar ou sair do lugar onde estava no momento em que peguei as migalhas, ou talvez a conversa ou os passos tenham me impedido de fazer isso. O homem chegou, parou naquele ponto e olhou para dentro: lá estava eu, com meus doze anos, de pé, sem saber o que fazer com seu olhar, que parecia medir minha altura, apreciar minha corpulência, estimar meu desenvolvimento muscular e adivinhar minhas intenções. Era um homem alto, ereto e desenvolto; ele entrou, olhou em volta e viu, sem sombra de dúvida, tudo, os móveis, as portas, a bolsa com meus cadernos em cima de uma cadeira, os copos, as cores e linhas do papel de parede, talvez até as migalhas, e se aproximou de mim:

— Como você se chama?

Fiz um esforço e disse meu nome. A voz da minha mãe, agora mais segura, irrompeu:

— O menino não sabe de nada; já lhe disse que Aniceto não está em casa.

Outros dois homens apareceram na porta e um deles, virando-se, mostrou umas costas como se feitas de madeira.

— Onde está seu pai?

Minha mãe se aproximou, e o homem, depois de olhar para ela, pareceu reagir; baixou o tom da voz:

— Eu sei de tudo e não quero incomodá-la, senhora, mas preciso saber onde está o Galego.

A voz de minha mãe tornou-se terna novamente, como se quisesse persuadir o homem com sua ternura:

— Eu já lhe disse que não sei onde ele está; ele não volta para casa desde ontem.

Se havia uma coisa que eu sempre quis saber naquela época era onde meu pai poderia estar a qualquer momento.

— Para onde você vai, papai?

— Para o Norte; talvez chegue até o Brasil ou ao Peru.

— Por onde você vai?

— Por Rosário, e depois... rio acima.

Eu marcava seu caminho nos mapas de meus textos de estudo e tentava adivinhar o ponto que mencionaria em sua próxima carta; vinham nomes de vilarejos, rios, lugares obscuros, selvas, montanhas; depois, sem aviso prévio, as cartas começavam a chegar de outro país e então eu me sentia perdido e sentia que ele também estava um pouco perdido para nós e talvez para ele mesmo. Caminhava, com seus passos silenciosos e seguros, pelas margens dos rios do Nordeste argentino, pelas cidades das altas planícies bolivianas e peruanas, pelos úmidos vilarejos da costa tropical do Pacífico Oriental, pelas aldeias chuvosas do Sul do Chile: Concordia, Tarija, Paso de los Libres, Arequipa, Bariloche, Temuco eram, em certos momentos, familiares para nós.

— Aqui está.

Ia para o norte, virava para o leste, voltava para o sul; seus passos seguiam o sol ou entravam na noite; de repente desaparecia ou de repente voltava. Daquela vez, no entanto, apesar de tê-lo visto na noite anterior, ignorava seu paradeiro:

— Não sei.

Um dos policiais interveio:

— Procuramos na casa?

O homem rejeitou a sugestão.

— Não, se ele estivesse aqui, já teria saído.

Houve um momento de indecisão: minha mãe, com as mãos juntas sobre o ventre e sob o avental, olhava para o chão, esperando; o homem de voz firme pensava, vacilando, em dúvida sobre qual medida tomar; os outros dois policiais, sem responsabilidades, ainda de pé no pátio, olhavam, com um ar de tédio, os cachos de uvas que pendiam da videira. Eu observava todos eles. O homem se decidiu:

— Sinto muito, mas é necessário que me acompanhe.

— Para onde? — interrogou minha mãe. Sua voz, inesperadamente, ficou dura.

— Para o Departamento de Polícia.

— Mas por quê?

— É necessário.

Minha mãe ficou em silêncio; perguntou depois:

— E o menino?

O homem me olhou e olhou de novo para a bolsa onde estavam meus livros. Duvidou por um instante: sua mente, pelo que parece, não via claramente o caso, mas, como homem cuja profissão se baseia no cumprimento do dever apesar de tudo, optou pelo pior:

— O menino também.

— Por que o menino?

Mais uma vez o homem vacilou: o dever o impulsionava, sem orientá-lo; por fim, como quem se livra de algo incômodo, disse:

— Ele tem que ir; estava aqui.

Depois de minha mãe se vestir e de falar com uma vizinha, encarregando-a de olhar a casa, saímos para a rua. Não fomos, no entanto, ao Departamento de Polícia: no restante daquela tarde e na, para nós, longa noite que se seguiu, permanecemos sentados nos bancos de uma delegacia. Lá nos deixaram, sem explicações prévias, os três policiais, que desapareceram. Minha mãe quase não falou nada durante aquelas doze ou catorze horas, exceto quando pediu a um guarda que nos comprasse algo para comer: não chorou, não suspirou. Por minha parte, a imitei; enquanto estivesse ao lado dela, pouco me importava se falasse ou se calasse; o importante era que estivesse comigo. Às sete ou oito da manhã, com o corpo rígido, nos tiraram dali: ela deveria ir ao Departamento de Polícia, mas para a seção feminina; quanto a mim, já me consideravam homem e eu deveria ir para a seção correspondente. Ela também não falou nada ao descer da viatura, em frente ao Departamento, onde nos separaram, indo ela com um agente e eu com outro. O que poderia me dizer? Seu coração, sem dúvida, estava atribulado, mas qualquer frase, mesmo a mais indiferente, teria piorado as coisas; por outro lado, como dizer algo ali, diante dos policiais?

Ao entrar na cela comum, empurrado pela mão de um guarda, vi que os detidos me olhavam com extraordinária curiosidade: aquele não era o lugar adequado para um menino de doze anos, ainda de calças curtas, vestido com certa limpeza e de aparência tímida. Quem era e que delito poderia ter cometido? Não se entra assim, de qualquer maneira, em um Departamento de Polícia: é lugar destinado a indivíduos que cometeram, que se supõe tenham cometido ou que lhes é atribuído ter cometido um crime, seja por uma contravenção municipal, por quebrar um vidro ou por ter se pendurado em um bonde, perturbando todo o complicado aparato jurídico. Considerando minha idade, eu devia ser um trombadinha, embora um trombadinha extraordinário. Mas se eles não sabiam quem eu era, eu, por minha vez, não podia dizer. Mal entrei na cela, senti que toda a minha firmeza, toda a coragem que até aquele momento me acompanhava, e que não era mais que o reflexo da presença de minha mãe, desmoronava. Procurei ao meu redor onde me sentar e não vi outro assento além dos três degraus de tijolos que acabara de pisar para chegar até o piso da cela, em desnível com o do pátio; ali me sentei, inclinei a cabeça e, enquanto procurava apressadamente um lenço nos bolsos, lancei um soluço assustador, que foi seguido por uma torrente de lágrimas.

Os prisioneiros que estavam andando pararam e aqueles que estavam conversando ficaram em silêncio. Não sei quanto tempo chorei e solucei. Depois de chorar o suficiente, acalmar meus nervos, secar os olhos e assoar o nariz, senti que me invadia uma sensação de vergonha e olhei ao redor; um homem estava parado na minha frente, um homem que eu não ouvi se aproximando — usava alpargatas — e que, a dois passos de distância, esperava que eu terminasse de chorar para falar comigo. Ele sorria, como se pedisse desculpas ou quisesse ganhar minha confiança, e disse, aproximando-se e se agachando à minha frente:

— Por que o trouxeram aqui?

Sua voz era tão gentil que quase comecei a chorar de novo. No entanto, me contive e, sem saber o que responder, dei de ombros:

— Vem com processo?

Eu não sabia o que aquilo significava e fiquei em silêncio. O homem, pouco mais que um rapagão, se agitou e olhou para os outros prisioneiros, pedindo ajuda. Um homem já entrado na velhice, baixo e careca, com roupas surradas, barba por fazer e o rosto como que sujo, aproximou-se. Os demais presos esperaram.

— Por que você está preso? O que fez?

Sua voz era menos suave que a do jovem, embora mais direta e urgente. Era curiosidade ou simpatia? Eu respondi:

— Não fiz nada.

— Por que o trouxeram, então?

— Estavam procurando meu pai; ele não estava lá e nos trouxeram.

— Quem mais?

— Minha mãe.

— Quem é seu pai?

— Aniceto Hevia.

— O Galego? — perguntou o jovem.

Assenti, um pouco envergonhado pelo apelido: na intimidade, minha mãe o chamava assim e era um nome de família para nós. Ali tinha outro significado e quase outro som. Os homens se entreolharam e o velho falou de novo, sempre com urgência, como se não houvesse tempo a perder:

— Mas você não fez nada…

— Nada — eu disse, encolhendo os ombros, surpreso com a insistência.

O velho se levantou e se afastou. Ele não se importava com os inocentes. O jovem disse:

— Seu pai está aqui.

Olhei para o pátio.

— Não pode ser. Ele não estava em casa e ninguém sabia onde ele estava.

Ele garantiu:

— Foi preso ontem à noite.

Olhei para ele, incrédulo.

— Sim, acabou de passar; estavam levando-o para a sala do chefe.

Por um lado, me tranquilizei e, por outro, fiquei magoado: me tranquilizei porque soube onde ele estava e me doeu porque estava ali. Então o prenderam... Isso explicava por que tinham nos deixado abandonados na delegacia. Durante aquelas horas, eu o imaginei marchando para o Sul, não andando nem viajando de trem, mas deslizando rente ao chão, pelo ar, rápida e seguramente — assim como às vezes eu deslizava nos sonhos —, inapreensível e incontrolável, perdendo-se nos pampas.

— Aurelio o prendeu.

— Aurelio?

— Sim. Você não o conhece?

A conversa era difícil, não apenas porque não existia nenhum ponto de contato entre aquele homem e eu, mas porque, com certeza, não haveria, mesmo que nós dois chegássemos a ser — quem sabe se já éramos? — da mesma categoria. Via nele algo que não me agradava, e esse algo era o desenvolvimento excessivo de seus músculos, visível sobretudo nas pernas, grossas demais, e nos ombros, largos e caídos. Quem era ele? Apesar da voz bondosa, não havia nada de refinado nele, e nem seus olhos claros, nem seu cabelo loiro e ondulado, nem sua pele branca, nem suas mãos limpas me inclinavam a simpatizar com ele. Notei, de repente, que ele me fazia um sinal de advertência com os olhos: "Olhe para o pátio". Olhei: o homem da tarde anterior, o da voz cortante, atravessava o pátio, saindo da sombra para o sol. Caminhava com passos firmes, fazendo ecoar os saltos sobre os ladrilhos coloridos.

— Esse é Aurelio.

Por um instante, senti vontade de chamá-lo: "Ei, estou aqui", mas me contive. Eu estava em uma zona onde a infância começava a se transformar, e minha consciência percebia, ainda que pouco, essa mudança. Uma noite em uma delegacia e um dia, ou apenas algumas horas, no cárcere de um Departamento de Polícia, junto a homens desconhecidos, era toda a minha nova experiência e, no entanto, era suficiente. Daqui em diante, nada me surpreenderia e eu compreenderia tudo, pelo menos nos assuntos que diziam respeito a mim e aos meus. Não sentia nenhum ressentimento pelo homem cujo nome acabava de saber; suspeitava que ele cumpria, como meu pai e como todos os outros homens, um dever que não podia evitar sem deixar de ser o que era obrigado a ser. Mas nossos planos eram distintos, devíamos nos manter neles, sem ultrapassá-los, a não ser forçados pelas circunstâncias, e sem deixar de ser o que éramos: um policial e um filho de ladrão. Ele não era antipático, não se mostrou nem violento nem insolente com minha mãe, e sua conduta era simplesmente sua conduta. Seria, para mim, de agora em diante e para sempre, o homem que, pela primeira vez, me levou preso.

No momento em que girava a cabeça para olhar o homem com quem mantinha aquele diálogo, ouvi passos que conhecia e que me fizeram interromper o movimento: os passos do meu pai, aqueles passos que seus filhos e sua mulher ouviam em casa, durante o dia, quando ele caminhava apenas para nós, fazendo o chão ressoar rápida e lentamente, mas com segurança, sem temer o barulho que produzia nem quem o escutava. Esses passos iam diminuindo em peso e som à medida que a noite se aproximava, tornando-se mais suaves, mais cautelosos, até se fazerem inaudíveis: parecia que, à medida que as pupilas dos gatos se dilatavam, os passos do meu pai perdiam o peso.

Virei novamente a cabeça, ao mesmo tempo que me ergui para vê-lo melhor e para que ele também me visse. Ele virou no final do corredor: continuava o mesmo homem magro, alto, branco, de bigode grisalho, grandes sobrancelhas, rosto um pouco quadrado e expressão austera e bondosa. Olhava para o chão enquanto caminhava, mas ao entrar no pátio e alcançar a luz, ergueu a cabeça: diante dele, atrás das grades de uma cela para detidos comuns, estava seu terceiro filho. Seu passo vacilou e a direção de sua marcha hesitou: pareceu deter-se; depois, arrependido, virou à direita e depois à esquerda.

— Por aqui — advertiu o guarda, tocando-lhe o braço.

Ele sabia perfeitamente para onde e por onde devia ir. Viu-me, mas nada nele, além daquela hesitação na caminhada, o denunciou. Usava um lenço de seda ao redor do pescoço e suas roupas estavam limpas e sem amassados, apesar da noite difícil que, assim como nós, havia passado. Desapareceu na outra extremidade do pátio e eu, voltando-me, sentei-me de novo no degrau. Os homens da cela, testemunhas da cena, ainda estavam de pé, imóveis, olhando para mim e esperando alguma reação ao que acabara de acontecer. Mas não houve nenhuma reação visível: eu já havia chorado uma vez e não choraria uma segunda. O que senti passou despercebido por eles e era algo que eu não teria conseguido expressar em palavras naquele momento: uma mistura de surpresa, ternura, dor, orgulho, alegria. Por um instante, senti um terrível aperto na garganta, mas passou. Meu pai sabia que eu estava ali, e isso era o mais importante. Os homens, abandonando sua imobilidade e silêncio, voltaram a se movimentar de um lado para o outro e retomaram suas conversas. Até mesmo o jovem, que no início parecia ter esperança de presenciar uma cena mais longa e dramática, ficou desconcertado e deu um passo para se afastar. Outro som de passos o deteve: agora era um caminhar curto e rápido, um pouco arrastado, mas tão pouco que só um ouvido atento poderia perceber a claudicação. Porém, em alguns anos, a claudicação se tornaria evidente. A marcha parou atrás de mim e, no mesmo instante, senti uma mão pousar em meu ombro. O jovem interrompeu seu movimento, assim como eu antes havia interrompido o meu, e ficou imóvel, enquanto eu, virando-me novamente, me ergui. Atrás das grades, vestindo um traje cinza-esverdeado de guarda, estava um velhinho pequeno e magro: suas sobrancelhas eram talvez tão longas e grisalhas quanto seu bigode, e seus olhos azuis e sorridentes pareciam olhar de muito longe, debaixo de um quepe com faixa vermelha. Ele me disse, com voz afetuosa:

— Você é filho do Galego?

Não sei por quê, aquela pergunta e aquele tom de voz fizeram reaparecer na minha garganta o espasmo que há pouco eu tinha conseguido dominar. Não consegui falar e fiz um gesto afirmativo com a cabeça.

— Aproxime-se — ele me disse.

Aproximei-me da grade, e o velhinho pousou sua mão de criança, porém enrugada, sobre meu antebraço:

— Seu pai quer saber por que você está aqui, o que aconteceu.

Notei que ele segurava na mão esquerda, penduradas em um grande aro, várias chaves de diferentes tamanhos. Respondi, contando o ocorrido. Ele perguntou:

— Então sua mãe também está detida?

— Na Seção das Mulheres.

— E você, precisa de alguma coisa?

— Nada.

— Dinheiro?

— Não. Para quê?

— O que lhe perguntaram na delegacia?

Ninguém nos deu a menor atenção na delegacia: os policiais nos olhavam surpresos, como se perguntassem o que fazíamos ali. Alguém, no entanto, certamente sabia o motivo, mas era, com certeza, alguém sem pressa para nada, talvez nem em relação a si mesmo: considerava-nos, e consideraria todo mundo, como abstrações e não como realidades; um policial era um policial e um detento era um detento, ou seja, substantivos ou adjetivos. E, quando por acaso percebia que eram também seres humanos, sofria um grande desgosto; teria de se preocupar com eles. O velhinho voltou a dar um tapa no meu braço:

— Bom, se precisar de algo, peça para chamarem Antonio; eu virei imediatamente.

Ele se afastou pelo pátio, bem ereto como um fuso, e eu fiquei ali, suspenso no ar, esperando novos acontecimentos. Quem viria agora? Passou um longo tempo antes que alguém se preocupasse comigo, tempo que aproveitei ouvindo as conversas dos presos: processos, sentenças, advogados. De que mais falariam? Antonio e um guarda apareceram na porta e me chamaram; saí e fui levado, através de longos corredores, até um amplo escritório, onde fui deixado diante de um senhor gordo, rosado, loiro, vestido com um avental branco. Ele me olhou por cima dos óculos de armação dourada e começou a me fichar, perguntando nome, sobrenome, endereço, escolaridade, nomes e sobrenomes dos meus pais. Ao ouvir o nome de meu pai, ergueu a cabeça:

— Ora, ora! Você é filho do Galego?

Seu rosto se iluminou.

Respondi afirmativamente.

— Eu o conheço há muitos anos.

A notícia me deixou indiferente. Ele se inclinou e disse, em um tom confidencial:

— Fui o primeiro a tirar as impressões digitais dele na Argentina, e as sei de cor; foram as primeiras que tirei. Que coincidência, não? Ele é um homem muito sério. Às vezes, o encontro por aí. É claro que não nos cumprimentamos.

Endireitou-se, satisfeito.

— Para mim, não importa o que ele seja, mas para ele certamente importa que eu seja da polícia investigativa. Trocamos olhares breves, como quem diz: "Te conheço, *mascarita*"[5], mas não passa disso. Eu sei distinguir as pessoas e posso dizer

---

5 **MASCARITA:** Expressão rio-pratense (argentinismo) que se utiliza quando uma pessoa é identificada apesar de seu disfarce, especialmente utilizado em contexto de Carnaval.

que seu pai é... como posso dizer... decente, sim, quero dizer, não é um porco; ele é incapaz de fazer barbaridades e não rouba ninharias, claro, não rouba ninharias. Não. O Galego, não.

Enquanto falava, distribuía fichas aqui e ali, em caixas espalhadas por toda parte. Depois, pegou um rolinho e começou a espalhar um pouco de tinta preta sobre um pedaço de mármore.

— Além disso, eu não sou policial nem investigador, nada disso; sou um funcionário, um técnico. Todos nós sabemos distinguir as pessoas. Sabemos quem é este e quem é aquele. Por que trouxeram este aqui? Estrangulou um bêbado para roubar dois pesos. Faça-me o favor: por dois pesos... E este outro? Invadiu uma casa, foi surpreendido e feriu o dono e um policial. O que se faz com gente ruim assim? E aquele outro e mais aquele ali assaltaram uma mulher que ia para o trabalho ou mataram um colega por causa da divisão de um roubo. Animais, animais. Pau neles; mas são muitos, e são os que mais dão trabalho. A polícia estaria muito mais tranquila se todos os ladrões fossem como seu pai. Permita-me.

Tomou minha mão direita.

— Abra os dedos.

Pegou o polegar e passou sobre ele o rolinho cheio de tinta, deixando-o preto.

— Solte o dedo, por favor; não faça força; assim.

Sobre uma ficha dividida em várias seções apareceu, no espaço destinado ao polegar, uma mancha chata, informe e de grande tamanho.

— O outro; não endureça os dedos, deixe-os soltos, por favor; isso. Sabe o que aconteceu quando prenderam seu pai pela primeira vez? Tratava-se de cento e trinta mil pesos em joias. Entende? Cento e trinta mil da nação... Bom, quando o despiram para revistá-lo... tinha sumido, sabe, um solitário que nunca apareceu... se armou um escândalo no Departamento: toda a roupa íntima dele era de seda, e não de qualquer seda, mas da melhor. Os chefes nunca tinham visto, e talvez nunca vestiriam, roupas como aquelas. O diretor mandou trazer as cuecas para seu escritório; queria vê-las. Você sabe: há gente que se deslumbra com essas coisas. O Galego… saiu em liberdade três meses depois. Poucos dias após ser solto, enviou um presente ao guarda do pátio onde esteve detido e que, segundo dizem, o tratou muito bem: falam que ele escondeu o solitário; quem sabe? Um conjunto de roupa íntima, pura seda. Mas com isso arruinou o pobre homem; ele renunciou ao cargo e se tornou ladrão. Dois ou três meses depois, zás, levou uma facada e… se te vi, não me lembro; e não pense que foi morto por um policial ou por algum dono de casa ou de comércio bom na faca; nada disso; foram seus próprios companheiros, que sempre que o olhavam se lembravam de que ele tinha sido guarda. O outro: assim. Venha cá.

Mandou-me tirar os sapatos e mediu minha altura.

— Que pitico! Ainda faltam cinco centímetros para alcançar seu pai. Você estuda?

— Sim, senhor.

— Faz bem: é preciso estudar; isso ajuda muito na vida. E onde estuda?

— No Colégio Cisneros.

— Bom colégio. Tem alguma marca particular no corpo? No rosto? Uma cicatriz na sobrancelha direita; uma pancada, hein? Olhos escuros; orelhas de tamanho regular; cabelo preto; bem, acabou. Provavelmente ficará ao lado do seu pai, não pelas impressões digitais, que são diferentes, mas pelo nome e sobrenome. Pode ir.

Tocou a campainha e o guarda apareceu.

— Leve-o: está pronto. Boa sorte, garoto.

Voltei à cela. Os detidos continuavam andando e conversando. Formara-se uma fila que marchava em passo sincronizado; ao chegar ao final do espaço livre, diante do muro, giravam todos ao mesmo tempo e permaneciam alinhados, sem erro.

— Eu disse ao juiz: sou ladrão, senhor, não tenho por que negar, e se me prendem é porque mereço; não reclamo e sei que algum dia vão me soltar: não há tempo que não se acabe nem corda que não se rompa[6]; não sou criminoso, só roubo;

---

6 Citação direta dos últimos versos da estrofe 15 do segundo canto do *Martín Fierro* de José Hernández (1872).

mas me dá raiva ser preso por este indivíduo: ele também foi ladrão e roubou comigo; sim, senhor, roubou comigo; fomos companheiros e dividimos alguns roubos. Não quero que ele me prenda: que chame outro para me levar, mas não quero que seja ele, e sempre resistirei. Agora é agente, você diz; eu sei, mas que prenda outro, não a mim, que fui seu companheiro. Um dia ele vai me pegar de ovo virado e não sei o que vai acontecer.

— É um desgraçado. Também roubou comigo e, se for tão bom agente quanto foi bom ladrão, logo será chutado a patadas.

Andando e conversando, davam a sensação de que suas preocupações eram muito limitadas, que quase nada lhes importava e que poderiam ficar ali pelo tempo que alguém, quem quer que fosse, quisesse, enquanto escrivães, juízes, secretários, copistas, advogados, ministros, oficiais de justiça, agentes, cuidavam de seus processos, escrevendo montanhas de papéis com depoimentos de testemunhas e contratestemunhas, recusas, provas, apelações, considerandos, resoluções, sentenças, viagens para cá, viagens para lá, assine aqui e me dê vinte pesos para o papel timbrado, peça para a velha, a velha diz que não tem grana nem para o mate; então peça para meu irmão; também está preso, e se ele te der quando sair?, quando sair?, tenho cara de trouxa?, e, por fim, ou para a penitenciária ou para a rua, para continuar roubando ou para definhar em uma cela por meses ou anos. O homem jovem, sentado no chão sobre um cobertor, parecia pensativo; ao seu lado, outro indivíduo, deitado sobre uma manta, dormia e roncava de leve. Em todos eles havia algo instável, e falavam de assuntos que reforçavam essa sensação. Durante o longo tempo, quase um dia, que passei ouvindo-os, nenhum mencionou seus filhos, seus pais, sua esposa, sua família, e todos deveriam ter ou ter tido uma, e embora, sem dúvida, aquele não fosse o local adequado para intimidades familiares e sentimentais, como era possível que entre alguns deles, companheiros entre si, não houvesse sequer uma conversa, mesmo em voz baixa, em um canto, sobre coisas íntimas?

— Fui notificado da sentença e recorri.

— Sim; o advogado pede duzentos pesos; o relógio não valia nem vinte. Ótimo negócio ser ladrão.

O homem baixo e calvo, de roupas surradas, barba crescida e rosto com aparência suja parou no centro da cela.

VI

— Agora só passo o tempo preso e acho que vou morrer dentro dessa jaula. Graças à nova lei[7], os agentes me pegam onde quer que eu esteja, mesmo que seja em um salão, me barbeando. L. C., ladrão conhecido; conhecido, sim, mas inútil. Faz meses que não roubo nada. Estou acovardado e velho. Comecei a roubar quando era criança, tão pequeno que, para alcançar os bolsos alheios, precisava subir em uma caixa de engraxate, que me servia de disfarce. Quanto já roubei e quantos meses e anos passei preso... Quantos companheiros já tive e quantos já largaram as ferramentas! Lembro-me de todos, com seus nomes e apelidos, suas manhas e suas virtudes, e lembro-me especialmente do Estorvo. Era um grande ladrão, embora mais antipático que um departamento de polícia inteiro; ninguém queria roubar com ele, e aqueles que, por necessidade, o faziam, às vezes choravam de pura raiva. Tinha um bigodão que começava logo depois de onde terminam as narinas e, descendo, teria chegado até o colete, se ele não o cortasse quase diariamente, mas só o aparava na parte

7 NOVA LEI: Em 1910, promulgou-se na Argentina a Lei de Alistamento Obrigatório, que buscava adequar o padrão eleitoral a partir do padrão militar. Essa lei obrigou que todos os homens com direito a voto fossem identificados, e generalizou o uso da dactiloscopia, ou seja, o registro das impressões digitais.

de baixo e na frente, deixando-o crescer livremente para cima. Roubando, era um fenômeno; perseguia as pessoas, pisava nelas, as apertava, e alguns quase entregavam a carteira só para que ele os deixasse em paz. Os tiras fingiam que não o viam, de tão insuportável que era, e quando caía nessas celas, os cupinchas pediam para ser transferidos. O que ele tinha? Era enorme, alto, largo, sobrava algo nele por todos os lados, e era antipático para tudo: para falar, para se mover, para roubar, para comer, para dormir. Morreu na estação do sul, atropelado por uma locomotiva que vinha de ré. De frente, talvez nem tivesse sido capaz de matá-lo...

"Faz muitos anos. Agora, assim que fico diante de uma porta ou de um homem com a carteira no bolso, minhas mãos tremem e deixo tudo cair — o pé de cabra ou o jornal. E já fui de tudo: mão-leve, bico fino, rato de loja, quebra-ferro. Talvez devesse ir embora daqui, mas para onde? Não há cidade melhor que esta, e nem quero pensar na possibilidade de estar preso em uma cela desconhecida. É verdade: esta cidade era muito melhor antes; roubava-se com mais tranquilidade e menos riscos. Foram os próprios ladrões que a estragaram.

"Não sei se vocês lembram do Victoriano Ruiz; talvez não, são muito jovens; o caso dele foi muito comentado entre a ladroagem, e um larápio acabou com as tripas no chapéu. Boa viagem! Durante anos, Victoriano foi o pesadelo dos mãos-leves. Entrou jovem para o serviço e, aos trinta, já era inspetor. Vigiava as estações e ficava de plantão na Central por doze ou catorze horas diárias. Para entrar lá, era preciso ser um verdadeiro senhor ladrão, não só no trabalho, mas também na forma de se vestir, de andar, de se portar. Nenhum larápio que não parecesse um cavalheiro da cabeça aos pés podia entrar ou sair, e não muito frequentemente. Victoriano tinha uma memória de prestamista: rosto que via uma vez, dificilmente esquecia, muito menos se tivesse alguma marca especial.

"O Estorvo entrou duas vezes, não para roubar, mas para pegar o trem, e nas duas vezes Victoriano o mandou para a delegacia; não voltou mais. Víctor Rey, grande ladrão, conseguiu entrar uma vez e sair duas; mas não parecia um senhor: parecia um príncipe; trocava de roupa duas vezes por dia e as unhas brilhavam como luas. Saiu retratado em uma revista francesa; alto, moreno, de bigodinho e cabelo encaracolado, um pouco gordo e de testa muito alta, parecia tão ladrão quanto eu pareço procurador da Corte de Apelações. Conhecia Victoriano como a palma da mão — antes de vir se informou — e na primeira vez saiu da estação com vinte e cinco mil pesos e vários cheques. Era o trem dos fazendeiros. Victoriano recebeu a notícia como um joalheiro que leva uma pedrada na vitrine. Nenhum batedor de carteira conhecido nem nenhum suspeito entrou aquele dia na estação nem foi visto em um raio de um quilômetro. Não se podia falar de perda da carteira; o homem a trazia em um bolso interno do colete e Víctor deve tê-lo desabotoado para tirá-la. Não havia dúvida. Victoriano percorreu em sua imaginação todos os rostos estranhos vistos naquele dia e naquela hora. Conhecia todos os fazendeiros e a gente rica da província, e eles, claro, também o conheciam. Ao sair e passar em frente a ele o olhavam fixo ou de esguelha, com simpatia, mas também com temor, pois a polícia, coisa rara, assusta todo mundo e ninguém tem certeza de que, um belo dia, não terá que se ver com ela. Entre aqueles rostos estranhos não encontrou nenhum que lhe chamasse a atenção. Não se podia pensar em gente malvestida; os ladrões de toda a república e até os estrangeiros sabiam de longe que se meter ali com os sapatos sujos ou roupa ruim, sem se barbear ou com o cabelo comprido, era o mesmo que se apresentar em uma delegacia e gritar: "Aqui estou; abaixo a polícia". Os ajudantes de Victoriano os agarravam no ar.

"O ladrão entrou e saiu ou entrou apenas? A primeira hipótese era muito perigosa: não se podia entrar e sair entre um trem e outro sem chamar a atenção de Victoriano e sem atrair seus ajudantes. Víctor Rey saiu, pois vinha chegando, e desceu de um vagão de primeira classe com sua maleta e com o ar de quem vem da fazenda e vai ao banco depositar alguns milhares de pesos. Ao passar, olhou — como faziam todos os de primeira classe, ou seja, como faziam todos os que carregavam dinheiro consigo (e ele carregava, mesmo que não fosse seu) — para Victoriano, que estava parado perto da porta conversando com o chefe da estação. Tudo foi inútil: não encontrou nada, nenhum olhar, nenhum movimento, nenhuma expressão suspeita. A vítima deu todo tipo de detalhes: onde estava sentado, quem ou quantos estavam à sua frente ou dos dois lados, com quem conversou, em que momento se levantou e como era o pessoal que desceu do vagão, tudo. Tudo e nada.

"Victoriano engoliu o orgulho e declarou que não valia a pena deter ninguém preventivamente: o ladrão, salvo se fosse denunciado por outro ladrão, não seria encontrado. Víctor Rey, que soube de tudo pelos jornais, deixou passar algum tempo, deu um golpe no porto, outro em um banco e depois, saboreando, voltou à Central; mostrou sua passagem, subiu no vagão, sentou-se e dali ficou à vontade observando Victoriano, que vigiava a entrada em sua postura habitual, debaixo do relógio da plataforma, as pernas entreabertas e as mãos unidas nas costas, à altura dos rins; desceu na primeira estação, chamou o melhor carro e foi embora: sete mil *patacones*[8]. Victoriano foi à Direção e perguntou ao chefe se precisava apresentar sua demissão; o chefe perguntou o que o havia mordido. Ia perder seu melhor agente só porque um desatento deixara que lhe roubassem o dinheiro? Vá embora e não seja bobo. Enfiou o charuto até a goela e continuou lendo o jornal. O inspetor voltou à estação e durante vários dias parecia estar engolindo uma jiboia. Alguém estava rindo de todos. E não é que Victoriano fosse uma má pessoa, que odiasse os ladrões ou que sentisse prazer em persegui-los e prendê-los; nada disso: nunca ia depor nos tribunais; mandava os ajudantes; mas era um policial de plantão em uma estação e devia protegê-la; era como um jogo; não se importava, por exemplo, que roubassem em

8 PATACONES: O *patacón* foi uma moeda de distribuição nacional na Argentina cunhada entre 1881 e 1883. O anacronismo em relação ao tempo do relato dá a entender que o uso da palavra era comum, significando uma grande quantidade de dinheiro.

um banco, em um bonde ou na chegada dos navios, e nunca prendeu ninguém fora da Central. Sua estação era sua estação. Chamou os ajudantes, no entanto, e pediu que fossem ao Departamento e puxassem conversa com todos os larápios que encontrassem, por mais miseráveis que fossem; era necessário saber se algum batedor de carteiras estrangeiro havia chegado nos últimos tempos; e ele não se enganava quanto ao estrangeiro. Víctor Rey era cubano, mas não conseguiram tirar nada a limpo: ninguém sabia de nada.

"Dias depois, desceu de um trem da tarde um senhor de cavanhaque e poncho de vicunha e falou com o inspetor. O que está acontecendo, para que serve a polícia?, até quando vão continuar os roubos? Acabaram de me roubar a carteira! Tinha doze mil pesos! Victoriano sentiu vontade de pegar um porrete e dar-lhe na cabeça; conteve-se e pediu ao senhor que se acalmasse e desse algumas informações: o que ou quem lhe chamou a atenção, quem ficou parado à sua frente ou ao lado com algo suspeito nas mãos, um lenço, por exemplo, ou um sobretudo. O senhor não se lembrava; além disso, era míope, mas sim, um pouco antes de notar a falta da carteira, percebeu no ar um aroma de charuto cubano. Pôs os óculos para ver quem se permitia fumar algo tão fino, mas não havia ninguém fumando perto dele. No mais, todas as pessoas ao seu redor lhe haviam parecido irrepreensíveis. Por que haveria de ser suspeito um senhor que pega um lenço ou carrega um jornal nas mãos? Resumo: nada. Victoriano pediu ao senhor que não dissesse uma palavra sobre o aroma do tabaco fino, e o senhor, a contragosto — pois aquilo lhe parecia uma estupidez —, prometeu. De modo que se tratava de um fumante de charutos finos... Bem, podia ser, e ele não se enganou: Víctor Rey adorava o tabaco de sua terra e sempre carregava, em uma cigarreira com monograma, dois ou três puros da mais fina folha de Vuelta Abajo. Um fumante de bons charutos deveria ser um senhor... Como assim?

"Imaginou quem fosse, mas foi apenas o acaso que o fez encontrar o larápio. Víctor Rey passou ao seu lado apenas minutos depois de terminar um de seus charutos, ainda com o perfume do Corona nos bigodes; Victoriano captou com seu faro de cão de caça o aroma de que falara o senhor do poncho. Ficou pasmo. Deixou-o se afastar e se posicionou de modo a não perdê-lo de vista. Observou seus movimentos: carregava um sobretudo no braço esquerdo e uma maleta na mão direita; deixou-a no assento e já ia deixar também o sobretudo, cujo forro de seda era reluzente, quando viu que um velhinho se aproximava; tocou-o de leve ao passar: carregava uma carteira com dificuldade. Victoriano subiu na plataforma de um salto, e quando Víctor Rey, já lançado sobre sua presa, punha-se em posição de ataque e deixava a mão sobre o ombro do velho para fazê-lo girar, sentiu que outra mão, mais firme que a sua, pousava sobre seu ombro; virou-se, surpreso, e se deparou com o rosto de Victoriano. O inspetor poderia ter esperado e prendido o cubano em flagrante — ou seja, com a carteira do velhinho em mãos —, o que lhe garantiria um processo formal, mas isso não tinha importância para ele; não se importava com o velhinho nem com sua carteira, e mal se importava com Víctor: o que ele queria era que ninguém roubasse em sua estação, nem em dez estações ao redor, pelo menos. Víctor Rey, por sua vez, poderia ter resistido, protestado, dizer que era um abuso, sacar notas de mil, mostrar seus anéis, seu relógio, sua cigarreira, mas, fizesse o que fizesse, jamais voltaria a entrar naquela estação. Para que, então? O escândalo, além disso, não lhe convinha. Sorriu para Victoriano e desceu do trem sem dizer uma palavra; ninguém soube da detenção de um ladrão que já havia levado dali milhares de pesos. Victoriano o acompanhou até o Departamento — de carro, é claro, pois Víctor recusou-se a ir de outro modo —, deixou-o em boas mãos e voltou à estação fumando um dos charutos de Víctor. O ladrão lhe presenteou. No dia seguinte, Víctor Rey foi embarcado em um vapor da linha Rosário-Buenos Aires-Montevidéu, deixando nas mãos da polícia — que não teve como provar seu golpe na estação nem nos bancos — suas impressões digitais, seu retrato de frente e de perfil, suas medidas antropométricas — como dizemos nós, os técnicos — e todos os charutos que lhe restavam.

"Victoriano tinha vencido outra vez, mas não venceria sempre; era um homem, e alguma falha devia ter. Certo dia ela apareceu: ele observava desde a plataforma como as pessoas iam e vinham pelo corredor de um vagão de primeira classe, quando viu um movimento que não deixou dúvidas: alguém umedecia com a língua as pontas dos dedos, ou seja, havia ali um ladrão que se preparava para despojar alguém e começava por se assegurar de que a carteira não escorregaria entre os dedos ao tomá-la. (É um péssimo hábito, rapazes; cuidado com isso). Correu até a porta do vagão e subiu na plataforma; quando olhou para o corredor, o rato saía pela outra porta: fugia; chegou à plataforma e girou para o lado oposto ao da estação, saltando à terra. Victoriano recuou e fez o mesmo movimento; deparou-se com algo terrível: uma locomotiva que trocava de linha havia apanhado o homem, que jazia no chão, com as pernas entre as rodas e o rosto afundado na terra; na mão direita segurava a carteira que acabara de tirar do passageiro. Victoriano correu, segurou-o pelos ombros e puxou; era tarde demais; a máquina havia destroçado sua perna direita. O inspetor, ao notar algo estranho, apalpou-lhe os braços e descobriu que o infeliz tinha um braço postiço... Gritou, e o povo acudiu, funcionários do trem, passageiros, entre eles a pessoa que fora roubada, que ao ver a carteira apalpou o bolso, pegou-a e voltou ao trem, mudo de surpresa. Victoriano, ao arrastar o corpo do homem que se esvaía em sangue, deu-se conta, pela primeira vez na vida, do que sua presença representava para gente daquele tipo: seu papel era duro, e bastava sua presença para assustá-los a ponto de perderem o controle. Aquele homem era um ladrão, é verdade, mas o sangue jorrava horrivelmente da perna dilacerada e seu rosto ficava branco como papel; ele se assustou e sentiu-se responsável. Os ajudantes chegaram, chamou-se uma ambulância e o ferido foi levado ao hospital; Victoriano foi com ele e não o deixou até que os médicos lhe disseram que o homem se salvaria: a perna foi amputada um pouco acima do joelho. Não voltou à estação. Foi para casa e no dia seguinte, logo cedo, visitou o detido. Os dias passaram, e conversou com ele: o Maneta Arturo havia perdido o braço em um encontro parecido, ao fugir da polícia em uma estação. Roubava usando o que lhe restava; tarefa difícil; um batedor de carteiras com um só braço é como um prestidigitador com uma só mão. Roubava sozinho; era impossível conseguir parceiros: ninguém acreditava que, com um só braço e apenas cinco dedos, fosse possível conseguir uma carteira, muito menos daquelas gordas, que às vezes são levadas presas com alfinetes de segurança no bolso do paletó. Era um solitário que vivia feliz em sua solidão, e por isso contava com o respeito e a admiração dos demais ladrões. E agora perdia uma perna...

"Victoriano tornou-se seu amigo e contribuiu com alguns pesos para a compra da perna de borracha que alguns carteiristas de alto nível deram de presente a Arturo. Conversou também com eles; jamais havia conversado com um ladrão por mais de alguns segundos; agora o fez com largueza. Arturo era um homem simples; havia viajado pela Europa, falava francês — aprendeu durante alguns anos de prisão em Paris — e era um homem limpo, que falava devagar e sorrindo. O inspetor, que em seus primeiros anos como agente lidou com o pior da ladroagem, ratos de baixa categoria, insolentes e sujos, seguia acreditando que todos eram iguais; é certo que havia pescado alguns trambiqueiros refinados, espécies de peixes-reis se comparados aos cachalotes da ralé, mas nunca lhe ocorrera conversar com eles e descobrir que tipo de homens eram, e não o havia feito porque o juízo que tinha deles era firme, um preconceito: eram ladrões e nada mais. Arturo lhe resultou uma surpresa, embora uma surpresa dolorosa: ninguém lhe tirava da cabeça a ideia de que o culpado por aquele homem ter perdido uma perna era ele, e foi inútil que Arturo lhe dissesse que aquilo era questão de má sorte ou de acaso. Não. Depois disso, começou a tentar conhecer os ladrões que prendia e aqueles que, por um motivo ou outro, chamavam sua atenção nas celas do Departamento. Teve algumas surpresas agradáveis e, outras vezes, levou verdadeiros pontapés na cara — havia homens que falavam e agiam como dando chutes. A partir dali, a escala subia até os que, como Arturo, pareciam pedir permissão para viver, o que não lhes impedia, é certo, de roubar a carteira, se pudessem, até do próprio anjo da guarda. Mas uma coisa é a condição, outra é a profissão. Os melhores eram os solitários, embora tivessem algo raro que, por vezes, conseguiu descobrir: o caráter, os costumes, de onde vinham. Terminou por perceber, apesar de todas as diferenças, que eram homens, todos homens, que, à parte sua profissão, eram semelhantes aos demais: aos policiais, aos chefes, aos advogados, aos empregados, aos guardas, aos trabalhadores, a todos que ele conhecia ou que poderia ter conhecido. Por que não mudavam de ofício? Não é fácil fazê-lo: os carpinteiros morrem carpinteiros, e os maquinistas, maquinistas, salvo raríssimas exceções.

Contudo, faltava o melhor: um dia Victoriano se encontrou cara a cara com o Traíra, ladrão espanhol, célebre entre os ladrões, homem que, duas horas depois de estar detido em uma delegacia, já tinha todo o pessoal a seu favor, desde os guardas até os oficiais; poucos conseguiam resistir ao seu charme. E se, em vez de tirar a carteira das pessoas às escondidas, a tivesse pedido com a simpatia com que pedia a um guarda que lhe fosse buscar uma garrafa de vinho, a verdade é que só os muito miseráveis lhe negariam. Quando Victoriano o prendeu e o levou para fora da estação, o Traíra lhe perguntou algo que ladrão algum lhe havia perguntado até então: aonde vamos? Ele respondeu: ao Departamento. Aonde mais poderia ser? Homem, achei que me levava para tomar uma taça de vinho ou algo assim. Aqui perto tem umas azeitonas ótimas. Duas quadras depois, Victoriano achou que ia morrer de tanto rir com as tiradas do madrilenho, e continuou rindo até chegar à delegacia onde, apesar da graça que ele lhe causara, o deixou e voltou para a estação. Alguns dias depois, como não havia nenhuma acusação formal contra ele, o Traíra foi posto em liberdade. E naquela noite, com a chegada do trem dos milionários, Victoriano, com uma surpresa que jamais sentira, viu o Traíra — limpo, quase elegante, com os grandes bigodes bem penteados — descer de um vagão de primeira classe, sobretudo no braço, seguindo um senhor de quem parecia querer tirar a carteira quase aos puxões. Victoriano ficou boquiaberto: o Traíra, ao vê-lo, não só não fez o que a maioria dos ladrões fazia ao vê-lo — esconder-se ou fugir —, como, pelo contrário, lhe piscou um olho e sorriu, continuando rápido atrás daquela carteira que lhe escapava. Quando Victoriano reagiu, o rato já estava fora da estação, na rua, e foi ali que o encontrou, mas já não alegre e brincalhão como na vez anterior e como momentos atrás, mas furioso: o passageiro tinha pegado um coche, levando consigo a carteira. Maldição! Faz um ano que não vejo uma! Victoriano teve que acalmá-lo. Tenho mulher e cinco filhos e estou com as mãos como chumbo! Vamos ver o que acontece.

"E ninguém soube, nem naquele tempo nem depois, o que mais disse o ladrão, nem que história contou ou o que propôs ao inspetor. O certo é que, daquele dia em diante, passou-se a roubar na estação de Victoriano — e em todas as estações da cidade — como se estivesse tudo despovoado; as carteiras e até as malas desapareciam como se os donos estivessem dormindo, e como se os agentes não fossem pagos para impedir que aquilo acontecesse. O chefe chamou Victoriano: o que está acontecendo? Nada, senhor. E todos esses roubos? Ele deu de ombros. Eu vigio, mas não vejo ninguém; o que o senhor quer que eu faça? Vigie um pouco mais.

Tiraram-no da estação e o transferiram para os cais. Ali, aliviaram da carteira, na própria escada de desembarque, o capitão de um paquete inglês[9]: só libras esterlinas; mandaram-no a um banco, e o gerente pediu que o substituíssem: os clientes já não se atreviam a entrar. E onde quer que Victoriano aparecesse, como se aparecessem cem ladrões com ele, só se ouviam gritos de: Minha carteira!, minha carteira! Peguem o ladrão!

---

9 PAQUETE: Embarcação a vapor de grande porte utilizada para o serviço de correio e comércio entre portos do mesmo país.

Um ladrão que jamais era detido. Chamaram-no à chefatura, mas nada foi esclarecido, e o pior é que se passou a roubar em todos os lugares, estivesse Victoriano presente ou não; os ladrões, enfim, tinham encontrado sua oportunidade, e vinham de todas as partes, aos montes, como gafanhotos, roubando a torto e a direito, com as duas mãos, e indo embora em seguida, certos de que aquilo era bom demais para durar. A população de ratos aumentou a tal ponto que, nas estações, às vezes via-se tantos ladrões quantos passageiros, sem que, por isso, mais detidos fossem levados ao Departamento, onde só chegavam os mais tolos, ou os que eram capturados pelos próprios passageiros e entregues, entre tapas e socos, aos guardas da rua, já que os investigadores brilhavam por sua ausência. Os investigadores, por sua vez, não se metiam no negócio. Os chefes pareciam sentados em uma grelha, tostando-se em fogo brando. O governador da província interveio. Interrogaram-se os agentes, e ninguém sabia de nada — embora, na verdade, todos soubessem muito bem, assim como sabiam os próprios afanadores: Victoriano, os demais inspetores, e os agentes de primeira, segunda e até de terceira classe, todos recebiam uma participação da quadrilha com a qual cada um operava. Haviam caído em uma espantosa venalidade, Victoriano à frente, humanizando-se demais. Um dia tudo acabou, e a culpa, como sempre, foi dos piores: o Negro Antonio, que aproveitando aquela conjuntura passara de atracador a carteirista — sem ter dedos para o ofício, nem para nada que não fosse dar pancada ou agarrar alguém em uma rua deserta — e que, na verdade, não passava de uma espécie de serviçal da quadrilha que operava sob o olhar bondoso, antes tão temido, de Victoriano, foi detido, bêbado, na Central. Não só tentou arrancar à força a carteira de um passageiro, como também lhe bateu quando o homem resistiu em se deixar roubar de modo tão descarado. Era demais. Na cela, começou a gritar e a dizer tantas coisas que o chefe, a quem chegou a história, mandou trazê-lo à sua presença. O que é que você está dizendo? A verdade. E qual é a verdade? Vamos ver, você é inteligente: vamos esclarecer.

E o Negro Antonio, fanfarrão e estúpido, contou tudo: Victoriano, e com ele a maioria dos agentes, recebiam propina dos ladrões. Está mentindo. Mentindo? Quer que eu prove? Te coloco em liberdade incondicional. Feito.

"O chefe anotou a série e os números de dez notas e as entregou a ele. O Negro foi solto, sendo designado um agente especial para vigiá-lo. Uma vez na rua, pegou um trem e desceu duas ou três estações antes daquela onde estaria Victoriano; chegou, desembarcou e, ao passar, fez-lhe um sinal. Minutos depois, em um reservado do restaurante onde Victoriano costumava se encontrar com o Canhoto Julián, chefe da quadrilha, Antonio lhe entregou as dez cédulas. Que é isso? O Canhoto é quem os manda; seguiu viagem para Buenos Aires. O inspetor ficou surpreso: não costumava lidar com pássaros de voo baixo, mas ali estavam os mil pesos, uma quantia várias vezes superior ao que ganhava por mês, e ele os guardou. O Negro foi embora. Victoriano esperou um pouco e saiu: na calçada, como dois postes, estavam dois delegados de uniforme que se aproximaram e lhe comunicaram, com muito respeito, que tinham ordens de levá-lo ao Departamento. Victoriano riu, acreditando que se tratava de um engano, mas um dos delegados lhe disse que não havia motivo algum para rir; sabiam quem ele era, e tudo o que precisava fazer era acompanhá-los. Tentou resistir, e o outro delegado lhe disse que era melhor mesmo que risse: pertenciam ao serviço rural, especializado em perseguir bandidos e ladrões de gado, e tinham sido escolhidos pessoalmente pelo chefe. Assim, andando, e nada de meter as mãos nos bolsos, jogar papeizinhos ou outros subterfúgios. Victoriano percebeu que a coisa era séria e baixou a cabeça.

No escritório, diante do chefe, foi revistado: nos bolsos estavam as dez cédulas, mesma série, mesmo número. Não havia dúvida. Está bem. Podem sair. Victoriano não negou e explicou sua situação: tinha vinte e três anos de serviço; havia entrado como agente auxiliar, sendo logo promovido ao serviço regular por sua habilidade em deter e identificar batedores de carteiras, onde, em pouco tempo, tornou-se agente de primeira, e anos depois, inspetor. Ali sua carreira estagnou; estava havia dez anos no mesmo cargo e ganhava um salário miserável: qualquer fazendeiro que viajasse no trem das 6h45 levava na carteira, a qualquer momento, uma quantia muitas vezes superior ao seu rendimento anual. Ele precisava proteger esse dinheiro, sem esperanças de ascender a chefe de brigada, subcomissário ou diretor; esses cargos eram políticos e dados a pessoas ligadas a algum chefe de partido. Ele não podia fazer isso; seu trabalho não permitia, e seu caráter também não se prestava a isso; tampouco podia bater em alguém ou andar espalhando fofocas ou denúncias como um valentão ou um alcaguete.

"Perseguira e prendera ladrões como o cão persegue e caça perdizes e coelhos, sem saber que também são, como ele, animais que vivem e precisam viver, e nunca, até o dia em que o Maneta Arturo caiu sob as rodas de uma locomotiva fugindo dele, pensou ou suspeitou que um ladrão era também um homem, com os mesmos órgãos e necessidades dos demais, com casa, mulher, filhos; essa foi sua revelação: havia descoberto o homem. Por que era então policial? Porque não podia ser outra coisa. Não seria o mesmo com o ladrão? Depois veio aquele maldito Traíra: jamais um ladrão tivera coragem de enfrentá-lo e conversar com ele; olhavam-no apenas como policial, assim como ele os via apenas como ladrões; quando prendia um, o levava à delegacia, o entregava e nunca mais ouvia falar até que, por azar, o homem caísse de novo em sua mira — e nunca uma palavra, uma conversa, uma confidência, muito menos uma palavra afetuosa, um sorriso. Por quê? O Traíra foi diferente: falou com ele, tratou-o como homem; mais ainda, riu dele, de sua fama, de sua autoridade, de seu amor ao dever: aquele era um homem. Sim, havia recebido dinheiro, mas isso era outra história: o chefe devia saber que ele só fizera duas coisas na vida: prender ladrões e ter filhos, e se no ano anterior havia prendido mais ladrões que qualquer outro agente, também naquele ano nascera seu décimo primeiro filho…

"O chefe, um homem saído do povo, mas que soubera se pôr a serviço de um cacique político, entendeu tudo, mas as coisas já não podiam continuar daquele jeito e, embora estimasse Victoriano como à menina de seus olhos, pois era seu melhor agente, fez com que ele assinasse a demissão, deu-lhe um tapinha no ombro e o dispensou. Naquela noite, conforme os agentes chegavam ao Departamento para entregar ou receber o turno, iam sendo informados de sua sorte: demitido, interino, confirmado... Victoriano ainda vive e, felizmente, seus filhos se tornaram pessoas decentes. Aurelio é o filho mais velho. E o Negro Antonio? O Canhoto Julián lhe deu uma única facada."

Ao entardecer, encontrei minha mãe na porta da delegacia e voltamos para casa. Tinha pagado a primeira parcela.

VII

Não pude, portanto, embarcar: não tinha documentos, apesar de minhas pernas e meus braços, meus pulmões e meu estômago, apesar de minha solidão e de minha fome; parecia não existir para ninguém. Sentei-me na escada do cais e olhei para o mar: o navio virava cento e oitenta graus, apontando depois para o noroeste. Reluziam ao sol da tarde os metais e as pinturas, os botes brancos, as chaminés escuras. Percorri-o com os olhos da popa à proa: em algum lugar do convés, em uma cabine, na cozinha ou no refeitório, ia meu amigo. Baixei a cabeça, desanimado: ali eu ficava, naquele porto desconhecido, sozinho, sem dinheiro, sem nacionalidade comprovada, sem amigo.

Eu o conhecera à beira de um rio. Aproximei-me dele de longe e só quando cheguei ao seu lado levantou a cabeça e me olhou:

— Gosta delas?

No gramado, moviam-se duas pequenas tartarugas.

— São suas?

— Minhas. Vamos, ande.

Com um gravetinho, empurrou uma delas.

— Sempre as leva com você?

— Sim.

Olhou-me de novo, examinando-me, e se ergueu: algo chamava sua atenção. Talvez meu modo de falar.

— E você?

Não soube o que responder àquela pergunta e me calei, esperando outra.

— De onde vem?

Girei o corpo e apontei para as altas montanhas.

— Da Argentina?

Assenti com a cabeça. Olhou-me de cima a baixo, ficou em silêncio por um instante e então exclamou:

— *Caráleos!*

Apontou meus sapatos, que já não tinham saltos, nem reforços, nem solas. Ao sair de Mendoza em direção ao Chile, eram novos, no entanto.

— Como caminha?

— Com os pés.

Sorri tristemente com minha piada.

— Sente-se — me convidou.

Quando me sentei e estiquei as pernas, as plantas de meus pés, negras de sujeira e feridas, arrancaram dele outra exclamação:

— Como consegue andar?!

Reclinei-me para trás, deitando-me sobre a grama, enquanto ele, abandonando suas tartarugas, continuava olhando meus pés. Ouvi que dizia:

— Da Argentina... Buenos Aires?

— Mendoza.

— Tudo a pé?

— Oitenta quilômetros de trem, escondidos, na cordilheira.

Olhou ao redor.

— Não está sozinho?

— Agora sim.

— E o que aconteceu com seus companheiros?

— Marcharam para o Sul.

— E você?

Aquele "e você?" servia para muitos casos: e você, por que

não foi?, e você, quem é?, e você, de onde vem?, e você, o que diz? Respondi, por intuição:

— Não quero ir para o Sul; muita água. Não me interessam as minas.

Inclinou a cabeça e disse:

— Sim; mas é lindo. Como sabe que chove muito?

— Devo ter lido.

— É verdade, chove muito... Também já estive na Argentina.

Endireitei-me.

— Voltei faz dois anos.

Estávamos sentados na margem sul do Aconcágua, perto já do mar. As águas, rasas ali, faziam barulho ao arrastar-se sobre os seixos. Ele recolheu as tartarugas, que avançavam rumo ao rio.

— E por que deixou sua casa? — perguntei.

Ele me olhou surpreso.

— E você?

Fiquei surpreso também: era a mesma pergunta feita já duas vezes e que eu consegui deixar sem resposta. Agora não podia evitá-la:

— Não tenho casa.

Pareceu desconcertado.

— Mas você deve ter família.

— Sim...

— E essa família deve viver em algum lugar.

Fiquei calado. Como lhe dizer por que eu não sabia nada de meus irmãos nem de meu pai? Talvez tenha percebido minha confusão e não insistiu. Falou:

— Minha mãe morreu, quer dizer, acho que morreu; não a conheci e não sei nada dela. Na minha casa não há nenhuma lembrança dela, um retrato, uma carta, um bordado, qualquer uma daquelas coisas que as mães deixam e que as fazem ser lembradas. E não é porque minha madrasta tenha destruído ou guardado essas coisas; não existiam antes de ela chegar em casa. Durante anos vivemos sozinhos com meu pai.

— O que seu pai faz?

Olhou-me, surpreso de novo.

— Como assim, o que faz?

— Sim, em que trabalha?

— É professor.

A conversa não conseguia tomar um rumo contínuo. Trocávamos olhares minuciosos, examinando nosso rosto, nossas roupas, nossos movimentos, como se pelo exame de tudo isso pudéssemos chegar a saber algo um do outro. Falava corretamente e devia ser uns sete anos mais velho que eu, anos que representavam uma grande parcela de experiência e de conhecimentos. Coisa inverossímil: usava óculos, e não óculos com hastes, daqueles com os quais se pode correr, saltar, abaixar-se, brigar e até nadar, mas sim daqueles que se prendem ao nariz com umas pinças que mal beliscam a pele. Um vagabundo de óculos é tão raro quanto um com guarda-chuva, e eu não tinha dúvida de que ele era vagabundo: seus sapatos, embora ainda intactos, estavam cheios de terra — quantos quilômetros teria percorrido naquele dia? —; umas meias acinzentadas caíam frouxamente sobre seus tornozelos e as barras da calça estavam tão sujas quanto os sapatos. Suas roupas eram quase novas, mas pareciam abandonadas, cheias de pó, como se o dono não tivesse nada a ver com elas. Sua camisa, no entanto, embora não reluzente, ainda estava apresentável e nela uma gravata preta, gasta e com alguns fiapos, se balançava de um lado para o outro, procurando o desgovernado colarinho. O melhor teria sido declarar que era necessário nos interrogarmos por turno sobre tudo aquilo que queríamos saber: nossa origem, por exemplo; nosso rumo, se é que tínhamos algum; nosso destino, se ao menos suspeitássemos qual era, e por quê, quando e como; mas não era fácil decidir, e não era fácil porque, na verdade, ainda não sentíamos a necessidade de saber nada um do outro. Estávamos nos primeiros rodeios e sentíamos uma desconfiança mútua, e se no fim das contas não nos interessássemos um pelo outro? Podia ser que eu passasse a achá-lo banal ou que ele me achasse assim; podia acontecer de seus hábitos ou seus gestos me serem desagradáveis, ou que os meus lhe parecessem estranhos. Já tinha me acontecido — e talvez também a ele — de encontrar indivíduos com os quais não só é difícil se dar bem, mas até conversar ou ficar juntos em algum lugar; indivíduos constituídos de um modo único, duros e impenetráveis, por exemplo, ou macios e porosos, como pedaços de úberes de vacas, com os quais, em muitos casos e iludidos pelas circunstâncias, a pessoa se mostra aberta, comunicativa, conta sua vida ou algo dela, faz piada e ri, para descobrir, ao final, que não só perdeu tempo falando, mas, pior ainda, fez papel de ridículo ao tratar com esse indivíduo de assuntos que para ele são indiferentes. Havia nele, contudo, algo em que se podia confiar desde o princípio: as tartarugas, em primeiro lugar, e seus óculos, depois; um indivíduo com duas tartarugas na bagagem e um par de lentes sobre o nariz não era alguém a quem se pudesse desprezar ali, à beira do Aconcágua: era preciso levá-lo em consideração.

São raros os vagabundos de óculos e eu só tinha conhecido um desse tipo, um indivíduo que viajava acompanhado de um tocador de realejo e de um tocador de pratos com bumbo, não na qualidade de músico, pois ele não era, mas como agregado comercial: quando o do realejo terminava de girar a manivela e o dos pratos, de tocar e pular, o judeu — pois o era, e ainda polonês — se adiantava em direção ao público e começava a falar; tinha um rosto infantil, cheio de luz, bochechas coradas e bigode loiro; uma longa e dourada cabeleira, que escapava por debaixo de um chapéu sujo, conferindo-lhe um ar de iluminado. Uns olhos azulados, de olhar distante e triste, examinavam a clientela por trás de uns óculos redondos. Seus gestos sóbrios, quase refinados, e sua voz suave impressionavam as pessoas, fazendo-as acreditar que aquele homem falava de algo muito importante, talvez por seu aspecto exótico, de uma nova revelação. Ninguém entendia, nos primeiros instantes, o que ele dizia: carregava debaixo do braço um pacote de folhetos e dele extraía um, que estendia aos presentes. Estaria ali o Verbo? Alguns espectadores teriam desejado pegá-lo imediatamente, mas como até então nenhum escolhido do Senhor havia aparecido no mundo acompanhado de um tocador de realejo tocando "Parlame d'amore, Marilú"[10] e de um tocador de pratos que saltava e lançava brados, eles se continham, aguçando a inteligência e o ouvido. Poucos instantes depois, aqueles que estavam mais próximos e, em geral, eram os primeiros a entender o quc aquele homem dizia, sentiam como se uma enorme mão lhes fizesse cócegas em várias partes do corpo ao mesmo tempo, inclinando-os ou fazendo-os recuar ou desviar para um lado, dominados por uma risada incontrolável: o iluminado de chapéu sujo vendia cadernetas de canções e não fazia, ao falar, outra coisa senão anunciá-las e oferecê-las, mas com palavras tão desfiguradas, tão alteradas de gênero e som, que ninguém as ouvia sem cair na risada. As pessoas compravam os cancioneiros na esperança de que fossem tão engraçados quanto o vendedor, só para descobrir que nelas não havia outra coisa senão tangos e milongas com letras capazes de fazer chorar até um canibal. Entretanto, indiferentes às alusões ou desilusões alheias, o tocador de realejo, curvado pelo peso de seu instrumento, o tocador de pratos com seu bumbo e sua coroa de sinos, e o homem de rosto iluminado, com seu pacote de folhetos debaixo do braço e seus óculos brilhando sobre o nariz avermelhado, retomavam seu caminho, mudos como postes. Não, um vagabundo de óculos é uma ave rara e ali estão, além disso, as tartarugas, deslizando silenciosamente sobre a grama: nunca vi ninguém, nem ouvi falar de alguém, que viaje a pé acompanhado de qualquer animal, um cachorro, por exemplo, ou um gato, que exigem cuidados especiais e ainda mordem, arranham, destroem, latem, miam, roubam, fazem amor, se reproduzem, desaparecem e aparecem. Por outro lado, todos os animais domésticos são sedentários — do contrário não seriam nem uma coisa nem outra —,

10 MARILÚ: Canção popular composta em 1932 para o filme *Gli uomini, che mascalzoni* (Os homens, que canalhas), de Mario Camerini. Essa referência situa o narrador vários anos depois dos momentos relatados no romance.

e ninguém jamais viu um viajante que percorresse o mundo acompanhado de uma galinha ou de uma vaca.

Algo brotava dele, clara e tranquilamente. Seus olhos, como os do vendedor de cancioneiros, também eram de pouco brilho, embora não azulados, mas escuros, talvez castanhos, de tamanho pequeno e com cílios curtos e duros, olhos de míope. Mas, sem dúvida, cabia a ele perguntar:

— Não tem dinheiro?

— Não. Para quê?

Apontou meus sapatos.

— Com essas sandálias não chegará muito longe.

Era verdade, embora já nem pudessem ser chamadas de sandálias. Um pedaço de arame tirado da parte frontal da ponta e unido à borda impedia a desintegração total.

— É verdade; mas tudo que tenho são vinte centavos argentinos. Aqui estão.

Era o capital com que eu estava entrando no país. Examinou a moeda e a deixou sobre a grama, onde ficou brilhando: uma cabeça de mulher e um gorro frígio: sejam eternos os louros...[11]

— Tenho roupas que posso vender.

— Não as venda; vai precisar delas.

— O que faço, então?

— Tenho umas alpargatas na mochila; vou emprestá-las a você.

— Ficarão pequenas para mim.

— Cortamos o que incomodar, o essencial é não pisar o chão descalço.

11 Primeiro verso do hino nacional argentino, cuja letra é de 1812. A estrofe completa diz: "Sejam eternos os louros/ que soubemos conseguir:/ coroados de glória vivamos,/ ou juremos com glória morrer".

VIII

O leito do rio Aconcágua é bastante largo nessa região, mas seu volume de água é escasso e, além disso, divide-se em braços que surgem aqui e ali entre os arbustos, buscando níveis mais baixos ou terrenos mais macios, afinando-se ou engrossando, conforme a sorte que lhes cabe, pois acontece que ora é ele completamente despojado de suas águas por um canal, ora é aumentado pelo volume de um riacho menor que, tendo encontrado dificuldades em seu percurso — terrenos duros, por exemplo, ou leitos com seixos muito grandes —, renuncia às suas ambições de independência e se une ao primeiro que encontra; e há alguns que lutam por um longo trecho contra as pedras que os areeiros deixam amontoadas de um lado e de outro, ou que o próprio rio, em épocas de cheia, ao investir contra tudo, acumula; e se ouve a água deslizar cuidadosamente, como se contasse as pedras, até alcançar um remanso, onde descansa, para depois seguir silenciosa. A margem oposta mostra fileiras ou grupos de árvores, principalmente salgueiros e álamos; há um corte abrupto, de pouca altura, depois um trecho plano, breve, e em seguida o terreno começa a subir em direção às colinas marítimas, algumas amarelas de restolho de trigo ou cevada, e todas exibindo graciosos grupos de arbustos, espinheiros, boldos, que aparecem sobre elas como amigos ou como velhas que conversam sobre a vida dura e as terríveis doenças da infância, da adolescência, da idade madura e da velhice. Olhando para o oeste, acontece que não se vê nada. Pode o rio correr ali à vontade, livre de margens altas, de várzeas, de arbustos, de seixos, de canais de irrigação ou industriais que o despojam, o diminuem, para depois voltar a enchê-lo? Não: o rio morre ali. Há algo como uma neblina para o oeste e atrás desse algo como neblina está o mar. Para o leste ergue-se a muralha da cordilheira; cumes violentos, relâmpagos de gelo talvez tão antigos quanto o mar. O Aconcágua, pai do rio, preenche o horizonte.

— Vamos caminhar enquanto conversamos.

As alpargatas ficaram um pouco apertadas em mim, mas não me incomodavam. Recolhemos a bagagem e nos pusemos em marcha. Junto com isso, meu amigo começou a falar:

— Vou para Valparaíso e pretendo seguir para o norte, até onde puder, talvez até o Panamá ou talvez até o estreito de Bering. Essa é minha terceira saída. Meu pai diz que são como as de dom Quixote, talvez, embora eu não saiba por quê; não li o *Dom Quixote*. Da primeira vez, fui embora de puro tédio; fiquei cansado de matemática e gramática, de história antiga e moderna, de educação cívica e francês; antes de me ensinarem a limpar o nariz, já me ensinaram os nomes dos deuses egípcios. Para quê? Cultura. Graças à cultura, meu pai não me deixava comer; chegava em casa na hora do almoço ou da janta, cansado de tentar aprender algo, e ele, que é professor, como lhe disse, me recebia com um rosário de perguntas: o que estudou hoje? Eu ficava com a colher a meio caminho, entre o prato e a boca.

"— Francês, castelhano, biologia, matemática.

"— Matemática? Que parte da matemática?

"E tínhamos matemática até a sobremesa. É um homem que domina a álgebra como um pescador pode dominar suas redes. O que fazer? Tudo é cansativo, porém, mais que tudo, a matemática. Pensei no mar: haveria lá álgebra, geometria, declinações, equações de primeiro grau, decimais, verbos auxiliares e sabe Deus o que mais? Queria horizontes, não muito amplos porque sou meio míope, porém mais extensos do que os que me permitiam as paredes da sala de aula e o bigode do professor de francês. Fui, então, para o mar. Os náufragos suspiram por um barco que os leve ao continente; eu queria um que me levasse a uma ilha, fosse qual fosse: caí em um navio de guerra; já era algo: marinheiro; não havia humanidades, embora sim um sargento do mar que não falava nem gritava, mas bramava: Arriba a proa, marinheiro! Enfurna o pano! Marola no estibordo! E acrescentava, entre sério e zombeteiro, ao amanhecer: Acabou a boa vida!... A boa vida... A verdade é que não era tão ruim; navegando por toda a costa do Chile e além, 'do polo ao ardente equador'[12], como cantava minha avó paterna em Valparaíso. Eu havia escolhido aquilo e aguentei enquanto pude; sou ruim para estudar e ruim para trabalhos manuais; nunca consegui pregar um prego direito nem cortar uma tábua em esquadro. Para que sirvo? Vai saber; mas também me cansei: virar a estibordo, aguentar a bombordo, desobstruir o convés, prender aquele cabo, varrer aqui, limpar ali, baixar o bote do capitão, fechar as escotilhas, temporal no cabo Raper, nuvens pesadas, vento aos baldes. Desertei em Punta Arenas; já tinha navegado bastante e queria pisar em terra firme; em terra, no entanto, era preciso trabalhar e eu não sabia fazer nada. Rodei por aí, dormindo em um muquifo para pés-rapados, até que encontrei um amigo, desses amigos do colégio que a gente sempre encontra em todo lugar; são tantos.

"— Você por aqui! Que diabos te trouxe a Punta Arenas?

"— Desertei do meu navio e estou procurando trabalho.

"— Trabalho em Punta Arenas, nesta época?

"— Não pude escolher outra.

"Era outono.

---

12 Verso do poema "Hino nacional", do escritor romântico chileno Pablo Garriga (1855-1893). O poema tem um forte caráter nacionalista: "Que ele [o nome do Chile] se escute troando pelos ares/ do polo ao ardente equador! Com sua glória ilumina o passado/ e o futuro, esplendor lhe dará!".

"— Deixe eu pensar um pouco, embora, na verdade, não haja muito o que pensar: você gostaria de ser agente de polícia?

"— Polícia? Com uniforme, sabre, botas, pistola etc.? Não, obrigado.

"— Não, rapaz: polícia de investigações, como se chamam?, agentes, detetives, desses que andam à paisana. Havia quatro aqui, mas um está indo embora e precisam de um substituto; o salário não é tão ruim e o trabalho não é muito.

"— Há muitos ladrões por aqui?

"— Ladrões? Aqui não há ladrões. Como você quer que haja ladrões em uma cidade em que o termômetro chega no inverno a vinte graus abaixo de zero? Nem ladrões nem mendigos; congelariam nas ruas. Há apenas um ou outro roubo, assim, por acaso; assassinatos, pouquíssimos; suicídios, sim, sobretudo quando o oeste sopra por muitos dias seguidos; mas os suicidas não precisam ser perseguidos nem presos, são enterrados e pronto. O que você acha?

"O que eu ia achar? Aceitei. Pior é comer ratos. O navio havia zarpado e eu não tinha outra saída: agente de polícia; belo ofício. E ali fiquei, na cidade dos dias curtos e das noites longas, ou o contrário, conforme a estação, com um revólver .44 na cintura, esperando que o outono e o inverno passassem para poder zarpar rumo ao Norte. Passei um inverno bem bacana. Um dia houve um incêndio: um mercado, ajudado pelo vento, queimou em dois minutos; pura madeira; quando os bombeiros chegaram, tudo era cinza. Investigou-se: o dono havia ateado fogo e declarou isso aos gritos. Era um italiano; estava cansado do mercado e quis vendê-lo, sem encontrar comprador por preço nenhum; quis deixá-lo para um compatriota, mas o compatriota, que andava procurando ouro na Terra do Fogo e que, ao que parece, havia encontrado suas pepitas, declarou que aceitaria qualquer presente, menos um mercado; não se interessava por bens desse tipo; que outro cachorro roesse tal osso. O italiano sentiu um desespero tremendo: não podia alugá-lo, não podia vendê-lo e tampouco se decidia a deixá-lo abandonado; queria partir, no entanto, e quando chegaram os dias em que o vento começa a soprar firme dia e noite, não aguentou mais e decidiu queimá-lo; assim se livraria dele. O mercado não tinha seguro. Foi o que declarou e suspeitou-se que estivesse louco: um comerciante, italiano ou não, que queima seu negócio sem ter seguro só pode estar com um parafuso a menos, e de fato estava, completamente. Foi detido, e como lá não havia manicômio, foi internado no hospital, cabendo à polícia vigiá-lo enquanto não chegasse o navio que pudesse levá-lo a Valparaíso. Tinha que ser um policial sem uniforme; o louco, não sei por quê, não suportava a visão de uniformes: começava a falar de Garibaldi e ficava furioso.

"Me coube um dos turnos: que sorte a minha! Quando o vi pela primeira vez, conversei um pouco com ele para ver como estava e me convenci de que o melhor seria, se eu não quisesse acabar como ele, não lhe dirigir uma só palavra enquanto estivesse vigiando-o — e quando não estivesse também. E lá ficamos os dois, trancados em um quarto do hospital, mudos como tábuas de duas polegadas; ele sentado ou deitado na cama; eu em pé, encostado à porta ou sentado em uma cadeira. A coisa durou bastantes dias; quando o colega, o outro policial, me passava o turno — o dele era o da noite —, parecia estar convalescendo de uma pneumonia dupla, e eu, quando o entregava ao entardecer, me sentia como se tivesse esfregado sozinho o convés de um encouraçado. Levei livros e me dediquei à leitura, mas não conseguia fazê-lo com tranquilidade; sentia que o louco me olhava e estudava meus movimentos, esperando o instante em que pudesse se atirar sobre mim. Era um trabalhinho bem divertido. O louco começava de repente a recitar um longo monólogo em italiano, em voz baixa, do qual não se entendia nada ou quase nada; duas ou três palavras, no máximo. Eu parava de ler e o observava, esperando que se calasse. Era um homem baixo e forte, de cabeça um pouco quadrada, pele clara e cabelo preto; usava bigode. Falava e falava por longos períodos e, de vez em quando, lançava-me olhares rápidos e sombrios, como se estivesse se escondendo de mim, a cabeça baixa, os olhos vermelhos. Me ocorria, no entanto, que ele não me dava mais importância que às cadeiras ou às tábuas do piso, mas seus olhares, embora iguais para tudo, me deixavam inquieto.

"Que teria acontecido com o navio, que não chegava? Daria meu salário de um ano para não estar ali e amaldiçoava a estupidez que cometera ao desertar do navio; o sargento era, de longe, preferível ao louco. O italiano se calava e eu continuava lendo, e um dia, justamente no momento em que o romance que lia chegava ao seu ponto mais emocionante, senti que algo como uma casa de dois andares desabava sobre mim; bati de cara no chão, e a cadeira onde me sentava estourou como uma noz apertada por um alicate: o louco, aproveitando meu descuido e minha paixão pela leitura de romances, lançou-se sobre mim como um tigre. Fiquei embaixo dele, com o romance em uma das mãos e, com a outra, tentando agarrá-lo por alguma parte vulnerável, fosse qual fosse. Durante alguns segundos mantive o livro na mão; algo inconsciente me impedia de soltá-lo, como se esse algo temesse que, durante a luta, ele se rasgasse e ficássemos sem saber o que acontecia nos últimos capítulos. Era um romance inglês: *A colher de prata*[13]. Voltando a mim, larguei-o, lançando-o com cuidado a certa distância, e voltei minha atenção para o italiano, que bufava como uma foca.

"Ele me segurava pelo pescoço, por cima de um ombro — estava apenas parcialmente sobre mim —, e o apertava, embora um pouco fracamente, com uma só mão, a esquerda, enquanto a direita percorria minhas costelas, tateando como se procurasse alguma coisa. O que ele queria? Quando me dei conta do que pretendia, senti terror: queria se apoderar de meu revólver. Enquanto me segurava assim e me apalpava, começou um monólogo que começou com as palavras *la rivoltella,*

13 A COLHER DE PRATA: Romance publicado em 1926 e escrito pelo inglês John Galsworthy, prêmio Nobel de Literatura em 1932. Sua obra representa um olhar realista e crítico da sociedade britânica antes e depois da Primeira Guerra Mundial. *A colher de prata: uma comédia moderna* conta a história de Michael Mont, representante da Câmara dos Comuns, e Fleur Froyste, sua esposa, dedicada à vida social.

la rivoltella[14], e no qual, como em todos os outros, mencionou Garibaldi. Ninguém me tira da cabeça a certeza de que aquele homem era um dos de Marsala, talvez o último[15]. Pesava sobre mim e me mantinha em uma posição que me impedia de fazer força; aproveitando, no entanto, um instante em que a pressão afrouxou em alguma parte, virei-me ao mesmo tempo em que soltava um berro que poderia ter sido ouvido no Canal Beagle, mas que, infelizmente, ninguém escutou: o quarto era um dos últimos do prédio e soprava um vento dos infernos. Me dei conta de tudo, e quando consegui me colocar por cima do louco, vencendo sua resistência, agi como as circunstâncias me aconselhavam: um soco na cabeça, que teria clareado suas ideias se elas já não estivessem tão obscuras, o deixou fora de combate, murmurou pela última vez *la rivoltella* e me soltou.

"Levantei-me, recolhi o romance e joguei umas gotas de água no rosto do louco. Ele recobrou os sentidos, ergueu-se, olhou de esguelha para mim e foi sentar-se no lugar de costume, onde, inclinando a cabeça, iniciou um monólogo no qual já omitia a palavra *rivoltella*. Da minha parte, depois de esperar um momento, de me ajeitar e sacudir um pouco a roupa e soltar dois ou três suspiros desaforados para normalizar a respiração, sentei-me e tentei continuar a leitura; não consegui: a emoção tinha sido forte demais. Sentia, lá no fundo, algo como um remorso, que tentei dissipar dizendo a mim mesmo que não teria sido possível agir de outra maneira. Como discutir com ele ou tentar dissuadi-lo? E lá ficamos, ele falando, eu calado, com o livro na mão e sem conseguir me recompor. Mas nosso martírio terminou no dia seguinte, com a chegada do navio em que o demente seria levado para Valparaíso, e, embora só pudéssemos levá-lo a bordo um momento antes da partida, relaxamos pensando que não nos restavam mais que dois ou três dias.

---

14 LA RIVOLTELLA: O revólver, em italiano.

15 Em 11 de maio de 1860 se realizou o desembarque de Marsala, na costa siciliana, um dos marcos iniciais da campanha de unificação italiana liderada por Giuseppe Garibaldi. Essa primeira campanha foi chamada "Expedição dos Mil".

"Quando desembarcamos do navio, depois de entregar o italiano a um contramestre com cara de poucos amigos, o outro agente e eu fomos celebrar nossa libertação com três garrafas de vinho por cabeça, tomando uma bebedeira daquelas; e ali fiquei, todo um inverno, ouvindo o vento uivar nas ruas e assobiar nas chaminés. Vida agradável: engordei vários quilos só com carne de cordeiro, apesar da falta de verduras e dos quinze graus abaixo de zero. Mas eu não tinha saído de casa para me enterrar a vida toda em Punta Arenas. Chegou a primavera, uma primavera cheia de chuva com neve, e com ela aportou ali um cruzador que constituía toda a frota de guerra da República Oriental do Uruguai. Durante dois dias fiquei olhando para ele do cais, calculando sua largura, seu comprimento e sua altura, fazendo conjecturas sobre a comida que serviam a bordo e procurando um motivo para embarcar nele e zarpar para o Norte pelo Atlântico.

"Por fim, criei coragem para falar com um cabo e, para minha grande surpresa, ao saber que eu tinha navegado em um navio de guerra chileno, alcançado até o cabo Horn, atravessado várias vezes o golfo de Penas e aguentado, sem enjoar, uma tormenta de outono no cabo Raper — que é o máximo que um cristão pode suportar —, e que conhecia, além disso, todas as manobras e os regulamentos do mar, o homem, que sem dúvida me tomou por Simbá, o Marujo, me disse que não teria o menor inconveniente em falar com o comandante; este mandou que me levassem a bordo, me interrogou, repeti toda a história, aumentando-a um pouco agora, e acabou por me aceitar para fazer a travessia até Montevidéu como marinheiro de segunda classe, com todas as obrigações correspondentes e sem outra remuneração além de roupa e comida. Além disso, não constaria no rol da tripulação. Aceitei. Era o máximo que podia desejar: renunciei ao meu opíparo cargo de agente de segunda classe, devolvi o revólver .44 e embarquei, zarpando dias depois em busca da saída do Estreito. Passados dois ou três dias, já em pleno Atlântico, navegando rumo norte direto, fomos pegos pela cauda de uma tormenta que varreu tudo e todos do convés, a tal ponto que só restaram a bordo duas pessoas que não estavam enjoando: o engenheiro de máquinas e eu; os demais, do capitão ao moço de cozinha, com o estômago na boca e as pernas perdidas, jaziam aqui e ali como trapos; chegou um momento em que me senti perdido no meio daquele navio e daquele oceano. Tudo passou, no entanto, e chegamos a Montevidéu em condições de parecer lobos do mar. Devolvi as roupas, recebi alguns pesos que me ofereceram como gorjeta, recusei um contrato como cabo de mar e zarpei para Buenos Aires em um navio que fazia a travessia durante a noite.

"Sentia-me endurecido e contente: tudo estava dando certo para mim. Linda cidade, Buenos Aires; sua terra, não é verdade? Pois bem, ali estava eu, e por que motivo eu iria gastar um dinheiro, que não me sobrava, em hotéis que não me faziam falta? Estávamos em plena primavera e o vento norte soprava às vezes como se saísse da barriga do inferno. Dormiria ao ar livre, em um banco de alguma praça ou no vão de uma porta. Meu dormitório acabou sendo na Doca Sul: você já reparou que nos portos há sempre, abandonados e meio afundados na areia ou soterrados sob montes de tábuas, uns tubos enormes? Ficam ali anos e anos e ninguém sabe por que estão ali, nem o que vão fazer com eles; também não se sabe para que serviam ou se algum dia serviram pra alguma coisa. Eu me sentia cansado depois de vagar o dia inteiro pela cidade, olhando tudo, observando tudo, e quando, já perto da meia-noite, comecei a pensar em uma enseada em que a atracação oferecesse mais condições de segurança, lembrei daquele buraco e daquele tubo e foi para lá que me dirigi. Quando fiquei diante dele, disse a mim mesmo: 'Aqui está minha cabine, e não há capitão mercante nem de guerra que esta noite vá dormir melhor que eu'.

"Não se via vivalma, embora bem perto se ouvisse o ruído dos guindastes de um navio que descarregava mercadorias ou carregava cereais; abaixei-me um pouco, já que a entrada não era feita para seres humanos, e avancei um passo na escuridão: pus justamente o pé, por sorte com cuidado, em cima de algo que se recolheu rapidamente; retirei o pé e ouvi o ruído de algo se arrastando, ao mesmo tempo em que alguém me dizia:

"— Devagar, há hóspedes.

"— Perdão, amigo. Não queria incomodá-lo.

"— Não se preocupe. O que procura por aqui?

"— Nada extraordinário.

"— Aqui não há senhoras.

"— Sinto muitíssimo.

"— Também não há comida.

"— Não estou com fome.

"— Que sorte a sua!

"— Procuro algo bem simples.

"— Então vai encontrar.

"— Você não é da polícia, é?

"— Não; esses pisam mais forte e não pedem desculpas.

"— Entre, então, amigo.

"— Há alguma cama disponível?

"— Há várias, e todas boas.

"— Gostaria de ver uma.

"— Passe por aqui.

"— Por favor, cuidado com minhas pernas.

"Não era um diálogo: as vozes vinham de todas as partes. Alguém acendeu um fósforo e pude ver o que havia ali: catorze homens. Acomodei-me em um canto disponível.

"— Peça número 15.

"Alguém soltou uma gargalhada.

"— Quer o café da manhã na cama?

"— Não sou tão delicado.

"— Encontrou a porta da sua casa trancada?

"— Não.

"— Brigou com sua senhora?

"— Tampouco.

"— Perdeu a chave?

"— Nada disso: não tenho casa, nem senhora, nem chave. Estou cansado e quero dormir.

"— Então tudo nos une e nada nos separa.

"— Fique à vontade, amigo; há boa ventilação e os preços são módicos.

"— Só que é preciso sair cedo.

"— Os guardas não dizem nada à noite, mas de manhã resolvem falar até pelos cotovelos.

"Era aquele um albergue de vagabundos, mas de uns vagabundos muito especiais: entre eles havia até indivíduos que tinham poupança no banco. Dormiam ali pessoas dos dois hemisférios e de leste e oeste: espanhóis e chilenos, iugoslavos e peruanos, italianos e argentinos; alguns andavam em dupla, outros sozinhos, sem que nenhum fosse o que o povo chama de vagabundo — ou seja, um homem que por um motivo ou outro não quer trabalhar. Pelo contrário, tinham ofício e até profissões; sapateiros, por exemplo, como o chileno Contreras, e advogados, como o espanhol Rodríguez.

"— Todo espanhol, pelo simples fato de sê-lo e enquanto não prove o contrário, é advogado — dizia.

"Havia também mecânicos e carpinteiros, pedreiros e torneiros. O que faziam ali, dormindo em uma caldeira abandonada, se eram homens de trabalho? Simplesmente, não tinham casa nem família na cidade e não podiam criar uma nem queriam gastar dinheiro alugando outra. E não pense você... cada um tinha traçado seu destino possível e sabia por que estava ali e não em outro lugar, o que esperava e o que queria fazer. Trecich, por exemplo, esperava uma oportunidade para ir a Punta Arenas, à Terra do Fogo, como dizia ele, destino de muitos iugoslavos; não conseguira chegar senão até Buenos Aires, trabalhando em um navio, e esperava por outro que, também com trabalho, o levasse até o estreito de Magalhães. Tinha dinheiro no banco, mas por que gastá-lo em uma passagem que podia pagar com seu trabalho? Era jovem e estava longe de ser um inválido; que pagassem pela passagem os que tinham dinheiro de sobra ou os que temiam o trabalho. Ele não o temia, o desejava, e quando me ouviu contar que vinha de Punta Arenas me encheu de perguntas: como é o clima, vivem ali muitos iugoslavos, é verdade que todos enriqueceram, ainda tem ouro em Bahía Valentín, não chegarei tarde demais? Não, Trecich, e se o ouro tiver acabado, se o velho Mustafá tiver feito para seu colete de fantasia um cordão duplo com as últimas pepitas tiradas de El Páramo, ainda restam muitas terras para colonizar, muitos indígenas para matar ou escravizar, muitas ovelhas para tosquiar, muitos fardos para carregar, mariscos para pescar, mercadorias para vender, lixo para recolher e sujeira para limpar. Peguei antipatia por ele: reduzia tudo a dinheiro, e não disfarcei minha satisfação quando soube que ia embarcar para Punta Arenas. Por lá deve andar ainda, procurando dinheiro até debaixo da bosta dos animais.

"Comparado com aquele caça-níqueis, o chileno Contreras parecia um cavalheiro: viajava pelo prazer de viajar e usava para isso todos os meios que o progresso pôs à disposição do homem, embora, claro, sem pagá-los. Quando o expulsavam de um trem de carga ou de um de passageiros em que viajava sem bilhete, não se incomodava e seguia viagem a pé, com sua mochila nas costas, até pegar outro. Desse modo havia chegado, de Santiago do Chile até Buenos Aires, sem gastar um centavo.

"— O tanto que falam da Argentina e de Buenos Aires; vamos ver se é verdade o que dizem.

"E ali estava; em todo o tempo que levava viajando, quatro meses — a travessia Mendoza-Buenos Aires lhe tomou dois: não tinha pressa, e como ainda não era tempo de colheita nos campos, os maquinistas dos trens perseguiam os que trepavam neles —, havia trabalhado só em duas ocasiões: uma semana em Mendoza e três em Rosário, com grande pesar dos patrões ocasionais, que não entendiam como um operário com aquelas mãos podia se entregar à vagabundagem. Rogavam que ficasse mais uns dias, mais umas semanas, mais uns meses; tinham muito trabalho e os clientes, sobretudo os de pés impossíveis, estavam entusiasmados com um sapateiro como ele.

"— Vim para passear e não para trabalhar, até loguinho, patrão.

"E depois desse inevitável diminutivo, ia embora caminhando pelos dormentes da linha férrea.

"— Se fosse para trabalhar, teria ficado no Chile, onde tenho trabalho para a vida toda e mais um pouco. Sou casado e minha mulher ficou encarregada da oficina; está me esperando. Eu disse: vou para a Argentina a pé e não posso te levar; me espere. Ela é aparadora[16] e ganha quase tanto quanto eu. Como, então, ficar em Mendoza ou em Rosário trabalhando para um patrão que só quer ganhar dinheiro comigo? Nem morto. Vou passar aqui a primavera e o verão e no outono volto para Santiago.

"Era baixo de estatura e um pouco gordo, com olhar suave, cabelo comprido em forma de juba e ar de poeta provinciano. Sabia recitar alguns poemas e falava muito sobre a liberdade do indivíduo e sobre a exploração do homem pelo homem; suspeitei que fosse anarquista. Passei muitos momentos conversando com ele e falávamos sobretudo de Santiago, nossa cidade natal, que ele conhecia muito bem. Mas não se tratava de conversar por muito tempo, e as amizades que se faziam naquele tubo também não eram para sempre; cada um tinha sua intenção e seu destino e devia realizá-lo; aquilo não era um clube, embora fosse conhecido pelo nome de Hotel dos Emigrantes; era preciso seguir em frente, e seguimos.

"Comecei a procurar trabalho, qualquer trabalho, onde fosse e para o que fosse, escritório, loja, fábrica, mercado, estrada ou construção, a pleno sol; mas era difícil encontrar algo: dezenas e até centenas de pessoas de todas as nacionalidades, idades e procedências, vagabundos sem domicílio, como eu, e outros com domicílio, e todos sem ter o que comer, mendigavam empregos de vinte ou trinta pesos por mês. Isso era na cidade, cheia de emigrantes, alguns deles chorando pelas ruas, italianos ou espanhóis, palestinos ou poloneses, que vinham para enriquecer e que naquele momento teriam dado qualquer coisa por terem nascido na "porca América" ou por não estarem nela. No campo era pior: vagavam aos milhares, de um ponto a outro, falando línguas diferentes e se oferecen-

16 **APARADORA:** O que se ocupa de costurar as peças de couro em uma oficina de sapateiro.

do para tudo, ainda que fosse apenas pela comida; eram vistos sobre os tetos dos vagões de carga, como enormes pássaros, macilentos, mortos de fome, esperando pela colheita, pedindo comida e às vezes roubando-a.

"Estive ali um mês e meio e não encontrei trabalho nem para matar baratas — e olhe que havia muitas. Um dia me aconteceu algo curioso: estava em uma rua qualquer, encostado em uma parede e pensando em como sair daquela situação, já desesperado com minha condição que era 'ófrica'[17], como dizem os peruanos, quando vi passar um homem jovem, magro, de óculos, que por alguns segundos, enquanto passava diante de mim, me observou; sua curiosidade me incomodou e lancei a ele um olhar de soslaio, enquanto o homem se afastava; dava para ver que as solas dos seus sapatos estavam bem gastas e o paletó brilhava nas nádegas e nas costas; não devia estar nadando na abundância. Instantes depois, quando já o tinha esquecido, senti que alguém, que se aproximou sem que eu visse ou ouvisse, me pegava pela mão e punha algo nela, afastando-se em seguida. Olhei a mão: nela havia uma nota de um peso. Por quê? Quem era? Não sei. Se eu fosse judeu, teria acreditado que era o profeta Elias; mas, na verdade, não era necessário ser profeta para perceber, por minha cara e meu aspecto, que eu estava em uma penúria brava. Agradeci profundamente aquele peso e me afastei, um pouco envergonhado, mas apertando bem a nota na mão. Por sorte, meu pai, a quem eu havia escrito, mandou-me dinheiro e pude voltar ao Chile.

"Regressava o filho pródigo. Meu pai continuava tão professor como antes: matemática, gramática, biologia, física. Comecei a aprender carpintaria em uma escola de artes e ofícios. Mas ali, entre as tábuas da oficina de carpintaria, também era preciso estudar história — não história da carpintaria, mas história da pátria, que nada tem a ver com madeiras — e castelhano, geometria e educação cívica. E isso não era o pior:

---

17 **ÓFRICA:** Palavra de uso comum no Peru; significa algo sombrio e opressivo, muitas vezes com conotação de frieza, escuridão e umidade, ou indicando uma situação difícil e grave.

o pior era que eu também não servia para carpinteiro; tenho uns olhos que só servem para o indispensável: para não tropeçar nos postes.

"Por outro lado, eu não sabia o que fazer em casa: minha madrasta é uma mulher bonita, mas muito triste; tem trinta anos a menos que meu pai, que se casou com ela aos cinquenta e dois. Esse homem, dedicado a vida toda à profissão e aos estudos, sempre teve, ao que parece, um grande atrativo para as mulheres, embora eu ache que era um atrativo de domínio, ou seja, as mulheres, mais do que apaixonadas por ele, deviam se sentir dominadas por ele. Às vezes tento imaginar como era minha mãe e como devia se sentir nas mãos desse homem com charme amoroso e tão competente em álgebra, que lhe sugou a juventude e as entranhas com sua paixão de homem indiferente ao que não fosse apresentado com rigor lógico. Nunca me falou dela. Foi casado duas vezes e suspeito que tenha tido, além disso, amores longos e frutíferos, embora ocultos, com uma terceira mulher, morta no anonimato ou ainda viva, da qual suspeito ser filho. Meu irmão mais velho não aguentou por muito tempo e partiu para os Estados Unidos; deve estar por lá, e tomara que não esteja como eu."

IX

(E assim, caminhando sem pressa, um ao lado do outro, como embarcações atracadas lado a lado, nos aproximávamos do mar, levados por nossas pernas, por nossas lembranças e pelos personagens de nossas lembranças, que caminhavam, por sua vez, dentro de nós. Por um trecho, o rio se afastou de nosso lado e deixamos de vê-lo. Reapareceu, vindo do norte, muito transformado; havia reunido todas as suas pequenas e úmidas línguas, cansadas de rastejar penosamente, por quilômetros, sobre camadas de seixos. Chegava agora grosso e imponente, descansado, como se nada tivesse a ver com o rio de uma légua atrás, aquele rio dividido e saqueado por camponeses e industriais. Mas era tarde demais para engrossar e assumir ares de importância: o mar está ali, e é inútil a grandeza aparente dos últimos momentos. A única escolha é se entregar; já não é possível voltar atrás, desviar-se ou negar-se. De resto, você sai ganhando ao lançar suas águas turvas, nascidas, no entanto, tão claras, nessas outras, tão azuis, que o aguardam. Está anoitecendo, e logo as luzes de Valparaíso se acenderão.)

X

Eu não podia contar nada. Minha vida era uma vida só minha. Um dia, meu pai nos acordou ao amanhecer:

— A mamãe está mal — disse. E acrescentou, dirigindo-se aos mais velhos: — Venham vocês.

João e Ezequiel se vestiram e saíram. Os outros, nós dois, lutando contra o sono e o sobressalto, ficamos sentados na cama. Ouviram-se passos de cavalos e o barulho da sirene de uma ambulância; depois, passos e vozes dentro de casa. Em seguida, tudo ficou em silêncio. Por fim, Ezequiel apareceu no quarto.

— Vamos sair — anunciou. — O papai disse que não saiam daqui. Voltaremos logo.

— O que está acontecendo, Ezequiel?

— A mamãe está doente.

— O que ela tem?

Ele deu de ombros e fez menção de sair.

— Ezequiel! — chamei. — Para onde estão levando a mamãe?

— Para o pronto-socorro.

Ele foi embora. A porta da rua bateu, ouviu-se de novo a sirene da ambulância, e Daniel e eu, olhando-nos à luz da vela, ficamos sós e calados, atentos:

— O que será que ela tem?

Minha mãe gozava de boa saúde; nunca se queixava e jamais a vimos, como outras senhoras, pôr panos com vinagre nas têmporas, rodelas de batata ou pedaços de papel de cigarro. Aquela doença repentina, mais do que nos assustar, nos surpreendeu.

— Vamos nos levantar? — propus a Daniel.

Ainda estava escuro e fazia frio. Daniel recusou:

— Para quê? O que vamos fazer em pé?

Concordei com ele e ficamos ali, acordados e inquietos, imaginando mil coisas e falando de vez em quando. Já entrada a manhã, prestes a tomarmos o café, ouvimos a porta da casa se abrir. Saímos para o pátio. Vimos nosso pai se aproximar; tinha os olhos vermelhos e os lábios pálidos e trêmulos. Inclinamos a cabeça, assustados. Ele pôs as mãos sobre nossos ombros e as deixou ali por um momento. Depois disse, articulando as palavras com dificuldade:

— A mamãe morreu.

Afastou-se e entrou em seu quarto, fechando a porta atrás de si. João e Ezequiel, que entraram depois de nosso pai, se aproximaram de nós; choravam, as mãos na boca, o corpo inclinado, como se algo lhes doesse nas entranhas.

Ficamos ali durante uma eternidade, imóveis, sem nos olharmos ou nos olhando de soslaio; não sabíamos o que era necessário fazer e não nos atrevíamos a fazer nada; tudo nos parecia supérfluo ou inadequado. O café da manhã esfriou na mesa, a água ferveu até evaporar e o fogo apagou; ninguém prestou atenção aos gritos dos vendedores, que todas as manhãs, na mesma hora, anunciavam sua mercadoria na porta. Não se ouviam ruídos no quarto de nosso pai e ninguém se aproximou da casa. Éramos novos no bairro e, além disso, recém-chegados a Buenos Aires: nem vizinhos, nem conhecidos, nem amigos; só solidão e silêncio.

Em poucas horas, em menos de um dia, a casa era outra e outros éramos nós; outro também, com certeza, era nosso pai. Tudo mudava e tudo muda terrivelmente. Sentíamos isso em nossa imobilidade. Seria preciso que se passassem dias, talvez meses, antes que pudéssemos — se é que poderíamos — recuperar o movimento.

Já no fim da tarde, ouvimos passos no quarto de nosso pai. Um momento depois, ele abriu a porta. Estava envelhecido, o rosto abatido, o corpo curvado. Procurou-nos com o olhar: ali estávamos, sentados ou em pé, um apoiado na parede, um olhando o céu, outro o chão, torcendo o lenço ou limpando as unhas interminavelmente. Falou:

— Venham — disse.

Pareceu-nos que fazia anos que não se ouvia uma palavra naquela casa. Nos aproximamos e ele nos levou à sala de jantar. Sentou-se, pondo sobre a mesa seus longos braços. As mãos tremiam, aquelas mãos brancas, grandes, cobertas por pelos ruivos, firmes, habilidosas, que talvez nunca tremessem. Juntou-as, talvez para conter o tremor, e disse, olhando-nos um a um:

— Não tenho muito o que dizer.

Sua voz teve um leve estalo; conteve-se e continuou, enquanto nós irrompíamos em um choro silencioso.

— A mamãe morreu. Para qualquer homem isso é uma desgraça; para mim, é mais que isso. Vocês sabem por quê. Já não poderei fazer o que fazia: estou de pés e mãos atados, e é necessário olhar para outro lado, não sei ainda para qual. Infelizmente, não tenho dinheiro e estou em Buenos Aires, onde sou conhecido e onde me seria muito difícil viver tranquilo. Não sei o que vou fazer, mas algo farei. Enquanto isso, temos que nos virar como pudermos. Espero que façam o possível para me ajudar.

Ficou em silêncio e separou as mãos; já não tremiam.

— Agora — disse, levantando-se — é preciso pensar neste momento.

— Papai — disse João, hesitante —, a mamãe não tinha parentes no Chile?

— Talvez — respondeu meu pai, detendo-se —, mas parentes distantes que nem chegaram a conhecê-la. Seus pais morreram há anos, e seus irmãos também, salvo um, que está em um convento. Não temos a quem recorrer desse lado; do meu, tampouco.

Calou-se e olhou para a mesa:

— Recolham isso — disse, referindo-se à louça do café da manhã — e deem um jeito de comprar algo para comer.

Ia sair, mas se deteve.

— A mamãe será enterrada amanhã — avisou. — Iremos ao hospital buscá-la e de lá a levaremos para o cemitério da Chacarita. Irei eu com João e Ezequiel. Não é necessário irmos todos, e é melhor mesmo não irmos.

A casa voltou a funcionar, mas aos tropeços; tivemos de fazer tudo, e tudo saía tarde ou mal. E o pior não era isso: o pior era a certeza, a convicção de que aquilo não poderia continuar daquele jeito; deveria haver uma saída, uma solução, que não sabíamos qual era nem qual poderia ser. Nosso pai teria que decidir, embora, como percebíamos, isso não fosse fácil para ele. Poderia determinar que abandonássemos os estudos e fôssemos trabalhar, mas isso não era toda a solução; alguém precisava ficar em casa, e não se sabia quem poderia ser. Precisávamos de uma mulher, uma só; não havia nenhuma. Poderíamos contratar uma empregada, era o mais simples, mas isso teria de ser decidido por nosso pai. Além do mais, era preciso ver se se encontraria uma empregada para uma família cujo chefe é um ladrão conhecido.

João assumiu o comando da cozinha; sabia cozinhar tanto quanto falar guarani; Ezequiel o ajudava e Daniel e eu ficamos encarregados da limpeza e das compras, ocupações mais fáceis e rápidas. Meu pai era absolutamente inútil em relação a tudo aquilo: a única coisa que sabia fazer, nas tarefas domésticas, era pregar botões — e os pregava de tal maneira que pareciam costurados com arame: não se soltavam mais, mas não passava disso. Na cozinha, não distinguia uma panela de uma frigideira e se espantava que as batatas tivessem uma casca que precisava ser descascada.

Ficava horas andando pela casa, pensativo, parando diante das paredes, que olhava e tornava a olhar, ou diante das portas e janelas. Falava, em geral, muito pouco, e naqueles dias falou menos que nunca. Sua mente buscava uma saída para aquele problema sem solução e ele se dava conta de que seus filhos dependiam dele; era agora nosso pai e nossa mãe ao mesmo tempo, sem ter, infelizmente, as qualidades necessárias para um papel ou outro; aliás, ninguém as teria. Nós o olhávamos e também permanecíamos em silêncio.

Certa noite, percebemos que ele se preparava para sair; era a mesma hora de sempre.

— Volto logo — disse, como se se desculpasse pela saída. — Deitem-se e não deixem nenhuma luz acesa.

Saiu, fechando atrás de si, silenciosamente, a porta, exatamente como sempre fazia. Deitamo-nos tarde. Ao amanhecer, enquanto nós quatro dormíamos, alguém bateu forte à porta. Acordamos sobressaltados, e João, acendendo a vela, sentou-se na cama.

— Quem será? — gaguejou.

Não tive coragem de dizer, mas reconheci aqueles golpes: ninguém além da polícia batia assim. João foi até o quarto do papai: ele não tinha voltado. Ele e Ezequiel foram até a porta da rua.

— Quem é? — ouviu-se João perguntar.

A resposta foi a que eu esperava:

— Abram; é a polícia.

Era inútil negar, e João abriu. Três homens entraram e fecharam a porta.

— O papai não está — tentou explicar Ezequiel.

— Já sabemos — responderam com naturalidade.

Daniel e eu começamos a nos vestir e estávamos de cueca ainda, quando um dos homens entrou no quarto. Nos olhou.

— Garotos — disse, como se tivesse dito lagartixas. — Tem mais gente na casa além de vocês? — perguntou.

— Não, senhor — murmurei.

— Certo — disse. — Vamos lá, dê uma olhada por aqui — ordenou a alguém e saiu.

Outro homem entrou.

— Vistam-se e saiam — exclamou ao nos ver.

Fomos para o pátio, nos juntamos a João e Ezequiel e lá ficamos enquanto os três homens revistavam a casa centímetro por centímetro, revirando colchões, abrindo gavetas, destampando panelas, tateando as paredes; por fim, revistaram a gente também.

— Não tem nada — disse o homem que entrou primeiro, gordo, branco, de bigode castanho e olhos claros. — Vamos, garotos.

Nós quatro, de pé no pátio, imóveis e calados, parecíamos fantasmas. Os homens passaram por nós sem olhar, como se não existíssemos, e se dirigiram à porta. Estavam prestes a sair, quando João correu até eles.

— Senhor — disse.

O homem gordo parou e se virou.

— O que foi? — exclamou.

João perguntou:

— E meu pai?

O homem o olhou, surpreso, e olhou também para os companheiros.

— O Galego está preso — afirmou, como se afirmasse algo que todo mundo já sabia.

Virou-se de novo e se preparou para sair; os outros já haviam saído. Antes de fechar a porta, olhando para nós, acrescentou:

— E agora vai ficar lá por muito tempo.

Saiu, batendo a porta com estrondo. Não tinha medo de que alguém o ouvisse.

XI

Não havia mais quem desse solução, nem quem desse nada. "Estou de pés e mãos atados", tinha dito nosso pai. Agora estava atado por completo, e nós não estávamos melhor que ele; em liberdade, sim, mas de que nos servia isso? Se ele não tivesse aquele desejo oculto de fazer de nós pessoas honradas e tivesse nos ensinado, se não a roubar — o que também teria sido uma solução, como era para muitos homens —, ao menos a trabalhar em alguma coisa, nossa situação naquele momento não teria sido tão desesperadora; mas, como muitos pais, ele não queria que os filhos fossem carpinteiros ou serralheiros, pedreiros ou sapateiros, não; seriam algo mais: advogados, médicos, engenheiros ou arquitetos. Não tinha vivido uma vida como a dele para que seus filhos terminassem como trabalhadores braçais. Mas resultava pior: nem sequer éramos trabalhadores braçais.

Passou pela casa uma onda de terror e houve um momento em que nós quatro, os irmãos, estivemos prestes a fugir daquela casa, que já não nos servia para nada: ali não havia mãe, não havia pai, apenas móveis e incerteza, cômodos vazios e silêncio. Ezequiel conseguiu se recompor e nos deter.

— A mamãe está morta — disse — e não podemos fazer nada por ela; mas o papai não, e quem sabe se ainda podemos ajudá-lo.

Acompanhado de João, foi ao Departamento de Polícia.

— Sim — informaram-lhe. — O Galego está aqui.

— Podemos falar com ele?

— Vocês quem são?

— Somos filhos dele.

— Não — foi a resposta —; ele está incomunicável.

Houve um silêncio.

— Por que ele está preso? — arriscou-se a perguntar Ezequiel.

O policial sorriu:

— Não vai ser porque andava distribuindo medalhinhas — comentou. E depois, olhando para Ezequiel, perguntou: — Você não sabe o que seu pai faz?

Ezequiel corou.

— Sei — conseguiu balbuciar.

— Pois então é por isso que está preso — explicou o policial. E continuou explicando: — E agora o pegaram no pulo. Não há como negar nada.

Os dois irmãos ficaram em silêncio; o que o homem dizia dispensava comentários. Arriscaram, no entanto, uma última pergunta:

— O que nós podemos fazer?

O policial, surpreso, os olhou e perguntou:

— Vocês não sabem o que devem fazer?

— Não.

O homem deixou sua escrivaninha e se aproximou deles; parece que ficou irritado.

— Que tipo de filhos de ladrão são vocês? — perguntou, quase duramente. — O que fizeram das outras vezes? Porque não venham me dizer que é a primeira vez que o Galego é preso.

João e Ezequiel se olharam.

— Sim — garantiu João —, minha mãe contratava um advogado para ele.

— Bom — disse o policial, com um tom que demonstrava satisfação por ter tirado alguma coisa dali. — E por que não contratam um agora?

Os irmãos não responderam.

— O que foi? — perguntou o policial, solícito. — A mamãe também está presa?

— Não — respondeu Ezequiel —; a mamãe morreu faz alguns dias.

O policial emudeceu; depois perguntou:

— E vocês, estão sozinhos?

— Sim, sozinhos.

— Não têm dinheiro?

— Nada.

O homem pareceu desconcertado; também ele, nessas condições, não saberia o que fazer. Mas algo lhe ocorreu, embora não muito original:

— Então — disse lentamente —, o melhor que podem fazer é esperar.

Depois murmurou, como se fosse contra sua vontade:

— Mas vão ter que esperar muito tempo. O Galego não sairá de uma hora para outra.

Finalmente, dando leves tapinhas nas costas dos dois filhos do Galego, despediu-se deles.

— Vão, rapazes — disse com gentileza —, e deem um jeito de se virar sozinhos, como puderem.

XII

Sozinhos e como pudéssemos... Dois meses depois, não restava em casa nem uma só cadeira. Tudo foi vendido ou levado para as casas de penhor: a mesa e os catres, a cômoda e o aparador; penhoraram-se os colchões de nossos pais e também os de João e Ezequiel; no fim restaram apenas dois, no chão, nos quais, com lençóis muito sujos e dois cobertores, nós quatro dormíamos aos pares.

João e Ezequiel conseguiram, no entanto, falar com meu pai: ele se mostrou pessimista em relação a si mesmo, otimista em relação a nós: ao menos estávamos em liberdade e podíamos receber alguma ajuda. De quem? Contrariando seu costume, pensava agora nos amigos, esses amigos de quem ninguém sabia o endereço nem onde se encontrariam em um dado momento, na hora de dormir, por exemplo: se em liberdade, se presos, se foragidos, se desaparecidos, se mortos. Fez com que escrevêssemos algumas cartas, pois se lembrava de um ou outro endereço, no Chile, em Rosário, na Espanha, em Montevidéu. Enquanto as cartas seguiam, o tempo não parava e o dono da casa não tinha por que esperar que as cartas chegassem a seu destino e que as respostas voltassem; tampouco esperavam o quitandeiro nem o leiteiro, o açougueiro nem o padeiro, e não podíamos lhes dizer o que estava acontecendo e pedir que esperassem. Além disso, não chegou resposta alguma. João e Ezequiel procuraram trabalho e eu também procurei, como garçom, como entregador, como aprendiz de algo; ofereciam salários de fome, quando ofereciam. Trabalhei uma semana em uma alfaiataria: "não há salário; só lhe daremos o almoço". Aprendi a pregar botões. Chegava em casa e não encontrava ninguém: meus irmãos vagavam por aí. Sentava-me em um dos colchões e esperava; anoitecia, acendia uma luz e lia; por fim, faminto e cansado, adormecia até a manhã seguinte. Não se podia continuar assim. João resolveu partir para o Brasil e o anunciou e foi embora, não soubemos como, se a pé, de navio ou de trem; lá ele encontraria Pedro, o Mulato, e nos mandaria ajuda. Meu pai, por sua vez, foi condenado a uma enorme quantidade de anos de prisão, dez, quinze, vinte — já dava no mesmo —, e não havia advogado que fosse capaz, nem mesmo cobrando seus honorários, de reduzir, mesmo que pela metade, essa quantidade de anos, tão grande que para nós, que nem sequer chegávamos aos vinte anos de idade, parecia quase cósmica.

Um dia, amanheci sozinho na casa: nem Daniel nem Ezequiel haviam voltado para dormir. Senti que chegara o instante que temíamos: dei uma volta pelo pátio e entrei nos dormitórios; olhei os cantos, as portas, as janelas, os tetos: naquela casa vivera, até poucos dias atrás, uma família, uma família de ladrão, é certo, mas uma família afinal; agora não havia nada ali, não havia lar, não havia pais, não havia irmãos; só restavam dois colchões, dois cobertores, dois lençóis sujos e um rapaz aflito. Peguei um cobertor, fiz dele um embrulho que meti debaixo do braço e saí: se Daniel e Ezequiel voltassem, ao menos teriam onde dormir e com que se cobrir. Fechei a porta e, ainda com a maçaneta na mão, antes de dar o puxão que a trancaria, pensei no lugar para onde iria. Buenos Aires era enorme para um menino naquela situação. Escolhi o bairro de Caballito. Havíamos vivido ali um tempo, em outra época, e ainda me lembrava de alguns meninos que foram nossos amigos. Para lá encaminhei meus passos.

A sorte me foi propícia, embora apenas pela metade: perto do anoitecer, quando já estava desesperado para encontrar alguém conhecido — meus amiguinhos não apareceram (quem sabe para onde os teria levado a maré que agora levava a mim!) —, encontrei alguém, uma mulher magra, baixa, já velha, se não de idade, ao menos de aparência, e humildemente vestida. Dava a impressão de uma galinha que emagreceu e vai perdendo as penas: chamava-se Bartola. Não era um nome feliz para aquele encontro, mas pior era não encontrar ninguém. Nós a conhecíamos de muitos anos atrás e ela nos visitava com frequência na companhia de seu marido, um homem baixo, robusto, sempre com uma barba de pelo menos sete dias, sujo, quase esfarrapado, de rosto carregado e olhinhos penetrantes. Era manco. Fora ladrão e deixara o ofício depois de perder uma perna: ao atravessar, bêbado, uma linha férrea, ignorou os sinais e um trem de passageiros o atropelou, cortando-lhe a perna um pouco abaixo do joelho. Era ladrão noturno: o que faria com uma perna a menos? Passou a comprar pequenos roubos, que revendia a clientes tão miseráveis quanto ele — donos de tendinhas de roupas usadas, geralmente —, e disso vivia, mal que bem ou tão mal quanto bem. Tinha uma perna de pau e com ela golpeava sem misericórdia o chão de ladrilhos, os paralelepípedos ou os pisos das casas; uma argola de ferro protegia a parte inferior da peça ortopédica contra os estragos do uso: talvez temesse que ela se estilhaçasse. A parte baixa da perna da calça correspondente à perna de pau mostrava sempre rasgões e fiapos e parecia incômoda.

Bartola, coisa rara, falava com grande doçura e havia nela algo ainda mais raro: essa mulher, que parecia estar sempre com frio — vivia com as mãos juntas, como se tivesse eternamente os dedos frios —, tinha olhos belíssimos, não grandes nem adornados por longos cílios ou sobrancelhas bem desenhadas, mas de uma cor extraordinária, uma cor como de mel, mas de um mel luminoso, radiante, uma cor que dava a seu rosto uma expressão de profunda bondade e certa curiosa distinção. Olhando seus olhos, ninguém se atreveria a afirmar que ela se chamava Bartola. Ela me perguntou o que eu fazia pelo bairro e lhe contei tudo, de uma vez só: precisava contar a alguém. Me ouviu impressionada, e depois, olhando-me com placidez, me perguntou, como se eu não tivesse contado nada:

— Então, não tem onde dormir?

Fiz um gesto de impaciência e a mulher se calou. Depois disse:

— Por que não vem comigo? Talvez Isaías possa deixá-lo algum tempo em casa.

Aceitei, embora sem muito entusiasmo, e fomos. Não se podia exigir grande coisa naquela hora. Moravam em uma casa paupérrima, quase um casebre, situada em uma rua um pouco perdida, que corre paralela às linhas do Ferrocarril Oeste: durante todo o dia passavam trens por ali, e durante todo o dia se ouvia o grito dos frangotes que os vizinhos, todos muito pobres, criavam junto com algumas galinhas, este ou aquele pato e tal ou qual peru. Para além da casa, levantada perto da calçada, estendia-se um terreno com algumas árvores frutíferas, pessegueiros sobretudo, e erguia-se o que parecia o resto de um galinheiro e que era o galinheiro mesmo. As cercas que separavam umas casas das outras eram todas de arame de malha larga, todas arrebentadas, com buracos que os vizinhos tampavam como podiam, com latas, pedaços de sacos ou trechos de outras grades de arame, de malhas maiores ou menores, conforme o que encontrassem à mão. As aves aproveitavam esses buracos para dar vazão a seus inextinguíveis instintos de vagabundagem, com o resultado de que sempre, entre uma casa e outra, ou entre várias, havia alguma briga por causa do frango, do pato, da galinha ou do peru que passou para cá ou desapareceu para lá.

Ao contrário do que temia, Isaías me recebeu muito bem.

— Não é o filho da conterrânea Rosalía? — perguntou animado, quase com voz de falsete, ao me ver aparecer em sua casa. — Como cresceu!

— Sim — disse dona Bartola, com uma voz meio resignada —: é ele mesmo: Anicetito.

— E o que o traz por aqui? — perguntou com o mesmo ânimo, lançando um olhar para o embrulho que se via debaixo de meu braço. — Alguma coisa do papai?

Meu pai costumava vender-lhe, de vez em quando, e mais para favorecê-lo que por outra coisa, algumas bugigangas que lhe sobravam; mas dessa vez não havia recado nenhum do pai. Bartola o informou, juntando as mãos, e em poucas palavras, do que ocorrera e do que se tratava, e seu marido, já sem entusiasmo e com voz mais natural, depois de me lançar repetidos olhares — metade deles para o embrulho —, aceitou me alojar por alguns dias em sua casa.

— Enquanto encontra onde se ajeitar — advertiu.

Uma semana depois, transformado em criado, faminto, maltratado, sujo e furioso, compreendi que havia algo pior que perder a mãe e ter o pai preso em Sierra Chica ou em Ushuaia, e que esse algo pior era estar exposto a que qualquer um, sem necessidade e sem direito, tratasse a gente a pontapés. Isaías era parecido com uma mula e como mula procedia com toda pessoa ou animal que estivesse sob sua dependência: chutava com sua perna de pau argolada de ferro o cachorro, as galinhas, os frangos, os perus e Bartola, a dos olhos belíssimos; nada escapava. Ao receber a primeira patada nem chorei, de tão grande que foi o estupor e a dor que senti; até então só havia levado um ou outro cascudo e uma ou outra palmada no traseiro, coisa bem suave. A patada de Isaías — impossível chamar de pontapé —, recebida de surpresa e em cheio no cóccix, parece que me partiu as costas. A dor me deixou sem palavras e sem lágrimas, embora depois, quando o bárbaro já se havia ido, eu tenha chorado bastante, mais de vergonha e de raiva que de dor. Não pude entender, e até hoje não entendo, por que dar uma patada em um garoto que comeu dois pães em vez de um só, como se esperava. Mas minha raiva não foi passiva: enquanto chorava, procurei um pedaço de tijolo, e o deixei em um lugar acessível, por cima de um dos mourões do galinheiro. Dias depois, dois ou três, recebi a segunda patada, a última: esqueci de trocar a água das galinhas e de jogar capim para os frangos — um capim que eu devia buscar na parte baixa do aterro da ferrovia. Senti a mesma dor e o mesmo estupor, mas já sabia o que fazer. O bárbaro, ignorante de meus planos, escolheu mal o lugar onde me acertou com a segunda patada: o pedaço de tijolo estava ao alcance da mão. Contendo os soluços, agarrei-o e, quase sem mirar, atirei-o, acertando-lhe o crânio: vacilou, curvando-se, e levou a mão à cabeça, olhando-me ao mesmo tempo com espanto: acostumado à mansidão do cachorro, das aves e de sua mulher, estranhava que alguém respondesse: da mesma ou de forma parecida. Quando vi que o sangue começava a correr por uma das suas bochechas, esfreguei as mãos, como quem as limpa de algo que as sujou, e fugi em direção ao fundo do terreno, que estava sempre cheio de poças d'água e barro; atravessei a cerca e subi no aterro; de lá me virei e olhei: Isaías ainda estava no mesmo lugar, olhando a mão cheia de sangue; Bartola, parada perto dele, me olhava como se estivesse se despedindo. Olhei para eles por um segundo, como para não os esquecer jamais, me despedi mentalmente do cobertor e parti caminhando, em direção ao campo, afastando-me da cidade. Ao entardecer, um trem de carga parou na estação onde eu estava descansando. Um grupo de homens viajava em um vagão. Aproximei-me. Os homens me observaram; eu os olhei. Para onde iriam? Eram, com certeza, trabalhadores. Um deles, alto, de bigode, magro, com belos olhos verdes, gritou para mim:

— Tchê, garoto: quer vir com a gente?

— Para onde? — perguntei, já pondo o pé no estribo do vagão.

Os outros homens olhavam e sorriam.

— Para o interior, para a colheita do milho.

Hesitei, então.

— Suba: não tenha medo — disse afetuosamente o homem.

Não tinha medo. Não era o primeiro garoto a sair pelo mundo. Subi no vagão.

XIII

Assim saí pelo mundo: era, talvez, demais para a minha idade, mas outras crianças talvez carregassem coisa pior. Eu, ao menos, e em meu favor, trazia uma infância quase feliz, carinho, lar, pais, irmãos. Sentia que isso, apesar dos policiais e das celas, era um sustento, uma base. Quando me lembrasse de minha infância e parte de minha adolescência, minhas lembranças seriam, pelo menos, ternas. Só uma pessoa tinha me tratado mal: Isaías; mas Isaías ficou com a mão na cabeça, sentindo o sangue escorrer, espantado de que o filho da conterrânea Rosalía pagasse daquela forma o sacrifício de tê-lo recebido em sua casa. Não me arrependia de tê-lo ferido, assim como ele, com certeza, também não se arrependia de ter me ferido, de ter me dado aqueles pontapés; estávamos quites. Pelo menos eu estava.

Dois meses depois, terminada a colheita, voltei a Buenos Aires. Vinha mais ereto do que quando saíra e minhas mãos estavam como pedras. Vicente, o homem que me convidara a subir no vagão e a me juntar a ele e seus companheiros, me tomou sob sua proteção e com ele trabalhei, de sol a sol, servindo como ajudante. Ele era costurador de sacos, ofício que dá bom salário, embora deixe, em poucos dias, as mãos esfoladas e os dedos em carne viva: o cânhamo corta a carne como navalha, e sobre o corte de hoje, ainda sem cicatrizar, surge outro amanhã; a agulha de costura, longa, encurvada, grossa e escorregadia, ajuda o cânhamo a furar, formando calos, e no fim — já que não se pode largar o trabalho e é preciso aguentar — a gente fica com as mãos curtidas: passar o fio de uma faca sobre elas é como passá-lo sobre o casco de um cavalo.

Fui à casa que tinha sido minha: gente estranha morava nela agora. Fui ao departamento de polícia: meu pai já não estava lá; tampouco na penitenciária. Fora transferido para algum presídio no interior, e não souberam ou não quiseram me dizer para onde, se para Sierra Chica ou Bahía Blanca, antessala da Terra do Fogo. Tampouco consegui saber algo de meus irmãos. A quem perguntar? Para quem virar o rosto? Ninguém me conhecia e eu não conhecia ninguém; em minha cidade natal, eu era um estranho, quase um estrangeiro.

Adeus, Buenos Aires.

Atravessei os pampas, trabalhando aqui como ajudante de carpinteiro, ali como peão de pedreiro, mais adiante como aprendiz de mecânico. Por fim, cheguei a Mendoza; ali, um homem que se dizia vegetariano e discípulo de Schopenhauer, e que se alimentava quase exclusivamente de empanadas e era amante da mulher do mestre de cozinha de um restaurante noturno, me ensinou a pintar paredes, portas e janelas. Já tinha um ofício. Quando chegou o verão, parti rumo à cordilheira, contratado como ajudante de carpinteiro em uma equipe de operários do Ferrocarril Transandino[18].

Aproximava-me do Chile, a terra escondida.

---

18 O FERROCARRIL TRANSANDINO: Importante ferrovia internacional que conectava o Chile e a Argentina cruzando a Cordilheira dos Andes. Construída entre o final do século XIX e início do século XX, foi projetada para facilitar o transporte de pessoas e cargas entre os dois países, superando o desafio da alta montanha.

XIV

Três meses depois, uma manhã, ao despertar, tive o pressentimento de que algo inquietante, que eu não poderia precisar o que era, havia acontecido ou estava prestes a acontecer. Não ouvi, durante muito tempo, vozes nem passos, tampouco os ruídos já tão familiares que a essa hora sempre vinham da cozinha ou do depósito de ferramentas. O vento havia cessado, e a lembrança de seu resmungo áspero, que eu ouvira enquanto ia adormecendo, contrastava com o silêncio que agora encontrava ao acordar.

(Eu estava acostumado ao vento, mas sempre o temia, sobretudo à noite, quando não o via, já que de dia, além de senti-lo, acreditava vê-lo — e de fato, eu o via: via como tudo se curvava sob seu peso e como as pessoas se apequenavam ao avançar contra ele, sem que se soubesse se era ele quem as diminuía ou se eram elas que, ao lhe furtarem o corpo, reduziam suas proporções. Sacudia-as com violência e parecia querer arrancar-lhes o chapéu, o poncho, as calças, e até os cigarros, os fósforos ou os papéis que levavam nos bolsos das jaquetas. Quando, de súbito, retirava as mãos de cima das pessoas, elas precisavam fazer esforço para não cair de bruços, e se andavam a seu favor, com o vento em popa, por assim dizer, sofriam de repente ataques de riso: era como se alguém, um amigo, mas um amigo enorme e brincalhão, pegando-as pelos calcanhares e pela nuca, as obrigasse a caminhar ladeira abaixo em grandes passadas, quase correndo. Soprava desde as alturas até o vale do rio das Cuevas[19] e a gente ficava com vontade de virar-se e gritar, como se grita a um amigo, meio de brincadeira, meio a sério: "Me deixe em paz, caralho!", mas não havia a quem gritar e isso dava mais vontade de rir ainda. Era o vento — e como gritar com o vento, como? Os fios do telefone e do telégrafo zumbiam e dançavam à sua passagem, e não apenas dançavam e zumbiam, como também, em certos momentos, ao se tornar mais agudo o zumbido e mais longo o sopro, esticavam-se de maneira incrível, arqueando-se, como se alguém muito pesado se sentasse sobre eles. Abrigado atrás de alguma rocha, ao ver que pareciam alcançar o limite de sua elasticidade, eu pensava: "vão se partir"; mas não se partiam, e seguiam dançando e zumbindo até que um novo sopro poderoso os imobilizava outra vez. Via também como, inexplicavelmente, o vento alçava ao ar, nos caminhos das minas, as mulas carregadas com chapas de zinco ou grandes volumes, e as lançava dando tombos de cabeça a rabo, morro abaixo, fazendo-as rolar por centenas de metros e despedaçando-as contra as pedras. Mas isso era de dia; à noite, sim, à noite era diferente: não se via o vento, só se sentia — e o fato de senti-lo e não o ver causava medo, já que o homem parece temer sobretudo aquilo que não vê, o que sabe ou acredita que não pode ver, e se, além de não o ver, ainda o sente, seu medo é mais profundo. Agora me ocorre que naquele tempo vivíamos ali, em relação ao vento, como se fosse a companhia de um leão, ao qual estivéssemos acostumados a ver, mas a quem sempre temíamos, de dia e de noite, sobretudo de noite, quando, na escuridão, não se podia vê-lo e ele não podia ver ninguém e rondava ao redor das barracas e das três ou quatro casas que

19 CUEVAS: Rio de altitude dos Andes, no lado argentino, que acompanha a estação do Ferrocaril Transandino que fica mais próxima da fronteira, cujo nome também é Las Cuevas. A penúltima, também mencionada no romance, se chamava Puente del Inca.

havia ali, tateando as portas, empurrando as janelas, resmungando pelas frestas e uivando nas chaminés e nos corredores. As barracas recebiam de repente chicotadas que as envolviam e as deixavam tremendo como cachorros molhados; uma mão invisível e forte, talvez forte demais, soltava as amarras e tentava levantar a lona da parte inferior, carregada com grandes pedras. Dormíamos às vezes com medo de que o vento entrasse e nos esmagasse ou levasse as barracas e nos deixasse dormindo sob o frio céu da cordilheira. Quando à meia-noite ele cessava e não reaparecia pela manhã, os homens, os animais, as casas, até as montanhas pareciam se endireitar e respirar; viam-se reluzentes e entravam em um repouso semelhante ao que devem experimentar os habitantes de um lugar açoitado durante muito tempo pelos ataques de um bandoleiro, morto, enfim, ou desaparecido. Quando soprava de dia, as rochas e o solo apareciam como polidos e não se via em parte alguma um papel, um trapo nem qualquer outro resíduo, e a terra e o pó que se acumulavam nas irregularidades das rochas desapareciam como que sugados, mais que espalhados. Os raminhos dos arbustos que cresciam aqui e ali entre as pedras entregavam-se a uma dança louca, como os fios do telégrafo e do telefone, mas noutra direção, inclinando-se e se endireitando uma e outra vez, em uma reverência interminavelmente repetida. Quanto às raras mulheres que havia por ali, encontrá-las fora de casa em um dia de vento forte teria sido tão raro quanto encontrar um pelicano ou um camelo.)

Talvez, pensei depois de um instante e depois que meus ouvidos fizeram o possível e o impossível para perceber algum ruído, fosse ainda muito cedo, cinco ou seis horas, quer dizer, faltava ainda uma hora ou mais para que despertassem as vozes, os ruídos e os passos; e como eu não tinha relógio nem podia perceber, de dentro, a real intensidade da luz, optei por esquecer o assunto. Não era o silêncio, aliás, que me fazia pressentir que algo acontecia, havia acontecido ou estava prestes a acontecer; era algo mais: a lona da parte superior da barraca, que normalmente ficava a mais de um metro, talvez um metro e meio de altura sobre nossa cabeça quando estávamos deitados, via-se agora a menos da metade dessa distância; levantando o braço, eu quase podia tocá-la. O que poderia ser? Inclinei a cabeça para trás e olhei a outra metade da parte superior; estava também como afundada por um peso. Aquilo me encheu de perplexidade. O que poderiam ter jogado ou o que poderia ter caído sobre a barraca, que estava a céu aberto, sob o céu nu? Não me ocorreu nada e ali fiquei, silencioso e imóvel, sentindo que, se me movesse ou falasse, eu romperia, com meus movimentos ou com minha voz, por mais leves que fossem, aquela muda e pesada quietude.

Estava de costas e podia ver, olhando de esguelha para o chão, a chapa de zinco, coberta, como todas as manhãs, de um monte de cinza que, àquela hora, não estava desfeito senão nas bordas do monte; no centro, onde as chamas haviam sido mais vivas, via-se intacto e constituído por pequenas folhinhas de cor cinza, aqui clara, ali escura, que guardavam uma ordem incerta e indeterminada — ordem que o fogo, ao consumir a madeira, e talvez apesar de si, havia tido de respeitar, como se fosse estranha à madeira e a ele mesmo. Não duravam muito, no entanto, aquelas folhinhas e aquela ordem: bastava que alguém tocasse um pouco bruscamente a chapa de zinco para que as folhinhas, todas ao mesmo tempo e como obedecendo a uma ordem impossível de desobedecer, se quebrassem em silêncio e desaparecessem, sem deixar em seu lugar outra coisa senão aquele resíduo em pó que se via nas bordas. Isso acontecia desde o início de março ou um pouco depois, não estava muito certo, e desde o momento em que os habitantes da barraca, percebendo que a temperatura caía muito à noite, adquiriram o costume de acender, depois da comida e sobre uma chapa de zinco, um bom fogo, aproveitando para isso os pedaços de madeira que traziam escondidos sob o poncho, ao voltar do trabalho. Para acender o fogo, aproximava-se um fósforo da lasca de madeira e colocava-se a chapa em um ponto onde o vento soprasse com força — ponto que não era difícil de encontrar: bastava colocá-la a um lado da barraca. Avivado pelo vendaval, o fogo crescia de forma surpreendente e alvoroçada, e quando as faíscas e a fumaça cessavam, quando de toda a lenha e madeira não restava senão um monte de brasas, quatro homens pegavam a chapa pelas pontas e a colocavam dentro da barraca. Poucos minutos depois, ali dentro, estava-se como em um forno, e todos nós, deixando de lado cobertas e ponchos e até as jaquetas, sentávamos no chão ou sobre as roupas das camas, ao redor daquela flor vermelha surgida do nada. Tomávamos mate ou café e conversávamos ou ficávamos em silêncio, fumando os cigarros de praxe. Quando a fogueira começava a empalidecer, aproveitando os últimos restos de calor, nos despíamos e nos metíamos sob as cobertas. A última chama, muito azulada, coincidia quase sempre com o primeiro ronco.

XV

Era uma paisagem e um trabalho para homens.

Chegamos ao entardecer. O trem parou, e a locomotiva, com os brônquios repletos de fuligem, arfou até quase se esgoelar. O maquinista e o foguista, que pareciam menos filhos de suas mães e mais filhos daquela locomotiva, de tão pretos de carvão e tão brilhantes de óleo estavam, gritaram e gesticularam:

— Vamos, rapazes, depressa, depressa!

Tinham meio corpo fora da máquina, meio corpo no qual só se distinguia de branco a esclerótica dos olhos, que aparecia de tão perto, tão perto, mais próxima que os próprios rostos, como se pertencesse a outras pessoas e não àquelas mesmas. Não podiam ficar ali muito tempo: o trem estava muito carregado e a ladeira íngreme o puxava com força tremenda. Um vagão podia se soltar, e vagão solto era, com certeza, vagão perdido; nada nem ninguém o alcançaria ou o deteria, exceto o rio e seu leito, que detinham tudo.

— Vamos, vamos, depressa!

De repente, como irritada com o ofegar involuntário, a máquina fez um barulho como de sapateado. Nós, vinte e cinco ou trinta homens, saltamos para a terra desde os vagões em que tínhamos viajado desde Mendoza:

— Por aqui! Peguem primeiro os mantimentos; é melhor assim. Tem coisa que pese mais que um saco de batatas? Outro saco, não é? Lá vai. Um caixote: macarrão. Outro caixote: açúcar. Cuidado com essa saca: está rasgada e o arroz está caindo. Isso deve ser café. Agora as ferramentas. Não fique aí de boca aberta, senhor: ponha no ombro, é levinho. Onde ponho isso? Enfie onde couber. Ha, ha, ha. De onde tirou essa risadinha de ministro? Vamos, rapazes, depressa. Caramba, estourei um dedo! Não se aflija: aqui os machucados se curam sozinhos; a sujeira tampa e seca. Os baldes, as pás, as picaretas, a dinamite, os estopins, os pavios. O que mais? E aqueles volumes? Ah, são as barracas. Cuidado: lá vão. Pronto. Pode ir!

A locomotiva bufou mais forte, deu um sapateado que fez o chão tremer e partiu, rangendo sobre os trilhos. Os vinte e cinco ou trinta homens, em pé dos dois lados da linha, ficaram olhando uns para os outros.

— Não fiquem aí parados como penitentes. Ainda não terminamos; estamos começando. Temos que levar isso para lá, lá, sim, onde está aquela pedra grande. Vamos, garotinhos, vamos, aqui escurece bem cedo. Os morros são altos demais. Aquele é o Tolosa. O que acha? Tem não sei quantos metros. Perto do cume se vê uma bandeira; alguém a colocou lá; alguém que subiu e não desceu. Por que fica olhando tanto para o dedo? Está com medo de que encolha com a pancada? Acho que o estourei. Pouco tempo no Chile; muito tempo na cadeia. Leve isso no ombro; assim o dedo nem dói; se cair, não faz mal; é só batata. Vamos ver, vamos ver, não; está certo. E aí, rapazes! Não grite comigo. Desculpe. Achei que fosse surdo. Você, o da barba: pegue daí, largue o cachimbo, senhor. Italiano, hein? *Porca miseria*. Aqui a barba pode servir de agasalho: faz mais frio que no polo. Bom, as barracas. Lá vão, segurem.

Quatro homens e eu pegamos o primeiro volume, levantamos e, com ele suspenso, nos olhamos:

— Onde colocamos?

— Aqui mesmo.

— Tem muita pedra.

— Não importa; vamos armá-las primeiro e depois tiramos as pedras. Pegue aqui; isso; puxe para lá. Você: puxe para cá. Certo, a vareta. Levantem. Um momento; pronto. Não soltem. A outra vareta. Pronto. As estacas. Não tem. Não tem? Então estamos ferrados. Não; aqui estão. O dedo ainda está doendo?

Não tive tempo de responder. Primeiro foi como um chicote dado com um pedaço de lona pesada, um chicote que envolveu tudo e todos. As barracas, ainda pela metade, recuaram e pareceram se sugar a si mesmas. Nós, surpresos, olhamos todos ao mesmo tempo para a mesma direção; não havia nada para ver: era o vento. Soou um grito mais forte, mais imperativo:

— Vamos, rapazes, força!

Começou a luta. A segunda rajada de vento deixou alguns homens com as mãos queimando: a lufada, ao lançar as barracas ao chão, lhes arrancou com fúria as cordas que seguravam desprevenidos; outros homens, soterrados sob as barracas, engatinhavam procurando uma saída. Houve uma explosão de risos. Aquilo não passava de uma brincadeira, uma brincadeira entre o homem e o vento. Mas a alegria durou apenas até o momento em que, levantadas de novo as barracas, a terceira lufada as derrubou outra vez:

— Vento do caralho! Segurem e não larguem. Isso aí. O que será que esse frouxo pensou? Você, finque as estacas; aí está o macho. Rápido, meninos; tragam pedras; não, maiores, e amarrem forte, que estalem os ossos. Isso aí, rapazes! Cuidado, lá vem ele.

A rajada derrubou três das barracas, mas os homens, que haviam conseguido estabilizar as outras três, foram furiosos sobre elas:

— Trinquem bem!

As ordens estalavam:

— Firme aí! Agora, todos ao mesmo tempo!

Lutávamos arfando, nos movendo como se boxeássemos com um adversário demasiado ágil. O vento, enquanto isso, soprava com mais força, mas, por sorte, de modo intermitente, o que nos permitiu, entre uma lufada e outra, firmar as barracas. Escurecia quando terminamos.

Nos deitamos logo; ali não havia lugar algum para tomar um café, conversar, e nem sequer valia a pena sair da barraca ou da construção de madeira e chapas de zinco feita para servir de refeitório. Abria-se a porta e saía-se e era como tropeçar em um muro imenso, grosso, alto e negro de escuridão e silêncio. Só se ouvia o murmúrio do rio, e isso apenas quando o vento não soprava; do contrário, só se ouvia o vento, o que é como não ouvir nada. Os homens voltavam para dentro, tremendo e rindo:

— Pela minha avó, não se vê nada!

Só depois de um momento de espera, e apenas por exigências inadiáveis, se animavam a dar alguns passos, poucos e vacilantes; havia pedras e rochas, subidas e descidas, e não havia mais nada, e tropeçava-se e esbarrava-se com todas as pedras e todas as rochas e metiam-se os pés em todos os baixos e altos. Satisfeita a necessidade, voltavam correndo: o vento lhes revirava as roupas, arrancava-lhes o chapéu, jogava o cabelo em seus olhos, enrolava lhes o cobertor ou o poncho no pescoço, os apalpava, puxava, e na escuridão, sentindo como se lhes entrasse por dentro da braguilha, molhando suas calças se tivessem a ousadia de encará-lo, sentiam-se desamparados e quase violentados: fugiam.

Havia, como em todos os lugares, noites de lua, mas isso não fazia cessar o vento, nem as pedras, nem as rochas, nem os altos e baixos. Além disso, de que adianta ter luz? Para ver as pedras e as rochas? Muito poético... A casa mais próxima fica a dois quilômetros, e nela dorme gente desconhecida, cercada, como nós, de silêncio, de sombra, de vento, de rochas; deitam-se cedo e não sairiam para fora, já tendo anoitecido, se não fosse porque têm uma maldita bexiga; de outro modo, nem a tiros. De repente, se ouve algo como o distante estalo de um trovão ou o mais próximo de um grande chicote: uma muralha de pedras, um paredão de rochas estoura e cai. A outra casa fica a quatro quilômetros e nela não há nada além de carabineiros. Carabineiros? Muito obrigado. Melhor é irmos dormir.

XVI

— De onde você é, Roberto?

— De Buenos Aires; sou *gaucho*, e entenda isso como minha língua explica: para mim a terra é pequena e poderia ser maior. Nem a víbora me pica nem o sol queima minha testa[20].

— Saúde, Martín Fierro de Chacarita.

— Não, tchê, de Caballito.

— E você, Aniceto?

— Portenho também.

— E você, Jacinto?

— De La Almunia de Doña Godina.

— O que você disse?

— De La Almunia de Doña Godina.

— E de onde você tirou esse nomezinho?

— É uma cidade da província de Zaragoza.

— E você, Antonio?

---

20 "sou *gaucho*, e entenda isso como minha língua explica: para mim a terra é pequena e poderia ser maior. Nem a víbora me pica nem o sol queima minha frente." Citação direta da estrofe 14 do canto I do *Martín Fierro*.

— Chileno, de Choapa: pura araucânia[21].

— Já sabemos.

— E você, Machete?

— Da mesma caca.

— Também já sabemos.

O amanhecer era frio e duro, e a paisagem estreita e ampla ao mesmo tempo, estreita em um sentido e ampla em dois: não havia vale abaixo e, por muitos quilômetros, nenhum obstáculo para os olhos: os obstáculos estavam nas margens do vale, que descia encaixotado entre enormes montanhas, pretas umas, cinza outras, avermelhadas, violeta, beges, brancas — é neve; neve não, gelo —, que paravam tudo, tudo menos a luz, o vento e a sombra inatingíveis. E também era amplo no alto, nas montanhas, além do desfiladeiro do rio, contra o alto céu que parecia ali mais alto que em qualquer lugar, como se as montanhas o elevassem.

— Vamos, rapazes, já é hora; vamos.

— Já?

— Sim, já: a noite é curta para quem trabalha.

— Claro, e o dia é longo.

— Onde podemos nos lavar?

— Lavar?

— Lavar, sim, lavar.

— Mas lavar o quê?

— Homem, as mãos, o rosto.

— Mas se a água do rio é como gelo.

— Lavar-se...

— Nunca esteve aqui?

— Parece que não.

— A água do rio queima o rosto e corta a pele como vidro; os lábios racham; o cabelo fica espesso e duro, como se fosse gelo. Acho que até caem as pestanas.

---

21 ARAUCÂNIA: A "araucânia" desse fragmento não parece se referir à zona geográfica que, desde o último terço do século XIX, foi chamada assim por causa de seus habitantes mapuches. É possível ler "araucânia" como um substantivo que se refere às características dos araucanos que o narrador reivindica para si.

— Que futuro! Me vejo pedindo esmola na avenida de Mayo: uma esmola para quem esteve na cordilheira...

— Francamente, não vejo o que os portenhos vêm fazer aqui.

— A necessidade tem cara de herege.

— Esqueça a água e vamos tomar o café da manhã; estão tocando o sino.

— Andiamo.

Um grupo é formado por cinco homens, e cinco vezes seis são trinta; isso mesmo, cinco grupos; não seis. É verdade. Primeiro, precisamos carregar o material. Aqui está a carreta. Vamos carregando as chapas de zinco, as vigas, os pregos, a dinamite, as ferramentas, os cartuchos; nunca deixe um cartucho de dinamite ao ar livre durante a noite; pode estourar ao tocá-lo no dia seguinte; eles congelam, dizem, e o frio é tão explosivo quanto o calor. Ninguém te devolve os dedos. Os furos, uma latinha para a água. Você vai trabalhar com isso; é minerador. Oh, yes, oh, yes. De onde terá saído esse gringo! Ele é o contratante.

— Todos os dias o trem vai trazer o pão de Puente del Inca.

— Sim, do hotel. Também vai trazer a carne.

— Ainda temos batatas.

— Olhe, conterrâneo: o buraco tem que ter, pelo menos, um metro de profundidade e sessenta centímetros de largura.

— Sim, claro, mas como há pedras, não se poderá fazer o buraco como se queira, mas como as pedras quiserem.

— Você mete dinamite.

— Sim, e então elas sairão como a dinamite quiser.

— Mas você não facilita as coisas!

— Como que não?! Facilito dizendo que o buraco deve ter um por sessenta. Parece pouco?

— Que engraçadinho!

— Antes eu era mais engraçado que agora.

— E é preciso deixar, na frente de cada buraco, uma viga dessas; oito por oito.

— As vigas vão encaixadas.

— Depois, a estrutura e, em seguida, as chapas de zinco.

— Bum!

— O primeiro tiro estourou, sente?

— Bumbumbumbumbum!

— É o eco das montanhas.

— A detonação deve chegar até o Chile.

— Ai, Chile!

— Ai, céu, céu, cielito, cielito do descampado, que se eu tirar a paliçada, a casa cai[22]!

— Já estamos aqui há um mês.

— Pode ser que tenhamos sorte e fiquemos mais dois.

— Se começar a nevar, vamos ter que ir com a música para outro lugar.

— Rolou a maior briga.

— Oh, yes, oh, yes: você tem muita razão: pão ruim, pão muito ruim; não tem carne, não tem batata; mas mim não pode fazer nada.

— Nos dê permissão para ir buscar a carne e o pão em Puente del Inca. Não há o que comer, e sem comer não dá para trabalhar.

— Oh, yes, oh, yes; mim também tem fome; vai; leva a carroça, chileno, e traz pão e carne e batatas; gringo muita fome. Mim não quer greve; vai até Puente del Inca; aqui está o dinheiro.

— O dedo já está bom, mas minha unha caiu; debaixo da sujeira deve estar nascendo outra. Nem senti.

— Machinho, hein?

— Sabem, rapazes? Dizem que o cozinheiro é maricas.

— Não diga!

— Sim; dizem que o Machete quase o matou uma noite em que foi lhe oferecer mais comida se o deixasse entrar na barraca.

---

22 A frase tem a forma de um *cielito*, música e dança que foi popular durante as lutas de independência.

XVII

Apoiei-me no cotovelo e levantei o corpo, estiquei o braço e toquei o tecido. Havia algo por cima, mas não algo pesado, ao contrário; empurrei para cima e aquele algo correu sobre o tecido, que voltou a recuperar sua altura de sempre. Era mais do que eu podia suportar. Olhei para meus companheiros: dormiam ou fingiam dormir. Joguei a coberta para trás; girei o corpo e peguei minhas roupas; vesti-me, calcei os sapatos e fui até a abertura da barraca. Fazia frio e senti um arrepio. Abri e olhei: havia nevado.

Não era a primeira vez que nevava no mundo, mas era a primeira vez que eu via neve, que me via cercado de neve, embora, na verdade, não fosse a neve o que me impressionava, e sim a sensação de solidão que ela me provocava, não a solidão de mim mesmo entre a neve, as rochas, o rio e as montanhas; mas um isolamento, uma redução de minha personalidade até um mínimo impressionante; parecia-me que os laços que até aquele momento me uniam à paisagem ou ao lugar onde eu estava e havia estado antes, em todas as partes, laços de cor, de movimento, de fricção, de espaço, de tempo, desapareciam, deixando-me abandonado em meio a uma brancura sem limites e sem referências, na qual tudo se afastava ou se isolava também. A neve cercava tudo e cercava também a barraca e parecia disposta a nos encurralar, a nos imobilizar, reduzindo nossos movimentos, vigiando nossos passos, deixando marcas deles e de sua direção. A noite, é verdade, neutralizava a gente, fazia a gente desaparecer na escuridão, mas a neve era pior: destacava, apontava e parecia nos entregar a forças mais terríveis que as da escuridão noturna.

Tudo havia desaparecido: as pedrinhas, com as quais já estávamos um pouco familiarizados (sabíamos, ao menos, que estavam ali), e até as rochas e os caminhos que iam pelas encostas das montanhas em direção às minas ou ao rio ou às linhas do trem ou ao Chile. Por onde seguir agora? Só havia neve. Estendi uma mão para trás e estalei os dedos. Disse:

— Rapazes…

Minha voz saiu baixa, como se tivesse a garganta apertada.

— Que foi? — resmungaram.

— Venham ver.

Algo extraordinário devia haver na minha voz: os homens vieram imediatamente.

— O que houve?

— Olhem.

Houve um silêncio. Depois:

— Já era de se esperar! A neve chegou e acabou o trabalho.

Vestiram-se, murmurando, mal-humorados, xingando a neve por todos os nomes imagináveis e inimagináveis.

Cinco dias depois, e quando a primeira nevasca já havia quase desaparecido, caiu outra; impossível encontrar alguma coisa: ferramentas, materiais, buracos, vigas; neve maldita, e tão fria.

— Para onde você vai agora?

— Acho que para o Chile.

— E você?

— Eu, para Mendoza: vou comprar roupa e volto para passar o inverno em Las Leñas. O capataz quer que eu fique.

— E você, espanhol?

— Não sei. Também estou com vontade de ir para o Chile; mas primeiro preciso ir a Mendoza buscar minha mulher.

— Aqui está seu envelope com a rescisão. Conte e assine.

— Obrigado. É pouco, mas pior é nada.

— Adeus, rapazes, adeus.

A neve cobria quase toda a boca do túnel grande, e o vento a remoinhava no ar, cegando os últimos caminhantes da cordilheira.

XVIII

Se você olhar para trás, verá que a neve parece querer se aproximar de nós. Ela não pode fazê-lo: está colada ao chão; mas sua cor está solta e irradia luz, e com essa luz se aproxima e quer nos cercar e nos envolver. Não se conforma em nos deixar partir. Não sei se alguma vez você já esteve em algum lugar onde a neve te rodeia por quadras e quadras, e onde você, ou você e seus companheiros, caso alguém estivesse com você, é a única coisa sombria, a única coisa escura no meio da brancura. Quando a gente se encontra assim e pode olhar e ver o espaço e a neve ao redor, percebe que o branco é uma cor dura e agressiva. Que alívio ver ao longe, em um pico, uma cor diferente, um preto, por exemplo, ou um avermelhado, ou um azul! Os olhos descansam naquela cor, repousam nela antes de voltar ao branco da neve, a esse branco que te persegue, te cansa, te cobre os caminhos, desfigura as trilhas, oculta os sinais e, além disso, te enfia no coração o medo da solidão e da morte.

Tenho medo da neve, mas gosto dela, de longe, é claro, e às vezes de perto, embora eu não a ame. Duas ou três vezes me encontrei com ela nas montanhas, só eu e só ela, durante horas, pegadas perdidas, rastros apagados, sinais soterrados, caminhos extraviados. Não olhe para longe: você deve olhar para onde vai pôr o pé no próximo passo, e no outro, e no outro. Sim, não olhe para longe: ao longe talvez estejam seus camaradas, há um acampamento, uma alegre fogueira, luz, animação, vozes, calor, risos, uma xícara de chá e uma cama, e até talvez uma mulher, não sua, porque você é um pobre-diabo, mas uma mulher que você possa pelo menos olhar, apenas olhar, e já não será pouco. As mulheres são escassas na cordilheira, mais escassas ainda as que podem vir a ser suas. Não olhe para longe, estou dizendo, nem pense no que pode haver em outro lugar: aqui há algo mais importante que tudo isso, mais importante que as mulheres, das quais, às vezes, é possível prescindir. Disso aqui só se pode prescindir para sempre. Refiro-me à vida, é claro.

No entanto, isso seria fácil se não fosse pelas autoridades. O túnel é largo e se atravessa em uma hora, mas, nada disso. Alto lá. Aparece a autoridade: vamos ver os documentos. Chileno? Argentino? Mostre-me seu comprovante de alistamento, mostre-me seu passaporte, mostre-me sua bagagem; por pouco te pedem que mostre outra coisa. E se você vai sujo e esfarrapado, porque foi mal no trabalho ou porque tem vontade de ir assim, sujo e esfarrapado, é muito pior. Se não for com a cara deles, te levarão para o posto e te deixarão lá duas horas ou dois dias ou quinze dias. Em Las Cuevas havia um cabo, um filho da mãe, que se aproximava da cela e abria a porta:

— Vamos ver, saiam os que sabem ler e escrever.

Saíam, muito orgulhosos, três ou quatro.

— Muito bem, peguem uma pá cada um e andando.

Colocava-os para abrir um caminho na neve, entre a delegacia e a estação. Morreu soterrado por um deslizamento. Deve estar no inferno, abrindo com a fuça um caminho no fogo.

À noite, fecham as portas com uma corrente e um cadeado. Por quê? De dia o carabineiro pode ver quem entra e quem sai. À noite, não, porque ele não está, e então põe o cadeado e a corrente. O do outro lado faz o mesmo: "Liberdade é a herança do bravo", diz o hino nacional chileno; "Liberdade, liberdade, liberdade", diz o hino nacional argentino. Liberdade, sim, mas ponhamos cadeados nas portas[23].

Olhemos uma última vez, rapazes; a neve está se afastando e, ao se afastar, sobe, como se se empinasse para nos olhar e vigiar. Ainda não se conforma em nos perder.

— Ouvem? Começa a se ouvir o rumor do rio e aparece o primeiro álamo. Estamos no Chile.

23 A frase corresponde à primeira estrofe do hino nacional chileno, escrito por Eusebio Lillo. Atualmente se canta apenas o refrão e a quinta estrofe, por isso resulta estranha até mesmo para os chilenos.

Segunda
PARTE

FILHO DE LADRÃO

MANUEL ROJAS

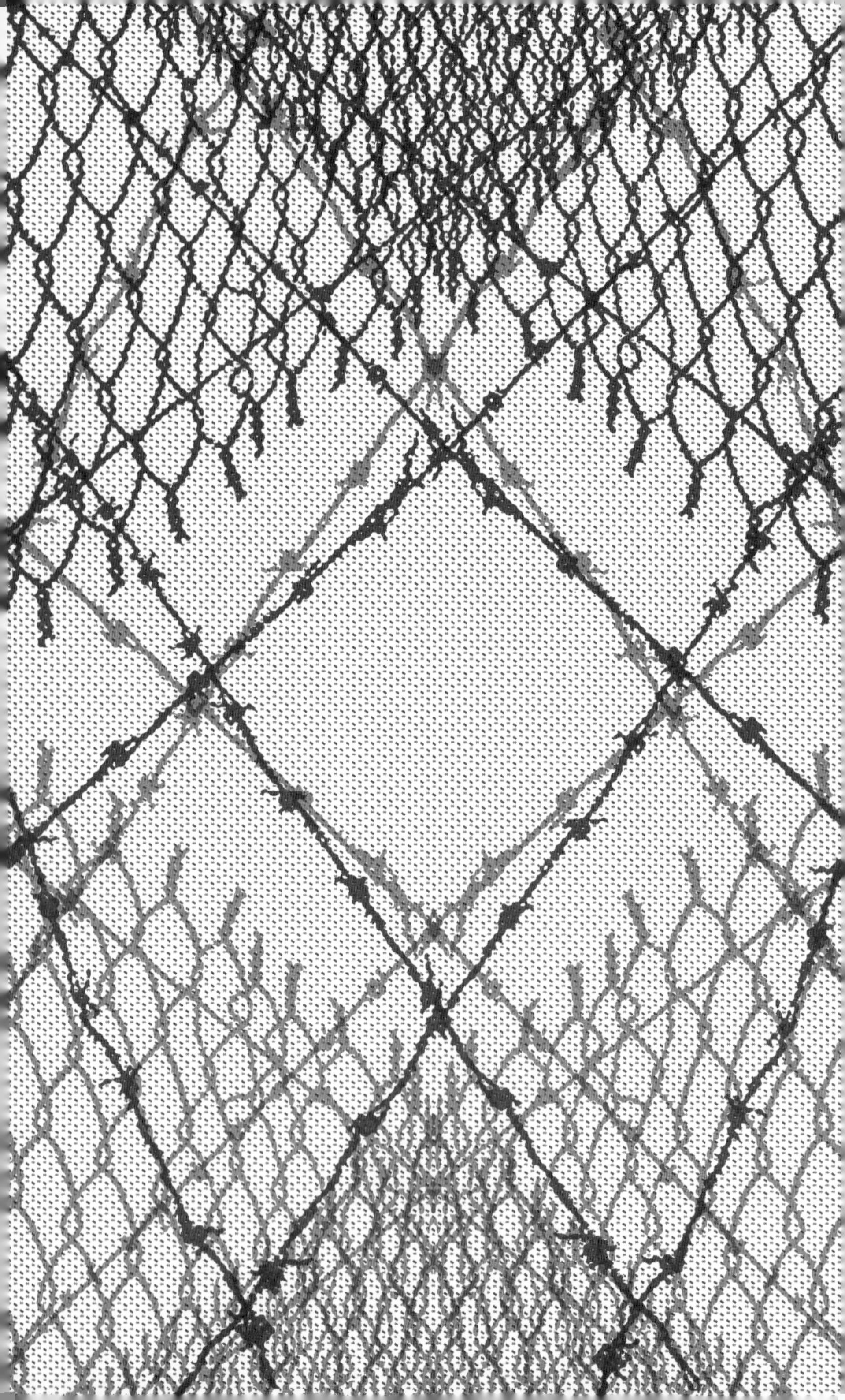

I

Não podia ficar diante da porta da cadeia. O sentinela me olhava com insistência e parecia entre curioso e incomodado, curioso porque eu era um ex-preso raro: em vez de sair depressa, correndo se possível, eu permanecia diante da porta, imóvel, como contrariado por sair em liberdade; e incomodado porque minha figura não era, de forma alguma, decorativa — e já era suficiente ser guarda de um edifício como aquele para que, além disso, parasse ali um ser macilento e malvestido, sem a menor intenção de ir embora. A verdade, no entanto, é que de boa vontade eu teria voltado a entrar: não existia, naquela cidade cheia de gente e de poderosos comércios, um lugar sequer para onde eu pudesse me dirigir em busca de alguém que me oferecesse uma cadeira, um copo d'água, um aperto de mão amistoso ou sequer um tapinha nas costas; meu amigo se fora e com ele tudo que eu tinha naquela cidade e naquele país. Na cadeia, ao contrário, o cabo González teria me levado para a enfermaria e me traria uma caneca daquele caldo em que flutuam grossas gotas de gordura ou um prato de feijões com macarrão, dentre os quais não é raro encontrar um botão, um palito de fósforo ou um pedaço de pano, objetos inofensivos, embora não comestíveis, que só surpreendem os novatos; e ali eu teria ficado, de cama, uma semana ou um mês, até que minhas pernas estivessem firmes e meu pulmão não doesse nem sangrasse ao tossir com força. Mas eu não podia voltar: os leitos eram poucos e o Terrível havia levado uma facada no ventre por causa de amores contrariados; precisavam daquele leito; eu estava mais ou menos bem e a liberdade terminaria de me curar. Você está livre. Se vire como puder.

Comecei a descer, e enquanto o fazia, fui reconstruindo na mente a parte da cidade que mais conhecia e que se limitava ao bairro em torno do porto; eu o frequentara enquanto estava em liberdade e vaguei dias inteiros por suas ruas de um quarteirão ou, no máximo, dois de extensão; para lá eu devia me dirigir, e ali, ou, a partir dali, procurar onde encontrar repouso e alguma coisa para comer.

O porto era, sem dúvida, um bom lugar, um lugar precioso no qual a gente podia passar uma hora, um ano ou um século sem se dar conta de que o tempo passava. Não se sentia urgência alguma e até as necessidades mais básicas, como comer, por exemplo, ou dormir, pareciam ser esquecidas, ou diminuir pelo menos, sem contar que na praça ou no cais se podia dormir, sentado, claro, e quanto a comer, bastava atravessar a praça e entrar, caso tivesse dinheiro, em um restaurante, engolir um prato de carne ou de feijão e voltar logo ao cais ou à praça para retomar o mesmo pensamento, o mesmo devaneio ou a mesma lembrança, agora com mais força, e se não fosse porque a gente tem ossos, tecidos e músculos e esses malditos músculos, tecidos e ossos precisam se alimentar e se desintumescer, seria possível permanecer ali até o fim dos dias, esperando ou não esperando nada, um trabalho, um amigo ou simplesmente a morte.

Sim, o porto era um bom lugar, mas era um bom lugar se você tivesse saúde e dinheiro, mesmo que não tivesse trabalho, pois quando se tem dinheiro e saúde, para que diabos serve o trabalho? Mas eu não tinha nem uma coisa nem outra e nem sequer tinha domicílio; vivi, ou melhor, dormi, enquanto estive em liberdade, nesses dormitórios cujos quartos não têm mais que uma cama dura e alguns pregos na parede — nada de lavatórios nem banheiros e tampouco cobertores ou lençóis; lençóis não há por preço algum, e quanto aos cobertores, se você é tão delicado que precisa se cobrir para dormir, pague à parte: chega-se às dez ou onze da noite, paga-se e entra-se no quarto, não maior que quatro metros quadrados, e deita-se — não há portas; de outro modo, aquilo se encheria de maricas; dorme-se decentemente, com as portas abertas; é melhor para a saúde. Há uma só luz para todos os quartos, que não passam de divisórias baixas feitas de tábuas e papel em uma ampla sala, e para que você quer luz? Está cansado ou com fome e só precisa de escuridão e descanso, dormir ou pensar; você não sabe quem dorme no quartinho ao lado; pode ser um assassino, um viciado, um atormentado, um doente, até talvez alguém que esteja morrendo, como o bêbado que agonizou uma noite inteira, com o ventre aberto, e a quem mandávamos calar quando se queixava, sem saber que estava morrendo — de todo modo, deixe-o estar: deve estar querendo morrer, tranquilo ou não, e para isso não precisa de luz nem de companhia. Amanhã, às quatro ou cinco da manhã, os primeiros vão se levantar, tossindo e escarrando nas paredes, no chão, onde quer que caia — não vão escolher lugar a essa hora —; alguns nem sequer terão tirado a roupa, para quê?, e sairão andando rumo ao porto, ao mercado, às enseadas dos pescadores, às gráficas ou ao hospital; outros irão se levantar mais tarde, mas ninguém, nem mesmo os doentes, estará ali depois das oito, pois nenhum, por uma espécie de pudor íntimo, esperará que o rapaz venha lhe dizer que é hora de sair, e você terá de ir embora, jogando no rosto, de passagem, um punhado de água tirada da torneira do mictório — um mictório sem toalhas, sem sabão, com os vidros quebrados, as paredes pintadas de alcatrão, o chão coberto de papéis com manchas amareladas: "Por favor, não jogue os papéis dentro da privada".

Eu não podia ficar no porto; precisava procurar, antes de tudo, um lugar para dormir; para isso, no entanto, precisava encontrar onde e como ganhar os centavos para a cama e o cobertor — pouco dinheiro, já que a cama custava sessenta e o cobertor, vinte; mas isso era o principal: dormir abrigado, mesmo que não comesse; dormir no piso de cimento, sem nenhum agasalho, urinando de frio, me causou a pneumonia, e esta trouxe como consequência uma terrível covardia — não da morte, mas da doença e da invalidez; e no porto eu não conseguiria dinheiro; era preciso trabalhar em tarefas pesadas e contínuas. Impossível: eu devia seguir, lançando olhares de soslaio ao mar, ao cais, às embarcações, invejando os homens que conversam ou se calam, tomam sol e fumam; eles têm boa saúde e podem resistir; eu, não.

Avancei por uma rua, depois por outra, desviando-me dos grupos de homens que esperam ser chamados para carregar ou descarregar, limpar ou rebitar, lubrificar ou engraxar, arvorar ou desarvorar, pintar, empalmar ou raspar — pois eles podem empalmar e raspar, pintar, desarvorar ou arvorar, engraxar ou lubrificar, rebitar e limpar, carregar e descarregar o universo, com estrelas, sóis, planetas, constelações e nebulosas, contanto que lhes paguem um salário que lhes permita não morrer de fome e que lhes proporcione os meios para chegar ao lugar necessário — homenzinhos insistentes e pequenos, construtores de portos e embarcações, extratores de salitre e carvão, de cobre e cimento; assentadores de trilhos ferroviários, que não têm nada, nada além da liberdade — que também gostariam de lhes tirar — de conversar um pouco entre si e tomar um bom gole de vinho enquanto esperam o próximo ou o último dia.

Para o sul, a cidade termina de repente e aparecem alguns barracões ou galpões murados. O que há ali? Ratos e mercadorias, não se ouve nenhum som, a encosta da montanha acompanha a rua em suas voltas e reviravoltas e, levantando a vista, pode-se ver no alto uns pinheiros marítimos que aparecem com seus ramos escuros às margens do barranco. Os bondes vão e vêm, cheios de gente, mas a rua parece deserta, e mal se vê por ali algum marinheiro ou carregador com seu cavalo. A solidão me assusta: quero estar entre homens e mulheres, e, mais que entre mulheres, entre homens aos quais me aproximar e pedir conselho ou ajudar em seus trabalhos, se forem leves. Os que passavam me olhavam com curiosidade e até com certa estranheza, e eu tinha certeza de que, afastados alguns passos, voltavam a me olhar. Que figura faço caminhando sob o vento e o sol, à beira do mar? Sinto que ao meu redor e além ressoa um vigoroso batimento, uma pulsação grave e segura, ao mesmo tempo que um alegre e leve convite ao movimento e à aventura; mas estou com medo e não quero me deixar levar nem ser tomado por algo violento: por favor, me deixem em paz, meu pulmão não está bom. E como será a ferida? Se eu pudesse olhar, será que a veria? Como é? Grande, pequena, seca, úmida, com lábios grossos ou finos, apertada ou solta? É curioso: vimos fotos e desenhos de corações e estômagos, de fígados e pulmões, sabemos, mais ou menos, como são e até poderíamos descrevê-los e talvez desenhá-los, ou seja, onde estão no corpo humano e que funções têm; mas quando se trata de nosso coração, nosso estômago, nosso fígado ou nossos pulmões, não sabemos nada, nem mesmo onde estão exatamente, muito menos sabemos quando adoecem, então a dor parece transformá-los em algo estranho e hostil, independente de nós e dotado de uma personalidade própria e soberana.

De repente, terminou o muro e apareceu o mar.

II

(Imagine que você tem uma ferida em alguma parte do corpo, em uma parte que você não pode localizar exatamente, e que não pode ver nem tocar, e suponha que essa ferida dói e ameaça se abrir ou se abre quando você se esquece dela e faz o que não deve, se inclina, corre, luta ou ri; mal tenta, a ferida surge, primeiro sua lembrança, depois sua dor: aqui estou, vá devagar. Não restam mais que dois caminhos: ou renunciar a viver assim, fazendo de propósito o que não deve; ou viver assim, evitando fazer o que não deve. Se você escolher o primeiro caminho, se pular, gritar, rir, correr ou lutar, tudo acabará logo: a ferida, ao se tornar maior do que você pode suportar, o transformará em algo que só precisará ser enterrado e, exasperado pela impossibilidade de fazer isso como queria, preferiu terminar, e isso não significará, de forma alguma, heroísmo; significará que você tinha uma ferida, que ela pôde mais que você e que você cedeu o lugar a ela. Se você escolher o segundo caminho, continuará existindo, ninguém sabe por quanto tempo: renunciará aos movimentos excessivos e às alegrias exageradas e viverá, como um servo, ao redor de sua ferida, cuidando para que não sangre, que não se abra, que não se desfaça, e isso, meu amigo, significará que você tem um enorme desejo de viver e que, impedido de fazê-lo como deseja, aceita fazê-lo como pode, sem que isso deva ser chamado, ouça bem, de covardia, assim como, se você escolheu o primeiro caminho, nada poderá

sugerir que você foi um herói: resistir é tão covarde ou tão heroico quanto renunciar. Além disso, as feridas não são eternas, e melhoram ou acabam com você, e pode acontecer que, depois de viver anos com uma, você de repente sinta que ela cicatrizou e que você pode fazer o que todo homem saudável faz, como pode ocorrer também que ela termine com você, já que uma ferida é uma ferida e pode matar de duas maneiras: por si mesma ou abrindo em seu cérebro outra, que atacará, sem que você perceba, sua resistência para viver; você tem uma ferida, suponhamos, no pulmão, no duodeno, no reto ou no coração, e quer viver e resiste, não se dobra, aperta os dentes, chora, mas não cede e segue, mesmo que seja de joelhos, até se arrastando, enchendo o mundo de lamentações e blasfêmias; mas um dia você sente que já não pode resistir; que seus nervos se soltam, que seus joelhos e suas pernas não te sustentam e se dobram: então você cai, se entrega e a ferida te absorve. É o fim: uma ferida se juntou à outra e você, que mal podia suportar uma, não pode com as duas. Não sei se você conhece alguns nós marítimos; é possível que não; como a maioria dos mortais, você provavelmente conhece apenas um exemplar de cada coisa ou objeto e, ao ouvir falar de nós, lembrará apenas o de rosa, sem que isso signifique que você saiba fazê-lo corretamente; não é necessário saber muitas coisas para viver: até manter boa saúde. Existe um nó marítimo, chamado de pescador, que lembra o que estou dizendo: ele é constituído por dois fatos que, sendo semelhantes, ocorrem isoladamente, e que, enquanto estão isolados, não são perigosos; o perigo está na união deles: pegue um cabo, uma corda, por exemplo, ou uma linha, e faça, sobre outra corda ou linha, um nó cego; esse único nó que você sabe fazer corretamente, sem apertá-lo demais e sem deixá-lo frouxo; que morda, como se diz; e com a ponta da corda sobre a qual você fez esse nó, faça outro igual sobre o primeiro, e assim terá duas cordas unidas por dois nós cegos colocados a uma distância qualquer; nessa situação, eles são inofensivos, pior ainda, não servem para nada; mas o nó ainda não foi feito: se você pegar as cordas ou as linhas da parte que está além dos dois nós e puxar separando as mãos, os nós, obedecendo ao puxão, se aproximarão um do outro com uma docilidade que talvez te surpreenda em dois nós que aparentemente não têm obrigação de obedecer a nada;

e se você puxar com violência, verá não só que avançam em direção a si mesmos rapidamente, mas também, mais ainda, com furor, unindo-se como com uma paixão concentrada; uma vez unidos, não haverá puxão humano ou animal que os separe ou desate; ali ficarão, sustentando o bote ou a rede, a noite toda, até que o pescador, cansado ao amanhecer, os separe de sua união obstinada com a mesma simplicidade com que a morte pode separar você da vida: com um simples movimento de rejeição para um lado ou para o outro... Mas imagine que você não tem nem a primeira nem a segunda ferida de que falei, mas sim outra, uma com a qual você pode nascer ou que pode aparecer ao longo de sua existência, na infância, na adolescência ou já adulto, espontaneamente ou provocada pela vida. Se você nascer com ela, pode acontecer que seja pequena no começo e não te incomode muito, sem que possamos descartar a possibilidade de que, desde o começo, seja grande e te impeça de falar ou andar, por exemplo, tudo isso sem considerar o lugar em que você nasce, que pode ser uma favela, uma casa ou um palácio. Pode ser que ao seu redor não haja ninguém que se interesse ou não se interesse por você e que queira ou não queira te ajudar; se houver e se se interessarem e quiserem, você poderá ser preservado, exceto se sua ferida, essa ferida que nem você nem ninguém consegue localizar, pois ela está em todos os lugares e em nenhum: nos nervos, no cérebro, nos músculos, nos ossos, no sangue, nos tecidos, nos líquidos e elementos que percorrem seu corpo; exceto se sua ferida, digo, pode com tudo e com todos: com a saúde, com a educação, com seus pais, com seus professores, com seus amigos, caso você chegue a ter tudo isso, pois existem inúmeros seres humanos que não têm nem tiveram saúde, educação, pais, professores ou amigos, sem que ninguém pareça perceber isso ou dar importância em um mundo onde a iniciativa pessoal é o único valor, seja essa iniciativa de qualquer classe, contanto que respeite a iniciativa dos outros, de qualquer tipo que seja. Se a ferida pode com tudo e com todos e seus efeitos não diminuem, mas se mantêm e aumentam com o tempo, não haverá salvação para você; salvação não apenas em relação à sua alma, que estará perdida e que, em todo caso, é de segunda importância no mundo em que vivemos, mas em relação a todo o seu ser; e você poderá ter, latentes, todas as virtudes e graças que um homem e um espírito podem reunir; ou isso não servirá de nada e tudo em você será frustrado: o amor, a arte, a fortuna, a inteligência. A ferida se estenderá a tudo isso. Se sua gente tem dinheiro, você levará uma vida de acordo com o dinheiro que ela tem; se sua gente é pobre ou você não tem família, mais vale, infeliz, não ter nascido, e você faria bem, se tiver pais, em cuspir-lhes na cara, embora seja mais que certo que você já tenha feito algo pior que isso. Pode acontecer que a ferida apareça quando você for adulto, espontaneamente, como já disse, ou provocada pela vida, por uma repetição mecânica, digamos: o ir e vir, durante décadas, de sua casa ao trabalho, do trabalho à sua casa etc., ou fazer, dia após dia, à máquina ou manualmente, a mesma tarefa: apertar a mesma porca se você for operário, lavar os mesmos copos se você for garçom, ou redigir ou copiar o mesmo ofício, a mesma carta ou a mesma fatura se você for funcionário de escritório. Às vezes, começará com muito dissímulo, como costuma aparecer, superficialmente, o câncer, como uma feridinha na mucosa do nariz, da boca ou nos órgãos genitais, ou como um grãozinho ou verruguinha em qualquer milímetro quadrado da pele de seu corpo. No começo, você não dá atenção, embora sinta que o caminho entre sua casa e o escritório ou a oficina está ficando cada vez mais longo e pesado; os bondes estão cada vez mais cheios de gente, e os ônibus mais brutalmente barulhentos; sua caneta não escreve com a mesma facilidade de antes; a máquina de escrever sempre tem a fita quebrada e uma tecla levantada; o fio das porcas está sempre gasto e seu chefe ou patrão tem uma cara cada vez mais horrível, como de hipopótamo ou de jacaré, e por outro lado, você nota que sua esposa envelheceu e resmunga demais, e seus filhos te incomodam cada vez mais: gritam, brigam, discutem por bobagens, quebram os móveis, sujam as paredes, pedem dinheiro, chegam tarde para almoçar e não estudam o suficiente. O que está acontecendo? A ferida se abriu, apareceu e pode desaparecer ou permanecer e prosperar; se desaparecer, será chamada de cansaço ou neurastenia; se permanecer e prosperar, terá outros nomes e pode te levar ao desespero ou ao vício; ao alcoolismo, por exemplo, ao jogo, às prostitutas ou ao suicídio. Você já deve ter ouvido falar do cansaço dos metais e essa frase, com certeza, deve ter te causado riso: podem os metais sofrer tal coisa e alguém *poderia imaginar um pedaço de trilho dizendo: estou cansado? É impressionante pensar que um pedaço de ferro ou aço acabe se cansando e ceda, mas se o ferro cede, se o aço afrouxa, por que os nervos, os músculos, os tendões, as células cerebrais, o sangue deveriam resistir mais? E isso, embora muito pouca gente saiba até onde o ser humano é capaz de resistir. Qual é a resistência dele? Às vezes, maior que a do aço mais duro, e o que é mais admirável, alguns parecem suportar mais quanto mais frágeis são e quanto mais desprezível é sua constituição. Você deve se lembrar, com certeza, daquele homem que conheceu na juventude, derrotado, ferido, ninguém sabe por qual arma, nas profundezas do seu ser animal ou moral, e ainda assim resistia, vendendo cadarços de sapatos ou pedindo esmolas; você parou de vê-lo por um ano, dois, e um belo dia, quando já se esqueceu dele, ele reaparece e te oferece seus cadarços ou seus jornais ou pede uma esmola; como o morfinômano, sem casa, sem trabalho, sem família, resistiu dormindo nas ruas, nos bancos das praças ou debaixo das pontes, sem comer, sem se agasalhar, com as mãos mais frias que as do morto mais gelado, durante cinco ou vinte anos, enterrando sua primeira e sua segunda mulher, os filhos da primeira e os da segunda, e até seus netos, sem possuir mais tesouro que sua seringa e seu grama de morfina, para o qual tantas vezes você contribuiu com alguns trocados, e como o hemiplégico, que tinha uma ferida tão grande quanto ele, começando no lóbulo direito do cérebro e terminando nas unhas do pé esquerdo, e que ainda havia perdido um braço — uma máquina o cortou quando ele era criança e trabalhava em uma oficina — resistiu, durante dez ou trinta anos, à solidão, sem poder comer, sem se lavar, se vestir, se deitar ou se levantar por seus próprios meios, sem dentes, meio cego, sustentado apenas por sua perna direita e por aquela coisa misteriosa e absurda que mantém de pé até os que gostariam de morrer, até acabar fulminado por um ataque cardíaco, invejado por todos que temem morrer de câncer ou tumor cerebral. E você poderá ver nas cidades, ao redor das cidades, muito raramente em seu centro, exceto quando há convulsões populares, seres semelhantes, parecidos com fios de grama abatidos por um vento forte, mal se arrastando, alguns armados com um balde e fogareiro, fazendo o ofício de encanadores de rua, e eles mesmos, com seus baldes, dormindo em terrenos baldios, nos cantos das calçadas ou nas margens do rio, ou pedindo esmolas, com os olhos vermelhos e lacrimejantes, a barba acinzentada ou cobreada, as unhas duras e escuras, vestidos com trapos coloridos de urina ou musgo, que mostram, por suas rasgaduras, pedaços de uma pele inexplicável, branco-azulada, ou vagando, simplesmente, sem fazer ou pedir nada, apedrejados pelas crianças, esbofeteados pelos bêbados, mas vivos, absurdamente eretos sobre duas pernas absurdamente vigorosas. Eles têm, ou parecem ter, uma margem não maior que a medida da palma da mão, quatro dedos de largura, além da qual estão a inanição, o coma e a morte, e se movem e caminham como por uma trilha à beira de um abismo, na qual só cabem seus pés: qualquer tropeço, qualquer movimento brusco, até parece que qualquer vento um pouco forte poderia jogá-los no vazio; mas não, resistem e vivem, durante dezenas de anos; você pode perder sua mãe, sua mulher, seus filhos, seus amigos, todos sãos e fortes, sem máculas; eles persistem, irritando com sua presença os enfermos e os saudáveis, os poderosos e os humildes, sem que ninguém possa explicar como podem existir, em um mundo que prega a democracia e o cristianismo, seres assim. Mas você, meu amigo, está saudável, foi criado como um galho de vime, elástico e firme, ou como um de aço, flexível e compacto; não há falhas em você, não há feridas, nem aparentes nem ocultas, e todas as suas forças, suas faculdades, suas virtudes estão intactas e se desenvolverão a seu devido tempo ou já se desenvolveram, e se algum dia pensar no futuro e sentir medo, esse medo não tem mais fundamento do que os temores de todos os seres humanos que olham para o futuro: a morte; mas ninguém morre de véspera[24], e o dia chegará para todos, e, faça o que fizer, também para você. Hoje é um dia de sol e vento, e um adolescente caminha junto ao mar; parece, como eu te dizia há um instante, andar por um caminho traçado à beira de um abismo. Se passar perto dele e olhar, verá seu rosto emagrecido, suas roupas manchadas, seus sapatos gastos, seus cabelos longos e, acima de tudo, sua expressão de medo; não verá sua ferida, essa única ferida que por enquanto ele tem, e poderá achar que ele é um vagabundo,*

24 Refrão popular latino-americano que indica que a morte chega no momento exato, não antes.

alguém que se recusa a trabalhar e espera viver do que lhe derem ou do que conseguir, bem ou mal, por aí; mas não é isso: ele não pedirá nada, e se lhe oferecer algo, ele recusará com um sorriso, a menos que, ao oferecê-lo, olhe para ele e fale de um modo que nem eu nem ninguém poderia explicar, pois esse olhar e essa voz são indescritíveis e inexplicáveis. E pense que neste momento há, perto de você, muitos seres que têm a mesma aparência de doentes, doentes de uma ferida real ou imaginária, aparente ou oculta, mas ferida no fim, profunda ou superficial, de dor surda ou aguda, sangrenta ou seca, de grandes ou pequenos lábios, que os limita, os diminui, os reduz e os imobiliza.)

III

Um pouco mais adiante, parei. Uma mureta de pedra sucede ao muro, uma mureta de pedra que, ao contrário do muro, não oculta nada, mostra tudo; parei e olhei: estava diante de uma pequena enseada com uma praia coberta de pedras que o mar lava sem interrupção com ondas que se quebram com força. Dentro do mar, a poucos metros da orla, sobressaem algumas rochas manchadas com o excremento que as gaivotas, os pelicanos, os biguás e as andorinhas-do-mar depositam dia após dia, ano após ano. Um cheiro a óleo de bacalhau sobe de toda a enseada e nos recebe como um rosto recebe um soco, batendo no nariz. Ao lado da praia, erguem-se algumas casinhas de madeira e zinco.

Ali parei e olhei: a pouca distância da orla, o mar já mostra uma cor de profundidade, e a onda se incha com muita água, preenchendo a cada passagem as fendas das rochas em que os albatrozes, com seu aspecto de pequenos homens de nariz grande, esperam quem sabe que pedaço impossível, junto com as gaivotas e as andorinhas-do-mar, mais inquietas, que zarpam, dão voltas nas rochas ou se empoleiram nas ondas, abandonando-se a elas, até o momento em que, já muito cheias, avançam sem remédio contra as pedras. Algumas rochas têm, abaixo do nível médio das águas, uma cor desagradável de mucosa já insensível. Outras gaivotas vagueiam pela areia, embora apenas por breves momentos, enquanto vigiam algum pedaço de isca, um tentáculo de lula ou um pedaço de tripa de peixe; se não o acham, voam, dando primeiro dois ou três passos em meia corrida, abrindo em seguida as asas e jogando as patas para trás, enquanto soltam seus grasnidos desafinados. Os albatrozes, mais tímidos ou mais ambiciosos, não se movem das rochas e, em todos eles, há uma espécie de espasmo quando um barco cheio de peixe se aproxima da enseada. Ao meu lado na calçada, um homem remenda uma rede feita com um fio cor de tijolo. Ali parei e olhei: fora os quatro ou cinco pescadores que trabalhavam e conversavam ao redor de uma chalupa que acabara de chegar, não se viam mais seres humanos além de dois homens que iam de cá para lá e de lá para cá, uma e outra vez, inclinando-se de vez em quando para pegar algo que examinavam e depois guardavam nos bolsos ou jogavam para um lado ou para outro.

Ali fiquei, apoiado na mureta, como se o dia tivesse cento e cinquenta horas e como se eu dispusesse, para viver, de um prazo de dois ou três mil anos.

IV

— Adeus. Vou te escrever do Panamá ou de Nova York.

O barco virou, empurrado pelas narinas dos rebocadores, buscando o norte com sua proa negra: CSAV[25]. Onde iria agora? Doze nós, catorze talvez, balançando de bombordo a estibordo e cabeceando de popa a proa. Às vezes, tinha a sensação de que estava em seu convés, contra o vento, embora apenas vagasse pelas ruas, ao entardecer, com a alma como ausente ou submersa em algo isolante. Nesse momento, estourou a tormenta, sem que ninguém soubesse em que beco do porto, em que avenida da cidade ou em que viela de morro acendeu a faísca que se tornou chama agitada. Vi-me de repente no meio dela, indiferente ao seus primeiros relâmpagos; só pensava em meu amigo e nos esforços feitos para conseguir um cartão de embarque: certificados, certificados, certificados; mas por que meus pais, ao me gerarem, não acrescentaram aos meus órgãos um certificado que me servisse para sempre, como a bexiga ou o nariz? O homem já parece não ter caráter humano; é um ser que possui ou não um certificado, e isso que alguns indivíduos, aproveitan-

25 CSAV: Empresa de navegação chilena que atualmente é a maior empresa do gênero na América Latina e também uma das mais antigas, tendo sido fundada em 1872.

do a bondade ou a indiferença da maioria, se apoderaram da terra, do mar, do céu, dos caminhos, do vento e das águas e exigem certificados para usar de tudo aquilo: você tem um certificado para passar para lá? Tem um para passar para cá? Tem um certificado para respirar, um para caminhar, um para procriar, um para comer, um para olhar? Ah, não senhor: você não tem certificado; dê meia-volta, enterre-se por aí e não caminhe, não respire, não procrie, não olhe. O próximo: também não tem. Estão em todos os lugares e onde menos se espera, nas curvas das estradas, nos cantos dos cais, nos portões das cordilheiras, atrás das portas, debaixo das camas, e examinam os certificados, aceitando-os ou não, guardando-os ou devolvendo-os: não está em ordem, falta a assinatura, não tem data; aqui deve levar um selo de dois pesos, fiscal, sim, senhor; esta fotografia pode ser sua ou do arcebispo; esta assinatura não tem rubrica. Nunca usei rubrica e não faz falta. Não, senhor. Como se atreve! Uma assinatura sem rubrica é como um turco sem bigode, rá, rá, rá; traga-me um certificado e eu lhe darei outro; para isso estou aqui. Lembrava-me de todos, um por um, com seus rostos de comedores de papéis carimbados. O farol gemeu e deixou cair no chão uma chuva de pedaços de vidro, e o homem, um homem quadrado, quadrado de corpo, quadrado de cara, quadrado de mãos, passou correndo, roçando meu rosto com o ar que deslocava e lançando de relance um olhar que me percorreu de cima a baixo.

— Morra!

Virei-me, com a sensação de que me debatia para sair de um pântano formado por certificados e barcos que navegavam em direção ao centro da rosa dos ventos; vou te escrever do Panamá ou do Yukon; outro farol, dessa vez uma lâmpada, branca e rechonchuda, estourou e desapareceu; pedaços de vidro fosco pareciam rir ao se estilhaçarem sobre as linhas do bonde. Outro homem e outro homem e outro homem apareceram e desapareceram e gritaram, e uma cortina metálica desceu com grande rapidez e tremendo ruído. O que está acontecendo? Meu amigo se foi; estava tudo certo, como os funcionários caras-de-arquivadores querem: idade, sexo, endereço, nacionalidade, tudo certificado; não quer, além disso, que eu traga meu pai? Novamente me vi obrigado a girar o corpo: um grande grito se acendia e apagava atrás de mim e outros homens e outros homens e outros homens surgiam dos becos ou se perdiam neles.

— Morra!

Morra quem? O certificado? Dezenas de cortinas e portas se fecharam com violência. Eu tinha trabalho, mas não era o suficiente; queria viajar e o trabalho me impedia. Trabalhar e viajar, não trabalhar e ficar. Queria escolher meu destino, não aceitar o que me dessem. Bom, para onde quer ir? Não sei: ao norte, ao sul; aqui só há dois pontos cardeais, e são suficientes; Panamá, Guayaquil, Callao, La Guaira, Arequipa, Honolulu, nomes preciosos, como de árvores ou como de mulheres morenas. É a primeira vez que estou perto do mar e sinto que ele me chama, parecendo-me tão fácil viajar por ele: não se veem caminhos — todo ele é um grande caminho —, nem pedras, nem montanhas, nem trens, nem carros, e é possível que nem motoristas nem funcionários engolidores de certificados, amplitude, solidão, liberdade, espaço, sim, espaço; uns amam um espaço, outros amam outro espaço, e quantos tipos de espaços existem? Não pude continuar divagando: vinte, trinta, cinquenta homens me cercavam, gritavam e gesticulavam; homens de toda classe, tamanho e condição: morenos e baixos, altos e loiros; de boa estatura e pálidos; rostos redondos ou irregulares; narizes como de cera dura ou de cera mole; bigodes firmes ou encaracolados, cabelos lisos ou cacheados; testas pequenas, como de macacos, ou altas como penhascos. O que querem comigo, que já tenho o suficiente com os certificados e a ausência de meu amigo? Eles se movem, inquietos, agachando-se e recolhendo algo que parecem ser pedras ou pedaços de lajotas ou asfalto. Não sou eu, com certeza, quem os reúne e não têm nada a ver comigo; são desconhecidos para mim. Apenas o acaso, um acaso dinâmico, os reúne ao meu redor; mas, seja como for e se não é minha pessoa o centro de atração, minha ou outra qualquer, algum motivo tem de haver, qualquer um, para reuni-los. E de repente desaparecem, voltam e vão, levados por alguma força desconhecida, e se ouve o trote de seus passos e o barulho de seus sapatos nas calçadas, e gritos, vozes, frases e risadas. De novo fico sozinho, mas já não posso voltar aos certificados, nem aos barcos, nem ao mar; devo ficar entre os homens: escreverei de São Francisco ou da baía de Hudson, oh, distante amigo.

Os homens se afastam novamente e, à medida que o fazem, começo a perceber melhor seus gritos e a perceber o que expressam: há um motim[26]. Por quê? Não consigo descobrir: meus ouvidos se enchem com o rumor de dez, trinta, cinquenta ou cem cavalos galopando sobre os paralelepípedos ou o asfalto de uma rua próxima. O som lembra o de grossas gotas de chuva batendo sobre um telhado de zinco. De onde virão? Será o exército? Será a polícia? Senti que perdia peso e que meu cérebro se limpava de sonhos e de lembranças, ficando em branco. Certamente estava pálido. Olhei para os homens: eles se afastavam, recuando, olhando para onde estou, sozinho e em pé, encostado em um muro pintado de branco. Reagi: o que estou fazendo aqui e o que pode me importar o que aconteça? Sou um estrangeiro, embora não tenha certificados; não me meti com ninguém, não fiz nada e meus assuntos não têm nenhuma relação com os daqueles

---

26 MOTIM: Sobre este motim, Manuel Rojas anota em sua *Antología autobiográfica* (1962): "O motim descrito ocorreu em Valparaíso em 1914 ou início de 1915, não recordo exatamente, e o que ali aconteceu a Aniceto Helvia é exatamente o que aconteceu comigo, com a diferença de que não fiquei doente; depois de doze dias de detenção, fui posto em liberdade". O pesquisador Jorge Guerra estabeleceu os seguintes dados: os acontecimentos ocorreram entre 28 de novembro e 4 de dezembro de 1914, motivados pela aumento do preço das passagens de bonde. Em 2 de dezembro, a insatisfação explode em distúrbios de rua, e por volta de uma da manhã se produz um enfrentamento com a polícia. O jornal *La Unión* de Valparaíso registra, entre os detidos no bairro Almendral, Manuel Rojas Sepúlveda, e entre os feridos Gabriel Pérez, por uma pedrada nas costas, algo que coincide com o relato de Aniceto no capítulo v desta Segunda Parte.

homens e com os desta cidade. Mesmo assim, me aproximei do muro, apoiei as costas nele, também apoiei as mãos e, como se isso ainda não me desse a sensação de segurança e firmeza que procurava, apoiei também um pé, levantando a perna e dobrando o joelho; ali fiquei.

— Saia daqui, companheirinho, eles estão chegando!

É comigo? Sim, comigo: um homem desconhecido, magro, de roupas escuras e traços que não distingo bem, grita e gesticula com energia, chamando-me. Aquilo me irrita: por que querem que eu me junte a eles e por que devo me intrometer em assuntos estranhos? Inconscientemente, eu alimentava a esperança de minha condição de estrangeiro e de minha falta de interesses naquela cidade, e isso apesar de que, andando como andava, malvestido, eu sabia o que podia esperar da polícia ou do exército.

É uma rua larga, uma avenida com pista dupla e árvores baixas e frondosas em ambas as calçadas. Está escurecendo. A polícia apareceu na esquina e a cavalaria encheu a rua com uma fila dupla ou tripla que avançou em direção às pessoas e em direção a mim; brilhavam os metais dos arreios, dos uniformes, dos sabres e das lanças com flâmulas verdes; um espetáculo belíssimo para um desfile patriótico, nada animador para quem está encostado em um muro, sabe que está malvestido e se sente estrangeiro nas ruas de uma cidade amotinada. Os peitos dos cavalos avançaram como uma onda negra; por entre eles não se podia passar nem sendo bruxo. O homem desconhecido volta a gritar:

— Corra, companheirinho!

Sua voz está cheia de uma ternura misturada com raiva; sinto que da próxima vez, se houver uma próxima vez, ele me insultará:

— Corra, imbecil!

Não o conheço nem ele me conhece, e não sabe se sou estrangeiro ou conterrâneo, turco ou aragonês, chilote ou taitiano; ele via apenas alguém que estava sozinho diante do trote firme de cinquenta animais da tropa. Eu não me decidia a fugir. Mas quando os animais estavam a uns trinta passos e o som dos cascos e o tinir dos metais aumentaram até se tornarem insuportáveis e quando olhei para a cavalaria e vi os rostos sob os quepes e as mãos, pequenas e escuras, nas empunhaduras dos sabres e nas hastes das lanças, percebi que permanecer ali não me deixava qualquer esperança e que de nada adiantaria ser estrangeiro ou nativo, ter ou não um certificado; minhas costas, minhas mãos e meu pé se apoiaram contra o muro e me lançaram com violência para a frente; saltei e mal toquei o chão, olhando de esguelha para o esquadrão: um dos policiais vinha direto em minha direção e até me pareceu ver sua mão procurando uma boa posição na haste. Estava já muito perto e por um instante duvidei que conseguiria escapar. Se algo imprevisto não ocorresse, a lança — caso ele decidisse me ferir com o ferro — ou o cassetete — se quisesse ser generoso — me enterraria de cabeça no chão. Girei no ar e comecei a correr, e no momento em que o fiz, os homens que me cercavam instantes antes e que depois haviam se afastado de mim, agrupando-se mais adiante, também começaram a correr, como se estivessem esperando que eu fosse o primeiro. O homem magro e moreno gritou de novo, agora com energia, desafiador e encorajador:

— Bravo, companheirinho!

Atravesso uma rua transversal correndo tão rápido e tão concentrado em fazê-lo que não tenho tempo de pensar que poderia ter virado ali e me escondido em algum canto: perdi uma oportunidade. Felizmente, ao cruzar a transversal e devido à mudança de pavimento — do asfalto para o paralelepípedo de pedra —, o cavalo perde velocidade; para recuperá-la, o policial põe o animal em galope e recupera parte do espaço perdido; espaço, sim, espaço; alguns amam o espaço, outros o odeiam. Eu não sabia quantos metros ou quantos passos me separavam do cavalo e apenas calculava pelo som dos cascos que, de repente, se isolaram e ecoaram como se fossem só para mim. O homem magro e moreno, enquanto corria, não tirava os olhos de mim; talvez estivesse preocupado comigo. Minha salvação era chegar até a próxima esquina e virar, algo que eu deveria ter feito já na primeira transversal. De repente, alguns passos adiante, o grupo de homens desapareceu como se tivesse sido sugado por uma grande força aspirante. O que havia ali? Vi que o homem dos gritos não desapareceu junto com os demais, mas ficou naquele ponto, observando a corrida entre o rapaz e o cavalo.

— Corra, companheirinho! — gritou de novo, desesperado, e depois, furioso: — Longe dele, cachorro!

A lança devia estar a poucos centímetros de minha cabeça. Como era possível que eu fosse cair ali, talvez mortalmente ferido, a tantas léguas de meu bairro natal e longe de meus irmãos e de meu pai? Forcei um pouco mais a corrida. Era, com certeza, o último esforço que podia exigir de meu coração e de minhas pernas, e em um instante eu estava ao lado do homem, que me agarrou como no ar e me puxou com força para si; não tive tempo de virar e lá fomos nós dois, rolando pelo chão. Do chão, olhei para trás e vi aparecer a lança e depois a flâmula e em seguida o cavalo e o cavaleiro, que olhou de esguelha para a presa que lhe escapava. Como tinha conseguido me salvar? Levantei-me e sacudi a roupa; ofegava. As fileiras de cavalos e policiais passaram galopando. Olhei ao redor: estávamos em um corredor estreito e alto, de uns quinze metros de comprimento, fechado por um muro pintado de amarelo; um rodapé escuro o rematava: era o Cortiço de La Troya. Poderíamos ficar nesse lugar? Os homens do grupo me olharam com simpatia e curiosidade.

— Não vamos ficar aqui! — gritou o homem desconhecido. — Se eles derem a volta, vão nos fechar a saída! Vamos.

Corremos de novo; éramos cerca de trinta pessoas; contornamos o muro e saímos no pátio do cortiço, que ia de rua a rua. Fazíamos barulho ao correr e os homens, além disso, gritavam. Alguns vizinhos abriram suas portas e janelas: O que está acontecendo? Gritos:

— Querem aumentar para vinte! Que morram!

Até bem mais tarde, naquele dia, eu não soube do que se tratava, o que era que queriam aumentar para vinte e quem deveria morrer; naquele momento, de resto, eu não tinha interesse em descobrir nada: só queria me certificar de que a tripla fila de cavalos e policiais, com suas lanças e sabres, tinha continuado a correr e desaparecido. Alguns vizinhos se juntaram a nós. Enquanto corria, observei meus companheiros: a julgar pelas roupas, eram operários e se via que estavam suando, ofegantes, embora não cansados. A briga estava começando. O homem desconhecido, magro e moreno, corria ao meu lado e me falou:

— Ficou com medo?

Dei de ombros e sorri, todo fanfarrão:

— Do quê?

Ele fez um gesto vago:

— Achei que o policial fosse te pegar e já estava te vendo cair de cara no chão! Por que não estava correndo?

Repeti o gesto: eu não saberia explicar por que não fugi desde o começo e por que fugi depois; estava fora de mim, como também estava fora de mim sair correndo junto com eles. A vanguarda do grupo chegou à outra extremidade do pátio e os homens, parando na calçada, gritaram, levantando os braços e cerrando os punhos:

— Morram os algozes do povo!

O lampião gemeu como um homem que leva um soco no estômago, e deixou cair, como um vômito, uma chuva de cacos de vidro; outro lampião próximo o acompanhou.

— Cuidado: aí vêm eles!

Quando cheguei à porta, a polícia atacava de novo e tive de continuar correndo. Teria de fazer isso o dia inteiro? Tinha entrado no Chile dançando dentro de um vagão cheio de animais; não era suficiente? No entanto, fiz isso devagar, me dando tempo para recuperar o fôlego, até chegar à primeira esquina, onde virei, me dirigindo à avenida onde me surpreendera a carga da cavalaria; o grupo se dispersou. As ruas perpendiculares ao mar pareciam desertas, como se fossem de outra cidade e não daquela, e isso sem dúvida porque nelas não havia comércio, ou havia muito pouco; mesmo assim, poucos lampiões conservavam ainda seus vidros. As ruas paralelas à praia, em contrapartida, estavam cheias de gente, sobretudo a avenida à qual cheguei, em que ardia, em pleno fogo, a chama violenta: já não eram cinquenta, mas quinhentos ou mil e quinhentos os homens que enchiam o quarteirão onde a carga da cavalaria policial me surpreendera; tinham descido sabe-se lá de qual morro e por quais vielas ou ravinas. Lecheros ou Calaguala, Las Violetas ou La Cárcel, El Barón ou La Cabritería, ou talvez vindos das oficinas, do dique dos navios, das barcaças; alguns ainda levavam seu saco de carvão ou lenha e viam-se vários com as calças arriadas, mostrando cuecas brancas; outros iam descalços e uma centena deles fervilhava ao redor de dois bondes que eram destruídos centímetro por centímetro: primeiro os vidros, que as pessoas pisavam até convertê-los, enfim, em uma espécie de farinha brilhante; depois os assentos, os caixilhos das janelas, os refletores; mas um bonde é uma presa difícil, sobretudo aqueles, feitos de ferro, altíssimos, com segundo andar, feitos de grossas chapas e tubos pintados de uma cor ocre que lhes dava, não sei por quê, uma grave sensação de dureza. Já não restava deles senão o que pode ser destruído por um maçarico oxi-hídrico ou um martelo-pilão. A multidão oscilava como uma onda, movendo-se nervosa: rostos, corpos, pernas, braços.

— Vamos tombá-los!

Como não era possível queimá-los, a ideia foi acolhida com um rugido de aprovação, e o povo, cuspindo nas mãos e arregaçando as mangas, posicionou-se do lado de um dos bondes; não todos, pois não cabiam, mas os que estavam mais perto e podiam fazê-lo. Empurraram, avisando:

— Atenção, lá vamos nós!

Fez-se um silêncio, mas o bonde era pesado e rígido e não se moveu. Ouviram-se algumas risadas, e depois:

— Vamos!

Alguém assumiu a liderança da manobra e sua voz começou a soar como se fosse um trabalho qualquer. Ouviu-se um gemido, exalado pelos homens que empurravam, e o trambolho se inclinou um pouco, embora não o suficiente. Centenas de gritos celebraram o primeiro resultado:

— De novo, vamos!

A voz de comando soava com um tom tão persuasivo que era difícil resistir ao seu chamado. Por que alguém ficaria ali parado, com as mãos nos bolsos ou nas costas, em vez de se unir ao esforço coletivo?

— Vamos...

Aquilo me lembrava dias passados de duro trabalho e, durante alguns segundos, senti que não conseguiria me desprender do feitiço daquela voz:

— Agora, garotinhos!

Soava como a voz do Machete ou como a de Antonio, o de Choapa, e era a mesma voz de sempre, a voz que construiu as pirâmides, ergueu as catedrais, abriu os canais interoceânicos, perfurou as cordilheiras. O bonde oscilou, inclinou-se e, durante um brevíssimo instante, pareceu ceder ao empurrão; não caiu, no entanto, embora tenha saltado dos trilhos ao voltar à sua posição normal. Ouviu-se um murmúrio e, em seguida, a voz apareceu de novo:

— Outra vez...

Já não era uma voz de comando, como a de um sargento ou capataz: era uma voz de convite, mas de um convite cheio de resolução e certeza. Contudo, a verdade é que já não havia espaço para mais ninguém ao redor do bonde; algumas pessoas não podiam empurrar mais que com um só braço. Centenas de olhos observavam e outras tantas vozes gritavam:

— Com outro empurrão ele cai!

Junto com o começo da inclinação do bonde, começava a se erguer o clamor, que se iniciava com vozes isoladas, vibrantes, estimuladoras, às quais logo se somavam outras de admiração, formando todas, ao fim, uma coluna sonora que alcançava sua maior altura quando o bonde, imponente, mas bruto, indiferente ao seu destino, obedecia ao impulso e cedia cinco, dez, quinze graus; mais alguns e cairia. Por fim caiu e os homens saltaram para trás ou para os lados, temerosos de que explodisse com o impacto e os ferisse com os vidros, ferros ou farpas que se desprenderam dele; mas nada saltou e ninguém ficou ferido. É curioso ver um bonde por baixo: as rodas pesadas, aquelas rodas que trituram e seguirão triturando tantas pernas, braços e colunas vertebrais; ferros cheios de graxa e de terra, grossas molas úmidas, como suadas, teias de aranha, pedacinhos de papéis coloridos, mariposas noturnas.

Uma vez tombado, o bonde perdeu seu interesse e o povo correu para o outro, que esperava seu destino com as luzes apagadas, as janelas quebradas, os vidros feitos pó. Nesse momento apareceu ou voltou a polícia — nunca se sabe quando é uma e quando é outra, já que é sempre igual, sempre verde, sempre parda ou sempre azul —, mas o povo não fugiu; já não se tratava de vinte ou cinquenta homens, mas de centenas, e assim a polícia não investiu ao perceber que o número estava contra ela. Avançou com lentidão e se postou à margem da rua, de modo que as ancas dos cavalos ficassem voltadas para a calçada. A multidão, de repente tranquilizada, embora exaltada, também tomou posições, sem tirar os olhos dos cavalos, das lanças e dos sabres. Logo começaram a ouvir-se gritos:

— Parece que estão com fome!

— Todos têm cara de cachorro!

— E o oficial? Olhem só! Tem cara de sabre.

O oficial, de fato, tinha o rosto comprido e afiadíssimo. Parecia nervoso, e seu cavalo preto, alto, parecia ainda mais nervoso; agitava-se, abaixando e levantando a cabeça uma e outra vez.

— O que esperam?

— Por que não atacam agora, cães? Para isso é que lhes pagam!

Nesse momento, as luzes dos morros se acenderam e a

cidade pareceu ganhar amplitude, subindo até os contrafortes com seus ramos de luz.

— Vamos embora!

— Vamos! Vamos deixar esses desgraçados sozinhos.

Cada palavra de provocação e cada injúria dirigida aos policiais me dói de um jeito estranho; sinto que todas elas batem com dureza contra o rosto deles e até acredito ver que piscam toda vez que uma delas sai da multidão. Não achava certo ofendê-los nem provocá-los; além disso, estando entre os que gritam essas palavras, acabo também um pouco responsável por elas. É verdade que momentos antes tive de correr, sem motivo algum e como uma lebre, diante da cavalaria, mas, não sei por quê, a inconsequência dos policiais e dos cavalos me parece forçada, imposta, desculpável por isso, enquanto os gritos eram livres e voluntários. Uma voz pergunta dentro de mim por que a polícia podia atacar quando quisesse e por que a multidão não poderia gritar se assim quisesse; não sei o que responder e procuro deixar que os outros falem: não quero levar um golpe na cabeça ou um soco no nariz. Seguiram-se, então, os gritos e as palavras de baixo calão e as ironias, e embora temesse que a provocação trouxesse uma reação violenta por parte da polícia, isso não aconteceu. O oficial e os homens de sua tropa pareciam não ouvir nada; ali estavam, alguns pálidos, outros um pouco desajustados, indiferentes na aparência, a maioria parecendo, menos que homens, máquinas ou ferramentas, objetos para usar. Na escuridão, branqueiam as camisas dos trabalhadores e no ar há algo tenso que ameaça se romper a qualquer momento. Nada se rompeu, no entanto. A multidão começou a se dispersar em grupos, indo uns por uma rua e outros por outra; ali não havia mais o que fazer. A polícia permaneceu no local: não podia seguir cada grupo e nenhum era mais importante que o outro. O povo se despedia:

— Não vão se entediar, hein?!

— Pobrezinhos, ficaram sozinhos!

— A carinha que têm...

A aventura não terminou por ali: o motim fervia por toda a parte baixa da cidade, exceto no centro, onde estavam os bancos, os jornais, as grandes casas comerciais; em algumas partes, a multidão apedrejou os armazéns de alimentos, preferencialmente os da parte ampla da cidade e os que estavam ao pé dos morros. Não tinham nada a ver, é verdade, com o aumento das tarifas dos bondes, mas muitos homens aproveitaram a oportunidade para demonstrar sua antipatia por aqueles que durante meses e anos exploram sua pobreza e vivem dela, roubando-os no peso, nos preços e na qualidade. A mesquinharia de alguns, o cinismo de outros, a avareza de muitos e a indiferença de todos ou de quase todos, que produzem ressentimentos e feridas, ofensas e ódios através de longos e tristes dias de miséria, reapareciam na memória, e muitos mercadinhos, além de apedrejados, foram saqueados de mercadorias postas perto das portas, batatas ou feijão, verduras ou utensílios, vassouras, panelas, que pendiam ao alcance das mãos: surgiram incidentes e alguns donos desses mercados dispararam armas, ferindo, por certo, os que passavam ou olhavam, o que incendiou ainda mais a multidão. Houve feridos e a sirene das ambulâncias começou a uivar pelas ruas.

Caiu a noite e eu vagava de um lado para o outro, seguindo ora um grupo, ora outro; aquilo me entretinha, não gritava nem atirava pedras, e embora os gritos e as pedradas me doessem, não me resolvia a ir embora; vou te escrever de... Eu tinha esquecido meu amigo e seu barco. Os boticários, atrás de seus frágeis balcões, aparecem como transparentes, rodeados de frascos pequenos e grandes com líquidos de várias cores, espelhos e vitrines, e olham para fora, para a rua, com curiosidade e surpresa, como querendo dar a entender que não têm nada a ver com o que acontece, muito menos com as empresas de bondes ou com os mercados de alimentos: vendem remédios e são, por isso, benfeitores do povo; contribuem para aliviar a dor. Não deviam ter, claro está, a consciência muito tranquila, já que nem os comerciantes mortos a terão, mas a multidão e as pessoas que a formavam, operários e diaristas, empregados e vendedores ambulantes, entre os quais começaram a aparecer meliantes, sentiam que uma botica não é algo de todos os dias nem de cada momento, como o mercado ou a quitanda; ninguém entra em uma botica para pedir fiado um frasco de remédio para tosse ou um tônico para a fraqueza, e o boticário, em geral, não pesa a mercadoria que vende — pelo menos não o faz à vista do público —; consequentemente, e aparentemente, não rouba no peso, nem é, também na aparência, mesquinho, e se alguém não tem dinheiro para adquirir um remédio para o peito ou um tônico, pode continuar tossindo ou emagrecendo ou recorrer a remédios caseiros, que sempre são mais baratos; ninguém, por outro lado, pode ter a insensata ideia de roubar uma caixa de pó de arroz ou uma escovinha de dentes; mas o pão, o açúcar, o feijão, as batatas, o café, o chá, a manteiga não podem ser abandonados, assim, para sempre, nem existem produtos caseiros ou não que os substituam. A dona da casa, a mulher do operário sem trabalho ou com salário de fome ou doente, recorre a tudo: vende os sapatos e a roupa, empenha o colchão, pede emprestado, até que chega o momento, o trágico e vergonhoso momento em que a única e pequena esperança — que esperança! — é o quitandeiro, mais que o quitandeiro, aquele homem e o coração daquele homem a quem se comprou durante anos e que, em camisa, com ar simples e bondoso, falando um espanhol italianizado ou excessivamente articulado, sem avental, às vezes apenas de camiseta de flanela e calças gastas, espera, atrás do balcão sobre o qual estão cravadas duas ou três moedas falsas, os compradores; sabe que deve vender, vender e nada mais que vender; a base do negócio é a venda, nada de fiado: "Hoje não se fia; amanhã, sim".

— Mas você já me deve sete pesos.

— Sim, dom Juan; mas tenha paciência, meu marido está sem trabalho.

— Faz muito tempo que ele está sem trabalho...

— O senhor sabe que os curtumes estão fechados.

— Por que ele não procura trabalho em outra coisa?

— Ele procurou muito, mas com a crise há tanto desemprego...

— ... mas, para o vinho, o dinheiro não falta.

— Vinho... Desde ontem não comemos nada; nem mesmo tivemos como tomar uma xicrinha de chá. Para piorar, um dos meninos ficou doente.

— Sinto muito, mas não posso vender fiado; já me devem muito dinheiro.

O quitandeiro, com o pescoço erguido e rígido, olha para outro lado, enquanto fuma seu cigarro ruim; sente, no íntimo, um pouco de vergonha, mas onde iria parar se continuasse fiando para todo mundo? Ele também precisa viver. A mulher, com sua cestinha rota e sua saia esfarrapada, sai, envergonhada também, com o olhar baixo, e o operário, que espera no quarto do cortiço o retorno da mulher para comer algo, mesmo que seja seu pedaço de pão, sente que o ódio cresce dentro dele até o desejo de cometer um crime.

— Comerciante filho da mãe... Algum dia...

Esse dia chega algumas vezes, e este era um deles. Os boticários, por sua vez, cobertos com seus aventais impecáveis e rodeados de vidros, aparecem abstratos, quase desumanizados, como se estivessem dentro de um frasco; não fechavam, como a maioria dos negócios, esperando, apesar de sua aparência irreal, obter algum lucro daquele motim: não surgiria algum ferido ou contundido, alguém com um ataque de nervos? Temos valeriana, brometo, gazes, algodão, ataduras, iodo. As quitandas, as frutarias, os açougues e as padarias fecharam ao mesmo tempo que os mercados, e os outros negócios, até aqueles que não podiam temer nem esperar nada de uma revolta nas ruas, como as lojas de artigos de couro ou as barracas de madeira ou ferro — quem iria comprar, nesse momento, uma sela ou uma viga, ou quem teria a ideia de roubá-las? —, também fecharam, muito a contragosto. À medida que a noite avançava, era cada vez mais raro encontrar um comércio aberto, embora os houvesse, os menores, aqueles tão pequenos que só aceitavam o patrão e sua mercadoria exígua, comércios meio oficinas e meio lojas, que vendem pedaços de canos, sacos de cimento, chapas de zinco, tudo absolutamente incomível e dificilmente transportável, ou fogões velhos ou aquecedores a gás, mal reparados e ainda menos comestíveis. Viam-se, isolados, brilhando no meio da escuridão que as duras pedras tinham semeado nas ruas.

Formaram-se grupos compostos por indivíduos que pareciam ter saído das bocas de esgoto — alguns poderiam ser confundidos com enormes ratos —; barbudos, desleixados e com olhos brilhantes, cheios de vida, inquietos, que não gritavam nem quebravam postes de luz e que, aparentemente, não sentiam ódio nem amor por ninguém, mas que se apoderavam, com uma rapidez surpreendente, quase animal, de tudo o que estava ao alcance de suas mãos; se moviam ao redor dos comércios abertos, lojas de tecidos especialmente, ou casas de penhor, cujas portas estavam guardadas pelos donos e empregados, quase todos espanhóis e tão otimistas quanto os boticários, com as mãos atrás das costas, apertando duras madeiras entre elas. Houve alguns confrontos entre os grupos e, em um deles, apareceu novamente o homem quadrado, quadrado de corpo, quadrado de mãos, quadrado de rosto, um homem enorme, como feito de uma única e grossa viga com vários e apertados nós, que comandava um bando de operários que de repente enfrentou outro bando, um daqueles de origem subterrânea, que saqueava uma tabacaria administrada por uma mulher. O homem quadrado, com uma voz que dominou o tumulto, gritou:

— Não, companheiros, não somos ladrões! Deixem isso aí!

A mulher da tabacaria soltava gritos agudos.

Alguns dos homens das bocas de esgoto fugiram; outros, mais tranquilos, ficaram.

— O que foi? — perguntou um deles, friamente.

Ele tinha uma barba curta e suja, e suas roupas estavam em pedaços e lustrosas; dava a impressão de uma faca lascada e cheia de urina ou gordura, mas perigosa. O homem com aspecto de ferramenta de carpinteiro se aproximou dele e gritou, cheio de paixão, quase batendo o punho contra o peito:

— O que foi? É que nós não andamos roubando e os ladrões não têm o que fazer aqui!

O homem-faca pestanejou, mas permaneceu no lugar. Voltou a perguntar, sempre friamente:

— E o que você tem com isso? Você é da polícia?

As pessoas começaram a se agrupar e os homens-ratos que haviam fugido voltaram e cercaram seu companheiro, ficando frente a frente os dois bandos.

O homem-malho disse:

— Não sou da polícia, mas também não quero que nos culpem pelo que os canalhas como você fazem. Somos trabalhadores e não ladrões, entende?

Senti uma grande admiração pelo homem quadrado e me aproximei de seu grupo; por minha parte, mesmo que o homem dos esgotos tivesse levado a tabacaria com a vendedora e tudo, jamais teria coragem de dizer uma palavra a ele: uma palavra sua, um olhar de seus olhos brilhantes, me teria feito fugir. Mas o homem-malho os conhecia e não os temia; mais ainda, parecia desprezá-los. O homem-faca não sabia qual a diferença entre um trabalhador e um ladrão e não se abalou com o insulto — talvez nenhum insulto pudesse abalá-lo —; continuou olhando, imóvel, para o homem-ferramenta. Um era quadrado e duro; o outro, afiado e escorregadio: um caberia onde o outro não caberia, o qual, por sua vez, poderia derrubar o que o outro não conseguiria segurar.

Por fim, falou:

— E o que você tem a ver com isso?

Não era uma resposta, mas sim um desafio.

O homem-malho acrescentou:

— Nunca trabalharam para ninguém e roubam tudo que podem, os pobres, nos cortiços, e os bêbados, as velhas, as crianças; nem sequer são ladrões; não passam de ratos imundos.

A voz do homem quadrado, cheia e forte, percorreu o outro homem de cima a baixo, passando por seus remendos e rasgos, sua gordura e seus pedaços; este não respondeu: não tinha, sem dúvida, condições de polemizar, e, por outro lado, não teria podido responder, com mais ou menos lógica e mais ou menos boas palavras, ao temporal do homem-malho, que, ao contrário, parecia não se intimidar diante da perspectiva de uma discussão sobre trabalho e roubo ou sobre trabalho e capital. O homem lascado e afiado não teria, no entanto, para casos como aqueles, mais de duas reações traduzíveis em palavras: a primeira, uma pergunta ou resposta: o que foi?, não quero!; a segunda, um insulto e, depois, não haveria mais que a fase muscular, o golpe de faca ou o soco. Mas naquela noite não estava entre pessoas a quem pudesse surpreender: o homem quadrado sabia com quem estava lidando e não se deixaria pegar desprevenido: assim que o homem-rato fizesse um movimento suspeito, ele se jogaria em cima dele e o estrangularia. O proletariado, no entanto, nunca sabe de onde virá o golpe, pois o golpe pode vir de todos os lados: um dos ratos se postou, sem que ninguém percebesse, do lado do homem quadrado; saltou, algo brilhou no ar e desceu sobre a cabeça dele, golpeando-o; o homem vacilou, embora não tenha caído. Quase no mesmo instante, e quando o ladrão começava, junto com os outros, a retirada, um dos operários o alcançou com um bastão na têmpora direita. Ouviu-se um som seco e o ladrão tombou de bruços, como se tivesse tropeçado. Usava alpargatas e estas, rotas, com o tecido já separado da sola de cânhamo, deixavam ver calcanhares que pareciam de rato. Houve um segundo de hesitação: o homem-ferramenta, agora em silêncio, havia tirado o chapéu e apalpava a cabeça, de onde jorrava sangue em abundância; o homem-faca, que também tinha começado a fugir, deteve-se, indeciso, ao sentir o golpe e ver seu companheiro cair. Os trabalhadores avançaram; quase todos estavam armados com paus e eram homens fortes, estivadores do porto ou carpinteiros. Os ladrões, abandonando seu companheiro, se afastaram e deixaram-se cair no canal próximo; segui-los ali era se expor a ser dilacerado. O ferido foi levado a uma farmácia — os boticários tinham razão — e a multidão se dispersou. Momentos depois, os homens das bocas de esgoto voltaram e levaram seu comparsa: ele arrastava as pernas e, embora falassem com ele, não respondia.

V

Avançada a noite, piquetes de policiais armados com cabos e preparados para ficar até o amanhecer patrulharam a cidade. Eram comandados por oficiais e marchavam em filas de três ou quatro homens. As pisadas dos animais ressoavam nitidamente sobre o pavimento. Ainda se viam grupos de civis nas ruas, sobretudo onde algum foco de luz ou lampião havia escapado das pedras; conversavam animadamente e contavam como tinha acontecido isso ou aquilo; como fugiram diante de uma investida ou como lhe fizeram frente; quantos bondes foram virados e como, e quantos e quais armazéns foram saqueados. O motim terminou não tanto porque as pessoas sentissem fome e voltassem para casa para comer, mas porque o motivo que o havia acendido não dava para mais: quebrados alguns lampiões e virados ou destruídos uns poucos bondes, não restava muita coisa a fazer e não havia por que fazer mais; não se tratava de uma revolução. Ao escutarem o ruído dos cascos dos cavalos sobre o pavimento, alguns grupos se dissolviam, os homens desaparecendo por aqui e por ali com grande rapidez, como se de repente se lembrassem de que tinham algo urgente a fazer; outros, menos tímidos, permaneciam no local, embora ficassem calados ou mudassem de assunto. O oficial à frente do piquete, com uma voz que soava estranhamente amável depois das cargas da tarde, pedia ao grupo que se dispersasse, e os homens acatavam, afastando-se devagar, geralmente em duplas; mas alguns perguntavam, sem sair do lugar:

— Estamos em estado de sítio?

O oficial, sempre com voz amável, respondia:

— Não, mas temos ordem de não permitir grupos nas ruas.

Às vezes acrescentava:

— Há muitos meliantes.

O homem então protestava:

— Não somos ladrões.

— Não importa — dizia o oficial, com voz já menos amável. — Peço que se retirem.

Se o homem acrescentava qualquer outra observação ou protesto, o oficial avançava com o cavalo em direção ao grupo. Também ele não dispunha de muitos recursos verbais.

Mas ninguém oferecia resistência. Quanto a mim, vagava de grupo em grupo e ouvia as conversas, procurando outro grupo sempre que aquele em que eu estava se dispersava; uniam-se e se desfaziam com a mesma rapidez, e não era raro encontrar, nesta esquina, metade dos indivíduos que um momento antes estavam naquela outra. Embora o motim fosse dado como encerrado, mental e verbalmente continuava. Eu não falava; apenas ouvia, e só quando, em um grupo, me olharam várias vezes, surpresos por eu não dizer nem uma palavra, me atrevi a falar e comecei a contar como havia conseguido escapar da investida da polícia; mas um homem me interrompeu e contou algo parecido ao que eu ia relatar, com a diferença de que ele não havia fugido; sua narrativa saiu divertida, e não me atrevi a tomar novamente a palavra. Perto da meia-noite, vagando de um lado a outro, fui me aproximando de um abrigo; estava cansado e com fome. Desemboquei em uma avenida de pista dupla, no centro da qual se abria o leito de um riacho seco — era a avenida onde o companheiro do homem-faca-lascada-mas-perigoso havia ferido o homem-quadrado-bom-para-empurrar-e-derrubar —; aquele leito talvez estivesse ali desde que a terra sul-americana se ergueu do fundo dos mares ou desde que o grande pedaço de matéria que hoje forma a lua foi arrancado de nosso planeta, deixando nele o vazio que o Pacífico se apressou a preencher; por ali haviam descido e continuavam descendo as águas das chuvas vindas das quebradas vizinhas, e embora em suas margens se tivessem construído casas, traçado e aberto avenidas, plantado árvores e instalado linhas de bonde, permanecia aberto, servindo de morada para gatos, cachorros, ratos, pulgas, vagabundos, marginais, mendigos, piolhos, assassinos que ali viviam e ali, às vezes, morriam, entre latas vazias, trapos, caixotes desmontados, montes de palha e galhos, pedras, poças de lama e animais mortos; o marginal que conseguia chegar até suas margens, cobertas em parte por beirais de concreto, e se jogava ali desaparecia como um coelhinho no chapéu de um prestidigitador; a polícia não se atrevia a entrar no leito, que parecia ter, ou pelo menos assim se dizia, comunicações com o sistema de esgoto da cidade. Gerações inteiras de vagabundos haviam surgido daquele leito; das pocilgas onde nasciam, passavam ao leito, do leito às calçadas para pedir esmola ou roubar; depois às delegacias e casas de correção; das delegacias e casas de correção novamente ao leito, à cadeia, ao hospital, ao presídio ou à penitenciária, para cumprir penas maiores. Por fim, morriam, e alguns morriam no leito.

Via-se pouca gente na avenida, e avancei até a esquina que ela formava com uma rua larga e calçada com seixos; retiradas, quem sabe quanto tempo atrás, do milenar leito. Não tinha mais que uma quadra de comprimento e chamava-se Beco Quillota; beco não sei por quê, já que era uma senhora rua, cheia de comércios de todo tipo, principalmente bares e restaurantes, que fervilhavam de clientes desde o pôr do sol até muito além da meia-noite, e como se os estabelecimentos com licença de primeira, segunda ou terceira categoria — venda de bebidas alcoólicas — fossem insuficientes, havia outros nas calçadas e até mesmo na pista: vendas de frutas, de peixe frito, de embutidos, de empanadas, de doces, de refrescos, até de livros. Homens e mulheres cobertos com sujos aventais preparavam ali suas mercadorias ou as reaqueciam, oferecendo-as depois aos berros. A rua subia em direção ao morro, e por ela passeavam, depois do pôr do sol, centenas de pessoas, já que o morro era muito povoado e se comunicava, além disso, com outro morro, igualmente povoado. O operário que entrava na passagem, a caminho de casa e conseguia chegar ao final sem se deter e entrar em um bar podia se felicitar por ter escapado da tentação — mas eram poucos os que chegavam à esquina onde o beco terminava, e eram poucos porque os bares, com seus grandes painéis, seus enormes painéis automáticos que mostravam paisagens nas quais se via o nascimento e o pôr do sol, a lua e as estrelas, quedas de cascatas e cisnes nadando, e pálidos cavaleiros e damas enamoradas desfilando; suas intermináveis fileiras de garrafões nos quais resplandeciam, iluminados pela luz das lâmpadas elétricas, o vinho tinto e a chicha ocre ou rosada; suas atendentes de touca e avental branco, que os fregueses apalpavam à vontade e que costumavam aceitar um ou outro brinde e até certo convite para atos menos públicos que o de beber uma tacinha — tudo isso exercia uma força de atração enorme. Além do mais, a quem é que faz mal uma cervejinha, um gole de chicha, um golinho de vinho ou uma bicada de aguardente? A ninguém. — Vamos, homem, não seja assim; só um instante, ainda é cedo. — Sim, mas minha patroa está doente. — E daí?! Ela não vai morrer se você chegar meia hora mais tarde. — É que estou levando uns remédios para ela. — Depois você dá. Olhe, ali está a que você gosta, a Mariquita. — Tá boa, né? — E aí! Como vão? O que andaram fazendo? — Nada, ué, sofrendo por não te ver. — Ah, vai! O que vão querer? — Passava um pano sobre a mesa. — A chicha está que desce como veludo; pura uva. Um "duplo", né… — Um duplo, ou seja, dois litros. Bom trago. Sirva-se primeiro, Mariquita. Beba pra curar o mal. Saúde!

Vistos da rua, os bares, com seus balaústres de madeira, seus balcões, suas luzes, suas dezenas de mesas e cadeiras, pareciam não ter fim, e se podia entrar e sentar-se e ficar ali uma noite inteira bebendo, e no dia seguinte, e no outro, e uma semana, e um mês, e um ano, perder-se ou enterrar-se ali para sempre, sem jamais conseguir terminar com o vinho, a chicha, a cerveja, a aguardente, as cebolas em conserva, os sanduíches, as saladas de pé de porco com cebola bem picadinha e com muita pimenta, ah, com muita, com bastante pimenta, que faz bem para o fígado; e alguns homens saíam para a rua com uma cara terrível, uma cara de parricida convicto e confesso: o dinheiro tinha acabado no meio da bebedeira; e outros, rindo às gargalhadas e soluçando entre um riso e outro; e aquele vomitando ao lado do braseiro em que o comerciante da calçada esquentava pela vigésima vez os pedaços de peixe — "não vá me sujar a mercadoria, senhor"—, e aquele outro, mijando cerveja por uns quinze minutos, e esse aqui, sem saber onde está, nem para onde ir, nem de onde veio, com o olhar perdido, as calças caindo, a camisa para fora, e mais adiante, um sério, introspectivo, olhando para o chão como se preocupado com algum problema grave, mas sem se mover, e outros brigando às bofetadas, derrubando os cestos de peras e os balcões com embutidos. — "O que foi, idiotas? Vão brigar em outro lugar!" — No sábado quase não se podia andar, de tanta gente: gente dentro, gente fora, gente passando, ou esperando um amigo, a mulher, ou alguém que pagasse uma rodada.

Aquela noite não era de sábado, mas era de noite, e a rua estava bem movimentada. Aconteceu o que já se podia esperar: muitos dos que participaram do motim, quebrando lampiões, derrubando e destruindo bondes, ou apenas gritando "abaixo" ou "viva", acabaram indo parar ali; a excitação que tinham vivido os impediu de voltar para casa; era um dia extraordinário, um dia de luta, diferente dos outros, rotineiros, em que só se trabalha, e era preciso comentá-lo e talvez até celebrá-lo. Estou com muita sede e não cairia mal um copinho de cerveja ou, melhor, de chicha. Tem sanduíches? Sim, um de lombo e outro de queijo; sim, com pimentinha. Entrar era fácil; o difícil era sair, a não ser que o dinheiro acabasse ou te botassem para fora por estar bêbado demais; mas estamos entre amigos e eu tenho dinheiro; sirva-se, companheiro, não me despreze; mais uma dose e a gente vai embora. Foi boa a briga, né? O dono do bar, de gorro branco, gordo e muito sério, ajudado por vários atendentes, enchia sem parar copos de cerveja, vinho, chicha, ponche, fazia sanduíches ou preparava saladas que os fregueses devoravam com uma velocidade assustadora. Sentia-se um cheiro de vinagre, um cheiro ardente e picante que feria as mucosas e escapava até a rua, onde provocava excitações quase irresistíveis. O piano tocava, os homens conversavam, as garçonetes gritavam, e uma fumaça densa enchia todo o salão; bitucas no chão, cusparadas no chão, chapéus no chão, serragem, pedaços de pão, peles de embutidos; um cachorro pequeno e peludo vagava entre as mesas. Sempre, dentro ou fora, aconteciam brigas, ouviam-se gritos desafinados ou roucos, e viam-se bocas desdentadas, olhos roxos e camisas rasgadas e manchadas de vinho ou de sangue.

— Bate nele, bate nele!

— Deixa eles brigarem sozinhos!

Naquela noite, os homens, excitados primeiro pelo motim e depois pelo álcool, saíam dos bares para as ruas, a todo vapor, levando tudo que viam pela frente e soltando palavrões enormes. Esses policiais filhos de uma égua pensam o quê? Abaixo os carrascos do povo! Nunca faltavam dois ou três policiais que só prendiam os que já eram insuportáveis, os que brigavam ou quebravam as frágeis barracas dos vendedores de rua; aos outros, às vezes, acompanhavam até a esquina, aconselhando por onde seguir. Vá direto e reto, não pare em lugar nenhum. Tá bom, meu sargento, murmurava docemente o bêbado, obedecendo ao impulso que faz o homem que se sente um pouco culpado ter em alta conta o policial que lhe fala. Não era raro o caso do carabineiro que voltava do turno bêbado como um gambá. O povo tinha sido generoso. — Ô, meu cabo — dizia o bêbado, em voz baixa —, vem tomar um traguinho. O policial, depois de olhar para os lados e de passar nervosamente os dedos no bigode, aceitava, virando em um gole seu quarto ou meio litro de bebida, fosse qual fosse.

Três ou quatro convites e depois, a advertência ou a noite no xadrez. — Não tô bêbado, meu tenente — assegurava o infeliz, que mal conseguia abrir os olhos. — Sente meu bafo. — O oficial recuava, quase desmaiando. — Pro xadrez, caramba! Você está mais bêbado que um gambá!

Essa noite foi diferente. A briga tinha sido contra a polícia, que durante o motim feriu alguns e prendeu muitos, e os bêbados, apesar de sua tendência a contemporizar e ser magnânimos, não esqueciam; alguns deles, inclusive, tinham levado uma ou duas pauladas ou engatinhado entre as patas dos cavalos; e lá estavam agora os odiados policiais de sempre: suas roupas esverdeadas pareciam mais feias que o normal; seus quepes, mais antipáticos que no dia anterior; ridículas suas jaquetas com botões dourados e irritantes suas botas baratas, que nem botas eram, mas simples polainas. Um bêbado enfiou os punhos debaixo do nariz do policial e gritou, enchendo o rosto do representante da lei de saliva alcoólica, os mais atrozes insultos contra a corporação e seus semelhantes e parentes, e exasperado pela tranquilidade do agente, que naquele momento estava sozinho, deu-lhe um empurrão vigoroso, como para animá-lo. O policial recuou alguns passos e advertiu o exaltado; mas teria sido o mesmo que pedir que rezasse uma Ave-Maria. O bêbado, incitado pelos outros e aproveitando-se do fato de serem vários contra um só agente, voltou a empurrá-lo, ao que o representante da autoridade respondeu soando um apito e pedindo reforços. O outro policial, estacionado na esquina do beco que levava ao morro, acudiu, e o bêbado, que então avançou contra os dois, levou na cabeça uma paulada que lhe cobriu o rosto de sangue, sendo, para surpresa de seus companheiros, levado preso.

A notícia correu pelas calçadas e bares: a polícia bateu em um homem e o levou preso! A delegacia ficava a duas quadras dali, e os policiais voltaram depois, acompanhados de uma patrulha montada. Vamos ver, quem são os bonitões? Os bonitões eram dezenas: o álcool enchia os homens de uma euforia incontível e de uma coragem inconsequente que os fazia desprezar a delegacia, os cacetetes, os sabres, os cavalos e seus cavaleiros. Sou chileno e ninguém vem me calar, muito menos um tira fedorento como você! Me bate, caralho! Você tá falando com um homem de verdade! Rasgavam a camisa em um puxão, estourando botões e esgarçando as casas, enquanto exibiam o peito peludo. A polícia, que esgotou de vez seus recursos e reações verbais, mostrou-se menos heroica: agarrou os homens e os levou à força, bateu neles quando se defendiam, arrastou-os quando resistiam e os entregou, por fim, aos policiais a cavalo, que os pegaram pelos pulsos e os levaram quase no ar, a galope; os bêbados tropeçavam nas pedras e uivavam ao sentir que suas axilas estavam prestes a se rasgar, que suas calças caíam e que suas outras roupas eram estraçalhadas. Os balconistas e as atendentes saíram para a rua e os bares ficaram vazios. Os vendedores de rua, homens prudentes apesar do pouco capital, desmontaram seus negócios. O futuro não era claro para o comércio varejista.

Eu comia minha porção de peixe e observava. Estava com fome, e a idade do peixe de que provinha aquela porção me era indiferente, embora talvez me surpreendesse se tivesse ficado sabendo. Eu a comeria, no entanto, mesmo que me provassem que o peixe era originário do mar Vermelho e contemporâneo de Jonas. Com certeza tinha um cheiro horrível, mas para onde iriam os pobres se lhes ocorresse ter um olfato muito sensível? A miséria e a fome não têm olfato; aliás, o olfato atrapalha o faminto. A crosta, essa é a palavra mais exata, que a recobria estalava entre os dentes como a concha de um molusco e não se parecia em nada com a perfumada e tenra cobertura de farinha de rosca e ovo com que as mãos de minha mãe envolviam, em um tempo que já me parecia muito distante, outras porções de peixe ou carne. No entanto, aquela crosta me agradava, pois dava aos meus dentes a sensação de uma mastigação vigorosa. Eu a comia, então, de pé na esquina. Estava quente e soltava um vaporzinho que entrava por minhas narinas e as dilatava como as de um cão. A porção se dividia em lascas que mostravam grande vontade de se desfazer, como se já estivessem cansadas de pertencer a um todo que demorava tanto a se desintegrar. Ao dar a mordida, e para não desperdiçar nada, eu jogava a cabeça para trás, de modo que o que caísse não escapasse de minha boca. Cada pedacinho era um tesouro inestimável. Eu teria comido dez ou vinte porções e só tinha dinheiro para uma, além de um sanduíche. Estava faminto e comia e observava. O peixeiro, que parecia feito do mesmo material que a porção, tinha me dado, junto com ela, um pedaço de papel que eu usava para segurá-la, evitando assim sujar as mãos, já que a porção transpirava uma oleosidade de origem duvidosa. Comia e observava.

— O que você me diz disso?! — disse o peixeiro, quando o cassetete do policial ricocheteou na cabeça do bêbado, quebrando-se com a violência da porrada. — Em outras noites, eles aceitam tudo o que lhes oferecem para beber, sem olhar o que é, contanto que não seja querosene; mas hoje os cavalheiros estão de mau humor…

Terminei de comer minha porção de peixe e joguei no chão o pedaço de papel, limpando depois os dedos nas calças; aquele óleo era capaz de atravessar não só uma folha de papel, mas até as chapas de bombordo de um couraçado.

Ignoro o que me levou, no fim das contas, a me meter naquela briga de cães — porque era isso que parecia —, mas fui sentindo, pouco a pouco, uma inquietação muito grande e uma ira ainda maior contra a brutalidade que estava sendo cometida. Um bêbado tinha se comportado de maneira insolente e talvez merecesse o que levou, mas isso não era motivo para que todos os demais fossem tratados do mesmo modo. Os policiais, já desumanizados, como os boticários — embora com um cassetete na mão; era uma desumanização de outro tipo —, agiam mecanicamente, agarrando os homens pelos pulsos, torcendo-lhes os braços, batendo neles quando resistiam a marchar e entregando-os em seguida aos policiais a cavalo, que partiam a galope, arrastando o homem. Decidi ir embora: aquilo acabaria mal para alguém, ou para todos. Um dos homens, não totalmente bêbado, mas excitado, ao ser agarrado, sacou uma ferramenta, um formão, talvez uma chave de fenda; foi esbofeteado e espancado. E os policiais já não esperavam a provocação dos bêbados: percorriam a rua de cima a baixo e invadiam os grupos com empurrões, afastando os homens com violência; um protesto, uma reclamação, até mesmo um olhar bastava, e o homem era levado até a esquina. Tudo aquilo tinha começado com o empurrão que um bêbado dera em um policial.

Comecei a atravessar a avenida. Sentia os punhos se abrirem e se fecharem aos espasmos, fora de controle. Quando estava exatamente no meio de uma das pistas, ouvi gritos; virei-me; dois policiais a cavalo levavam um homem. Olhei para ele: haviam lhe batido, ou ele tinha caído, e seu rosto estava coberto de sangue. Mecanicamente também, sem pensar no que fazia, esgotadas todas as minhas reações mentais, me abaixei, apanhei uma pedra e a lancei com toda a força contra um dos policiais. Vi que o homem soltava o bêbado e vacilava em cima do cavalo. Fugi. Ao chegar à calçada, parei e olhei para trás. Não consegui ver nada: uma dor terrível atravessou minhas costas. Virei-me de novo; diante de mim, com o brilhante sabre desembainhado, erguia-se um agente da polícia. De onde ele tinha saído? Nunca soube, embora o canal estivesse a menos de vinte metros de distância.

VI

Fui levado preso, não sem que o policial tivesse de me dar dois puxões para me obrigar a caminhar. Estava furioso, mas minha consciência se mostrava inquieta e aceitei seguir. Não falamos durante o trajeto, e quando ele abriu a boca, foi para resmungar asperamente contra os arruaceiros, que davam tanto trabalho. Não soube o que responder; além disso, ele não devia esperar resposta. Por suas palavras, percebi que não me vira atirar a pedra; prendeu-me apenas porque me viu correndo. Era um motivo fútil, mas todos os motivos podiam ser bons naquela noite. Tratava-se de um homem baixo e franzino; durante o caminho, pensei em me soltar e fugir — ele me segurava pela manga do casaco, com os dedos firmes nos botões —; lembrei, no entanto, que era dia de motim e noite de mãos livres e me contive. E se eu lhe desse um soco no peito e o derrubasse? Ele é franzino e cairá como um saco enquanto eu desapareço; mas e se eu não acertar o alvo e ele resistir? Com certeza está armado com um revólver; se não me viu jogar a pedra, não terá nenhuma acusação contra mim e serei solto; ali está o canal, um salto e adeus, mas não conheço o lugar e não sei onde vou cair, se em um poço d'água, em cima de um cachorro morto ou em um buraco, onde posso quebrar um braço ou perder os dentes. Desisti. Ao longe, ouviam-se os gritos dos homens e o trotar dos cavalos. Pela segunda vez na vida, eu ia entrar detido em uma delegacia.

A delegacia, situada na encosta de um morro e pintada por fora de branco e verde, era uma delegacia como todas as outras, mal iluminada, com cheiro de urina e de cavalo, grades de ferro e piso irregular. Na sala de entrada perguntaram meu nome, o policial foi indagado sobre por que me trazia — desordem, afirmou — e fui levado para a cela. Não tive oportunidade nem tempo de dizer nada, de me defender ou de pedir que me dissessem de que maneira tinha cometido desordem; era um detido, e isso bastava. "Vai ser fichado", disse o oficial, loiro e de um rosa sujo, pele oleosa, com um bigode desgrenhado e sem graça, um tanto úmido. O policial do sabre desapareceu e fui entregue a outro, que me disse: "por aqui", como se fosse me levar a um salão de baile. O pátio que se estendia atrás da grade era amplo e rodeado por altos muros; em suas margens, adivinhavam-se algumas celas com portas de madeira.

Fui enfiado em uma cela com grades de ferro, iluminada por uma fraca lâmpada presa ao teto. Esperava que a delegacia estivesse cheia de todos os homens trazidos do beco, mas talvez estivessem naquelas celas fechadas, de onde vinham gritos vacilantes e uma ou outra voz firme que berrava algo contra alguém ou contra alguma coisa. Aquela em que fui enfiado pelo policial, que repetiu "por aqui", estava ocupada por uma só pessoa, que jazia no chão, quase no centro, com as calças caídas e enroscadas nos pés, o traseiro e as pernas ao ar livre, roncando como se estivesse em sua cama. Era, sem dúvida, um dos bêbados trazidos do beco, e digo que era um dos bêbados porque só um homem em estado de embriaguez, e de profunda embriaguez, teria feito o que ele fez: trancado ali dentro, sentiu, pelo visto, vontade de defecar, mas tão bêbado como estava, não conseguiu perceber que havia no canto da cela, que era bastante ampla, uma privada apropriada, e, não a vendo, e apremiado pela vontade, decidiu se aliviar no chão, e assim o fez, abundantemente, adormecendo em seguida sobre seus louros, sobre os quais, por fim, se sentou; sentado, buscou maior conforto e deitou-se de lado para dormir. Seu traseiro e suas coxas estavam cobertos de excremento.

O fedor era terrível. O vaso sanitário, como em qualquer delegacia, já tinha um cheiro insuportável, e o excremento do bêbado cheirava como dez mil privadas juntas, e ainda mais. O fedor, curiosamente, lembrava o que os bares do beco exalavam e lançavam incessantemente para a rua: aquele cheiro de vinagre, como de cebolas em conserva e vinho forte, um cheiro picante que feria as mucosas. O bêbado o trouxera consigo; mas, se aquele fedia, este dilacerava.

Sentia-me rodeado por uma grande solidão, e o homem deitado no chão contribuía para aumentá-la: não me parecia um homem, mas um animal, menos que um animal, uma besta; menos que uma besta, não sei o quê. Pensei, no entanto, que, tirando o fedor, aquilo era o melhor que podia me acontecer; pois o que teria feito se o tivesse encontrado bêbado e acordado? O que teria me dito e o que eu poderia ter respondido? Pensei também que, se o tivesse visto algumas horas antes, durante o motim, correndo ou executando algum ato ágil ou apaixonado, talvez me parecesse um ser cheio de simpatia e força, quem sabe até valente. Agora, com a alma tomada pelo álcool, era apenas uma besta fétida, e ali jazia, também em solidão, uma solidão afundada na merda. Os bares continuariam abertos, com seus grandes balcões, suas atendentes, suas centenas de garrafões de vinho tinto ou de chicha rosada, e ali estava o fruto delas, estendido no chão, dormindo e com o traseiro à mostra.

Ignoro por que aquele homem me intimidou; ao entrar, passei ao seu lado na ponta dos pés, olhando-o de esguelha. O policial, por sua vez, ficou um momento junto à grade, depois de fechá-la, olhando também. Antes de ir embora, passou os olhos do bêbado a mim, lançando-me um breve olhar, um olhar que nada dizia, como se nada tivesse visto ou tivesse visto algo fora da sensibilidade humana. Talvez seus olhos já estivessem calejados para sempre. Sentei-me no estrado de madeira, procurando um lugar de onde pudesse evitar olhar para aquele homem, cujo aspecto me enchia de uma vergonha terrível, não porque houvesse impudor naquilo, mas porque havia inconsciência; o fato de que ele não soubesse, nem pudesse saber, do estado em que se encontrava era o que me provocava aquela sensação; parecia-me que, de minha parte, eu tinha alguma culpa naquilo, não sabia em quê, e certamente não tinha, mas não conseguia ficar tranquilo: me parecia que eu também estava como ele, com as pernas e o traseiro ao ar livre, que seu traseiro e suas coxas eram os meus e os de todos os homens. Mas o que podia fazer? Tentar acordá-lo, limpá-lo, vesti-lo, estando no estado de embriaguez em que se encontrava, seria loucura: ele se voltaria contra quem tentasse fazê-lo, brigaria com essa pessoa, atribuindo-lhe sabe-se lá que intenções, e acabaria dando uns pavorosos uivos; viriam os policiais e alguém teria de explicar por que e como aquele homem estava com as calças arriadas e o traseiro de fora; é possível que não acreditassem: como pode um homem chegar a esse estado? Não. Por outro lado, como ele se viraria, por conta própria, quando a bebedeira passasse e percebesse o estado em que estava? Não quis nem pensar nisso.

Durante umas duas horas fiquei ali, intimidado e acuado por aquele homem e suas nádegas, brancas e gordas, cobertas de imundície. Passado esse tempo, reapareceu o policial, o mesmo do "por aqui", abriu a porta e me olhou. Notei que fazia o possível, agora, para não ver o bêbado. "Venha cá", disse ele, com uma voz estranha, entre compassiva e terna. Levantei-me, passei na ponta dos pés ao lado do bêbado e saí da cela. O policial, enquanto fechava, não conseguiu evitar que seus olhos se voltassem para aquele ser, ao mesmo tempo atraente e repulsivo. Por fim, tirando a chave do cadeado que prendia as correntes com que se fechava a cela, disse, encolhendo os ombros e me lançando um olhar de compreensão:

— Pela mãe, né? Que um homem possa chegar a esse estado...

Era começo de outono e o céu estava negro e estrelado; fazia um pouco de frio.

— Fique aqui — disse o policial, dirigindo-se às celas com portas de madeira.

Fiquei ali, olhando para o céu e respirando profundamente, querendo expulsar das mucosas a lembrança do fedor. O policial, depois de procurar entre suas chaves a que precisava, abriu uma das celas; um jorro de luz escapou para o pátio. Olhei para dentro: talvez uma dúzia de homens se amontoasse lá dentro; viam-se vários deitados, como dormindo; os demais, sentados nas beiradas do estrado, pareciam enormes biguás.

— Vamos, vamos, arruaceiros, para fora. Sim, todos. Por que trouxeram você? Também. Claro, nenhum fez nada, coitadinhos; eu também não, e aqui estou. Não. Os bêbados ficam; que a bebedeira passe. Para onde vão? Para o Departamento de Investigações e depois para o Juizado. A noite é longa, crianças, e é melhor passá-la na cama. Puxa, se eu pudesse... Pronto, pronto, vamos.

Os homens saíram um por um, ofuscados pela luz, esfregando os olhos, bocejando, espreguiçando-se e soltando um ou outro arrepio; alguns tossiam e cuspiam com violência. Eram os mesmos homens do motim: operários, trabalhadores diaristas, vendedores ambulantes ou gente do porto, que se deixara arrastar pela tormenta, participando dela e depois, em uma ou outra circunstância, caindo nas mãos da polícia. Nenhum parecia assustado ou abatido com a situação. Fosse o que fosse que haviam feito, não era nada grave e pareciam saber disso; além do mais, não era a primeira vez que estavam presos. É difícil que um homem do povo não tenha estado preso alguma vez ou várias; são tantas as causas: desordem, embriaguez, enganos, greves, brigas ou pequenas e às vezes inocentes cumplicidades em fatos de pouca importância.

— Fiquem aí, todos juntos — ordenou o policial, dirigindo-se depois para outra cela.

Os homens se aproximaram e todos nos olhamos com um ar tranquilo, de camaradagem; estávamos detidos pela mesma causa. Em poucos momentos o grupo somava cerca de trinta homens, que o policial passou a selecionar: os bêbados ficavam; os detidos por crimes comuns também; só os do motim deveriam estar ali.

— Você, não: só os arruaceiros; não se deve misturar os pilantras com os honestos, nem os bêbados com os sossegados.

Tinha um critério parecido com o do homem quadrado: cada um em seu lugar. Alguns homens voltaram à cela.

— Pronto — anunciou o policial através da grade que fechava o pátio. — Já estão todos aqui.

Três ou quatro policiais, também bocejando, tremendo de frio, espreguiçando-se e soltando um ou outro lamento, entraram no pátio e nos fizeram formar em duas fileiras.

— Vamos — ordenou o oficial, que vigiava a operação da porta da sala de guarda.

— Adiante.

A porta gradeada foi aberta e seguimos em frente. Na rua, dois carros da polícia nos esperavam, e neles, escoltados pelos guardas, entramos, distribuindo-nos nos bancos. A porta foi fechada, correu-se uma trava e se ouviu o estalo de um cadeado.

— Vamos andando!

Não se via nada, apesar de o carro ter uma espécie de persianas fixas, que deixavam entrar um pouco de luz e ar. Os homens começaram a conversar.

— Puxa: congelei; estou com frio e fome.

— Para quê mais? Isso já basta.

— Alguém tem um cigarro?

— Aqui tem: pegue.

— Onde? Não enxergo nada.

— Aqui.

Acenderam-se alguns fósforos, e por um instante pude ver o rosto de meus companheiros; mas a luz durou pouco e as trevas voltaram, enquanto o carro rodava pelas ruas.

— Por onde estamos passando?

— Acho que é a avenida Independência.

— E então, o que vai acontecer?

— Não seria estranho se nos condenassem por embriaguez: cinco dias.

— E eu que tinha conseguido um bom trabalhinho. Enfim, fazer o quê...

Aqui e ali se acendiam brasas de cigarros.

— Em menos de um mês fui preso duas vezes. Talvez agora caia com outro juiz.

— O que houve com você?

— O que não acontece com um pobre? Estava com uns amigos, tomando uns tragos e cantando na casa de um compadre, quando a porta se abriu e entraram vários policiais. Nem estávamos bêbados. O que houve? Todos detidos. Bah! E por quê? Por embriaguez e escândalo. Essa foi boa... Se estivéssemos bêbados, ou pelo menos meio altos, teríamos feito um barraco enorme, mas não, estávamos tranquilos. Resultado: cinco dias de detenção ou cinco pesos de multa. Pagamos e saímos.

VII

Ao descer do carro, olhamos para um lado e para o outro, com aquele olhar do preso que não sabe o que busca ou o que quer: se despedir da liberdade ou reconhecer em que lugar está. A rua estava deserta: à esquerda viam-se, muito próximos, os morros, iluminados nas superfícies planas, escuros nas ravinas; à direita adivinhava-se, atrás de alguns galpões, o mar; luzes vermelhas, verdes e brancas, oscilando no ar, o denunciavam; lá estava o mar, aquele mar que os homens dos certificados, como se lhes pertencesse, me negavam; aquele mar que me atraía, que eu podia contemplar durante dias inteiros, desde o amanhecer até o anoitecer, pois um pássaro, um navio, um bote, uma boia, uma lancha, uma fumaça que se aproximava, se afastava ou permanecia, e mesmo sem pássaros nem navios, sem botes nem boias, sem lanchas nem fumaça, sempre mostrava algo diferente: uma cor, uma ondulação, uma nuvem, o rastro de uma corrente, sem contar com o vento, com o qual brinca, excitando-se entre eles com suas rajadas e curvaturas, seus estalos e ondulações, suas mudanças súbitas, suas ondas rendadas e sua espuma voando sobre a crista.

O Departamento de Investigações, em contraste, era um edifício sem grande atrativo; o térreo ficava abaixo do nível da calçada e era necessário descer dois ou três degraus para alcançá-lo e chegar até a porta, com pequenos vidros coloridos, que dava passagem a um saguão escuro e frio. À esquerda se abria a porta de uma sala iluminada por uma lâmpada colada no teto, como a da cela.

— Entrem.

A sala era pequena e a enchemos rapidamente, ficando no saguão vários homens que não couberam lá dentro. Havia ali uma escrivaninha com tampo de feltro verde, rasgado aqui e ali; entre os rasgos, um tinteiro, um cinzeiro de cobre e pedaços de papéis; na parede do fundo, uma estante cheia de livros altos (arquivadores, certamente): duas ou três cadeiras, uma poltrona e um homem baixo, de cor apagada, cabelo grisalho e rosto cheio de furinhos, olhos turvos e lábios secos, vestido de forma um tanto pobre — a gola da camisa mostrava alguns fiapos —, que nos recebeu com cara de poucos amigos. Estava diante de uma mesinha tomada por um livro enorme e disse, molhando uma pena no tinteiro:

— Vamos ver; um de cada vez: como você se chama?

Nós todos abaixamos a cabeça ou esticamos o pescoço para ver o que o homenzinho faria. O interpelado respondeu:

— Rogelio Sánchez.

— Profissão?

— O quê?

— Em que trabalha?

— Ah, barqueiro!

— Já esteve detido alguma vez?

— Sim, várias.

— Por quê?

Rogelio Sánchez, alto e ossudo, de rosto inocente, sorriu com um grande sorriso. Seus lábios eram pálidos e seus dentes, grandes.

— Não me lembro.

— Roubo com arrombamento?

— Como é que você pode pensar isso?

— Contrabando?

— Não...

— Embriaguez?

— Sim, às vezes...

— Briga?

— Briga? Também, um pouco.

— Onde mora?

— No morro da Mariposa, cortiço El Álamo, quarto 14.

— Já tiraram suas digitais?

— Sim, claro: já toquei no piano.

— Já teve condenações?

— Nenhuma.

— Já foi processado?

— Não.

— Tem algum apelido?

— Sim, me chamam de dom Roge.

— Isso não é apelido.

— Fazer o quê!

— Por que foi trazido hoje?

Dom Roge, que havia respondido com facilidade a todas as perguntas, não soube o que responder a essa e virou a cabeça para um dos guardas: por que ele fora trazido? O guarda respondeu:

— Desordem e atentado contra a propriedade.

— Certo; será fichado. O próximo.

Rogelio Sánchez, assustado por aquela acusação que não compreendia, afastou-se.

— Alberto Contreras, pintor; morro Polanco, beco La Veintiuna; sim, por embriaguez; casado; não tenho apelido.

O homem opaco e de rosto furado, que escrevia com grande rapidez, pousou a caneta no tinteiro, virou a cabeça e olhou atentamente para o pintor Alberto Contreras.

— É ruim negar o apelido — disse. — É mais fácil encontrar uma pessoa pelo apelido que pelo nome.

— Mas eu não tenho. O que quer que eu faça?

Alberto Contreras era rechonchudo, de cor parda, olhos redondos, rosto inchado e pescoço curto; além disso, falava de maneira oca.

— É estranho — comentou o funcionário, que naquele momento pareceu se lembrar de que tinha dentes, pois chupou um deles com grande barulho. — Com essa cara, devia ter algum. O próximo.

— Prudencio Martínez, morro Los Placeres, rua La Marina, número 809; comerciante; solteiro.

— Apelido?

— Não tenho.

O funcionário largou de novo a caneta-tinteiro e se endireitou, incomodado:

— Também não tem apelido? De onde vocês vêm? Do Ministério da Fazenda?

Prudencio Martínez, que usava um avental sujo, olhou-o surpreso. O escrevente fez um gesto negativo com a cabeça e voltou-se para seu grande livro, chupando de novo o dente: uma cárie o incomodava e talvez acreditasse que, chupando-a, conseguiria que ela o deixasse em paz.

Reclamou:

— Ninguém tem apelido!

Os demais dados lhe eram indiferentes: nome, endereço, profissão, estado civil, não importavam e nada diziam, não expressavam caráter nem distinguiam ninguém; o apelido, sim. Centenas de pessoas — indivíduos, como ele dizia — viviam na rua La Marina, no cortiço El Álamo ou no beco La Veintiuna, e outras tantas seriam comerciantes, pintores ou barqueiros, e se chamariam Alberto, Prudencio ou Rogelio, mas não haveria dois com o mesmo apelido.

— Há muitos homens que não sabem o nome do companheiro de trabalho ou do vizinho; nenhum, porém, ignora o apelido, e quando não têm, dão um. É tão fácil! E mais cômodo.

O apelido parecia ser a única e verdadeira preocupação do funcionário, e era, como víamos, o que anotava com mais entusiasmo. Por nossa parte, e à medida que o interrogatório avançava, lhe demos razão: o apelido era a única coisa que trazia um pouco de vida e de personalidade àquele desfile de perguntas e respostas estúpidas e parecidas.

— Por isso gosto dos ladrões — disse o homenzinho. — Nenhum deles fica sem apelido. Cada vez que são presos, trocam o nome e o sobrenome, e muitos já têm vinte ou trinta, mas nunca mudam o apelido; não podem, faz parte deles, sem o apelido deixariam de ser eles mesmos. Quem sabe o nome do Cara de Águia? Ninguém, nem a mãe que o batizou; o Chile inteiro, no entanto, conhece seu apelido.

Tornou a chupar o dente; a cárie não lhe dava sossego, embora talvez nem doesse; mas sentia falta do buraco na dentição e, já que não podia preenchê-lo, queria ao menos esvaziá-lo do que supunha que o enchia ou manava dali. Discutiu com vários dos detidos que afirmavam, talvez com certa teimosia, não ter nenhum apelido: uns olhos redondos e vivos, amendoados ou sonolentos; um pescoço grosso e curto ou comprido e fino; pernas desproporcionais ou frágeis; um modo de falar, um ceceio, uma hesitação nas vogais ou nas consoantes; um tom gutural ou oco; uns bigodes assim, um cabelo assado — tudo isso despertava suspeitas. Como era possível que não tivessem apelido? Batizou dois ou três com alcunhas que arrancaram risos dos outros detidos, de tão certeiras ou engraçadas que eram, e até os próprios apelidados riram, aceitando-as como boas. Um deles, no entanto, a quem apelidou de Foca por seus olhos redondos e bigodes em forma de ancinho, perguntou ao funcionário, com intenção de provocá-lo:

— E você, como é chamado?

O funcionário respondeu sorrindo, sem vergonha:

— Cagada de Mosca.

Rimos, e a risada animou o homenzinho, que então batizou a todos, discutindo com os que tinham apelidos inadequados, apelidos que não haviam escolhido, mas com os quais se sentiam, senão satisfeitos, ao menos acostumados: uma mudança traria confusão. O Pau de Alho? Mas aqui o chamamos de Sebo de Vela...

— Sim, é verdade — suspirou. — Mas Sapo? Você devia se chamar Botijão...

Ficamos ali enquanto alguns eram fichados e outros tinham

suas impressões digitais colhidas; enfim, tudo terminado e nós já entediados de esperar, nos mandaram avançar pelo saguão. Os policiais que nos trouxeram foram embora e outros, novos, ficaram encarregados de nós.

— Vamos, vamos, sigam em frente.

Durante aquele longo tempo, uma hora, talvez duas, não apareceu ali ninguém — exceto um agente, que nos olhou como se fôssemos mercadorias que desejava avaliar — que demonstrasse por nós algum interesse humano (o que seria pedir demais), e nem mesmo interesse jurídico. (O agente não tinha nada além de interesse policial.) Os detidos, por sua vez, não pareciam sentir falta de nada, e ninguém disse algo que fizesse supor que queria uma explicação ou desejava dá-la. Nada. Do outro lado do saguão havia várias salas, de onde vinham vozes, passos, toques de campainha e conversas ao telefone; as portas se abriram uma ou outra vez e vários homens saíram ou entraram, entre eles o agente curioso.

O saguão dava para um pátio calçado com seixos e mergulhado em escuridão absoluta; não se via nada ali, nem se ouvia: nenhuma voz, nenhuma risada, nenhuma tosse; parecia que entrávamos em um túnel e nos detivemos, impedidos pela escuridão como por uma parede. Os policiais, que pareciam conhecer de cor tudo o que havia nesse oco escuro, nos empurraram:

— Para a esquerda, para a esquerda.

— Não se vê nada — disse alguém.

— E querem ver o quê? — perguntou uma voz que não se soube se era de um detido ou de um carcereiro.

— Por aqui.

Avançamos mais alguns passos, ouvimos uma porta se abrir e paramos com a sensação de que íamos ser enterrados vivos; já não conseguíamos nos distinguir e começávamos a nos incomodar com o contato dos corpos. Nos empurraram de novo e adentramos ainda mais a escuridão, percebendo pelo som de uma porta se fechando que estávamos já na tumba, cloaca ou cela que nos havia sido reservada, cujo tamanho e forma também estavam submersos no breu. Ficamos de pé, em silêncio, sentindo-nos definitivamente estranhos uns aos outros; não havia mais rostos, não havia mais corpos, não havia mais vozes; o silêncio e a escuridão nos separavam e nos anulavam; estávamos perdidos uns para os outros e, ao nos perdermos, nos desconhecíamos. Além disso, o homem que roçava nosso braço ou aquele cujas costas sentíamos contra nosso ombro viera conosco ou já estava ali quando chegamos? E, se já estava, quem era? Fiquei por um bom tempo no lugar onde me encontrava quando a porta se fechou; mas não podia ficar assim a noite toda, era preciso encontrar ao menos uma parede para me apoiar. Onde estavam os muros? Tentei penetrar a escuridão e foi impossível. Parecia-me, em certos momentos, que não havia muros, mas grades, apenas grades, como em uma jaula de animais; em outros, que a cela estava dividida por algo como véus escuros, inútil e finamente translúcidos. Fechei os olhos, e quando os abri, percebi certos clarões muito tênues que flutuavam no ar e se deslocavam lentamente, desaparecendo e reaparecendo; fechei os olhos de novo, e enquanto permaneciam fechados, percebi que os clarões continuavam surgindo e sumindo: aconteciam dentro de meus próprios olhos. Isso me convenceu da inutilidade de meus esforços e decidi avançar, fosse para onde fosse; dei um passo à direita e meu pé tropeçou em algo que se encolheu rapidamente.

— Cuidado — murmurou uma voz rouca.

Alguém estava deitado ali. Fiquei parado de novo, e após um momento de espera, tentei me mover para outro lado: estiquei o pé e toquei o chão: estava livre. Estaria muito longe de alguma parede? Abri os braços e girei o corpo; duas pessoas estavam de pé ao alcance das minhas mãos: uma à minha frente e outra à esquerda; talvez também procurassem os muros ou algum espaço no chão, não para se deitar, certamente, mas ao menos para sentar-se, e eu os imaginei, indecisos, girando a cabeça e estendendo os braços na escuridão. Um deles, ao ser tocado, murmurou ironicamente:

— Bah! E isso agora?

Vaguei por um bom tempo naquela cela; por fim, ao estender os braços, dei com dois muros: um canto. Estaria desocupado? Dei um passo à frente, convencido de que toparia com alguém que me lançaria uma maldição, e tropecei, de fato, mas não com um ser humano, e sim com algo duro que não reagiu nem falou; toquei com o pé e percebi que se tratava de objetos pequenos; fiz pressão e eles se moveram; avancei meio passo e encontrei a borda; me inclinei e tateei: eram tijolos, pelo menos tinham a forma de tais, embora me surpreendesse sua frieza e superfície rugosa. Suspirei, como se acabasse de realizar um trabalho que exigisse grande esforço físico ou grande concentração mental, e me inclinei, girei no ar e desci ao chão, sentando-me sobre os supostos tijolos, que se espalharam um pouco, mas que consegui reunir. Já tinha um assento e ali fiquei, quieto, tentando descobrir algo sobre o lugar em que me encontrava. Lembrei-me de meus companheiros daquela noite: o que teria sido deles? Ainda estariam vagando na escuridão, às cegas, tateando, tropeçando entre si e com os homens que, ao que me parecia, estavam deitados no chão, aqui e ali? Eram uns trinta: onde estariam metidos, se é que tinham se metido em algum lugar? Tão impressionante quanto a escuridão era o silêncio: não se ouviam vozes, tosses, arrotos, roncos nem nada do que o ser humano produz quando está acordado ou dormindo. Como se tivessem combinado, os homens que estavam ali antes de nossa chegada permaneciam em silêncio: estariam dormindo, estariam acordados? Se dormiam, por que não roncavam? E se estavam acordados, por que não falavam, nem fumavam, nem tossiam, nem se mexiam? Em uma cela em que há trinta ou cinquenta homens, ou mesmo menos, sempre há um ou dois que não dormem e que fumam ou conversam. E quantos eram: dois, três, cinquenta, mil? Depois de muito tempo, enquanto eu mantinha os olhos fechados com a esperança de que se acostumassem à escuridão e me permitissem ver algo — embora eu não visse senão os mesmos brilhos do início —, ouvi perto de mim uma respiração pesada e regular: um homem, certamente deitado no chão, no chão duro, já que não era de se esperar que houvesse ali camas, entregava-se ao sono. Nesse mesmo instante senti, não sei como, que alguém se aproximava de mim; talvez a escuridão aumentou quando o homem se pôs diante de onde eu estava ou talvez meu olfato tenha indicado sua aproximação: um "indivíduo" avançava na escuridão. Senti um tremor e muitas perguntas surgiram em minha mente: quem seria e o que queria ou procurava? Seria um dos meus? Eu o impediria ou deixaria passar? Se não fosse dos meus e buscasse algo que eu não podia saber o que era, e que podia ser algo desagradável, eu passaria por maus bocados; eu estava, é certo, sentado sobre um monte de duros tijolos, bons projéteis ou armas, mas ignorava se o homem trazia nas mãos algo ainda mais duro. Já estava parado diante de mim. Se fosse dos meus, seria crueldade deixá-lo passar direto, e fazendo um esforço e enquanto pegava com a mão direita um dos tijolos, estendi o braço esquerdo e me ergui até ficar quase de pé, com o tronco curvado para a frente: topei com um braço, passei a mão e segurei um pulso. O homem teve um sobressalto e isso me tranquilizou: ele também não estava seguro de si. Puxei o pulso para baixo e para a direita, querendo indicar-lhe que havia ali um lugar disponível, e o homem, após um instante de hesitação, tateou o lugar com o pé e se agachou; então o soltei, mas, estendendo o braço ao acaso, embora calculando na sombra a direção em que o meu se retirava, ele conseguiu segurar minha mão, sobre o dorso da qual bateu levemente com os dedos; sussurrou: "obrigado, companheirinho" e se afundou na escuridão e no silêncio.

Não restava senão esperar e decidi não fazer mais esforços para ver ou ouvir — e o que querem ver?, havia perguntado a voz. Ali fiquei, imóvel, sentado sobre os tijolos, a cabeça entre as mãos, fechados os olhos, que de nada me serviam. Fazia calor e o ar parecia pesado. Que horas seriam? Três? Quatro? Até que horas estaríamos presos ali? Para onde nos levariam depois, e o que aconteceria? Apareceu em minha mente o passado; nele, tudo seguia igual: minha mãe, meu pai, meus irmãos; estes se moviam e aqueles estavam imóveis e todos me olhavam, mas me olhavam de algum lugar iluminado, da calçada de uma rua, da porta de uma casa, da margem de um rio, de um quarto iluminado por uma lâmpada de luz suave e cúpula branca. Não podiam fazer nada por mim e eu não podia fazer outra coisa senão olhá-los ali da sombra, um por um, percorrendo seus rostos e seus corpos, observando seus movimentos e lembrando seus choros ou seus sorrisos. Os olhos de minha mãe me olhavam de um lugar mais distante e estavam como imóveis.

Algo correu rapidamente por meu pescoço; estremeci e o passado se desfez; dobrei o braço e agarrei algo pequeno e vivo que mantive por um segundo entre os dedos e que depois joguei ao ar; era suave ao toque e redondo na forma: uma barata, com certeza. Esfreguei o pescoço com força e hesitei entre ficar ali ou procurar outro lugar; me contive: todos seriam iguais, e se não fossem, não havia como escolher. Talvez se tratasse de uma única barata, também perdida na escuridão. Permaneci, pois, em atitude de espera, com o pescoço tenso; algo viria: instantes depois um novo inseto se moveu sobre minha nuca; seu toque foi mais suave e mais leve que o anterior; voltei a estender a mão, agarrei-o e senti que se desfazia entre os dedos: um percevejo. Cheirei a mão; sim, era; melhor dizendo, tinha sido; eu estava sentado sobre uma fábrica de insetos. Ergui-me e junto com o movimento senti que rapidamente o suor começava a brotar de meu corpo, enquanto algo me subia pela garganta. De pé, olhei para um lado e para o outro e pude ver, com grande surpresa, que diante de mim, em uma linha oblíqua, havia uma porta gradeada; talvez a emoção aumentasse minha capacidade visual. Dirigi-me até ela sem vacilar, tropeçando no caminho com alguém deitado no chão, que resmungou, mas a quem não dei a menor atenção: um desespero nervoso começava a tomar conta de mim e não me importaria de brigar com quem fosse. A porta tinha grossas e reforçadas barras e estava trancada com um cadeado e uma fechadura; estupidamente tentei sacudi-la, mas, claro, não se moveu nem fez ruído algum: meu desespero aumentou; não ficaria ali; se ficasse, sofreria uma crise de fadiga ou um ataque nervoso, não era medo, mas angústia; peguei o cadeado, que pendia de uma corrente, e o bati contra o latão da fechadura, produzindo um ruído que vibrou seco na noite, espalhando-se pela escuridão; ouvi que várias pessoas resmungavam, suspiravam ou diziam algumas palavras: despertavam sobressaltadas. Não houve resposta. Bati de novo com mais força e gritei, além disso:

— Ei!

As pessoas voltaram a se mexer, a suspirar e a resmungar e alguém gritou, perguntando por que eu fazia tanto barulho; não dei atenção e voltei a bater e a gritar, já temeroso de que ninguém respondesse e eu tivesse de ficar ali, fracassado e furioso. Ouvi passos, no entanto, e alguém saiu ao pátio, perguntando em voz alta:

— O que está acontecendo?

— Aqui, por favor — chamei.

O homem avançou em direção à cela e se aproximou da porta; via, ao que parecia, naquela escuridão.

— O que aconteceu com você? — perguntou-me, com uma voz muito mais suave do que eu esperava.

— Tire-me daqui; não estou me sentindo bem.

— Está doente?

Agora eu o via, embora apenas como uma silhueta: um guarda; seu rosto era uma mancha escura e sem traços; por sua parte, ele se inclinou e me olhou de baixo para cima, tentando distinguir meu rosto.

— Acho que vou ter uma síncope, deixe-me sair para o pátio.

Ele pegou o chaveiro e abriu primeiro o cadeado e depois a fechadura: a porta girou, emitindo um pequeno rangido de serra, e eu saí. O guarda voltou a fechar, guardou o chaveiro e disse:

— Fique por aqui, mas não volte a gritar.

Ele se foi. Tudo transcorreu com grande suavidade e foi mais sentido do que visto por mim. Fiquei ali. Um sopro de vento, uma brisazinha, percorreu meu rosto; tranquilizei-me e dei alguns passos. Pela escuridão que havia, me pareceu que o pátio tinha teto, mas aquela brisa me fez levantar a cabeça e olhar: um céu enorme e escuro cintilava acima. Senti um arrepio e espirrei. A transpiração havia cessado. Revirei os bolsos e encontrei dois cigarros meio desfeitos e fósforos; fumei e caminhei pelo pátio, olhando de vez em quando para cima. Havia altos muros ao redor do patiozinho e vi como terminavam contra o céu. Não sentia sono; me sentia leve, quase feliz, e nem por um momento me passou pela cabeça a ideia de fugir; não podia pagar ao guarda com uma moeda tão ruim; além disso, talvez ele soubesse, ao me deixar sozinho no pátio, que eu não poderia escapar; estava em um Departamento de Investigações e não em um parque de diversões. Não voltei a pensar no que aconteceria no dia seguinte e comecei a passear pelo pátio e a lembrar de meu amigo. Sorri e me detive: pareceu-me ouvir sua voz contando sua segunda viagem.

VIII

— E em uma noite em que eu estava no meu quarto, encostado à janela, olhando o céu noturno, vi que duas pessoas caminhavam lentamente pela calçada; levavam mochilas nas costas. Isso me deixou nervoso. A casa fica ao lado de uma linha de trem por onde passam os trens que vão para Valparaíso e para Los Andes; meu quarto fica no segundo andar e sua janela dá para essa linha. As duas pessoas conversavam e reconheci suas vozes: eram antigos colegas de escola. Era verão e a brisa agitava a folhagem das árvores. Quando passaram sob a janela, eu os chamei:

— Ei! Ipinza! González!

Eles pararam e levantaram a cabeça, embora sem me ver, pois eu estava oculto pelos galhos; me reconheceram, no entanto, pela voz e porque sabiam que eu morava ali havia muitos anos.

— E aí? Como vai?

— Bem. Para onde vão?

— Para a Argentina.

— Fazer o quê?

Não responderam: que explicação iam dar?

— Estamos indo embora; só isso.

Ficaram ali, com o rosto voltado para cima, iluminados pela

luz de um poste que me deixava na penumbra. Durante alguns segundos, senti que meus pensamentos voavam para todos os lados, como uma revoada de aves dispersadas por um tiro de espingarda: Argentina, o espaço livre, a cordilheira, os pampas, os dias sem pressa e sem livros escolares; estávamos no início de janeiro e a brisa das montanhas soprava à tarde em direção ao mar. Senti uma onda de sangue subir à minha cabeça.

— Esperem por mim.

Ficaram ali, conversando, enquanto eu procurava minhas roupas no escuro, fazia um embrulho com elas e as lançava para a rua, com o gesto de um marinheiro que, da amurada, joga seu saco ao cais ao abandonar o navio. Eles pegaram a trouxa. Desci as escadas: meu pai lia na sala e minha madrasta, com seu rosto belo e triste, fazia um bordado; nenhum dos dois falava. Meu pai levantou a cabeça:

— Para onde vai?

— Dar uma volta por aí…

— Não demore; já passa das dez.

— Volto já.

E saí: demorei um ano e meio para voltar. Ao amanhecer, dormíamos nos arredores da cidade de Los Andes, deitados no chão, sob a proteção de uns arbustos, e quatro dias depois eu estava a trezentos quilômetros de casa, descendo rumo a Mendoza, na companhia daqueles colegas que tive de carregar, em algumas partes, quase nos braços, pois feriram os pés de uma forma horrível; tive de lavá-los, vesti-los e prepará-lhes comida: eram completamente inúteis para a luta ao ar livre. Se eu não tivesse ido com eles, teriam morrido na cordilheira, como se em vez de homens feitos fossem crianças. Um deles entrou em Mendoza com um aspecto que amoleceria o coração de uma fera: apoiado em meu ombro, barbudo, sujo, alquebrado e com um pé enrolado em um pedaço de estopa, enquanto o outro, González, apoiado em um pedaço de pau, nos seguia, prestes a cair no choro com uma aparência que, salvo pelo pé, não deixava nada a dever ao primeiro: ambos pareciam ter sido arrancados das garras da morte em um terremoto ou dilúvio universal. Mas isso era frente à natureza, quando tinham de contar com suas pernas, seus braços, seus músculos, lutando contra um ambiente adverso. Na cidade, mostraram-se diferentes, tanto que me deixaram espantado: eram um par de espertalhões capazes de enganar até o pai eterno — se é que existe algum pai que possa ser eterno —, cheios de artimanhas e truques, incansáveis para se divertir, comer, beber, rir; pareciam ter estado presos ou amarrados durante vinte anos e recuperado a liberdade só no dia anterior ou cinco minutos antes. Em Mendoza, tornei-me protegido deles, pois não esqueceram as atenções que tive com eles nos momentos difíceis. Lá descobriram como se podia viver às custas dos outros e puseram isso em prática com uma resolução espantosa, ou seja, descobriram que no mundo existia liberdade de comércio e que eles, como quaisquer outros, podiam exercê-la bastando para isso ter coragem e meios, e meios não lhes faltaram, assim como não faltam àqueles que têm a mesma coragem, em maior ou menor grau. Dedicaram-se ao comércio de joias, joias baratas, é claro: relógios de níquel ou prata, broches de metal dourado, anéis com pedras tão ruins que deixariam vesgos todos os joalheiros de Amsterdã; joias que qualquer um podia comprar em uma loja de quinquilharias por preços irrisórios, mas que, oferecidas por eles com a astúcia que tinham, alcançavam preços muito acima do real; essa astúcia precisava ser paga, assim como se pagam vitrines luxuosas e cafonas bem-vestidos. O truque era muito simples, e eu mesmo colaborei com eles em duas ou três ocasiões, espantado com a facilidade com que se podia comerciar; só era preciso ter decisão e autocontrole:

— Senhor: tenho um bom relógio para vender. Está uma pechincha. É lembrança de família.

Ao ouvir "lembrança de família", o cliente, que não se impressionava com as palavras "bom relógio" nem "pechincha", parava, exceto quando já tinha ideias próprias sobre a família e as lembranças que certas delas costumam deixar.

— Um relógio?

— Sim. Interessaria ver?

Um momento de dúvida.

— Está muito caro?

Acreditava que as lembranças de família são sempre valiosas, e a pergunta, mais que pergunta, parecia um pedido de clemência.

— Não, quer dizer, é um bom relógio e só estou vendendo porque passo por uma grande dificuldade: minha mãe está doente.

A menção à mãe era quase sempre decisiva.

— Vamos ver — sussurrava o possível comprador, como se se tratasse de uma conspiração.

— Aqui está — dizia o vendedor, com o mesmo sopro de voz.

Tirava o relógio, comprado no dia anterior na loja de penhores de um velho judeu, amante da grapa, que ficava em frente à estação de trem, e depois de lançar um olhar ao redor, como se fosse ocultar algo que havia interesse público em esconder, mostrava-o. Era um relógio mais vulgar que os de uma agência dos correios, mas o fato de ser oferecido com aquela voz e afirmando que era uma lembrança de família dava-lhe uma aparência inestimável de relíquia. O cliente o olhava com curiosidade e interesse, embora com uma vaga desconfiança, como se olha talvez para tudo que se apresenta como relíquia: quanto à antiguidade, o relógio era mesmo antigo, e funcionava mais por tradição e inércia que por iniciativa própria.

— Pertenceu ao meu avô; foi vendido a ele por um sargento negro das tropas que atravessaram a cordilheira com o general San Martín[27]; parece que foi roubado durante o saque feito por alguns desalmados na casa de um reaça.

27 **GENERAL SAN MARTÍN:** José de San Martín (1778-1850) foi um militar e líder político argentino, considerado um dos principais libertadores da América do Sul. Comandou o Exército dos Andes na histórica travessia da Cordilheira (1817), que resultou na libertação do Chile e, posteriormente, do Peru do domínio colonial espanhol. É um dos heróis nacionais da Argentina, ao lado de Simón Bolívar, na história da independência sul-americana.

Aqui a voz precisava ser baixada: as palavras "reaça" e "saque" faziam aumentar o preço do cacareco.

— E quanto?

— Por ser o senhor — respondia o vendedor, como se conhecesse o cliente fazia vinte anos —, deixo por dezoito pesos.

Subitamente, o homem perdia o interesse, e com razão, pois o relógio, ainda que fosse tudo aquilo que se dizia dele, não valia mais que quatro pesos, e qualquer um poderia comprá-lo por três na loja de quinquilharias mais próxima.

— Eu não o venderia se minha mãe não estivesse doente — dizia o vendedor com voz compungida. — Tenho que mandar fazer uma receita e comprar algo para ela comer. O senhor não daria quinze pesos?

O cliente voltava a demonstrar interesse: nascia em sua consciência a esperança de que a desgraça que afligia o vendedor lhe trouxesse vantagem: "Se eu demonstrar menos interesse, ele vai baixar mais o preço; a velha está doente, sem remédios e, se não comer, vai bater as botas". Quando o honesto jogo da oferta e da demanda chegava ao seu justo limite, o que podia ser observado até de longe pelos movimentos e atitudes dos negociantes, o sócio, com uma cara preciosa de inocente, aproximava-se dos dois homens: estivera sentado o tempo todo em um banco próximo — todos esses negócios aconteciam, geralmente, em uma praça pública — e olhava para a dupla que discutia o preço da lembrança de família; por fim, como se consumido pela curiosidade, aproximava-se.

— Com licença — dizia com um sorriso de intruso que teme ser enxotado a pontapés —, faz tempo que os vejo discutir e não consegui resistir à curiosidade. Do que se trata? O senhor está vendendo algo?

O possível comprador não dizia uma palavra, embora lançasse ao intrometido um olhar de desprezo; o vendedor, por sua vez, aparentava indiferença.

— Não estamos discutindo — assegurava —; estamos fazendo negócios.

Não acrescentava mais nada. O intrometido, com cara de confuso e com um sorriso idiota que causava pena, esperava um momento; depois, fazia menção de se retirar, então o vendedor voltava a falar:

— Trata-se de um relógio, lembrança de família, que quero vender ao senhor, mas ele acha caro. Eu não o venderia se não...

E acrescentava o resto. O rosto do sócio se iluminava com um sorriso de beatitude:

— Uma lembrança de família?

— Sim, senhor.

Os olhos do intrometido brilhavam; olhando para o cliente, como pedindo desculpas, perguntava:

— Posso vê-lo?

— Claro; aqui está.

O intrometido o recebia e o passava de uma mão à outra, como se nunca tivesse visto um trambolho igual, contemplando-o de frente, de lado e por trás, e perguntando quantos anos se supunha que tivesse, quantos dias de corda aguentava e se tinha garantia. A vítima, enquanto isso, mordia os lábios e amaldiçoava o intrometido, que por fim perguntava ao vendedor, devolvendo o relógio:

— E... quanto?

O vendedor aplicava então uma estocada profunda:

— Por ser o senhor, que demonstrou tanto interesse, e como já está ficando tarde, deixo por quinze pesos.

O cliente lançava um olhar de indignação ao vendedor: a ele, no começo, tinham sido pedidos dezoito pesos, três a mais que ao outro.

— Mas — acrescentava o vendedor, afundando ainda mais o estilete — como estou com pressa, posso deixar até por doze.

O amante das lembranças de família, que via o relógio escapar e a quem só tinha sido oferecido por quinze pesos, explodia:

— Com licença — dizia, metendo-se entre os dois sócios e enfrentando o intrometido —, eu estava aqui antes do senhor, negociando com o cavalheiro.

— Bem, bem — respondia timidamente o interpelado —, mas como este senhor...

— Quando eu tiver ido embora, o senhor poderá continuar conversando com ele, se tanto deseja.

E acrescentava, voltando-se impetuosamente para o vendedor:

— É meu por doze pesos.

— Muito bem — respondia o filho modelo, com uma cara que deixava claro que tanto fazia quem fosse o comprador; a única coisa que lhe importava era a velhinha. — É seu.

A vítima sacava as notas, entregava-as, recebia a relíquia e ia embora, lançando de passagem um olhar de desprezo ao intrometido, que ficava conversando com o vendedor, com quem partia depois em busca de um novo cliente. Ganharam assim bastante dinheiro, mas tudo lhes parecia pouco, pois levavam vida de milionários, com comilanças e farras. Eu ficava pasmo: no colégio eram pessoas, se não tímidas, ao menos tranquilas e, aparentemente, incapazes de enganar alguém: a liberdade de comércio os corrompera.

Tive de abandoná-los, pois me expuseram a um sério desgosto: tinham relações com uma moça, pensionista de uma casa de prostituição, que os acompanhava, com outra, em suas festanças; uma noite, bêbados, decidiram ficar com elas para torná-las suas amantes, mas as moças não podiam deixar o prostíbulo assim, de qualquer jeito: era preciso acertar com o dono ou com a cafetina as contas da pensão e das roupas, os empréstimos e adiantamentos, descontos por isso, acréscimos por aquilo, contas sempre mais enroladas que herança de brasileiro, sem contar que os patrões jamais veem com bons olhos a saída de suas empregadas, a não ser quando têm de ir a um hospital tratar seus machucados. Era necessário, no entanto, fazer algo, já que as moças estavam com as roupas guardadas naquela casa. Conversaram comigo e me convenceram a ir falar, pelo menos, em nome de uma delas.

— A cafetina — me disseram — é uma mulher muito medrosa — e como perceberam que fiz cara de cético, corrigiram

—: medrosa com a polícia. Diga que é da polícia e que traz ou leva tais ordens, e ela entrega tudo na hora.

Deixei-me convencer e instruir, animado pelo sorriso de uma das moças, que parecia acariciar-me com os olhos. Cheguei diante da casa, situada no limite urbano de Mendoza. Ali me detive e olhei ao redor, como um capitão que estuda o terreno antes de iniciar a batalha: a solidão era absoluta; por aquela rua parecia não passar gente senão à noite. O chão parecia recém-varrido diante da casa, as janelas e portas estavam fechadas e não se ouvia nenhum som lá dentro; a casa parecia desabitada e julguei que poderia fugir tranquilo se algo, que não sabia o que seria, acontecesse. Toquei a campainha, que soou longa, forte e estranhamente naquela casa silenciosa; talvez achasse raro que a tocassem àquela hora. Depois de muito tempo, ouvi alguém descendo a escada, tateando a porta, movendo trancas e ferrolhos, e abrindo a porta: era uma velha.

— O que deseja? — perguntou, com uma vassoura na mão.

Adotei um tom enérgico:

— Trago ordem para falar com a patroa.

A velha me olhou espantada:

— A essa hora? Ainda está deitada, levanta às quatro.

Eram apenas dez da manhã.

— Venho do Departamento de Polícia e trago ordens.

O espanto da velha virou susto: ao que parecia, ela também tinha medo da polícia. Olhou-me de novo, mas ao ver meu semblante sério de representante da lei, disse, entreabrindo a porta:

— Espere um momento.

Subiu a escada e me deixou ali, com o coração aos pulos no peito e uma vontade enorme de sair correndo; o sorriso distante da prostituta me deteve. Passado algum tempo, ouvi a voz da velha:

— Ei! A senhora mandou subir.

A velha falava a meia-voz do alto da escada. Encomendei-me a todos os santos, abotoei bem o paletó, ajeitei as calças e comecei a subir. Ao chegar ao alto da escada, olhei ao redor; nunca havia estado em um prostíbulo, nem naquela hora nem em nenhuma outra, e jamais tivera relações com uma prostituta. A sala parecia a de qualquer casa burguesa: plantas de aspidistra, móvel para guarda-chuvas e chapéus, quadros baratos nas paredes, pequenos tapetes, o chão bem encerado, móveis com forro estampado, papel de parede limpo e sem rasgos. Ali estavam os que supus serem os quartos, enfileirados e fechados. Ouvi ranger uma cama, depois passos descalços no chão e, em seguida, uma porta entreabriu-se, por onde surgiu uma mulher morena, alta, de cabelos pretíssimos, o corpo coberto por um robe que não a cobria bem, pois deixava à mostra o início, e algo mais, de seios empinados e redondos. Senti minha língua encolher e a garganta secar. A mulher aproximou-se de mim, e enquanto se aproximava, ergueu os braços para prender o cabelo que caía, gesto que abriu ainda mais o robe e revelou uma camisola de seda vermelha, o que fez minha língua desaparecer de vez e secou completamente minha garganta. Mas, ao contrário do que esperava, a voz daquela mulher, que me saudou de longe com um "bom dia" ríspido, e que eu imaginava ser cheia, aveludada, acariciante, revelou-se rouca, desagradável, ácida; voz de mulher acostumada a dizer e gritar palavrões: "égua", por exemplo, se fosse com outra mulher, ou "corno desgraçado", se fosse com um homem. Senti-me desapontado; seu corpo merecia outra voz. Olhei-a se aproximar; a cinco passos de mim, gritou:

— Edelmira! Traga meu café!

Edelmira era a velha criada, que respondeu, saindo de um cômodo, que já levaria, afastando-se depois em direção ao fundo do bordel. A mulher, entrementes, sorrindo e mudando um pouco o tom de voz, disse-me:

— O que o traz por aqui?

Pareceu-me haver um pouco de ternura em sua voz, uma ternura também rouca, e senti-me acariciado por ela, mas me controlei e disse:

— Recebeu-se no departamento uma denúncia contra a senhora, trata-se de Olga Martínez.

Ao ouvir o nome, a mulher se endireitou:

— Olga Martínez? Estava aqui de pensionista e foi embora, me devendo uma boa quantia.

— Ela afirma que não lhe deve nada e que vive aqui faz quase dois anos, sem nunca ter recebido um centavo. Exige que a senhora me entregue suas roupas.

Senti que a mulher ia explodir e olhei de esguelha para a escada: estava deserta. Quantos pulos eu teria de dar até a rua? A mulher explodiu: sua voz — aquela voz profissional, áspera — feriu meus tímpanos:

— Vagabunda de merda! Depois de eu mantê-la por dois anos aqui, aguentando todos os amantes que quis ter, vem me aprontar essa palhaçada!

Virou-se para mim, que fingia observar um chapéu-coco e uma bengala pendurados no móvel, e disse:

— Diga a essa... fulana que venha ela mesma buscar suas roupas e que, quando me pagar o que me deve, poderá levar suas camisolas sujas e seus vestidos velhos.

Estava furiosa; se a moça estivesse presente, teria se dado muito mal. Abandonando toda a compostura, não se preocupava mais com seu robe, que se abria livremente e deixava ver sua camisola rosada e o além de seus preciosos seios, sem que isso me causasse já nenhum sentimento de sensualidade: para deitar-se com aquela mulher seria necessário dinheiro ou força, e eu não tinha nada disso nem esperava vir a tê-lo algum dia. A ternura, essa preciosa flor humana e animal, deveria morrer entre suas mãos ou entre suas pernas, como queimada por um ácido; a vida não lhe permitira cultivá-la ou talvez ela nunca soubera que existia nem sentiu sua falta. Meu único desejo, a essas alturas, era afastar-me dali, ir embora, fugir, mas eu era um representante da autoridade e um representante da autoridade não deve fugir, a não ser que haja motivos para isso. Respondi, gaguejando um pouco:

— Falei ontem com o chefe e é o chefe que me manda dizer que a senhora entregue as roupas dela.

A mulher fez um gesto de surpresa e de novo olhei-a com atenção: ela era realmente bela, olhos pretos, grandes sobrancelhas, lábios grossos, morena. O que teriam a ver aquele chapéu e aquela bengala com ela? A mulher disse:

— Está dizendo que o chefe mandou? Antoñito?

Assenti: dom Antonio de Larrazábal era o chefe do Departamento de Investigações, meu chefe, por sinal.

A mulher prosseguiu, agora sorrindo:

— E por que não disse isso desde o início? Se ele está aqui... Ficou com a Julia ontem à noite. Espere um momento; vou falar com ele. Pode ser que já tenha acordado...

Fez meia-volta; eu também. A escada continuava deserta. Então, Antoñito passara a noite ali? Não sei quanto tempo a mulher demorou para chegar diante da porta, onde parou e bateu; talvez anos. Uma voz sonolenta resmungou algo e a dona abriu, entrando. Pela última vez, ao entrar, antes de desaparecer, olhei-a; por trás, e como agora ajustava o robe, ela era tão desejável quanto pela frente, balançando de um lado a outro, com seus saltos altos, seus finos tornozelos e suas poderosas pernas; para essa mulher, enquanto se movesse assim, jamais um representante da lei ou da autoridade faria algo desagradável. Foi a última vez que a vi; segundos depois estava na rua. Já na calçada, senti uma raiva tremenda, não contra as moças, que eram vítimas e sempre seriam, ora de um rufião, ora de uma cafetina, mas contra os que me meteram nessa aventura; devia me separar deles se não quisesse, a qualquer momento, me ver envolvido em uma confusão ainda maior. Não voltei, portanto, ao hotel, e no dia seguinte parti para os pampas. Meses depois, de volta a Mendoza, ao entrar em uma cela para onde me levaram sob a acusação de fazer uns "trabalhinhos manuais" para ganhar o pão de cada dia, adivinhe quem encontrei? Meu amigo Ipinza, com a barba crescida, os olhos embaçados, sentado em um canto, afundado em uma garrafa vazia, com o olhar de quem só espera a hora de ser fuzilado. Ao me ver, se lançou sobre mim e começou a chorar.

— O que aconteceu com você?

Não conseguiu responder e deixei-o chorar à vontade: com o choro, seus olhos se avermelharam, a barba pareceu se encrespar e fios de saliva começaram a escorrer por seus pelos; ficou horrível e me deu uma verdadeira pena: não sei por quê, apesar do péssimo momento que me fizeram passar, sentia carinho por aqueles patifes.

— Estou preso pela morte de Olga.

— Você a matou?

— Ela se envenenou.

— Por quê?

Contou-me uma longa e estúpida história que tive de escutar, porque não podia abrir a porta da cela e simplesmente ir embora. Fui libertado no dia seguinte e, uma semana depois, zarpei rumo ao Chile, embarcado em um vagão de carga. Desci em Zanjón Amarillo, e ali, depois de tomar um gole d'água, fui procurar um velho chefe de quadrilha que eu conhecia desde Mendoza e queria cumprimentar. Soprava um vento que parecia querer levar tudo em direção ao rio. Não caminhei muito: na estação, tiritando, os olhos vermelhos, a pele queimada pelo vento da cordilheira, as roupas e os sapatos destroçados, os pés cheios de feridas, faminto e sujo, estava Ipinza. Eu o enfiei na tenda do chefe, como quem põe um cadáver em um caixão, e fiquei lá quinze dias cuidando dele: uma bronquite horrível. Ele finalmente melhorou e seguimos viagem para o Chile, eu servindo de guia, embora sem falar com ele, detestando-o no fundo da minha alma, mas incapaz de abandoná-lo, principalmente sabendo o quão covarde ele era. "E esse sujeitinho?", costumava me perguntar meu amigo, o chefe de quadrilha, olhando-me com o olho direito, já que o esquerdo estava coberto por uma venda... "Como é que você tem coragem de andar por aí com um desgraçado desses?" "Não me diga nada, Herrera, às vezes tenho vontade de jogá-lo no rio."

IX

Logo começou a amanhecer e uma suave claridade surgiu do solo e dos muros; parecia que a atmosfera se clareava por si mesma e que a escuridão se desvanecia voluntariamente. As estrelas empalideceram; um novo dia avançou em direção aos seres humanos, aos presos e aos livres, aos doentes e aos saudáveis, aos jovens e aos velhos, aos miseráveis e aos poderosos, trazendo o mesmo que o anterior trouxera, ou algo pior, a doença, por exemplo, ou a desesperança. Olhei para a cela, que já quase havia esquecido, e me surpreendi ao ver que toda a sua frente era uma única grade e as outras partes eram muros; suas dimensões eram iguais às daquela onde estive preso pela primeira vez. Era necessário pagar as parcelas, aos poucos, claro, já que ninguém pode pagá-las de uma só vez, a não ser que morra: a primeira foi aquela; a segunda, a morte de minha mãe; a terceira, a prisão e condenação de meu pai; esta era a quarta, se minha memória não me falhasse. Alguns homens já estavam de pé e se aproximavam da grade, olhando para o pátio como quem olha para um deserto; alguns de meus companheiros estavam entre eles e sorriram para mim; nos reconhecíamos.

Vários guardas entraram no pátio. A noite estava terminando: em seu decorrer, eu havia tocado, com a ponta dos pés, como um dançarino ou um nadador, uma das inúmeras profundidades que o homem toca durante sua vida; uma profundidade em que existe uma angustiante pressão física e moral, que se pode suportar ou não, mas que se deve primeiro aceitar ou rejeitar, conformando-se ou se rebelando contra ela. Eu a rejeitara, não porque não pudesse suportá-la, mas porque nada me dizia que deveria fazer isso. E me alegrava por isso. Se tivesse aceitado e suportado sem mais nem menos, como quem aceita e suporta uma bofetada ou um insulto, teria criado em mim um fatídico precedente para minha vida futura; quem sabe quais fatos ou situações eu acabaria por aceitar e suportar depois!

— Vamos, de dois em dois, em fila! Vamos, rápido!

X

O rosto era vermelho e, em várias partes, viam-se pequenas espinhas prestes a estourar; os lábios, grossos, estavam constantemente úmidos, como se a saliva transbordasse da boca, e a língua, inchada e de cor violácea, os varria com frequência, não para umedecê-los, como é costume, mas para recolher o que escapava. Sua expressão, no entanto, era atenciosa e ele falava com doçura, embora de forma atropelada; talvez a abundância da secreção salivar ou o volume da língua o obrigassem a isso; ele precisava dizer rapidamente o que pensava ou precisava dizer, pois se mantivesse a boca aberta por muito tempo poderia acontecer algo desagradável. Ele declarou chamar-se Florentino Hernández, ser pintor e ter como apelido Zarcão, o que se devia, com certeza, à cor da pele de seu rosto.

— Zarcão! — exclamou o Cagada de Mosca ao ouvir o apelido. — Isso sim é que é apelido! Permita-me felicitá-lo. Cai como uma luva!

Ele caiu como meu companheiro na fila, se é que se podia chamar de fila aquela linha.

— De dois em dois, de dois em dois — exigiu o guarda, ao ver todos no pátio.

Somente alguns poucos homens, desgrenhados e sujos, ficaram na cela, encostados na grade e olhando inexpressivos para o pátio. O restante de nós, conhecidos e desconhecidos, recém-chegados ou residentes, formamos uma fila, silenciosos. Não havia o que conversar; cada um tinha seus próprios problemas e isso era suficiente. Os rostos estavam cheios de cansaço e as roupas pareciam esfarrapadas. O guarda se aproximou pelo lado esquerdo, meteu a mão sob meu braço, perto da axila, e logo senti o aperto de uma corda, fina e firme.

— Aproxime-se, senhor.

O Zarcão se aproximou, obediente, e o guarda repetiu a operação em seu braço direito. Ficamos amarrados um ao outro, imóveis, esperando que a fila fosse completada. Os passos dos guardas eram a única coisa que se ouvia no pátio. Já amarrados, nos fizeram avançar pelo corredor, abriram a porta e saímos para a rua, de dois em dois, como estudantes indo para um passeio, os guardas ao lado da fila, sem sabres e sem carabinas, mas com revólver no cinto. Éramos mais ou menos cinquenta homens, divididos, ou melhor, amarrados de dois em dois. Via-se pouca gente nas ruas, e as poucas que encontrávamos nos olhavam com curiosidade e sem interesse: éramos um espetáculo. Muitos de nós não sabíamos o que fazer com nossos olhos e alguns olhavam fixo para o chão; outros devolviam rapidamente o olhar dos transeuntes, que nos olhavam, pelo contrário, por um longo tempo. De repente, sentíamos uma espécie de orgulho e nos erguíamos, olhando com desdém, tentando aparentar que éramos seres perigosos. Sabíamos que isso não passava de uma maneira de nos defendermos, uma defesa infantil, mas o homem se defende como pode. Os que olhavam, aliás, não sabiam disso. Será que a um bêbado ou a quem roubou uma vassoura ou a quem só deu uns tapas em um outro ou quebrou alguns postes durante um motim, se leva amarrado e vigiado por guardas com revólver no cinto? Não. Éramos, com certeza, gente em apuros, e embora muitos de nós sentíssemos que não passávamos de uns pobres-diabos, incapazes moralmente de fazer algo grave, tentávamos, com nosso comportamento, aparentar o contrário: justificávamos assim a polícia. Quando ninguém nos olhava, sentíamos a estupidez e a humilhação de tudo aquilo.

As ruas estavam cobertas de pedaços de vidro, pedras, pedaços de asfalto, papéis. Atravessamos a avenida onde os bondes haviam sido virados. Já não estavam mais lá. Durante a noite tinham sido endireitados e levados para a garagem.

O trajeto não era muito longo. Eu sentia uma fome atroz e lembrava com nostalgia a porção de peixe que tinha engolido antes de ser preso. Quando voltaria a comer alguma coisa? Mistério. Não tinha dinheiro nem nada que pudesse vender para conseguir algo. Essa parte de minha vida futura estava em branco. Entramos em uma rua de prédios altos e de cor ocre. A rua era curta, de três ou quatro quadras no máximo, e terminava no sopé de uma colina, onde se transformava, como todas, em algo diferente, pois perdia sua largura e direção, subindo com esforço a ladeira da colina, ajudada por escadas de pedra ou escadas íngremes de madeira.

Nosso destino era a Seção de Detentos, um prédio maciço e de cor suja, onde funcionavam, além disso, e seguramente para conforto dos detentos, os juizados; de lá se passava para as celas: alguns passos e pronto. Subimos umas escadas e passamos por corredores cheios de pequenos escritórios, espeluncas de secretários, recepcionistas, copistas, telefonistas, arquivistas, guardas, todos com o mobiliário estritamente necessário: uma mesa, uma cadeira, outra mesa, outra cadeira, um calendário, outro calendário, números pretos, números vermelhos, escarradeiras, tinteiros, muitos tinteiros, mais tinteiros, tinteiros aqui, tinteiros lá; a justiça precisa de muitos tinteiros. Finalmente, em uma sala ampla e de teto alto, paramos em frente a uma porta: Primeiro Juizado Criminal. A fila se desfez e os homens se amontoaram, agrupando-se, com os guardas na borda. A porta foi fechada e começamos a ser desamarrados; já não havia perigo de alguém escapar. Nos sentamos em alguns bancos, inquietos. O Zarcão, já acostumado à minha companhia, se sentou ao meu lado e me ofereceu cigarros.

— Talvez o juiz chegue logo — disse, passando a língua pelos lábios ao terminar a frase.

— Por quê?

— Assim não teremos que esperar e ele nos soltará depois.

De repente, ele se aproximou mais de mim e perguntou em voz baixa:

— Tem dinheiro?

Era a pergunta que eu menos esperava, e a mais imprópria.

— Nem um centavo.

Ele tirou o cigarro da boca e olhou para ele: estava molhado até a metade. Cortou-o, deixou cair o pedaço molhado no chão e enfiou o resto na boca.

— Certamente — disse ele — nos condenarão por bêbados: cinco pesos de multa ou cinco dias de detenção. Barato, não é?

Olhou para mim, como se pedisse minha opinião. Seus olhinhos eram de cor escura e de aparência tranquila. Assenti, enquanto olhava seu cigarro: a saliva já chegava à ponta. Os outros detidos permaneciam silenciosos ou conversavam em voz baixa, como se a presença dos guardas os intimidasse. Estes, por sua vez, sentados nas extremidades dos longos bancos, ficavam em silêncio e bocejavam.

— Em que trabalha?

— Sou pintor.

Ele deu uma olhada em minha roupa: o alvaiade estava à vista[28].

— Não tinha reparado — comentou.

Eu já havia olhado a dele, que parecia limpa, sem as manchas próprias do ofício; uma roupa humilde, por sinal, de tecido duro.

— Me pegaram no pior momento — lamentou.

Tirou o cigarro da boca e olhou para ele: a saliva já o apagara. Ele o deixou cair e continuou:

— Eu ia me encontrar com uma moça com quem traba-

---

28 ALVAIADE: Pigmento branco que pode ser constituído de carbonato de chumbo, carbonato de cálcio ou óxido de zinco. Foi durante séculos o pigmento básico da pintura. Deixou de ser utilizado no início do século XX por sua grande toxicidade.

lhei durante meses e que, durante meses, me disse não. Agora, ela tinha me dito sim. Eu troquei de roupa e até tomei banho. Valia a pena; mas não consegui chegar e ela deve estar dizendo que sou um maricas. Se soubesse a noite que passei! E não pense que entrei na briga: me meteram nela. Uma pena, perdi uma boa noite. Mas haverá outra, não é?

Ele fez um movimento com a mão em direção à jaqueta, como se fosse pegar um cigarro novamente, mas se arrependeu e não tirou nada. Para quê, se mal davam para um par de tragos? Esfregou as mãos e acrescentou:

— Acho que foi você quem pegou na minha mão, ontem à noite, na cela, quando eu estava mais perdido que um cego em tiroteio. Onde você trabalha?

— Estou sem trabalho.

— Com quem você trabalhava?

— Com o mestre Emilio.

— Emilio?

— Sim, Emilio Daza.

Ele pensou por um instante.

— Não o conheço.

Olhou ao redor, ninguém nos observava nem prestava a menor atenção em nós. Murmurou:

— Estou com dinheiro. Como ia me encontrar com a pequena, peguei uns trocados e os tenho aqui, bem guardados, claro, porque a gente não pode confiar em ninguém. Se nos condenarem por bêbados, pago a multa.

Agradeci com um movimento de cabeça e, como se aquilo fosse um negócio fechado, ele voltou a pegar a jaqueta e tirou o pacote de cigarro, me oferecendo um:

— Fume.

— Obrigado.

Preferi não o olhar mais, apesar de que o processo que o cigarro dele estava sofrendo era digno de ser visto: a saliva descia como por um canudo; mas ele era um bom homem, generoso, e não queria que se irritasse caso me pegasse olhando-o com essa intenção.

Os detidos pareciam ter se transformado em pedras. Já não falavam, e, fora dois ou três que fumavam, os outros não se moviam: com os olhos fixos no chão, nas paredes ou no teto, a imaginação e a lembrança muito longe dali ou muito perto, absortos, as mãos sobre os joelhos, cruzadas sobre o ventre ou brincando com um palito de fósforo ou um cigarro, estavam tão distantes uns dos outros como uma estrela de uma árvore. Viam-se sujos, com as roupas amassadas, depois de uma noite sem dormir, com os cabelos despenteados, famintos talvez. Deviam estar pensando em suas mulheres, ou em seus filhos, se os tivessem, ou em seus trabalhos; em seus pequenos interesses, no quarto que ocupavam em algum cortiço, no colchão rasgado, nas mil pequenas e miseráveis coisas que ocupam a mente de quem, por sua condição, não pode pensar em assuntos mais elevados. Os guardas, por sua vez, não estavam mais entretidos nem pensavam em assuntos mais nobres; o rosto deles estava alongado pelo tédio e pela inação; moviam-se sobre os bancos, cruzando e descruzando as pernas e sentando-se sobre uma nádega e depois sobre a outra. Um deles murmurou:

— Que chatice! A que horas o juiz vai chegar?

Finalmente, o juiz chegou: um homem de meia-idade, muito limpo, magro, um pouco calvo e com as costas arqueadas, que nos olhou de relance enquanto a porta se abria: éramos seu primeiro trabalho do dia. Nos mexemos nos assentos, suspiramos, tossimos, e os guardas se levantaram. Depois do juiz, entraram três ou quatro pessoas, funcionários, provavelmente, limpos, quase arrumados, arrogantes: a noite deles tinha sido boa. Momentos depois, abriu-se a porta e uma daquelas pessoas disse, com voz sonora:

— Que passem os detidos.

Fomos chamados em fila. O juiz estava sentado atrás de uma mesa situada sobre um pequeno tablado coberto com um tecido de veludo de cor vermelho-escura; tinha os cotovelos apoiados sobre a mesa e a cabeça repousava sobre as mãos, juntas sob o queixo. Ele tinha colocado óculos. A luz entrava por uma janela disposta atrás de sua mesa. Ele nos olhou placidamente, também com curiosidade, como os transeuntes, e também sem interesse. Quando entrou o último de nós, uma longa fila, ele baixou as mãos e olhou uns papéis. Pareceu um pouco confuso, vacilou e levantou a cabeça duas ou três vezes antes de decidir falar. Por fim, dirigindo-se a um dos guardas, perguntou, apontando para nós com um movimento de cabeça:

— Não há mais?

O guarda também vacilou e respondeu, depois de pensar um pouco:

— Não, meritíssimo.

O juiz deu um golpe sobre os papéis, levantando alguns e baixando outros; depois pareceu contar algo e disse:

— Aqui há quatro acusações: furto, briga, lesões e desordem, e trinta e sete detidos. Que barbaridade! Parece um comício.

Pensou por um instante; talvez o número o intimidasse: não é a mesma coisa julgar um ou trinta e sete. Depois disse:

— Pedro Cárdenas.

— Aqui, senhor — respondeu um homem, avançando meio passo.

— Juan Contreras.

— Presente — respondeu outro.

O juiz continuou chamando, e a cada nome, um detido saía da fila. Dirigindo-se ao guarda, disse:

— Que esperem lá fora.

Os homens saíram sem muito entusiasmo; a saída significava mais espera. Ficamos os que estávamos ali por briga e desordem, mas mesmo assim o juiz parecia perturbado.

— Não entendo — murmurou.

O secretário se levantou e se aproximou dele, trocando algumas palavras em voz baixa; o juiz lhe entregou um daqueles papéis. Sem vacilar e olhando o papel, o secretário começou a recitar mais nomes. Quando terminou, havia três grupos na sala. Devolveu o papel ao juiz e se retirou para sua mesa, menor, situada a um lado e mais embaixo.

O juiz nos olhou novamente e disse, com voz lenta e vacilante, dirigindo-se a um dos grupos:

— Desordem, briga, quebra de faróis, tombamento de bondes... O que têm a alegar?

Um dos homens avançou e deu umas explicações que ninguém entendeu, mas que diziam que ele não era culpado e havia sido preso por engano; estava andando por uma rua e, de repente, apareceu um grupo de pessoas, ele não conseguiu se desvencilhar e o pegaram, confundindo-o com os outros. O juiz ouvia com tédio, sem interesse, como se o homem estivesse dizendo algo que ele já soubesse de cor e que não fosse novidade. Outro homem repetiu a mesma história. O secretário escrevia no papel e, de vez em quando, levantava a cabeça para olhar os que gaguejavam. O juiz batia com a ponta dos dedos nos papéis; agora, com a cabeça apoiada em uma das mãos, olhava ora para o depoente, ora para o papel, ora para os outros detidos, ora para o teto ou o chão; parecia desorientado e cansado. Não falaram mais que três homens. Os outros, compreendendo que seria estúpido repetir o que já tinha sido dito e difícil dizer algo novo, calaram-se. Tudo estava dito e ninguém era capaz de adicionar nada ao que já havia sido dito, muito menos o juiz.

Mas ele falou de repente, retirando a cabeça da mão em que a apoiava:

— Cinco dias de detenção ou cinco pesos de multa; levem-nos.

Os homens saíram atropeladamente, radiantes. Ficaram dois grupos, e o juiz disse, dirigindo-se a um deles:

— O caso de vocês é mais grave: agressão e lesões. O relatório diz que agrediram vários policiais.

Um homem alto, forte, com cabelo ondulado e pretíssimo, avançou. Sua roupa estava rasgada e seu rosto, roxo. Disse, olhando ora para o juiz, ora para seus companheiros, com voz grave e violenta:

— Lesões, meritíssimo? Fui detido sem motivo algum na saída de um bar, onde o único mal que fiz foi tomar um litro de vinho pela minha saúde; me torceram os braços, me deram socos na cara e porrada na cabeça. Veja, meritíssimo, como estou com o rosto: como um mapa. E veja como me deixaram a roupa. Não agredi ninguém e até agora não sei por que estou preso.

O juiz virou o rosto em direção ao secretário, como se pedisse ajuda, mas o secretário não soube como ajudá-lo: o homem tinha um tom tão convincente, seu rosto estava tão machucado, suas roupas tão destruídas, que era impossível não acreditar nele ou contradizê-lo. Por fim, dirigindo-se a um dos guardas, o juiz perguntou:

— Vieram policiais feridos?

— Não, meritíssimo — respondeu o guarda.

— Não há provas — disse o juiz, passeando novamente o olhar pelo grupo de homens cansados. — E você? — perguntou a outro dos detidos.

O interpelado era o Zarcão; ele passou a língua rapidamente pelos lábios: era necessário se prevenir. Depois disse, atropeladamente, como se a língua o apressasse:

— Não sei, senhor: não briguei com ninguém; ninguém brigou comigo, ninguém me bateu; não bati em ninguém.

Parou; talvez a saliva já estivesse enchendo a boca dele; acrescentou, engolindo algo espesso:

— Sou um homem de trabalho e não brigo com ninguém; muito menos me ocorreria brigar com a polícia, que sempre sai ganhando.

O juiz sorriu; ele também sabia disso, embora sabê-lo não lhe trouxesse nenhum alívio. Não havia provas, a companhia proprietária dos bondes não reclamava pelos veículos destruídos nem pelos postes quebrados, pois era dona das duas coisas; seria recompensada com o aumento de preços; e ninguém, fora dali (coisa difícil de entender), acusava aqueles homens. Para completar, não havia guardas feridos. Então disse, com um pouco menos de autoridade que da primeira vez:

— Cinco dias de detenção ou cinco pesos de multa. Para fora.

Pareceu se livrar de um peso. Os homens saíram, também radiantes e com pressa. Ao sair, o Zarcão me fez um sinal amigável. Compreendi: ele esperaria para me pagar a multa... Mas esperaria em vão; ao sair, meia hora depois, do tribunal para as celas da Seção de Detentos, imaginei-o sentado em um banco ou passeando por algum corredor, o rosto cheio de espinhas quase estourando, a pele vermelha, a língua secando os lábios úmidos, o pacote de cigarro já vazio, o chão coberto de bitucas encharcadas.

Como convencer o juiz de que não tive nada a ver com aquele assalto a uma joalheria, que nunca vi os homens que talvez o tenham feito, que não conhecia nem de nome a rua onde o assalto aconteceu e que, além disso, era um homem honrado ou que me tinham por tal? Ele também não poderia provar o contrário, já que não havia nenhuma prova, mas existia um maldito relatório em que constava meu nome, junto com o de outros, além de outro feito pelo dono da loja assaltada, que se apresentava como reclamante. Isso era mais sério. O juiz era o juiz e eu, nada mais que o detido; ele devia dar fé ao relatório, acreditar no relatório até que se conseguisse, de alguma maneira estranha ou simples, provar o contrário, caso no qual talvez ele se dignasse a acreditar no contrário do que afirmava o relatório, a menos que alguém, também de alguma maneira estranha ou simples, provasse o contrário do que afirmava o relatório. Quem diabos fez tal confusão? Um policial, quem mais poderia ser? Talvez o oficial dos bigodes molhados ou qualquer outro com os bigodes secos. O que importa? Teria sido este ou aquele o redator, o juiz devia se atentar ao relatório e ao redator, porque, se não acreditasse na polícia, em quem acreditaria? Se acreditasse no acusado, seu papel seria inútil.

— Processados.

XI

Depois da agitada tarde e da longa noite, uma e outra com seu motim, suas brigas e suas corridas; depois da delegacia e seu bêbado; do Departamento de Investigações com seu silêncio e escuridão, suas baratas e percevejos; depois da exibição pública e sua vergonha; do tribunal com seu juiz confuso, a espera, o interrogatório e o surpreendente fim, tudo isso sem alegria e sem ar, a cela da Seção de Detentos se mostrou um lugar quase agradável, amplo e cheio de luz, com o chão de cimento recém-lavado, uma grade alta e larga e longas janelas retangulares nas laterais.

O guarda a fechou e ali ficamos, os oito homens, diante dos habitantes daquela cela, uns vinte ou trinta, dentre os quais havia jovens e homens maduros; indivíduos com colete, colarinho, gravata e chapéu, e outros descalços e de camiseta; homens sérios e tímidos e outros desembaraçados e alegres. Nenhum conhecido, ninguém que nos sorrisse, ninguém que nos acolhesse; os olhares escorriam sobre nós com curiosidade e também sem interesse, e os nossos expressavam o mesmo, mais a timidez de quem chega a um lugar habitado por gente desconhecida. Os que ali estavam eram, em alguns casos, amigos e até companheiros, conhecidos pelo menos, pois já estavam havia vários dias juntos; nós nem nos conhecíamos, já que andávamos em companhia apenas desde algumas poucas horas antes, sem ter tido até aquele momento oportunidade alguma de conversar, e isso apesar de que fomos ou seríamos processados pela mesma causa. O que estava na pior situação era eu: eles, ou seja, meus companheiros de processo, tinham pelo menos uma casa ou uma família naquela cidade. Eu não tinha ninguém.

Desde o primeiro momento nos separamos, eu me separei, melhor dizendo, ou me separaram, não sei bem se uma coisa ou outra. Formaram-se três grupos, um de quatro homens, outro de três e um de um, se é que um de um pode ser considerado grupo, e cada um buscou lugar onde pôde. Sobre o estrado de madeira, viam-se roupas de cama, até um colchão, cobertores, colchas em todas as condições e até lençóis, luxo inédito. Sentados sobre uma dessas camas, conversavam quatro homens; pareciam limpos, embora descuidados, com a barba um pouco crescida, o cabelo bagunçado. Eram de meia-idade e pareciam ignorar que houvesse outras pessoas na cela; pelo aspecto, suponho que fossem ladrões. Tinham um ar que, não sei por qual motivo, me era familiar; pelo menos não me incomodava. Mais adiante, indivíduos solitários, sentados nas beiradas do estrado ou encostados na parede; não se podia saber o que eram nem o que pensavam; pareciam distantes, alheios aos companheiros de cela. Depois, grupos de dois ou três homens que pareciam não pertencer à categoria dos primeiros e que, por outro lado, não eram da mesma dos solitários. Finalmente, um grupo de indivíduos jovens, musculosos e esbeltos, com movimentos decididos, a maioria de camiseta e descalços. Seus olhares eram os mais francos.

Os quatro homens mal nos olharam; os solitários o fizeram com uma expressão de tristeza; os indefinidos, com atenção e brevidade; os outros, com olhares duros e frios.

Olhei para todos enquanto me sentava na beirada do estrado. As conversas chegavam até mim, mas eu não conseguia prestar atenção em nenhuma; eram muitas e, além disso, os indivíduos do último grupo falavam muito alto e riam mais alto ainda. Sentia-me cansado, faminto e desanimado. Nunca me senti tão incapaz de nada. Ali não havia nada a fazer, por outro lado: nas prisões, só se espera que o tempo passe. Algo trará. Ninguém me conhecia ali e ninguém viria perguntar, como em outros tempos, por que me trouxeram e o que eu fizera; já não era mais o garoto de doze anos; ninguém também, ao ouvir meu nome, me perguntaria com surpresa e talvez com carinho se eu era filho do Galego. O Galego era ali tão desconhecido quanto Flammarion[29]. Confortava-me um pouco o fato de que, apesar de ser tão jovem, tinha aparência de homem, o que, de certo modo, era um obstáculo contra um primeiro impulso. Estar em um bonde, em um vagão de trem ou em um teatro, na companhia de gente desconhecida, amedronta um pouco, embora não a todos; não se está bem à vontade, embora às vezes se distraia, mas não se deve temer, salvo casos excepcionais, nada desagradável; ninguém o agredirá, ninguém tentará zombar de você, ninguém, enfim, terá um mau propósito contra você; é possível que, se você tiver dinheiro, roubem de você, mas o ladrão geralmente não sabe de quem está roubando; mas estar em uma cela, sozinho, desconhecido, sem ninguém para te apoiar dentro ou fora, sem sequer ter a certeza de que está preso por algo que realmente fez e que, no final das contas, pode servir como antecedente — eu matei, roubei, feri um homem, dei um golpe, respeite-me, não sou qualquer um, e posso matar e roubar novamente, ferir ou enganar alguém, você ou outro —; estar, enfim, em desvantagem, ali onde outros têm muitas, por piores que sejam, sem possuir, por outro lado, nenhuma outra — força, astúcia, poder de dominação, facilidade verbal ou dinheiro —, é muito pior, principalmente se não se pode, de alguma forma, demonstrar as qualidades que se tem.

Eu sabia, sentia que os ladrões não se meteriam comigo; não tinha nada que pudessem roubar e nem assim o fariam: os solitários eram solitários e os homens que estavam em grupos de dois

---

29 FLAMMARION: Camille Flammarion (1842-1925), astrônomo francês e primeiro divulgador sério da Astronomia.

ou três também não me tomariam em conta; temia os outros. Por quê? Havia neles algo que me assustava, sua juventude violenta, principalmente, que se opunha à minha, de caráter pacífico, e uma desenvoltura, uma tensão, uma força sub-humana, quase animal, que eu não conhecia bem, mas que se manifestava em seus movimentos, em suas vozes, em seus olhares. Eu ignorava o que poderiam fazer comigo e, provavelmente, não me fariam nada; talvez meu medo fosse infundado, um temor que o tempo, um dia, dois dias, três, dissiparia; mas, por enquanto, não conseguia me livrar dele. Sentia que entre os ladrões e eu havia alguma diferença, uma diferença de idade, de condição, de preocupações; sentia também que havia outra diferença entre os solitários e os semi-solitários — conversavam, mas estavam sozinhos —, porém a diferença que existia entre aqueles e eu era, apesar da igualdade de idade ou por causa dela, uma diferença extraordinária, quase uma diferença de espécie, não natural talvez, mas de qualquer forma evidente e enorme.

Eu os conhecia de ouvir falar, não aqueles, mas outros, iguais a eles; ouvira meu pai e outras pessoas falarem deles; lera sobre eles nos jornais e, em uma cela com trinta ou cinquenta pessoas, e em qualquer país, teria podido apontá-los um por um, sem vacilar nem errar, muito menos se formassem um grupo à parte. Havia neles algo, não sei o quê, facilmente reconhecível para mim: o cabelo, a forma da boca, quase sempre uma boca grande, de lábios grossos e sem graça, orelhas pequenas e carnudas, olhos redondos e vivos, de olhar rápido, braços e mãos com a agilidade de animais, punhos duros, oh, tão duros, pernas longas e corpo sem gordura. Eles se apresentavam de outro tipo, mas fosse qual fosse o de cada um, sempre tinham algo que permitia reconhecê-los. E aquela diferença não era só daquele momento ou de alguns dias atrás, era de sempre, desde a infância, desde os primeiros passos, desde os primeiros balbucios e brincadeiras. Pouca gente sabe a diferença que existe entre um indivíduo criado em um lar onde há limpeza, um pouco de ordem e certos princípios morais — embora estes não sejam dos mais inteligentes ou sejam ensinados, como em meu caso, por um pai cuja profissão é uma daquelas que não se pode dizer em voz alta —, e outro que não teve o que se chama de lar, uma casa separada ou um quarto nela e não um quarto de cortiço onde se amontoam o pai com a mãe, os filhos e o genro, algum tio ou parente, sem luz, sem ar, sem limpeza, sem ordem, sem instrução, sem princípios de qualquer espécie, morais ou de qualquer outra índole: o pai chega quase todos os dias bêbado, grita, faz escândalo, bate na mulher, nos filhos e às vezes no tio, no genro ou no parente; nem sempre há o que comer, melhor dizendo, nunca se sabe quando haverá comida e o quê; o pai não trabalha ou não quer trabalhar; o tio é inválido e o parente come onde pode, e se pode; o genro também bebe ou não trabalha ou não quer trabalhar, é operário ou comerciante de última categoria: recolhe papéis ou ossos ou excrementos de cães para os curtumes ou para quem sabe que diabos; a mulher lava ou mendiga; as crianças comem o que lhes dão quando podem dar algo ou o que pedem ou o que lhes dão os vizinhos, que nem sempre podem dar e que às vezes, querendo, também não podem; às vezes roubam — a fome as obriga — e olham e sentem sobre si e ao redor, durante anos, durante infinitos anos, aquela vida sórdida. Não podem pensar em outra coisa senão em sobreviver, e quem não pensa mais do que em sobreviver acaba se animalizando; a primeira necessidade é comer e, para comer, recorre-se a tudo; alguns se salvam, mas em uma cidade existem centenas e milhares desses grupos familiares e deles saem centenas e milhares de crianças; desses milhares de crianças saem aqueles homens, alguns poucos, mas saem, inevitavelmente. Bater, ferir, quebrar é para eles um hábito adquirido que chega a parecer natural; um hábito que, coisa terrível, significa uma forma de ganhar a vida, de poder comer, beber, vestir-se. Não podia reprovar-lhes nada, pois não tinham culpa de ser o que eram ou de como eram, mas os temia, como um animal criado em domesticidade teme outro que foi criado em estado selvagem.

Meus olhos se fechavam de sono e me deitei para trás, esticando-me no estrado; dormi uma hora, duas, três, sobre a dura madeira e acordei quando alguém, um dos solitários, que estava sentado perto de mim, me sacudia e me falava:

— Ah? — murmurei, meio dormindo.

— Você é Aniceto Hevia?

— Sim — respondi, surpreso de que alguém soubesse meu nome ali, e me levantei.

O solitário apontou para a grade e disse:

— Uma refeição para você.

— Para mim? — murmurei, ainda mais surpreso.

Se ele tivesse dito que me trouxeram uma passagem de embarque, não teria me surpreendido tanto.

— Sim, deve ser para você; aqui não há ninguém mais chamado Aniceto Hevia.

Incrédulo, olhei para a grade e vi, encostado nela, um menino de uns dez ou doze anos, que me olhava sorrindo; passou o recipiente de comida pelas grades e o balançou suavemente. Como eu estava demorando a reagir, exclamou:

— Aqui, rápido.

Era, então, para mim aquela refeição? Levantei-me devagar e me aproximei do garoto, que levantou a cabeça e me sorriu de novo, mostrando dentes grandes e sujos:

— Aniceto Hevia?

— Sim, sou eu — afirmei.

Olhei-o boquiaberto e peguei o recipiente, que ficou pendurado em minha mão: não sabia o que fazer com ele; e o menino girou o corpo e ia começar a andar ou correr quando me ocorreu perguntar-lhe:

— Quem me mandou isso?

O pequeno deu de ombros. Vinha descalço e sua roupa estava em farrapos; não usava camisa, e uma tira de pano que atravessava seu peito nu segurava umas calças muito largas.

— Não sei — disse, surpreso com minha pergunta. — Pagaram, disseram seu nome e eu trouxe; faz meia hora que estou procurando por você. Se não comer logo, vai esfriar.

Isso não me deixou satisfeito.

— Você viu quem pagou?

O menino se lembrou:

— Sim; um homem avermelhado e com espinhas.

Saiu correndo. O Zarcão! Na verdade, era o único que podia fazê-lo, já que ninguém, naquele lugar, sabia que eu estava preso; ninguém, além disso, que precisasse saber, e ninguém, por fim, que tivesse alguma obrigação para comigo — se é que a oferta de pagar minha multa podia ser chamada de obrigação. Como não pôde pagá-la, pagava dessa maneira. Generoso Florentino Hernández! Foi a única comida que me enviou e a última vez que soube dele; o trabalho, as mulheres, as "pequenas", como ele dizia, a pobreza ou a doença o impediriam de voltar a lembrar-se de mim, com relação a quem, no entanto, não tinha a menor obrigação. (Não sei onde você está agora, humilde pintor do porto; não sei se morreu ou se está tão ou mais velho que eu, mas seja como for e esteja como estiver, velho como Matusalém ou tão rígido quanto ele, jamais esquecerei seu nome e sua figura, seus grossos lábios e sua pele vermelha, sua língua inchada e sua boca úmida; tampouco esquecerei seu almoço.)

Ao me virar, percebi que muitos olhos me olhavam, uns com assombro, outros com simpatia, e não sei se alguns com despeito ou inveja, e atravessei o espaço que me separava de meu lugar com a sensação de carregar não uma marmita de tamanho comum, mas outra, descomunal, que me impedia de andar e que estaria cheia de perus, frangos, galinhas ou pernas inteiras de animais. Cheguei à beira do estrado e me sentei sem saber o que fazer, a cabeça baixa, um pouco aturdido. Ouvi uma voz:

— Coma; vai esfriar.

Olhei para quem me falava: era o solitário que me acordara. Sorria e apontava para a marmita.

— Coma — insistiu.

Talvez percebesse meu constrangimento.

Inclinei-me até a marmita e a destapei; quase desmaiei: o

aroma mais delicioso que jamais havia sentido saía daquela caçarola cujo caldo reluzia com gotas amarelas e transparentes de gordura. Havia ali batatas, um pedaço de carne, cebola, um raminho de salsa, um pedaço de folha de repolho e metade de uma cenoura, além de alguns grãos de arroz. A saliva escorreu de minha boca como escorria da do Zarcão, e tive de cerrar os lábios e engoli-la para impedir que transbordasse. Mas eu não tinha com o que comer e olhei para o solitário, que se levantou, foi até o muro, remexeu em um embrulho e voltou com uma colher e um garfo.

— Faca eu não tenho — disse, como pedindo desculpas. — Aqui não deixam ter.

Agradeci o gesto, e tirando a travessinha em que estava a marmita, preparei-me para comer, mas me contive e olhei para o solitário.

— Quer um pouco? — ofereci, apontando para a marmita.

— Obrigado, já almocei — respondeu com grande dignidade, talvez um pouco envergonhado.

Não quis olhar para outro lado e comi, às vezes devagar, às vezes com pressa. Embaixo da travessinha havia outra marmita, que continha um pedaço de carne assada e um purê de grão-de-bico, além de um pouco de salada. Era um almoço completo, e quase não consegui, apesar da fome, terminá-lo, tamanha era a surpresa e o embaraço que me tomavam. Por fim, deixando um pouco de purê e um pedaço de carne que estava fibroso demais para ser cortado só com os dentes e as mãos, fechei a marmita e dei por encerrado o almoço.

Olhei para a grade. Atrás dela se estendia, à direita e à esquerda, um corredor que vinha da porta e ia para o interior da prisão e que era, como vi, bastante movimentado: guardas, crianças, presos, senhores bem-vestidos e até um ou dois cães iam e vinham por ele; os primeiros com pacotes, cestos e papéis e os últimos farejando restos de comida. Prestando atenção, podia-se ouvir, por cima do burburinho das conversas e das vozes da cela onde eu estava, o ruído de outras celas. Alguém chamava alguém e esse alguém respondia ou ia e vinha, geralmente crianças pequenas e maltrapilhas, que pareciam desempenhar o papel de recadeiros. De repente, ecoava o grito estrondoso de "Carcereiro!" ou alguém assobiava agudamente. Enquanto observava, uma canção começou a brotar de algum canto da cela, uma canção cantada em voz baixa, com entonações profundas e graves, com uma voz principal, uma voz que se impunha às demais ao começar o verso de uma estrofe, e que era, em seguida, dominada pelas outras, que a envolviam, misturavam-se a ela e a absorviam até que, novamente, ressurgia, como vinda de muito longe, no início da seguinte. Ouvia-se como se fossem notas de um piano e soava como de noite, em uma rua solitária, dentro de uma casa fechada. As palavras e ideias eram simples, quase vulgares, mas o tom e o sentimento com que eram cantadas lhes conferiam um significado quase comovente. Virei a cabeça: em um canto distante, deitados como em torno de um círculo, com as cabeças juntas e inclinadas, o grupo de rapazes cantava. Olhei o rosto deles: haviam sofrido uma transformação; estavam como tomados por algo que surgira repentinamente neles, algo inesperado nesses rostos que só refletiam sensações musculares. Seria tristeza? Seria a lembrança de seus dias ou noites de liberdade? Talvez aquilo trouxesse a suas almas algo que não lhes pertencia e que apenas por um instante lhes era concedido, apaziguando por esse momento seus reflexos primordiais? Não saberia dizer, nem sei ainda, mas aquilo me desconcertou, como se desconcerta quem percebe, em um rosto feio, um traço de beleza oculta ou, nos gestos de um homem derrotado, um detalhe que revela alguma distinção secreta.

A cela havia silenciado e a canção se estendia com grande nitidez, sem que se perdesse nenhuma de suas notas.

Enquanto ouvia, percebi alguém que não estava antes na cela, não o vi entrar nem enquanto estive acordado antes da chegada de meu almoço: talvez tenha vindo enquanto eu dormia. Era um homem de trinta a quarenta anos, moreno, esbelto, de cabeça raspada, muito magro, vestido com um terno azul bem conservado; usava colarinho, gravata e colete, e seu chapéu-panamá não mostrava uma única mancha. Tinha um ar quase exótico e estava sentado na beira do estrado, mas bem na beira, como se não pensasse permanecer ali por muito tempo e esperasse que, a qualquer momento, aparecesse a pessoa que ele precisava ou chegasse a hora em que deveria sair de um lugar que considerava, evidentemente, provisório. Tinha o aspecto de quem está em uma sala de espera de estação ferroviária. A atitude era absurda em uma cela, mas há pessoas que chegam ali com a certeza de que só ficarão meia hora, uma hora no máximo; confiam nos amigos, no advogado, na sua causa, no seu dinheiro, e esquecem que uma cela é uma cela, e um processo é um processo, e que tanto podem sair em liberdade dentro de duas horas quanto dentro de dois meses ou dois anos, já sem amigos, sem advogados e sem esperança nem fé — para sempre — na rapidez dos métodos judiciais. Com uma perna sobre a outra, exibia umas belíssimas e translúcidas meias de seda preta. Podia ser um contrabandista de cigarros, de meias ou de uísque. Parecia impaciente. Por que não vinham já tirá-lo dali? De repente, levou a mão ao bolso esquerdo do colete e de lá tirou algo que primeiro olhou e em seguida mostrou: um relógio de ouro. Apertou a coroa e a tampa saltou, lançando, ao se abrir, um relâmpago dourado que iluminou toda a cela. Olhou as horas, fechou a tampa, que fez um estalo seco, e o guardou de novo no bolso.

A canção parou por um breve momento, apenas um segundo, talvez menos, e oscilou como uma onda que encontra um obstáculo que não a detém, mas a desvia. O tom mudou, tornou-se menos grave, menos sentimental, e então cessou bruscamente. O solitário me olhou e balançou a cabeça, com o gesto de quem se dói por algo que está acontecendo ou que está para acontecer. O homem não percebeu nada, tão absorto estava em sua espera, e continuou olhando para a grade, esperando ver surgir nela, a qualquer momento, seu advogado e o oficial de guarda com a ordem de soltura. Houve um movimento do lado de onde vinha o canto: alguns dos rapazes se deslocaram para a esquerda do estrado, outros para a direita, e dois foram até a grade e olharam para fora como se estivessem procurando alguém; depois se voltaram e nos encararam; havia desaparecido a magia da canção e seus rostos estavam novamente duros e implacáveis: um relógio de ouro estava à vista. O solitário não tirava os olhos do homem de terno azul e das meias de seda; eu também o observava e me sentia nervoso. O que ia acontecer? Os rapazes que estavam perto da grade avançaram de frente e os que haviam se deslocado para a direita e para a esquerda se aproximaram da borda do estrado: o laço se fechava. De repente, o indivíduo foi lançado com violência para trás e soltou uma espécie de grunhido animal, ao mesmo tempo em que levantava as pernas e se debatia com angústia, sufocando. Oito ou dez rapazes se jogaram sobre ele, imobilizaram-no por um segundo e, depois desse segundo, viu-se que o homem era erguido e girava no ar, como um boneco, segurado pelo pescoço por um braço impiedoso que o soltou depois de fazê-lo dar duas ou três voltas com mais violência. Caiu no chão como um saco, perdendo toda a sua preciosa compostura, despenteado[30], sem chapéu, o colete aberto, ofegante e tonto... Tudo aconteceu tão rápido que nenhum de nós que presenciamos a cena teria podido dizer como se deu nem quem participou dela; esses, aliás, eram tão semelhantes entre si nos movimentos, nas roupas, nos rostos e nos olhares que era difícil identificá-los, sobretudo em um momento como aquele.

Quando o homem se levantou, ninguém estava de pé, todos deitavam ou estavam sentados, e todos o olhávamos, esperando sua reação. Lançou um olhar rápido e confuso pelos rostos; ninguém lhe disse nada. Não falou: o que poderia dizer, e a quem? Correu até a grade, agarrou-se a ela e gritou, aflito:

— Carcereiro! Carcereiro!

No quarto ou quinto grito apareceu um guarda.

— O que houve? — perguntou com muita calma.

---

30 **DESPENTEADO:** Antes, na primeira caracterização do personagem, ele fora descrito como "de cabeça raspada". É o único problema de consistência do romance.

— Roubaram meu relógio! — exclamou o homem, muito agitado.

A notícia espantou o guarda tanto quanto o almoço me espantara.

— Seu relógio? — perguntou.

— Sim, meu relógio de ouro — afirmou o homem.

O guarda, gordo, tranquilo, olhou para o interior da cela como se pedisse que fôssemos testemunhas de tamanho desvario. Se o homem tivesse dito que lhe haviam roubado um búfalo, o espanto não teria sido maior.

— Tem certeza? — perguntou, olhando-o fixamente.

— Como não vou ter certeza?! — gritou o homem, exasperado pela incredulidade e pela calma do guarda. — Comprei em Cristóbal e o guardava aqui, no bolso do colete. Me agarraram por trás, vários de uma vez, e o tiraram com corrente e tudo.

— E a corrente também era de ouro? — perguntou o guarda, ainda atônito.

— Não, só folheada; mas o relógio sim.

O guarda respirou fundo:

— E o senhor estava nesta cela com um relógio de ouro no bolso?

O homem gesticulou ao responder:

— Claro, no bolso; era meu.

Estava prestes a ter um ataque de nervos.

O guarda olhou de novo para o interior da cela, mas dessa vez seu olhar tinha outro propósito: não buscava mais testemunhas, buscava culpados; porém ninguém sustentou seu olhar, pois todos, ou quase todos, baixaram a cabeça. Ele sabia, no entanto, a quem procurava com os olhos.

— Muito bem — murmurou, afastando-se, e depois completou —: Um reloginho de ouro na 1!

O homem permaneceu agarrado à grade, sem olhar para trás, onde se realizavam alguns deslocamentos. Vários dos presos se aproximaram da grade, entre eles os quatro ladrões, muito animados e olhando com um misto de piedade e admiração para o homem do chapéu-panamá. Alguns dos meninos de recados se aproximaram pelo lado de fora, colando-se à grade.

O guarda voltou acompanhado do carcereiro e de quatro companheiros. O cabo, atarracado, moreno, baixo, de pescoço muito curto, dirigiu-se ao homem:

— O senhor é o do relógio?

O homem, com voz suave, respondeu:

— Sou eu.

Estava um pouco mais calmo.

O cabo o olhou fixo e perguntou:

— Sabe quem o roubou?

O homem hesitou, mas disse:

— Não, não sei. Me pegaram por trás e vários se jogaram em cima de mim. Taparam meus olhos.

O cabo voltou a olhá-lo com firmeza.

— Não desconfia de ninguém? Se desconfia de alguém, de quem for, diga sem medo.

O homem olhou para o interior da cela; não havia ninguém dentro dela. Todos estavam colados à grade.

— Não sei — respondeu com um sopro.

O cabo se virou para os guardas e ordenou:

— Abram a porta.

O chaveiro abriu.

— Todos para fora, fazendo uma fila; ninguém se mexa.

Saímos e formamos uma longa fileira, com o homem do relógio diante de nós, olhando-nos um por um. Não tirou nada de proveito: podiam ser todos, mas todos não podiam ser.

O guarda que atendeu ao chamado, um companheiro e o cabo entraram na cela e reviraram e examinaram tudo que fosse embrulho, roupa ou esteira que encontraram; não acharam nada e saíram.

— Vamos ver, um por um, revistem-nos — ordenou o cabo aos guardas, enquanto ele, parado ao lado do homem, observava a operação.

Fomos revistados de cima a baixo, sem piedade, os guardas vasculhando não só os bolsos, mas também o corpo.

— Abra as pernas; um pouco mais, levante os braços, solte o cinto; agora, salte.

As mãos estranhas passaram e repassaram pelas axilas, pelas laterais, pelo pescoço, pelas cinturas, pelas coxas, pelas nádegas, pelas virilhas, pelas pernas, por tudo.

— Tire os sapatos; pronto, afaste-se.

Os quatro ladrões foram os únicos que falaram durante aquela operação de revista.

— Cuidado; não me aperte.

— Acha mesmo que cabe um relógio aí?

Pareciam os mais seguros de si mesmos e, coisa estranha, não foram obrigados a tirar os sapatos.

— Não há nada — anunciaram os guardas, cansados de tanto agachar e levantar.

O cabo se virou para o homem:

— Não há nada, senhor.

O infeliz não soube o que dizer.

O cabo perguntou:

— Me ouviu?

— Sim, meu cabo.

Depois de um segundo, disse com um sorriso forçado:

— Será que não o pegaram e mandaram para outra cela?

O cabo jogou para trás a cabeça redonda e soltou uma longa gargalhada.

— O senhor quer que eu revire todas as celas? — perguntou, ainda rindo. — Não, meu senhor, quando aqui se perde, não direi um relógio, mas nem mesmo uma colher, é como se tivesse se perdido no fundo da baía de Valparaíso: ninguém a encontrará, e se insistíssemos em procurá-la teríamos que revistar a cidade casa por casa. A colher sempre se afastaria.

Aproximou-se do homem, e pondo-lhe uma mão no ombro, disse:

— Quando for preso de novo, se tiver esse azar, nem pense em trazer para a cela um relógio de ouro ou de prata ou de aço ou de níquel ou de lata ou de madeira; venda, dê, empenhe, jogue fora, mas não traga, ou esconda tão bem que nem o senhor mesmo saiba onde está. Caso contrário, diga adeus a ele: será roubado.

E virando-se para os presos, gritou:

— Para dentro, bandidos!

Havia certo tom de troça em sua voz.

Voltamos a entrar, em silêncio, ocupando novamente cada um seu lugar; apenas o homem do relógio de ouro ficou de pé por um bom tempo diante da grade. Não sei o que havia nele, mas havia algo; percebia-se que estava afastado de tudo e parecia sentir um profundo desprezo pela cela e seus habitantes, por todos e por cada um, não sei se porque os julgava indignos dele ou se porque o sentimento que tinha de sua inocência ou de sua culpa era diferente do que tínhamos nós, que aceitávamos — por um motivo ou por outro — uma situação que ele não queria aceitar, não talvez porque achasse que não a merecia, mas porque talvez estivesse além de sua vontade aceitá-la, mesmo merecendo-a. O ocorrido deve ter irritado seu estado de espírito, e isso contribuía para afastá-lo. Abandonou a grade e começou a caminhar diante dela, as mãos nos bolsos da calça, o colete aberto — como o deixaram os assaltantes — e o chapéu na nuca. Lançava olhares frequentes e quase desesperados para o pátio. Não disse uma palavra nem se aproximou de ninguém, e ninguém tampouco se aproximou dele nem lhe dirigiu a palavra; todos pareciam perceber seu estado e o respeitavam, ou ele lhes era indiferente. Quando se cansou de andar, sentou-se no estrado e ali permaneceu o resto do dia, mudando a posição de uma e outra perna, mostrando sempre suas meias de seda preta. Acenderam-se as luzes da cela, bem altas, junto ao teto também, e então, ao perceber que a noite chegava, voltou a caminhar, e seus olhares para o pátio se tornaram angustiados. Por fim, já escuro, um guarda se aproximou da grade e disse em voz alta:

— Francisco Luna.

— Aqui — respondeu o homem, detendo-se.

Aproximou-se da grade.

— Trouxeram-lhe roupa de cama e uma refeição — comunicou o guarda.

O homem não respondeu; era a pior notícia que poderia receber. Já não sairia em liberdade naquele dia.

O guarda, que também estava a par da situação, não se incomodou com o silêncio do homem e se foi, voltando pouco depois com dois meninos recadeiros, um dos quais carregava a roupa de cama e o outro, a marmita. O homem recusou a comida.

— Leve isso — disse ao menino. — Não quero comer.

Recebeu a roupa e a jogou com violência sobre o lugar onde se sentava, como se também não a quisesse ou o incomodasse recebê-la; voltou a andar, e só bem mais tarde, talvez depois da meia-noite, quando o cansaço venceu sua esperança e seu orgulho, estendeu o cobertor e a colcha e se deitou. Seu rosto moreno, todo barbeado, estava cheio de amargura e desolação.

XII

E assim como o dia apareceu para todos, assim também se aproximou a noite, trazendo o de sempre: alegrias, penas, surpresas, rotina, doenças, descanso ou trabalho, sono, insônia ou a morte. Para os homens daquelas celas, porém, e para os de todas as celas do mundo, trazia algo a menos: nem alegrias, nem surpresas, nem trabalho, e para muitos, nem sequer descanso ou sono. Durante o dia, pode acontecer que alguém trabalhe pelo preso, a mulher, um irmão, a mãe, o pai, um amigo, e é possível que o processo avance, que o advogado apresente um escrito ou que o juiz dite uma sentença ou chame a declarar; à noite, não; os tribunais se fecham, o juiz vai embora com seus papéis, o advogado descansa, e os parentes ou o amigo ou a mulher, que não podem obrigar juiz ou advogado a trabalhar à noite, também se vão; é necessário esperar, e o preso, que é quem menos pode fazer, deixa a noite passar, sem poder fazer outra coisa.

Pouco a pouco a prisão foi caindo em quietude; desapareceram os entregadores e os senhores com papéis, e restaram apenas os presos, os guardas e os cães. Cada homem pareceu recolher-se em si mesmo, em suas lembranças, em sua amargura, em seu sono, em seus projetos, e os assaltantes, arrancados de seu meio habitual, devem ter emudecido e dormido, abatidos por uma inércia absurda para eles naquela hora, trabalhadores noturnos que eram.

No entanto, as luzes não se apagaram, e durante toda a noite, a cada hora, ressoaram nos corredores os gritos dos guardas de plantão, convocados pelo cabo que gritava, iniciando o coro e a plenos pulmões: Um! Vinham as respostas, retumbantes: Dois! Três! Quatro!

O solitário me emprestou um cobertor e pude cobrir as pernas e dormir, despertando só quando o guarda gritava diante da grade da cela. Ela era a de número 4, e o grito explodia como uma granada contra as paredes:

— Quatro!

Sorria para os que, despertos pelo grito, lhe lançavam um olhar turvo e resmungavam algo.

A noite transcorria. Antes de dormir, o solitário me perguntou o motivo de minha prisão, contando-me o dele. Era um homem mais para gordo, de estatura média e moreno; vestia um terno azul, não usava gravata e seu pescoço aparecia aberto. Os cabelos ondulados às vezes lhe caíam sobre a testa. Era um operário, misto de mecânico com encanador, e tinha uma oficina em algum lugar da cidade. Suas mãos morenas e gordas não pareciam mãos de operário. Seu delito era amoroso: havia violado uma moça, mas não uma desconhecida e em uma rua deserta ou em uma floresta, mas uma conhecida, de dezesseis anos, e em sua própria casa.

— O ruim é que sou casado — disse, olhando-me com seus olhos escuros e cheios de luz —; sou casado e gosto muito da minha mulher. Em que enrascada fui me meter! Por que fez isso?, o senhor deve estar se perguntando. Por pura estupidez.

Caiu em silêncio e olhou para a grade. Depois acrescentou:

— Ela vem todos os dias me trazer o almoço e a janta, e até trouxe um advogado.

Como percebera que eu não sabia de quem falava, esclareceu:

— Falo da minha mulher. Tenho dois filhos com ela. E ela

não reclamou, não chorou, não me disse uma só palavra de reprovação ou de pena. Que papelão o meu! Às vezes tenho vontade de me atirar contra a grade e tirar de mim... nem sei o quê, a cabeçadas.

Eu não tinha nenhuma experiência amorosa, e a história do solitário me parecia entediante; não conseguia entender por que um homem casado, que ama a mulher, se mete em enrascadas como aquela.

— E não tem como arrumar o assunto — continuou. — Por nada no mundo me separaria da minha mulher e dos meus filhos, mas não se trata disso: ninguém quer que eu os deixe. Por outro lado, não posso devolver à moça o que lhe tirei ou o que ela, para falar a verdade, me jogou na cara. O problema é... Sou vizinho dos pais dela desde antes de ela nascer e a conheço, por isso, desde que nasceu; não sei por quê, desde pequena ela tomou o hábito de me fazer muito carinho, mas muito mesmo, mais que ao pai, é claro, e cresceu e cresceu e sempre me fazia carinho, me beijando, me abraçando, me sufocando com seus beijos e abraços e enfiando as mãos por toda parte; a mãe ria, o pai também, todos ríamos; era muito divertido ver a paixão que aquela menina tinha por mim. Nenhuma criança, muito menos uma menina, podia se aproximar de mim na frente dela. Um dia resolvi me casar; ela tinha então doze anos e aí a coisa explodiu: passou meses sem falar comigo e quando me via, fugia. Então entendi... Mas ela veio me ver e continuou me fazendo carinho. Entende? Minha mulher ria, a mãe ria, o pai também; só ela e eu já não ríamos. Até que... O advogado diz que se conseguir me livrar com uma pena de dois anos de cadeia, devo me dar por satisfeito. O que o senhor acha?

Não pude dizer-lhe o que eu achava.

— Um! Dois! Três! Quatro!

— Um! Dois! Três! Quatro!

No dia seguinte, pelos olhares amargurados que me lançou, percebi que não havia sido tão atencioso quanto ele esperava. Todo preso supõe que seu caso é o mais importante, e tem razão: trata-se de sua liberdade ou condenação, de sua inocência ou culpa, quase de sua vida ou morte, às vezes da honra ou desonra, do bem-estar ou da desgraça da família, tudo isso fundamental e insubstituível, intransferível também, como certos documentos; mas se todos têm razão ao considerar seu caso importante, consideração que deve ser respeitada, como se respeita a dor de um doente, não se pode pretender que também o delito cometido, se é que houve um, seja o mais importante ou interessante de toda a prisão; não, e se acham que é, o problema é deles, mas eu não acho e estou com sono.

Devolvi-lhe seu cobertor, agradeci e fui me pôr junto à grade; o dia voltava de novo. De repente, como em uma onda, senti antipatia por aquele homem. Por que me olhava com cara de reprovação? Eu tinha culpa de seu delito ser grosseiro, de não me interessar, e de que, ao ouvi-lo, eu tivesse adormecido? Por que, se ele amava sua mulher e seus filhos, não havia dado um pontapé no traseiro daquela moça, ou em si mesmo, quando ainda havia tempo? Suas lamentações e seus arrependimentos me pareciam tolos, e ridículo o ódio que agora sentia pela moça. E o que eu tinha a ver com tudo isso? Que ele fosse para o diabo.

Não voltei a falar com ele: a moça nos havia separado. No meio da manhã fui transferido, com outras pessoas e por razões de ordem desconhecida, para outra cela, separando-me assim de meus companheiros, que não voltei a ver senão mais uma vez, diante do juiz, que nos fez prestar novo depoimento e participar de uma roda de reconhecimento diante do dono da joalheria e de um funcionário, míope, que confundiu o escrivão com um dos detidos —, e também me separei do solitário, a quem, passado o acesso de antipatia, recordei com nostalgia durante a noite; tive de dormir descoberto. Meus novos companheiros de cela deviam ter, sem dúvida, cometido delitos mais interessantes que o do solitário arrependido, mas a nenhum deles ocorreu oferecer-me um cobertor para me cobrir; talvez também não tivessem nenhum de sobra.

Suportei assim vários dias, dez, quinze, sentindo que alguém me encurralava, diminuindo minhas possibilidades, empurrando-me para algo obscuro. A quem recorrer? As pessoas daquelas celas se moviam de um lado para o outro; uns iam embora, outros chegavam, aqueles voltavam — nada era estável e tudo era incerto. Por fim, um dia, depois de dormir várias noites no chão, sem ter sequer um jornal com que me cobrir, mijando de frio, senti que o momento chegava: amanheci com dor de cabeça e à tarde comecei a estremecer como um envenenado; rajadas de frio percorriam minhas costas. Resisti até cair no chão, já sem sentidos. Os presos chamaram os guardas, os guardas o cabo, o cabo um médico, e fui levado à enfermaria: falava sozinho e tentava fugir, quarenta graus de febre, estertores no pulmão esquerdo, pulso muito agitado, ventosas, compressas, sobretudo compressas e quentes, bem quentes, mesmo que queimem; sim, deixe-me, não me toque; quero que venha minha mãe; sim, é minha mãe; oh, mamãe, me agasalhe, estou com frio; me dê água, água fresca, tenho sede; já disse que não me toque, quem é você para me tocar? Mamãe! Por favor, ajude-me a segurá-lo; ele vai escapar da cama... Água. Como ele está? Está mal. Pobre rapaz. Oh, por favor, chamem minha mãe.

Terceira
PARTE

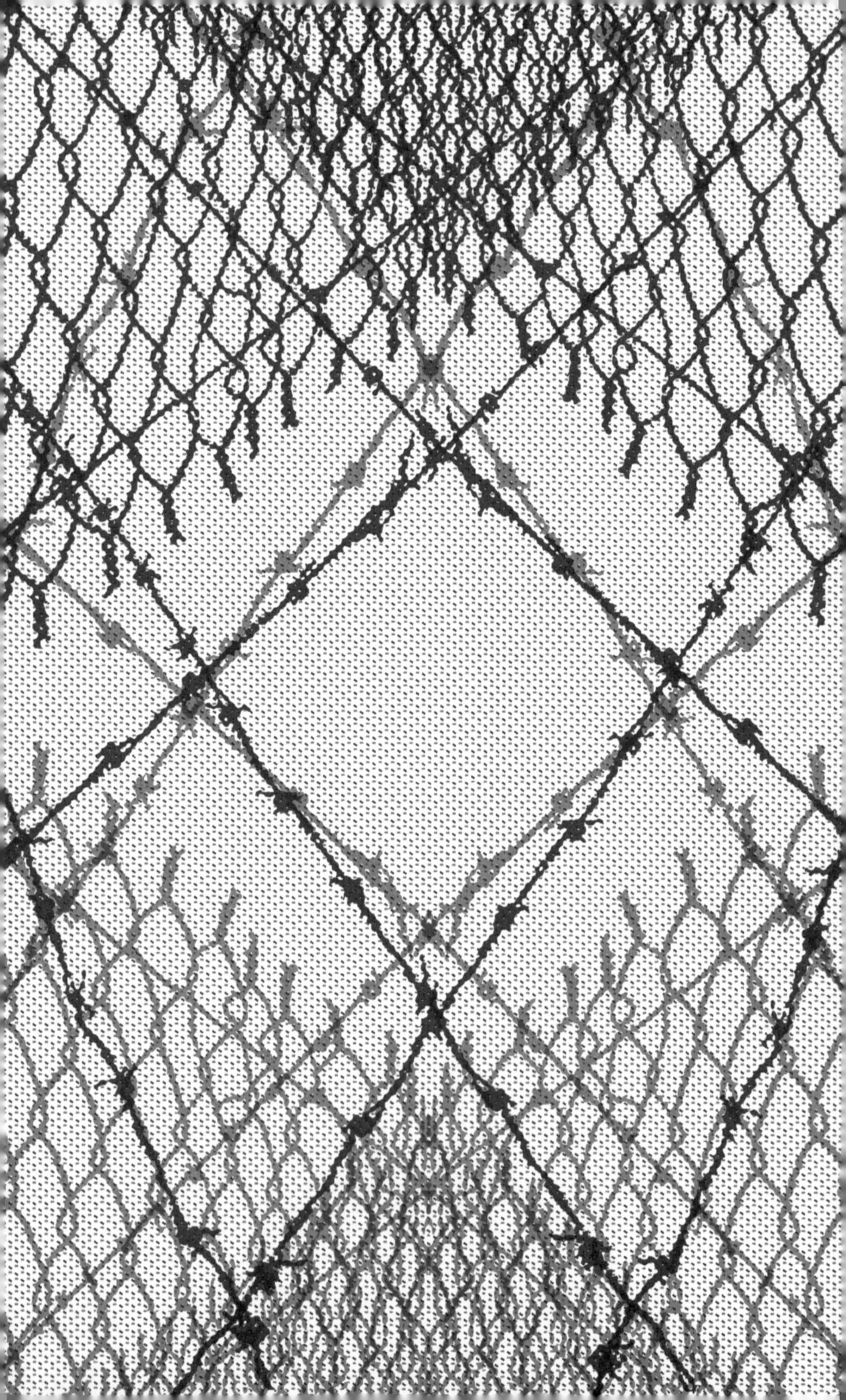

I

Apesar de tudo, minha infância não foi desagradável; não foi e esteve cheia de acontecimentos apaixonantes, embora às vezes um pouco fortes. A casa estava sempre limpa, já que minha mãe era uma trabalhadora prodigiosa, e não conheci a fome nem a sujeira senão quando me vi, sem as mãos de meus pais, entregue às minhas próprias, e apesar de ser filho de ladrão, o ser mais aborrecido da sociedade, mais aborrecido que o assassino, a quem apenas se teme, vivi com meus irmãos uma existência aparentemente igual à dos filhos das famílias honradas que conheci nos colégios ou nas vizinhanças das casas que habitamos nesta ou naquela cidade.

As crianças com quem tive intimidade na infância e até o começo da adolescência nunca souberam que seu companheiro de carteira, seu condiscípulo ou seu vizinho, que às vezes os superava nos estudos e que outras vezes ficava para trás, mas a quem, de todo modo, estimavam ou pelo menos com quem compartilhavam seus jogos, trocavam seus piões ou suas bolinhas, seus lápis e suas canetas, suas figuras de mulheres recortadas das caixas de fósforos ou extraídas das carteiras de cigarros de seus pais ou próprias, era filho de ladrão. Ignoro que cara teriam feito se soubessem; de estranheza, seguramente, pois nada em minhas roupas nem em minha conduta nem em meus traços indicava que eu fosse filho de uma pessoa socialmente não respeitável. Não me sentia, com relação a eles, em inferioridade de condições: seus pais, operários, empregados, médicos, comerciantes, industriais, garçons ou o que fossem, levavam sobre o meu apenas uma vantagem: a de que não seriam presos senão quando cometessem um delito, possibilidade de que não estavam isentos e certeza da qual meu pai não gozava senão nos lugares onde não era conhecido, pois nos outros, qualquer policial, por mais infeliz que fosse, podia detê-lo, se quisesse, só porque sabia quem ele era. No mais eram iguais, isto é, pais, com a diferença de que o meu não chegaria a conhecer, como o operário ou como o empregado, como o médico ou como o engenheiro, o desemprego ou as doenças profissionais, nem como o industrial ou como o comerciante, as quebras ou a escassez de matérias-primas (embora quem sabe se a prisão não devesse ser considerada, para os ladrões, um risco ou doença profissional). Não me orgulhava disso, mas tampouco me sentia pesaroso: era meu pai e eu o adorava e talvez sim, inconscientemente, o adorasse mais por ser ladrão, não porque seu ofício me entusiasmava — pelo contrário, pois às vezes me doía —, não que ele o fosse, mas as consequências que o fato costumava produzir.

Quanto a mim e aos meus condiscípulos ou vizinhos, não havia, aparentemente, diferenças apreciáveis: para eles e para mim vigoravam as mesmas leis, e o fato de serem filhos de gente honrada não lhes dava, nem no presente nem no futuro, vantagem alguma, assim como eu também não a tinha por ser filho de ladrão; conheci e convivi com filhos de operários, de empregados e de profissionais que ficaram, da noite para o dia, sem pai ou sem mãe e que tiveram de abandonar a escola e assumir um ofício ou qualquer trabalho para ganhar o dia de hoje, deixando ao acaso o de amanhã e o de depois de amanhã. É possível que não tivessem a inquietação oculta — nós também não a tínhamos em demasia — de ser filho de ladrão e de que isso se soubesse, mas com certeza teriam outras, já que nem todos os pais podem ser irrepreensíveis; a de ser filhos de imigrantes, por exemplo, ou de bêbados ou de rufiões. Talvez, apesar de tudo, tivessem alguma superioridade sobre mim, mas na verdade nunca percebi isso e, pelo contrário, às vezes senti que a superioridade estava a meu lado. Por quê? Era, talvez, uma defesa inconsciente, mas de qualquer forma, como crianças éramos iguais e jamais me senti inferior a eles. De outro modo, talvez minha infância não teria sido tão suportável.

Tampouco estive rodeado de gente suja ou grosseira, bêbada ou de maus costumes, e isso apesar de ter sentido respirar perto de mim, pois estiveram algumas vezes em minha casa, um e talvez dois assassinos. Não tinham nada a ver com meu pai nem com suas atividades econômicas. Traziam recados de alguma cidade distante ou do canto de alguma cela; indivíduos que às vezes viviam à sombra de tais ou quais ladrões ou de tais ou quais caudilhos políticos ou donos de casas de jogo ou prostíbulos; assassinos, quase sempre, por engano ou por estupidez, condição que os tornava mais perigosos. Quando um deles apareceu em nossa casa, percebemos nele algo estranho: ficou cerca de duas horas, sentado em uma cadeira, esperando nosso pai, e durante todo esse tempo, embora tenhamos passado uma e outra vez diante dele, não lhe ocorreu fazer uma brincadeira ou nos dirigir a palavra, coisa que qualquer homem normal teria feito sem esforço ao ver que três ou quatro crianças desfilavam diante dele, olhando-o com insistência. Quando se cansou da espera e decidiu ir embora, o vimos partir com certo alívio secreto: suas mãos grossas e vermelhas, que manteve imóveis sobre as pernas entreabertas, não nos agradaram.

— Sabia que ele estava me esperando — disse meu pai —, e por isso me atrasei.

Não queria vê-lo: havia assassinado um companheiro. O morto, chamado Ricardo, deixou uma viúva e uma filhinha. Naquele dia, estavam na estação Retiro, na chegada do trem internacional, e se retiraram de mãos vazias. Um passageiro, no entanto, aproximou-se do oficial de turno e comunicou a perda de sua carteira, na qual levava várias centenas de pesos. Não conseguiu precisar onde fora roubado, embora tenha assegurado que, duas ou três estações antes de chegar, ainda estava com a carteira no bolso. Suspeitava de um homem, alto, magro, vestido de preto, que se aproximou muito dele no corredor. Não deu detalhes mais precisos. Nenhum outro carteirista havia sido visto por ali, e Ricardo era alto e magro e se vestia de preto. Ricardo negou: a única carteira conseguida naquele dia de trabalho continha apenas dezoito pesos, nove dos quais já estavam no bolso de seu companheiro de trabalho, já que os ladrões, ao contrário de outros sócios, dividem igualmente seus ganhos. Não havia mais.

O Tano Vinte-e-Um[31] fez o sinal da cruz: como Ricardo podia ter pegado uma carteira sem que ele percebesse? "Não pode ser", protestou, quando lhe sugeriram que Ricardo poderia tê-la conseguido sozinho, ficando com tudo. "Ele não se separou de você?" "Sim, porque o inspetor caminhou em nossa direção; mas foi por um segundo; subiu no vagão por uma porta e desceu por outra, sem parar." "Foi nesse momento." "Mas como, sozinho?" "Ricardo tem mão leve e pode roubar sem ajuda." Convenceu-se de que era assim, e Ricardo Salas, o Macieira, recebeu nos rins uma punhalada que o deixou agonizando durante horas, em uma rua solitária do bairro de Palermo. A cobiça e o medo de ser enganado levaram aquele homem a matar quem o tirara da condição de peão nos matadouros de Liniers para fazê-lo ladrão.

Haviam se conhecido enquanto o Tano cumpria uma pena por lesões, compartilhando ambos uma cela. Ao ser posto em liberdade, Ricardo mandou sua mulher visitá-lo e lhe enviou roupas, cigarros, café, erva-mate, açúcar. O Macieira achava que fazia um bem ao promover a ladrão o matador de porcos que terminaria assassinando-o traiçoeiramente. Pretendia ensiná-lo a furtar carteiras, mas o brutamontes, além de desajeitado, era covarde e se recusava a se aproximar de alguém e tirar-lhe o dinheiro diretamente, como faziam outros, menos vigorosos que ele. Seu papel se limitava a preparar a vítima,

---

31 TANO VINTE-E-UM: No espanhol rio-pratense, denomina-se coloquialmente *tano* (napolitano) o habitante e natural da Itália ou descendente de italiano.

detendo-a, fazendo-a girar, apertando-a, e isso ele fazia bem; a vítima podia se revoltar, gritar, insultá-lo e até bater nele; o Tano não tinha sensibilidade para insultos e os golpes não o impressionavam. Não se atrevia, no entanto, a enfiar as mãos no bolso alheio. Ricardo o animou, garantindo-lhe que só precisava decidir-se: quem rouba uma carteira, rouba cem; ele o ajudaria, desempenhando seu papel. Não, tchê. Admirava seu companheiro, ágil e audaz, que não parecia temer nada nem ninguém, mas não se decidiu.

Para matá-lo, no entanto, não precisou que ninguém o incentivasse. Passou a viver depois quase de esmolas, já que nenhum outro ladrão quis se responsabilizar por ele; só o utilizavam como serviçal ou mensageiro, dando-lhe de vez em quando uma gorjeta. "Vai acabar virando policial", diziam alguns, embora a verdade seja que parecia não haver lugar algum para ele no mundo. Depois de assassinar Ricardo, soube a verdade: Ireneo Soza, o Paraguaio, tinha roubado aquela carteira; vinha no mesmo trem, era magro, alto, vestia-se de preto e não era conhecido da polícia de Buenos Aires. O Tano não se abalou: o Macieira estava bem morto e nada podia ressuscitá-lo.

Esse foi um deles. O outro, também assassino e também de um companheiro, era menos repugnante: matou em legítima defesa e tinha, como lembrança de seu delito e como prova de que o morto não era um inválido, um talho que lhe desfigurava a boca, obrigando-o a usar um bigode teatral. Meu pai evitava más companhias, que nem mesmo entre ladrões pareciam recomendáveis, e não gostava que seus companheiros — aqueles com quem formava, ocasionalmente, uma razão social transitória — visitassem sua casa, costume que seus companheiros também não praticavam, talvez por prudência; raramente houve grandes relações entre nós e eles.

Algumas vezes, no entanto, recebíamos visitas. Meu irmão João entrou um dia em casa fazendo sinais, lançando gritos e dizendo palavras entrecortadas.

— O que houve? — perguntou minha mãe.

— Mamita, na rua... — E não conseguiu dizer mais nada.

— Onde?

— Ali, na esquina do mercadinho.

— Sim. O que houve?

— Um homem muito estranho.

Minha mãe odiava homens estranhos: um carvoeiro, um verdureiro, um pintor, até um policial fardado, um bombeiro — esses são seres normais e dignos de respeito; sabe-se quem são, o que fazem e o que querem de nós. A coisa muda quando aparecem seres estranhos: não se sabe quem são, o que fazem nem o que querem de nós, e deles se pode esperar o pior.

— O que tem de estranho?

João, em vez de responder, fez coisas surpreendentes e extravagantes: abriu os braços como se quisesse abarcar algo inabarcável, inflou as bochechas, soprou um tremendo redemoinho de ar e, além disso, deu um pulinho. Seus irmãos, inclusive eu, soltamos uma gargalhada. Percebemos que sua emoção era intraduzível em palavras ou que, ao menos, exigiria palavras demais para ser explicada.

— Fale.

João não conseguiu falar. O resto de nós correu para a porta, e ele nos seguiu feito um furacão.

— Não abram! — gritou, como se temesse que, ao abrir a porta, algo espantoso acontecesse.

A voz de minha mãe ressoou, detendo a correria:

— Venham para cá.

Recuamos, contrariados.

— Você sabe quem é esse homem?

João respondeu, com os olhos brilhando:

— Não sei, mamãe; é um homem estranho.

— Mas o que tem de estranho?

— A... o... como vou dizer... Não sei, mamãe; vá ver, por favor.

Parecia prestes a chorar. Ficamos imóveis.

— Esperem um momento.

Avançou pelo corredor e pareceu disposta a abrir a porta e espiar por ali o homem que tanto impressionava seu filho; mas sem dúvida lembrou que se tratava de um homem estranho e desistiu: abriu a porta de um quarto, aproximou-se da janela, entreabriu a veneziana e olhou. Olhou por um bom tempo. Quando terminou de olhar, voltou-se para nós, e os quatro irmãos, que observávamos seu rosto para ver a impressão que teria, vimos que seus olhos estavam cheios de lágrimas, que escorriam pelas bochechas até a boca. Eu comecei a chorar.

— Fique quieto! — disse ela, soluçando, e com isso meu choro se tornou ainda mais agudo. — Não chore nem tenha medo. Olhe.

Olhamos, um após o outro ou dois de cada vez, para a esquina do mercadinho: ali, prestes a derreter sob um sol de quase quarenta graus à sombra, vimos um ser que parecia feito de uma matéria parda ou que tivesse sido mergulhado, da cabeça aos pés, em um líquido dessa cor. Olhava em direção à nossa casa.

— Quem é, mamãe?

— É Pedro, o Mulato — suspirou minha mãe, enxugando as últimas lágrimas.

— E quem é Pedro, o Mulato, mamãe?

A pergunta quase lhe arrancou novas lágrimas:

— Oh, é tão difícil explicar! Com certeza está procurando Aniceto. João, vá até a esquina, aproxime-se dele e pergunte o que está procurando e se pode ajudá-lo. Se ele disser que procura Aniceto, diga que o conhece e que o levará até a casa dele. Vá.

João, a princípio, não quis aceitar a tarefa.

— Mas quem é, mamãe? — insistiu.

— É amigo do seu pai. Aniceto vai ficar muito contente em vê-lo.

— Amigo? — indagou João, um tanto incrédulo.

Ezequiel se ofereceu para ir, mas minha mãe insistiu:

— Não, que vá o João.

João pediu que repetissem o que devia dizer e depois abriu a porta e foi direto em direção ao homem, que parecia, pela atitude, decidido a permanecer ali, mesmo que derretesse, todo o tempo que fosse necessário e mais uns minutos. Ao ver que a porta daquela casa se abria e que dela saía o mesmo menino que um instante antes vira entrar, o homem se imobilizou ainda mais e cravou o olhar nele. João não o abordou de imediato; deteve-se a poucos passos e pareceu contemplá-lo à vontade; depois se voltou para a casa, como se tivesse esquecido algo e então, fazendo um semicírculo, o que obrigou o homem a girar sobre si mesmo, aproximou-se e falou com ele. O desconhecido se inclinou, como se não tivesse ouvido ou entendido, e o menino, após outro olhar para a casa, repetiu o que dissera. O homem assentiu com a cabeça e disse algo, e então foi a vez do menino de não ouvir ou não entender, e o homem repetiu. Conseguiram se entender e avançaram em direção à casa, o menino à frente e o homem atrás, este caminhando de tal modo que, mais que andar, parecia deslizar no ar quente do mês de dezembro de Buenos Aires. João virou-se duas ou três vezes para olhá-lo, como se temesse que o homem fosse tomar outro caminho e se perder — talvez temendo também que desaparecesse —; em seus passos via-se a tentação de correr para casa, gritando de alegria ou de medo.

Quando o homem, mais que atravessar o umbral da porta, pareceu flutuar ao entrar, nós, os três irmãos mais novos, sentimos que o descrédito caía sobre a cabeça de João; o que aquele homem tinha de estranho? Era, à primeira vista, o ser mais normal e comum que naquela época pisava as ruas do bairro e da cidade. O que João vira nele? Nunca soubemos. Era, sem dúvida, um mulato: cabelos crespos, rosto redondo e de expressão alegre, olhos escuros, com a esclera um pouco amarelada, lábios grossos, dentes brancos. Sua idade era indefinível: podia ter tanto trinta como cinquenta anos. Magro, esbelto, ombros estreitos, alto. A cor de sua pele também não tinha nada de extraordinária: era um tom comum de mulato. Em que momento de ausência mental, durante que devaneio aquele homem fora surpreendido pelo olhar de nosso irmão ou o que aconteceu na mente e nos olhos de João ao vê-lo? Nunca soubemos. Sua vestimenta, sim, era extraordinária, se é que se podia chamar de vestimenta: o chapéu, que ele retirou cortesmente da cabeça ao entrar, era algo que estaria, até mesmo na África Central, fora de qualquer coleção. Devia ter suportado meses de chuva intensa e cem dias ou cem anos de um sol impiedoso, que o transformaram em um pedaço de pano sem forma alguma. Não se adivinhava o avesso nem o direito, pois era idêntico dos dois lados, e apenas um pedaço de cordãozinho, de dois ou três centímetros de comprimento, que pendia desfiado sobre a aba em completa derrota, indicava que seu dono considerava aquele lado como o exterior, já que o usava voltado para fora. As demais roupas — paletó, calças, sapatos e camisa — deviam ter a mesma idade e a mesma história. Apesar de tudo isso, aquele homem era uma decepção para nós, pelo menos até aquele momento: nem em sua estatura nem em sua figura havia nada de extraordinário, e mesmo seus movimentos, que pareciam ser realizados sem esforço e sem qualquer oposição da lei da gravidade, e até seu ar, humilde, quase miserável de tão humilde, embora chamativos, não eram estranhos, como as palavras e a emoção de João haviam nos feito esperar, e sem dúvida essa decepção teria sido uma vergonha eterna para nosso irmão se o recém-chegado, ao se aproximar de minha mãe, que o olhava bondosamente, não tivesse dito com voz sussurrante e terna, enquanto estendia uma mão longa e morena...

— Estoy mui contente de ver a señora Rosalía.

Caímos instantaneamente em uma espécie de êxtase: aquele homem, cuja voz parecia rastejar para entrar em nossos ouvidos, falava uma língua que nós, os quatro irmãos, esperávamos havia muito tempo ouvir falar.

— E estos meninos? Son filhos do meu señor Aniceto?

Sempre havíamos desejado ouvir falar português, mas não um português como o de nosso pai, que não era senão galego, muito bom por isso, nem como o de nossa mãe, intermitente e inseguro, e muito menos como o de João, que pretendia falá-lo, mas não passava de uma língua de comédia barata, e sim um português brasileiro, como o do Mulato, entremeado de palavras espanholas que apareciam, ao lado das portuguesas, como exóticas.

Quando em casa se falava de nacionalidades, causava grande excitação o fato de se dizer que João era brasileiro. Como podia sê-lo? Como eram os brasileiros? Jamais havíamos visto um, e ninguém, entre nossos colegas de escola ou da vizinhança, tivera essa sorte. Um brasileiro era algo fabuloso. Minha mãe nos falava dos negros, de seus costumes, de suas danças, de suas comidas, de seu cheiro especial. Nada nos dizia dos brancos, e mal acreditávamos que existissem brasileiros dessa cor. O negro, através do que contava minha mãe, dominava a vida brasileira, e nós acreditávamos que no Brasil todos eram negros e dançarinos, e João nem era negro nem dançava, não falava brasileiro nem tinha qualquer cheiro especial. Que tipo de brasileiro era ele? Nós o chamávamos, no entanto, de Brasileiro, e ele demonstrou sê-lo quando, após a morte de minha mãe e a prisão e condenação de meu pai, partiu para o Norte, assim como eu, que ouvira minha mãe contar os contos mais doces sobre o Chile, parti para o Noroeste, rumo às altas montanhas por trás das quais se estendiam os vales onde ela nascera e de onde Aniceto Hevia a tirara para levá-la a percorrer seu áspero e perigoso caminho. E eis que aparecia diante de nós, sem que tivéssemos feito esforço algum, um brasileiro que não apenas havia nascido no Brasil, como João, mas que lá vivera até então.

— Este é João, o que nasceu lá, naquele tempo...

Naquele tempo... Havia dezoito anos que minha mãe conhecera o mulato Pedro, o homem que viera lhe dizer que seu marido não era comerciante cubano nem jogador, mas sim ladrão e que estava preso:

— Pergunte aí a señora pelo Galego.

— Quem é o Galego?

— O seu marido.

E tinha ido embora, leve, fugaz, deixando-a frente à hora mais sombria de sua vida; e ali estava agora, dezoito anos mais tarde, dezoito anos mais velho, dezoito anos mais deslizante, sorrindo para a señora Rosalía e para seus meninos que sorriam junto com ele. O Mulato Pedro ou Pedro, o Mulato, foi para nós uma festa que durou uma quantidade interminável de dias, durante os quais não abandonou nossa casa, nossa rua nem nosso bairro por mais de duas horas, até o momento em que, chorando, nos despedimos dele na doca, prometendo visitá-lo no Rio.

Com o tempo, viríamos a saber que Pedro, o Mulato, jamais roubara na vida sequer um lenço ou um chapéu, mas que vivia do roubo, embora do roubo dos outros. Esse homem, inocente e tímido em certos aspectos, friorento e preguiçoso, sentia pelos ladrões uma admiração e um amor que nada nem ninguém foi capaz de apagar, nem mesmo a cadeia, nem a miséria, nem os castigos. Incapaz de roubar, favorecia o roubo, fornecendo aos ladrões as informações que conseguia. A polícia, depois de anos, acabou por tolerá-lo, considerando-o um personagem da vida delituosa do qual, como de todos os personagens, não se podia prescindir assim, de uma hora para outra. Era inútil interrogá-lo: ele ignorava tudo, embora todos soubessem que Pedro, o Mulato, sabia mais que toda a polícia e o sindicato de ladrões juntos. Sofreu algumas condenações por acobertamento, mas a cadeia apenas aguçou sua admiração e seu amor pelos ladrões. Todo pilantra de alto nível que entrava no Brasil ou saía dele sabia quem era Pedro e o que podia esperar dele, e ele, por sua vez, estava informado de quem chegava e quem ia embora, o que fazia, o que ia fazer e o que já havia feito. Certos advogados, especialistas em delitos desse tipo, o consideravam seu melhor cliente, um cliente que pagava generosamente e com regularidade, sempre, claro, que o detido fosse posto em liberdade.

Quando meu pai chegou, procurou-o, e Pedro, que sabia de quem se tratava — pois todos lhe falavam de todos e ele não esquecia ninguém —, comunicou-lhe o que poderia lhe interessar, recebendo, por sua vez, da boca de meu pai, informações sobre isso e aquilo, sobre esse e aquele. Conhecia a especialidade de Aniceto Hevia: joias, mesmo que poucas, e dinheiro em quantias apreciáveis, mas nada de grandes volumes nem de violência; tranquilidade, segurança, limpeza; "conforto", diria um comerciante. Pois bem, há uma joalheria, cofre, porta assim, fechadura assado; edifício novo; ao lado, uma loja de roupas; do outro lado, uma barbearia; em cima, uma alfaiataria; em frente, um café; abre a tal hora; fecha a tal hora; belgas. O que mais? Um hotel novo: comerciantes, artistas da ópera, fazendeiros; vigia noturno; duas entradas; janelas com grades, portas com bandeiras de vidro. Atendia também a indivíduos que traficavam com joias roubadas e que eram, geralmente, mais espertos e mais ladrões que os próprios ladrões: haviam descoberto que o comércio era menos perigoso e igualmente rentável.

Às vezes o ladrão fracassava no golpe e tinha de fugir ou caía preso; em qualquer caso, informava Pedro sobre os obstáculos encontrados e o que, a seu ver, era necessário fazer para superá-los. Muitas vezes um negócio em que falhavam uns e outros, ou que ninguém se atrevia a enfrentar, ganhava interesse internacional: sabia-se em Madri, por exemplo, ou em Valparaíso, em Havana ou em Marselha, que no Rio de Janeiro havia tal ou qual negócio, e acontecia que alguns espertalhões, que viviam a milhares de quilômetros de distância, se entusiasmavam com o assunto e vinham tentar o golpe; acertavam e escapavam ou fracassavam e caíam. Meu pai acertou em um negócio pequeno e falhou em outro, grande, e Pedro foi então sua bengala e muleta, tal como fora e seria de tantos outros, sem outro interesse, às vezes, além do da causa.

Agora, no entanto, não se tratava de nada disso. Embora Pedro soubesse muito sobre Buenos Aires, sua viagem era desinteressada:

— Sendo ainda garoto, niño, já tive muitos desejos de conhecer Buenos Aires, mas nunca pude fazê-lo; não por falta de plata, minha señora Rosalía, pois muitas vezes meus companheiros m'arranjaram mais do necessário, e sim porque o trabalho não me deixaba tempo; tinha de esperar um, atender outro, ajudar este, esconder aquele. Finalmente, no año passado, fiquei livre, sem coisa alguma a fazer... Os rapazes não queriam ir p'ra o Brasil: o novo código penal lhes dá medo: deportação p'ra o Acre, muitos años de trabalho, a febre amarela. Contudo, seria coisa de se habituar, como aqui, onde mandam agora a gente p'ra Sierra Chica e p'ra Terra do Fogo, e como bem sabe, os dois penais estão repletos. Comecei a preparar viagem e estava pronto p'ra embarcar, mas não me deixaram. Por quê? Você não sai do Brasil, você é malandro fino, muito esperto e ladino, você está muito ligado a nós. Não vai p'ra Buenos Aires, não, faz lá muito frio. Falei com o chefe. E este, a mesma coisa: o caboclo Pedro quer irs'embora? Quer nos deixar? Você é muito ingrato. O que é que te falta aqui?... Sempre a mesma história... Embarquei pela força e pela força fui desembarcado; ofereci diñeiro aos agentes. Não, Pedro, diñeiro não! Não faltava mais, aceitar diñeiro dos amigos! Não está direito! Pois então, que é que vocês querem? Que você fique conosco, o Rio precisa de ti. Cristo! Mas eu preciso ir p'ra Buenos Aires; olha minha passagem! Deixa lá isso, nós te pagaremos. Finalmente, um amigo me disse: seu Pedro, sempre acreditei que eras um rapaz inteligente; vejo que me enganei. Por que queres ir em barco e por mar, se podes ir por terra ou pelos rios? És um mulato besta! E fiz a viagem por terra e pelos rios; adoeci, parei no hospital; quase que morri; e me roubaram a gaita, o diñeiro, a mim, que nunca tinha trabalhado para ganhá-lo. Como seguir viagem? A pé? Nadando? Não podia voltar p'ra trás; estava longe do Rio e queria conhecer Buenos Aires. Não sei jogar e mais, como jogar sem diñeiro? A quem pedir? Todos eram honrados. Não me restava senão uma coisa a fazer: trabalhar, trabalhar teus anos, Pedro! Mas, de quê? Não sabes fazer nada, nem mesmo roubar. Foi então que Deus me iluminou: os barcos não se movem sós; p'ra isso estão os mariñeiros. Mas lá não havia barcos; estavam muito longe e p'ra chegar lá era preciso caminhar muito, cruzar rios, pântanos, mas... lancei-me à rota. Já nem sei quantos meses há que me encontro viajando, a pé ou em um barco, metido no barro, comido pelos bichos, perseguido pelos policiais em terra, pelos contramestres a bordo, trabalhando de foguista, de carregador, de mariñeiro. Mas cheguei, minha señora Rosalía, e estoy mui contente!

Foi recebido como mais um filho e tratado como se fosse o pródigo; compraram-lhe roupas e deram-lhe dinheiro e ele ficou conosco, dependentes de seus grossos lábios e de suas longas mãos. Aquele mulato era um ser adorável: nos levava aonde queríamos e nos contava o que pedíamos que nos contasse, sobretudo suas aventuras pelos rios, florestas e pântanos, com tigres, víboras e estranhas aves. Muitos ladrões lhe haviam narrado sua vida e ele a narrava para nós: havia seres quase lendários, que Pedro nomeava com respeito, chamando de coronéis alguns indivíduos dos países mais distantes; aqueles, autores de roubos sensacionais e quase inverossímeis, e estes, excêntricos ou criadores de sistemas próprios, de acordo com seu temperamento; os daqui, orgulhosos e solitários; os de lá, faustosos, que passavam dos quartos dos grandes hotéis aos camarotes de primeira classe dos navios ou às celas unipessoais das penitenciárias; aqueles, elegantes que gastavam seu dinheiro com roupas, anéis, perfumes, e estes, loucos, esbanjadores, donos de cavalos de corrida e possuidores de belas mulheres, e finalmente, os que ninguém conhecia, nem os ladrões nem a polícia, que apareciam e desapareciam como estrelas cadentes, sem deixar mais vestígios de seus passos e de suas mãos do que duas ou três vítimas arrancando os cabelos e dez ou vinte policiais praguejando e suando.

Nós o ouvíamos por horas, não porque aquelas histórias de ladrões nos agradassem em especial, mas porque, simplesmente, eram histórias. Nem meus irmãos nem eu sentíamos qualquer inclinação pela profissão de nosso pai, mas tampouco tínhamos inclinação pela pirataria, o que não impedia que gostássemos de escutar histórias de piratas. Não era fácil ser ladrão e supúnhamos que para isso eram necessárias condições que não era simples possuir; tampouco tínhamos por que ser ladrões e, com certeza, não o seríamos. Ninguém nos obrigaria a isso. A ideia de que os filhos de ladrões devem ser forçosamente ladrões é tão ilógica quanto a de que os filhos de médicos devem ser forçosamente médicos. Não é raro que o filho de um marceneiro acabe marceneiro nem que o filho de um sapateiro acabe sapateiro, mas existe diferença entre um ofício ou profissão que se exerce fora do lar, em uma oficina, coletiva ou em um escritório ou lugar adequado ou inadequado, e o que se exerce dentro da própria casa: o filho do sapateiro ou do encadernador, se o pai trabalha em seu próprio lar, estará desde pequeno no meio dos elementos e implementos, ferramentas e utensílios do ofício paterno e, querendo ou não, acabará por aprender, ainda que seja pela metade, o ofício, ou seja, saberá como se prepara isso e como se faz aquilo, qual o grau de calor que deve ter a cola, por exemplo, ou como se deve bater a sola fina; mas quando o pai desenvolve suas atividades econômicas fora de casa como o médico, o engenheiro ou o ladrão, digamos, a questão é diferente, sem contar que essas profissões e ofícios ou atividades econômicas, todas liberais, embora semelhantes entre si, exigem certa virtuosidade, certa predisposição especial, coisa que não ocorre com a encadernação e a sapataria, que são, essencialmente e em geral, trabalhos manuais.

Além do mais, qualquer um não pode ser ladrão só porque quer, assim como qualquer um não pode ser engenheiro porque deu na telha, nem músico, nem pintor, e assim como há gente que fracassa nos estudos de engenharia e deve se conformar em ser outra coisa, agrônomo, por exemplo, ou dentista, há também quem fracasse como ladrão e deve se contentar em ser qualquer outra coisa mais incômoda, acobertador, por exemplo, como era Pedro, o Mulato, ou comprador e vendedor de objetos roubados ou, por oposição, policial ou informante; e embora não sejam raros os casos de ladrões que viram policiais e de policiais que viram ladrões, a verdade é que em nenhuma das duas atividades deixam de ser jamais uns pobres amadores; um bom policial jamais será um bom ladrão, assim como um bom ladrão jamais será um bom policial, e, quem já viu um engenheiro especialista em pontes terminar como rebitador ou um cirurgião especializado em abdômen resultar, ao fim, um grande chefe de estatística?

Quando se cansou de Buenos Aires e apertou a mão de todos os seus amigos, exceto dos que estavam presos, aos quais teve de se contentar em saudar com gritos e gestos através de grades espessas e grossos ferros, Pedro, o Mulato, se dirigiu para o Norte; tinha de regressar ao Brasil, ao Rio, e, em um dia em que um sufocante vento do norte varria Buenos Aires, embarcou. Levava muito mais dinheiro do que tinha ao sair do Rio, além de uma passagem de segunda classe. Seus amigos, entre eles meu pai, que o queria e estimava muito, prometeram visitá-lo algum dia no Brasil, embora a ideia do desterro no Acre e da febre amarela lhes causasse tremendos calafrios. Felizmente, tinham tempo para pensar nisso e se decidir.

II

E depois desse ou antes desse, vieram outros, ainda que não muitos, alguns que pareciam recém-ressuscitados e outros que pareciam prestes a morrer, um deles, pelo menos, que também chegou de improviso, como geralmente costumam chegar os ladrões e os agentes viajantes, e que foi recebido como se fosse o ser mais importante do mundo, e tratado como se de sua saúde e existência dependessem a saúde, o bem-estar e a felicidade de muita gente ou da cidade inteira. Magro, amarelado, de grandes orelhas translúcidas, quase caindo, não falou nada ou quase nada conosco, ou seja, com as crianças da casa, como se não tivesse nada a dizer ou como se não pudesse nos falar, talvez como se não tivesse tempo para isso antes de morrer. Quando chegou, fomos informados por minha mãe de que não devíamos nos aproximar do doente nem lhe dirigir a palavra; ele vinha doente e sua doença era grave, e, acrescentou, para nos amedrontar, perigosa. O que ele tem? Quem sabe, tanto pode ser cólera como febre amarela. Os irmãos mais velhos, João e Ezequiel, foram desalojados de seu quarto e transferidos para outro, menor e mais incômodo, e não só não protestaram, como aquilo lhes serviu de distração: qualquer mudança nos parecia uma aventura. O homem foi instalado com tudo novo: cama, colchão, lençóis, cobertores; em poucos minutos, meus pais arrumaram o quarto e o prepararam, e Alfredo, assim se chamava aquele homem, pôde deitar-se e deitou-se como se não fosse mais se levantar — pelo menos, foi isso que nos ocorreu —, pois seu estado era, de fato, impressionante: parecia que não havia no quarto, na casa, na cidade, na república, ar suficiente para seus pulmões, que trabalhavam a toda pressão, obrigando-o a abrir a boca, já que o nariz não bastava. Os olhos, muito abertos, olhavam fixamente; seus bigodes, longos, pretos e finos, davam à sua boca entreaberta uma expressão sombria, e suas mãos, pálidas e delgadas, que pousou com desânimo sobre os lençóis, pareciam já incapazes de qualquer movimento útil. Veio um médico, examinou-o, falou com meus pais, receitou, cobrou e foi embora.

— Mas o que ele tem, mamãe?

Mamãe fez um gesto vago, como dando a entender que dava no mesmo ter isso ou aquilo; de qualquer forma, ele morreria.

— Quem é, mamãe?

— Um amigo do seu pai.

Um amigo do seu pai... Essa frase dizia tudo e não dizia nada; ou seja, nos informava sobre uma das condições do homem, mas não nos dizia nada sobre o homem em si; com ela, no entanto, tudo se explicava para nós, sem explicar nada. Em várias das casas de nossos colegas e vizinhos pudemos ver e conhecer, além das pessoas que viviam com eles, amigos da casa, parentes ou não, de quem podíamos obter as mais diversas informações: como se chamavam, onde moravam, pois sempre moravam em algum lugar, de preferência na cidade, raramente no campo, nunca nas províncias; em que trabalhavam ou de que viviam, se eram casados, solteiros, viúvos etc. Dos amigos de meu pai, por outro lado — para que falar dos de minha mãe? Ela não tinha nenhum —, não sabíamos senão que eram amigos e, às vezes, como se chamavam; nada mais. Onde moravam? Nem eles nem ninguém parecia saber: em algum país, em algum povoado, em alguma província, mas nada além disso, e se moravam na mesma cidade, em Buenos Aires, Mendoza, Rosário, Córdoba, nunca, ou muito raramente, soubemos seu endereço. Meu pai parecia ser o único pai que não podia ou não queria ou não sabia dar maiores informações sobre seus amigos, e o único também que tinha autorização para ter amizades tão extraordinárias. Como e quando os conhecera? Onde? Que relação tinha com eles? Já haviam viajado juntos, trabalhado juntos, estado presos juntos? Talvez.

De alguns deles chegávamos às vezes a saber algo, graças, em algumas ocasiões, a eles próprios e em outras por meio de nosso pai, mas a regra era saber pouco ou nada. De Alfredo não soubemos no início senão que se chamava assim e que estava doente: doente e Alfredo, Alfredo e doente, palavras que por um tempo foram sinônimos em casa: "Você está Alfredo". Alfredo, por sua vez, não dizia nada, nem sequer que estava doente, embora fosse desnecessário que dissesse. Para completar, meu pai saiu de viagem, desapareceu — tal como desapareciam seus amigos —, e a única esperança que tínhamos, a princípio, de saber algo sobre Alfredo, foi-se com ele.

No entanto, se tínhamos a proibição de lhe dirigir a palavra, não a tínhamos de olhá-lo, e o olhamos, ou seja, foi a única coisa que Daniel, o terceiro de nós, e eu olhamos por muito tempo. Não devíamos sair de casa, nem sequer até a porta, enquanto os dois irmãos mais velhos estavam no colégio, e muito menos nos momentos em que minha mãe se ausentava da casa, e como já conhecíamos a casa melhor do que nossos próprios pais e do que nossos bolsos, pois a havíamos percorrido e examinado em suas três e até creio que em suas quatro dimensões, Alfredo, o doente, teve de suportar durante muitos dias nossos olhares terríveis, terríveis, porque, incapazes de dissimular, olhávamos para ele com os olhos que nossa idade podia ter para um homem que parecia que ia morrer a qualquer momento, ou seja, olhos sem nenhum engano. Se ele não morreu por causa de nossos olhares foi, com certeza, porque sua resistência era enorme, e assim foi como o vimos, nos primeiros dias, diminuir, minguar, encolher; a cada dia o achávamos mais reduzido e chegamos a suspeitar que, de repente, um dia ele encolheria tanto que acabaria por desaparecer; os olhos se lhe afundaram, a testa se tornou puro osso, os ossos das faces se alongaram, os lábios pareceram retraídos, os dentes ficaram expostos e a boca sombria se abriu ainda mais, exigida pela dispneia. De que doença sofria? Mistério, como sua procedência, sua residência e seu destino. Foi se afundando no travesseiro e no colchão, encolhendo-se sob os lençóis; até suas mãos diminuíram, seus pulsos afinaram de forma assombrosa e houve dias em que, ao espreitarmos pela porta de seu quarto, íamos com a certeza de que em sua cama já não encontraríamos senão o vazio que ontem fazia sua cabeça no travesseiro.

No entanto, não foi assim: o homem persistia e, o que é pior, percebia que o vigiávamos, que o controlávamos, não talvez a ele, mas à sua doença e ao seu processo de diminuição; às vezes nos dávamos conta de que, através de suas pálpebras semicerradas, ele nos olhava com um olhar que parecia nos atravessar, não era um olhar de rancor nem um olhar de aborrecimento; era outra coisa: será que ele percebia, por nossos olhares, o estado em que se encontrava? Talvez, ou talvez pensasse que enquanto visse aqueles dois moleques, calados, sérios, de pé, um de cada lado da porta, não estaria tão gravemente doente. Durante vários dias, não disse uma palavra sequer, nem mesmo para nos dizer: oi, ou saiam daqui, crianças intrometidas, me deixam nervoso; nada: parecia disposto a morrer sem trocar conosco uma única palavra.

— Como está o doente? — perguntávamos, antes de qualquer coisa, para mamãe, quando, de manhã, nos levantava da cama para nos vestir e lavar o rosto.

— Mal, meu filho; não o incomodem.

Não o incomodávamos; quer dizer, não falávamos com ele nem entrávamos em seu quarto; apenas o olhávamos, e quando seu rosto mostrava algum traço curioso, uma grande palidez, por exemplo, ou uma extrema magreza, levávamos um de nossos irmãos mais velhos para que desse também uma espiada, como se fosse algo extraordinário que tivéssemos descoberto.

— Olhe só — parecíamos dizer. — Você não acha que hoje ele está mais morto que ontem?

Meus irmãos, impressionados, iam embora sem tê-lo visto como nós, momento a momento. Um dia, minha mãe perguntou ao doente se ele não queria que fechasse a porta:

— Esses meninos podem incomodá-lo; são tão curiosos.

Alfredo moveu impetuosamente as mãos, fazendo gestos negativos.

— Não, senhora, por favor — disse, e se pudesse, sem dúvida teria acrescentado: "Se a senhora fechar a porta, eu sufoco", de tal maneira lhe parecia pouco todo o ar.

Com grande admiração nossa, minha mãe cuidava dele com um desvelo desmedido. Por quê? Sabíamos que ela só o conhecera no momento em que chegou à nossa casa. Era um ser tão importante para merecer tanta atenção? Ignorávamos. Onde contraíra essa doença? Mistério. Com as mãos nos bolsos ou com os dedos enfiados até a palma na boca, Daniel e eu o olhamos por muito tempo, um tempo que nos pareceu muito longo, como se fossem dois ou três anos, mas que talvez tenham sido apenas dois ou três meses, e vimos como aquele homem foi, de novo, crescendo, refazendo-se, ganhando corpo, cor, forma, aparência. Minha mãe, em horários certos, dava-lhe ou preparava seus remédios: xaropes brancos e espessos ou emulsões, às vezes; outras, uma espécie de melados dourados vertidos de frascos de cor escura e bocas largas; líquidos ralos depois ou pílulas rosadas, drágeas, obreias, todo o escasso horizonte terapêutico da época, e não comia quase nada, uns caldinhos, leite, canjica; mas com isso, e como por milagre, foi reagindo.

Um dia houve um alarme e o doente falou: alguém, desconhecido e inesperado, bateu à porta da casa e perguntou se ali morava Aniceto Hevia e se ele estava em casa. Meu irmão mais velho, desconcertado, pois essa pessoa não quis dizer seu nome e tinha um jeito que não agradou ao garoto, respondeu friamente que sim, que morava ali mas que não estava, o que era verdade; porém o homem, com voz brusca, perguntou quando voltaria, onde podia ser encontrado, quando tinha ido embora, há quanto tempo morava ali, perguntas que fizeram João desconfiar, e que Alfredo, cujo quarto era próximo, ouviu claramente. Quando João, depois de despedir o perguntador e fechar a porta, passou em frente ao quarto do doente, Alfredo o chamou com a mão. O menino se aproximou, aproximamo-nos todos:

— Quem era? — perguntou visivelmente agitado.

— Não o conheço — foi a resposta.

— Que cara ele tinha?

A resposta era difícil. Alfredo se referia, certamente, à expressão do desconhecido e à impressão que causava.

— Você não desconfiou de nada? — perguntou o doente, fazendo um esforço.

João deu de ombros. As perguntas lhe pareciam vagas.

— E sua mãe?

— Saiu há pouco. Estamos sozinhos.

— Não souberam nada de Aniceto?

— Nada.

Foi a primeira conversa que Alfredo teve com alguém da casa. Houve um silêncio.

— Como você se chama?

— João.

— Brasileiro — disse Alfredo e olhou para o teto, enquanto procurava se mover em direção à cabeceira, como para se endireitar.

Alfredo moveu a cabeça em direção ao menino.

— Olhe, João — disse —, você pode espiar a rua sem que te vejam de fora?

— Sim, pelo postigo.

— Bom, veja se o homem ainda está por aí e o que está fazendo.

João voltou com a notícia de que o homem estava parado na esquina e olhava para a casa.

Alfredo pareceu levar um golpe no estômago; seu rosto empalideceu, voltou-lhe a dispneia e, segurando-se com as mãos nas barras da cabeceira da cama, se ergueu; vimos seus olhos arregalados como de espanto, e todos nós, sem entender o que aquele homem sentia, também nos assustamos. João, de pé ao lado da cama, o olhava como lhe perguntando o que estava acontecendo.

— João, faça alguma coisa — murmurou o doente, com uma voz que arrepiava; parecia implorar que o salvassem de algum perigo. Durante alguns segundos, acreditamos que ele iria se levantar e fugir para algum lugar, de tão apavorado que parecia.

— O que posso fazer, senhor? — perguntou João.

— O que pode fazer! Não sabe? — quase gritou o doente.

— Não — respondeu simplesmente o menino.

O doente se ergueu mais na cama e olhou fixo para João, como que dizendo com o olhar tudo o que pensava e sentia e tudo o que queria que o menino sentisse e pensasse. Nosso irmão entendeu? Talvez sim, mas só em parte, pois foi de novo à janela e voltou com a mesma notícia: o homem continuava ali, olhando para a casa. Uma convulsão sacudiu o doente, que começou a tremer com violência.

— Me dê a roupa — gaguejou.

Mas João não pôde lhe dar nada, tão surpreso ficou com aquela frase. Alfredo parecia querer levantar-se. Ah, se tivéssemos compreendido, se tivéssemos percebido o que aquele homem sentia! Não sabíamos quem era nem de onde vinha, e seu medo nos surpreendia e assustava. Tempo depois, quando falávamos de Alfredo, esclarecemos um pouco o ocorrido: aquele homem, doente, talvez perseguido ou talvez recém-saído ou fugido de alguma prisão, temia que o desconhecido fosse algum policial que vinha farejar sua presença naquela casa, que ele talvez, entre pouquíssimas, havia escolhido para vir travar sua luta contra a doença.

Ezequiel irrompeu no quarto do doente:

— A mamãe está falando com o homem!

Aquilo, embora não significasse nada, foi um grande alívio; a presença de nossa mãe era um amparo. Alfredo se acalmou um pouco. João e Ezequiel, que podiam, sem precisar subir em uma cadeira, espiar pela veneziana entreaberta, acompanharam os desdobramentos da conversa de minha mãe com o desconhecido: o homem se comportava com muita discrição e parecia falar em segredo; minha mãe negava com a cabeça; depois, afirmou; o homem então sorriu e caminhou alguns passos ao lado dela, que avançou em direção à casa e se preparou para atravessar a rua. O homem parou na beirada da calçada, e ali se despediram, sorrindo. Tudo havia passado.

Quando minha mãe entrou no quarto do doente, Alfredo, já informado por João e Ezequiel do rumo favorável que as coisas haviam tomado, respirava de novo normalmente.

— Quem era? — perguntou.

— Gumercindo, o cordobês; queria saber onde está Aniceto e quando chegará.

Mas Alfredo parecia não ouvi-la, como se, passado o perigo, tanto fizesse que fosse o cordobês Gumercindo[32] ou o almirante Togo[33].

Quando Alfredo pôde sentar-se na cama e comer sozinho, meu pai chegou, e dias depois, para grande surpresa de todos, uma senhora bateu à porta da casa e perguntou a Ezequiel, que atendeu ao chamado, se era ali que morava Aniceto Hevia e se havia alguém chamado Alfredo hospedado lá. Ezequiel escancarou a porta para que a senhora entrasse, e ela avançou envolta em um traje de tecido fino, escuro, bastante amplo, composto por uma saia e uma blusa que lhe chegava um pouco abaixo da cintura; usava um véu também escuro na cabeça e, de uma das mãos, pendia uma maleta de couro. A saia, longa, cobria-lhe o corpo até os pés.

---

32 CORDOBÊS GUMERCINDO: Um dos 48 mártires cristãos de Córdoba, Espanha. Foi executado no ano 852 por se opor a uma lei que permitia aos muçulmanos matar os cristãos.

33 ALMIRANTE TOGO: Heihachiro Togo foi almirante da Armada Imperial Japonesa (1894-1905) e herói militar do Japão, condecorado por sua participação como comandante nas guerras contra a China (1894-5) e a Rússia (1904-5).

Parecia não conhecer pessoalmente minha mãe, pois lhe dirigiu uma saudação breve, ainda que um pouco cerimoniosa. Quem era? A mulher de Alfredo? Sua irmã? Sua amiga? Ninguém sabia naquele momento, e a mulher não disse nem fez nada que sequer permitisse suspeitar que fosse sua esposa, irmã, amiga ou tia; nada de saudações calorosas, de choros ou exclamações adequadas a uma longa separação e a uma enfermidade difícil.

A mulher sentou-se na única cadeira que havia no quarto, pôs a maleta sobre os joelhos e conversou breve e friamente com o doente, que, sem olhá-la, respondia com um tom que pretendia ser de indiferença. Por algumas palavras que captamos ao acaso, soubemos que a mulher acabava de chegar de uma longa viagem — de onde: do Brasil, do Haiti, do Paraguai, da Turquia? Só depois soubemos que a viagem tivera como único objetivo ver Alfredo, embora o fato de ela ter vindo visitá-lo e ser a única pessoa a fazê-lo já levasse a supor isso. Visita estranha, aliás, para um homem que agonizara por tantos e tão longos dias! Teria merecido algo mais efusivo. Foi embora do mesmo modo como chegara, fria e cortesmente; à noite, quando meu pai soube, fez um gesto amargo e disse algo que não revelava nenhuma simpatia por ela.

— É a mulher dele?

— Sim, sua mulher — assentiu, balançando a cabeça.

— Casado com ela?

— Infelizmente. Ela se tornou seu carrasco. Quando se casaram, não sabia que ele era ladrão (o mesmo que te aconteceu), mas gostava do fato de ele sempre ter dinheiro e dar presentes a ela e sua família, sobretudo à mãe dela, que se acha uma pessoa eminente porque o marido foi coronel de artilharia e morreu devorado pelo álcool e pelas dívidas. Quando soube, armou um escândalo terrível, e o pior é que foram os próprios companheiros de Alfredo, que queriam que ele se separasse dela, quem lhe contaram e provaram tudo; saíram frustrados: ela desmaiou, gritou, chorou, mas em nenhum momento pensou em deixá-lo livre; ao contrário, ficou mais exigente e o trata como se ela, sua mãe e sua família fossem os patrões e Alfredo o empregado. Quando ele é preso (e isso raramente acontece, porque ele se cuida mais que uma nota de mil pesos, de medo da mulher e da família dela), não pode dar o endereço de casa nem dizer que é casado, muito menos com quem, deve se virar sozinho para comer, para se vestir, para tudo; ela não é capaz nem mesmo de contratar um advogado para ele e passa a vida jogando na cara dele sua condição, o engano de que foi vítima e a vergonha que recaiu sobre ela e sua família por ter se casado com um ladrão. Mulher de...! Se tivesse se casado comigo, eu já teria torcido o pescoço dela.

— E ele?

— Ele é um bom rapaz, mas também um pobre coitado, que se deixa dominar por essa megera; acredita em tudo o que ela diz, e o pior é que considera uma honra ter se casado com a filha de um preguiçoso que não fez nada mais notável na vida além de tomar uma bandeira de não sei que inimigo (que com certeza estava dormindo) e receber depois, durante anos, uma pensão do governo; e isso não é tudo: essa mulher ensinou suas filhas, porque tem duas, a olhar para o pai como ela o olha: como um infeliz que não tem nada mais honroso a fazer do que roubar para alimentar uma família inteira de estúpidos.

— E como veio vê-lo?

— Por que você acha que ela veio? Com certeza porque o dinheiro acabou.

De um dia para o outro, assim como viera, Alfredo desapareceu. Vimo-lo em pé, um dia, se movendo, preparando algo: parecia elegante, pálido, flexível, enérgico, vestido com um terno escuro, botinas de verniz que estalavam, colarinho altíssimo e gravata de seda preta, larga, que lhe cobria toda a abertura do colete. No dia seguinte, ao espiarmos no quarto para vê-lo, Daniel e eu vimos a cama vazia e o aposento desabitado: Alfredo não estava mais lá. Um novo ser fantasmagórico havia surgido e desaparecido.

Ignoro se, em cidades distantes, naquelas cidades ou lugares que meu pai visitava durante suas viagens, existiam pessoas que, como nós — ou melhor dizendo, como meus pais —, estivessem dispostas a recebê-lo e o recebessem quando, em algum momento, estivesse doente ou caísse nas mãos da polícia. Talvez sim; tomara que sim.

III

Eu, por outro lado, não tinha ninguém: a família de minha mãe parecia ter desaparecido. Era originária de algum ponto do litoral do Chile Central, regiões às quais só chegam fracos e tardios rumores do mundo e onde as famílias se formam e se desfazem, aparecem e desaparecem silenciosamente, como aparecem e desaparecem as árvores e as florestas, não restando delas, às vezes, mais que a casa, já meio arruinada, em que seus principais membros nasceram, viveram e morreram. Os filhos vão embora, os pais morrem e fica talvez algum afilhado, um primo de terceiro grau ou um compadre ou neto do compadre, que de tão velho não lembra de nada, nem sequer em que ano viveu ou morreu o último de seus parentes.

— A Rosalía? — perguntaria ele, inclinando a cabeça e olhando para o sol com os olhos velados por cataratas já maduras. — Não era filha do finado Hilario González?

Minha mãe falava de seus parentes colaterais de tal forma que parecia que sempre estiveram mortos. Seus pais haviam falecido muitos anos antes dela, e quanto aos seus irmãos, dois deles seres quase fabulosos, também estavam mortos ou desaparecidos, exceto um, mais morto que todos, que jazia no fundo de algum convento.

Eu não tinha no Chile a quem me dirigir; não era nada para ninguém, ninguém me esperava ou me conhecia em parte alguma e eu devia aceitar ou rejeitar o que me coubesse em sorte. Meu espaço era estreito. Não tinha destino conhecido algum; ignorava o que viria a ser e se viria a ser algo; ignorava tudo. Tinha alguma inclinação, mas não tinha direção nem nada nem ninguém que pudesse me guiar ou ajudar. Vivia porque estava vivo e fazia o possível — meus órgãos me impulsionavam a isso — para me manter nesse estado, não por temor à morte, mas sim ao sofrimento. E via que a todas as pessoas acontecia o mesmo, pelo menos àquelas com quem eu cruzava: comer, beber, rir, vestir-se, trabalhar para isso e nada mais. Não era muito divertido, mas não havia mais; pelo menos não se via se havia algo mais. Percebia, sim, que não era fácil, salvo por algum acidente, morrer e que bastava um pequeno esforço, comer algo, agasalhar-se um pouco, respirar um pouco, para continuar vivendo um pouco. E quem não podia fazer isso? Todo mundo fazia, uns com mais amplitude ou com mais miséria que outros, todos se conservando e se satisfazendo com isso. Existir era barato e o homem era resistente; em certas ocasiões, lamentavelmente resistente.

Desci os degraus de pedra daquela escada, mas devagar, sem me apressar, como se em cada um deles meus pés encontrassem algo especial, e cheguei à areia. Dali olhei de novo; à direita se erguia, sobre uma elevação rochosa, a estátua de um São Pedro, em tamanho natural, com sua túnica de grandes pregas e sua calva de apóstolo. Essa calva era, curiosamente, de cor branca, em oposição ao resto do corpo, das mãos e do rosto — já que não se via outra parte, exceto as pontas dos pés —, que era verde-acinzentado; o manto apresentava também aqui e ali manchas esbranquiçadas. Por que e de onde vinha aquela cor? Uma gaivota estava erguida sobre a cabeça do santo, fazendo par com outra, pousada, alguns metros adiante, sobre o cesto de um mastro que devia ter alguma função patriótica.

Continuei olhando; os dois homens davam a impressão de ter nascido naquela praia cheia de cabeças de peixe-serra, tripas de pescado, barbatanas de cação, pedaços de tentáculos de lula e tal ou qual esqueleto de ave marinha: fedendo, além disso, a óleo de fígado de bacalhau e decorada por solenes albatrozes. Não eram, no entanto, pescadores, que é fácil reconhecer por seus chapéus sem cor e sem forma definida, seus pés descalços, seus coletes inverossímeis — sempre maiores que quaisquer outros e que nunca parecem nem são apropriados, como os dos palhaços — e seus numerosos suéteres, não. Suas vestimentas, além do mais, não diziam nada sobre seus possíveis ofícios, já que uma jaqueta esverdeada e lustrosa, com o forro e a entretela aparecendo tanto por cima quanto por baixo, com bolsos que mais pareciam rasgos e calças com franjas e buracos por toda parte, não podia dar indícios sobre seus meios de ganhar a vida. De uma coisa, no entanto, podia-se estar seguro: suas rendas não deviam ser abundantes a ponto de incomodá-los.

Por sua vez, também me olharam, um primeiro, o outro depois, um olhar de inspeção, e o primeiro a fazê-lo foi o que caminhava pelo lado voltado para a rua e cujo olhar me atravessou como uma estocada: olhar de gaivota saqueadora, lançado da superfície do olho, não do cérebro, e tive certeza de que minha imagem não chegou, nesse primeiro olhar, a mais de um milímetro de seu sistema visual externo. Eu era para ele um simples reflexo luminoso, uma sensação desprovida de qualquer significado subjetivo. Não tirou nada de mim: me olhou como o pássaro ou o peixe olham o peixe ou o pássaro, não como algo que também está vivo, que se alimenta do mesmo que ele e que pode ser amigo ou inimigo, mas que sempre é, até prova em contrário, inimigo. Era talvez o olhar dos homens das sarjetas, cheio de luz, mas superficial, que só vê e sente o sangue, a força, o ímpeto, o propósito imediato. Desviou o olhar e passou adiante, e foi então a vez do outro homem me olhar, um olhar que foi a recompensa do outro, porque esse, sim, esse me olhou como uma pessoa deve olhar para outra, reconhecendo-a e valorizando-a como tal desde o início; um olhar também cheio de luz, mas de uma luz que vinha de além do simples olho. Sorriu ao mesmo tempo, um sorriso que não se devia a nada, já que por ali não se via nada que pudesse fazer sorrir; talvez um sorriso que lhe sobrava e dos quais teria muitos. Um olhar me atravessou, o outro me reconheceu. Continuei olhando. O que olhavam e o que recolhiam e o que guardavam ou desprezavam? O vaivém das ondas era ininterrupto, e ocorria assim havia séculos; batia com força sobre a areia, grossa e lavada na beira, fina e suja perto da rua; não era limpa, senão aquela que o mar lavava; o resto não era lavado por ninguém e ninguém, além do mais, parecia se importar com isso ou observar; longe das ondas, o lixo se acumulava na praia. A água chegava às vezes até os pés dos homens — para que falar de seus calçados? —, que tinham de dar alguns passos em direção à rua para fugir dela, não por medo de molhar os sapatos, mas por medo de molhar os pés.

Olhei para a areia; alguns grãos eram grandes como ervilhas, esverdeados ou amarelados. O que poderia haver ali que valesse a pena recolher? Um dos homens se abaixou e pegou algo que olhou com atenção, mas, sem dúvida, não era o que esperava, pois o lançou de lado. Devia ser algo pequeno, talvez do tamanho daqueles grãos de areia, já que não vi em que parte caiu; não fez ruído, nem notei qualquer volume. Caminhei alguns passos, não na direção em que os homens seguiam, para que não pensassem que os seguia, mas na direção contrária, inclinando a cabeça e olhando para o chão com atenção; se ali havia algo que se pudesse encontrar, eu encontraria. Não encontrei nada; areia úmida, isso era tudo. Mas aqueles indivíduos, apesar de sua aparência, não tinham cara de loucos, e algo buscavam e algo recolhiam.

Eu me endireitei no momento em que eles viraram; me viram inclinado, pois me deram um olhar mais demorado; senti vergonha e fiquei imóvel no lugar. Avançaram lentamente, como exploradores em um deserto, olhando sempre para o chão, com tanta atenção que pude observá-los à vontade: um deles, o de olhar de pássaro, tinha uma barba bem crescida, de dez dias ou mais, já vergonhosa, e parecia dura, como de arame, tão dura quanto seu cabelo, do qual parecia ser uma extensão mais curta, mas igualmente áspera; o cabelo cobria quase completamente suas orelhas e, sem encontrar mais por onde se espalhar, decidia descer pelo rosto, formando, sem dúvida contra a vontade do dono da cabeça, uma barba que não o faria feliz, mas da qual não podia prescindir assim de repente. O homem se aproximava e desviei o olhar: não queria encontrar seus olhos. Contra minha vontade, me encontrei com eles, não por acaso, mas porque seu olhar era tão penetrante que não pude resistir à ideia de que ele me olhava e o olhei de volta. Novamente, parecia me atravessar. "O que quer, quem é, o que faz aqui?", parecia perguntar aquele olhar, e acrescentar, como em voz baixa e à parte: "Por que não vai embora, imbecil?", e passou. O outro homem não me olhou; talvez tivesse se esquecido de mim, não percebia que eu estava ali ou, sabendo que eu estava, não se preocupava mais com isso: era mais um homem na praia. Senti, no entanto, desilusão e vergonha: esperava outro sorriso. Não podia avançar, pois teria me metido na água, nem me mover na direção contrária ou favorável à que eles seguiam, pois isso teria sido fazer o mesmo que eles; além disso, para quê? Não me restava outro recurso senão voltar a subir as escadas e sair para a rua, mas por que ir embora? A baía era pública, e os únicos que podiam reclamar a propriedade sobre ela eram os pescadores que conversavam ao redor dos barcos, abrindo com seus curtos facões os ventres dos peixes, rindo de alguma piada ou ficando em silêncio por longos períodos sem prestar atenção nos homens e em mim. Além disso, sentia, não sei por quê, que não devia ir embora: algo sairia dali, não sabia o quê, mas algo. Por outro lado, aonde iria?

Contudo, ficar ali de pé e imóvel era o pior que eu podia fazer; devia me mover para algum lado, entrar na água, se fosse necessário. Os homens se afastaram novamente e aproveitei o afastamento deles para dar novas olhadas na areia. O que diabos eles buscavam e o que diabos estavam recolhendo? De repente vi algo brilhante, perdido pela metade entre os grãos úmidos e grossos de areia; me inclinei e o peguei, examinando-o: era um pedaço de metal, com uns cinco centímetros de comprimento e uns três de espessura, brilhante e quase leve, liso em uma das faces e áspero e opaco nas outras. O que poderia ser? Não fazia ideia, mas não era ouro nem prata, que não é difícil reconhecer, nem tampouco chumbo ou níquel; talvez cobre ou bronze, mas trabalhado. O pedaço parecia ter sido parte de outro pedaço maior ou mais longo, do qual se desprendeu violentamente, já que mostrava lascas nas pontas. Apertei-o com a mão e esperei. Já tinha algo.

Os homens viraram na ponta da praia e iniciaram uma nova caminhada. Ali fiquei, apertando o pedaço de metal na mão, vacilando sobre o que deveria fazer, se perguntar aos homens o que estavam buscando, oferecendo-lhes o que havia encontrado, caso fosse isso, ou continuar buscando, juntar vários pedaços e perguntar depois a alguém, talvez a alguns dos pescadores, o que era aquilo e se tinha algum valor comercial. Claro que o metal sempre vale algo, mas há ocasiões em que não vale nada, e uma dessas é quando você não sabe se tem na mão uma pepita de ouro ou uns grãos de estanho. Qualquer uma das escolhas era estranha, uma mais que a outra, mas a lembrança do olhar de um dos homens me fez decidir; falaria com ele. O que diria? Ele se aproximava, estava a poucos passos de mim, e então, sorrindo, fui até ele, estendi o braço e abri a mão em que estava o pedaço de metal. Pensei em dizer algo, por exemplo: É isso o que vocês procuram?, mas nenhum som saiu de minha boca; não fiz mais que um gesto.

O homem parou e sorriu, mas em seu sorriso não apareceu a bondade da primeira vez, não; este tinha algo de irônico, de uma ironia muito suave, mas não tanto que eu não a percebesse e sentisse um terrível arrependimento e vontade de fechar a mão e fugir ou jogar aquele maldito pedaço de metal na cara dele. Mas o homem parecia perceber o que se passava comigo e mudou a expressão de seu sorriso. Ele tinha bigode preto, testa alta. Era magro e mais ou menos alto, as costas um pouco encurvadas.

— Encontrou um pedaço? — perguntou, entre surpreso e alegre. — E que grande!

Pegou e olhou, e depois se virou para o outro homem, que não parou, mas continuou andando pela praia, deixando comigo seu companheiro.

— Ei, Cristián — disse —; olhe o pedaço que o menino encontrou.

O tal Cristián não deu a menor atenção, como se ninguém tivesse falado uma única palavra; continuou andando pela praia, com a cabeça inclinada. Vendo-o por trás, a pouca distância, vi em suas nádegas, quase descosturados, alguns remendos escuros, de um tecido de cor diferente da de suas calças, que já não tinham mais nenhuma identificação. O homem me devolveu o pedaço de metal, mas como eu não sabia o que fazer com ele, já que não sabia para que servia e que utilidade poderia ter, se é que tinha alguma, disse-lhe:

— É para você. Não é isso o que vocês procuram?

Ele me olhou com estranheza.

— Não sabe o que é isso?

— Não. O que é?

Sorriu.

— Se não sabe o que é, por que o pegou?

Dei de ombros.

— Não sei.

Sorriu novamente.

— Você o pegou porquê...?

Deu uma piscadela marota e senti que não poderia mentir para ele.

— Está sendo perseguido por um leão?

Estava me perguntando se tinha fome e se me sentia encurralado. Aquilo era tão evidente que achei inútil responder.

Ele me disse, voltando a pôr o pedaço de metal em minha palma e fechando minha mão:

— É um metal e tem valor; pagam bem por ele.

Retruquei:

— Sim, é um metal, mas qual?

Foi a vez de ele dar de ombros.

— Não sei — disse, sorrindo novamente. — Mas o que importa? Alguém compra. Guarde-o e procure mais. Depois vamos vendê-lo.

O outro homem estava voltando, agora caminhando mais devagar, com a cabeça sempre inclinada e lançando olhares para onde estávamos. Eu achava que ele esperava que, ao chegar perto de mim, seu companheiro se afastasse do intruso e ele não tivesse de falar comigo. Cristián! Senti uma certa irritação em relação a ele e achava, não sei por quê, que aquele nome era muito inadequado para alguém como ele, esfarrapado e sujo. Eu também não estava muito mais intacto nem mais limpo, mas meu nome era mais modesto. Pensava que para se chamar Cristián era preciso andar sempre bem-vestido e não ter fome. Ele chegou até nós e olhou de soslaio, como costumam olhar os cães prestes a comer a caça que lhes custou tanto esforço. Ainda está aqui, idiota? Seu companheiro se juntou a ele e continuaram o caminho, não sem que o homem do sorriso me dissesse, dirigindo-me outro sorriso, novamente bondoso:

— Continue procurando; com três ou quatro pedaços como esse você pode garantir o dia.

Era, então, um modo de ganhar o pão procurar e encontrar pedaços de metal naquela praia. Quem poderia se interessar por aquilo? Quem sabe; há gente que se interessa por coisas tão raras, que compra, vende, troca; negócios tão obscuros, combinações comerciais tão complicadas, indústrias tão inquietantes. E o que importava isso ou aquilo, se alguém precisava e alguém comprava? Aquele homem não mentiu. Além disso, o que mais se poderia encontrar ali, além de pedaços de metal ou madeira? Me inclinei e comecei a procurar de novo.

Encontrei outros pedaços, uns menores, outros maiores, e os examinei com cuidado, como se em cada um deles fosse encontrar o mistério de sua identidade e de seu destino; o que você é? Para que serve? O homem do sorriso me olhava sempre que nos cruzávamos e fazia um gesto que significava: como vai? Eu lhe mostrava a mão, já cheia de pedaços, que se incrustavam na palma, e ele respondia com um gesto de admiração. Quando chegou o meio-dia, já tinha vários pedaços e, como não cabiam mais na mão, comecei a enfiá-los no bolso. Acabei me cansando e, me aproximando da escada, me sentei em um dos degraus, de onde continuei observando os homens, que continuavam sua caminhada pela praia. Os pescadores se retiraram, subindo ao morro, e para isso passaram ao meu lado, pela escada, com peixes gordos e azuis pendurados nas mãos, e alguns se meteram nas casinhas que ficavam à beira da baía.

Era meu primeiro dia de liberdade, e eu estava com fome, muita fome; minha única esperança eram os pedaços de metal. Valeriam alguma coisa? Haveria alguém interessado neles? Seriam suficientes para tudo, ou seja, para comer e dormir? Senti um terrível impulso de alegria com a ideia de que fosse assim, e por alguns segundos tive de me controlar para não saltar na areia e fazer uma dança sem sentido. Mas meu pulmão não estava bom, e embora naquela manhã eu não tivesse tossido nem expectorado aqueles grossos catarros que às vezes mostravam vestígios de sangue, nada me dizia que estava livre deles. Se não fosse verdade, o que eu faria? Oh, até quando eu estaria condenado a me preocupar tanto com minha necessidade de comer e de dormir? O mar estava agora muito azul, brilhantemente azul e muito solitário; nem barcos, nem navios; só pássaros; pela rua quase não passava ninguém; o céu luminoso, com o sol bem alto. Era um momento de descanso. Estava fazendo um pouco de calor, e comecei a sentir a pele coçar aqui e ali. Precisaria, logo, de um banho, frio, claro, no mar. Onde mais? Mas e o pulmão? Todos eram obstáculos. Por ora, no entanto, eu não deveria me mover dali: meu futuro imediato estava nas mãos do homem do sorriso e do bigode preto: ele sabia tudo, quem comprava, onde morava o comprador e quanto pagava; ele também sabia que eu estava com fome, e era verdade: eu estava com fome; havia caminhado muito pela praia, inclinando-me e endireitando-me, olhando, vasculhando, desviando-me das ondas. A essa hora, além disso, se ainda estivesse na prisão, já teria comido; lá se almoça cedo; é preciso ser organizado, um preso organizado: ordem e liberdade, ordem e progresso, disciplina e trabalho; deitar-se cedo, levantar-se cedo, oito horas de trabalho, oito horas de entretenimento, oito horas de descanso e nada mais; não há mais horas, por sorte. Às vezes, eu me lembrava daquele pedaço de peixe frito que tinha comido pouco antes de ser preso, não porque fosse um peixe delicioso — não era, para que me enganar? —, mas porque sua lembrança me trazia uma sensação de liberdade, uma liberdade pobre e faminta, inquieta, mas muito melhor, em todo caso, que uma prisão com ordem, guardas e feijão com botões e pedaços de saco de juta; sim, eu me lembrava daquele peixe e teria comido naquele momento uma porção igual. Algum dia, teria uma moeda e nada nem ninguém me impediria.

Os homens decidiram, finalmente, terminar o trabalho, e pararam em uma ponta da baía. Olhei para eles: por sua vez, eles me olharam e falaram, tirando depois de seus bolsos, de algum resto de bolso onde ainda podiam guardar algo, o produto de sua busca e o examinaram, pesando e avaliando. Olharam-me de novo e novamente falaram, depois começaram a andar em direção à escada onde eu estava sentado e que era o único lugar por onde se podia sair da baía. Olhei-os se aproximarem e, à medida que vinham, fui sentindo a sensação de que entravam em minha vida e que eu entrava na deles. Como? Não sabia. De qualquer forma, eu estava sozinho, doente e faminto, e não podia escolher; além deles, só havia o mar, azul e frio. Eles se aproximaram, trocaram algumas palavras e vi que o homem do sorriso, que vinha à frente, caminhando com desenvoltura, sorria com cordialidade, talvez com ternura, e se virava para o homem da barba crescida, que em resposta não sorria nem falava, e que, aparentemente, nunca sorriria para ninguém. Ele inclinava a cabeça e andava. Pararam na frente da escada e o homem magro disse:

— Como foi?

Tirei meus pedaços de metal e mostrei. Ele se agachou para olhar.

— Muito bem — comentou. — Acho que você ganhou o almoço e ainda vai sobrar dinheiro para os vícios, se é que os tem. Não está mal, por ser a primeira vez. Não é verdade?

Era verdade. O homem do olhar duro olhou minha mão e disse:

— Sim, claro.

Sua voz era carrancuda, insatisfeita, um grasnido, e depois dessas duas palavras, ele deu um profundo pigarro: uma verdadeira gaivota salteadora.

— Vamos — disse o homem do sorriso. — Já está na hora de almoçar e temos que chegar perto do porto; vamos andando.

Levantei-me também, sem saber para quê, e já em pé não soube o que fazer nem o que dizer. Olhei para ele.

— Sim — disse ele, respondendo à minha pergunta desesperada —, vamos.

Não sei o que teria feito se ele não tivesse me feito aquele convite.

Subimos as escadas e saímos para a rua. Bondes, carroças, cavalos carregados com mercadorias e alguns transeuntes passavam. O mar continuava solitário; o céu, limpo.

IV

— Ele é espanhol e, na juventude, foi operário anarquista — contou o homem do sorriso —; continuava sendo quando chegou ao Chile. Um amigo, também anarquista, me apresentou a ele em uma praia onde estávamos pintando alguns chalés e onde ele foi passar uns dias. Se chama José, dom Pepe. Daquela vez, depois de comer e tomar umas taças, ele começou a cantar e dançar *jotas*[34]; depois ficou dramático e queria destruir tudo o que encontrava: destruir é criar, dizia; é um ditado anarquista. Eu o encontrei aqui e ele me disse para ir vê-lo. Fui; ele tinha juntado dinheiro, ou juntou, melhor dizendo, e se estabeleceu com uma loja, um comércio de troca; compra e vende de tudo, especialmente coisas de metal, ferramentas, canos, chaves, pedaços de ferro, de chumbo, de bronze; mas é um comerciante peculiar: de repente lhe dá uma morrinha, como ele diz, e fecha o comércio e vai vagar. Ele encontrou o primeiro pedaço de metal na enseada; não disse o que era, e acho que ele mesmo não sabia. Ele me disse:

— Olhe, você não gosta muito de trabalhar.

— Não, dom Pepe, não gosto é nada, não vou nem negar.

Foi isso que eu respondi e ele me disse:

---

34 **JOTA:** Dança folclórica e música típica de várias regiões da Espanha, especialmente Aragão, Valência, Navarra, Castela e Galícia.

— Fico contente de que você não negue; e te dou toda razão: o trabalho é uma escravidão.

— Alguns dizem que é uma virtude que arruína a saúde. Mas não porque eu seja um fraco, é porque sou um homem delicado; meus músculos e nervos são de um homem nascido para ser milionário. Apesar disso, tenho que ganhar a vida pintando e passando massa corrida em tetos, portas, janelas, muros; para lá e para cá com a escada, instale esses postigos, mexa a tinta, jogue aguarrás, onde está o giz?, cadê a lona?, isso é com tinta, aquilo com óleo, o restante com cal; aqui está o alvaiade, do melhor branco, mas é um veneno, chumbo puro; se mete nos seus pulmões, no coração, na barriga; você fica sempre pintado, como mergulhado na tinta, pingando de cima a baixo; e no inverno, no alto da escada, com o balde cheio de tinta em uma das mãos e o pincel na outra, em plena rua, o gelo gotejando dos telhados, as mãos duras e as narinas escorrendo; nem te conto mais nada...

Então me disse:

— Olhe, aqui você encontrou isso, e parece que há muito mais. Pegue e traga para mim; o mar joga essas coisas na praia, na enseada de El Membrillo. Você só precisa se abaixar e pegar e vai ganhar seu pão.

Ele me mostrou um pedaço de metal.

— E o que é isso?

— O que te importa? Eu mesmo não sei, mas deve valer algo.

— De onde sai?

— Vai saber... Não acho que há uma fábrica de metais no fundo do mar, mas de algum lugar vem, de algum navio afundado na baía que já está se decompondo e deixando cair tudo. As ondas trazem para a praia, não sei como nem por quê, ou pode ser que esteja saindo daquele lixão que fica para lá de El Membrillo. Procure. Eu pago bem. Alguém vai querer isso um dia.

— É verdade, o que importa? Não me atrevi a perguntar quanto ele me pagaria, mas ele calculou direitinho, como todo capitalista, e me paga de tal maneira que, sempre, por um dia de trabalho, consigo um dia de comida, de descanso e o que mais for necessário; miserável, é verdade, como em todos os ofícios, mas me dá o que preciso e não penso em trabalhar até estar completamente convencido de que as ondas não vão trazer mais nenhum grama para a praia. O mar é grande e a baía de Valparaíso é profunda. Quantos navios estão enterrados lá, com milhões de pesos em mercadorias e materiais! Puxa!... Se todos estivessem cheios desse metal... Poderíamos viver uns mil anos sem trabalhar... O que acha, Cristián?

Cristián não respondeu. Fumava um cigarro e parecia olhar, com os olhos semicerrados, suas pernas estiradas, seus tornozelos descobertos e as pontas de seus sapatos destruídos. Sua atitude, no entanto, demonstrava que a perspectiva de viver mil anos sem trabalhar, ou de trabalhar moderadamente e de forma independente, não lhe parecia ruim. Por que se apressar, se o homem precisa de tão pouco para viver e se, quando morrer, será indiferente ter mil pesos a mais ou a menos no bolso?

— Sim: você acha bom. É o único ponto em que nos parecemos, Cristián: em nosso escasso amor pelo trabalho, você porque nunca trabalhou e eu porque talvez tenha trabalhado demais, embora essa não seja a expressão exata: não é amor escasso, é um amor prudente. Não vou ficar rico tirando pedaços de metal das areias da enseada de El Membrillo e não vou ficar rico de jeito nenhum. Posso ganhar mais como pintor, mas não é muito e mal me dá para comprar uma calça e uma jaqueta, tudo usado, e comer um pouco mais. Termino a temporada irritado e exausto: tenho que suportar o chefe, o mestre e o contratante, sem contar o aprendiz, que tem de aguentar todos nós. No total, três meses de primavera e três de verão. Como o bom tempo dura pouco! Bem, para trabalhar, é demais. E você, pelo visto, também é pintor. De onde tirou essas manchas?

— Trabalhei com o mestre Emilio.

— Emilio Daza?

— Sim, acho que esse é o sobrenome dele.

— Eu conheço: apaixonado por literatura, o que é raro,

porque pintores geralmente são mais aficionados ao bel canto, ou seja, à música, à ópera, especialmente *Tosca* e *La Bohême*, em que aparecem pintores. Sim, Emilio Daza, bom rapaz; casou-se e tem um monte de filhos. Escreve prosa rimada; é um autor mediano.

Ele se calou de repente e ficou pensativo, como se estivesse ouvindo algo que lhe interessasse mais que tudo o que estava dizendo.

— Acabou a corda — resmungou Cristián.

Alfonso Echeverría sorriu serenamente, quase com displicência, e deu de ombros. Parecia que, de repente, perdera o interesse em tudo.

Estávamos sentados à mesa onde havíamos almoçado e bebido, entre os três, uma garrafa de vinho. Ao deixar a enseada de El Membrillo, Alfonso Echeverría, muito sério, parou e disse, segurando meu braço e impedindo com um gesto os passos de seu companheiro.

— Suspeito que esta não será a primeira nem a última vez que nos veremos e estaremos juntos; pior ainda, acho que acabaremos nos tornando amigos e talvez até companheiros. Nesse caso, e salvo opinião contrária, devemos nos apresentar. Não gosto de estar ao lado e de conversar com pessoas cujo nome não conheço e que também ignoram o meu. É uma tradição burguesa, talvez, mas não consegui me livrar dela.

Ele estendeu a mão, que apertei, e acrescentou:

— Alfonso Echeverría, seu criado.

Ele se virou para seu companheiro, que o olhava com curiosidade, e o apresentou:

— Cristián Ardiles.

Estendi a mão para o homem, que também me estendeu a sua, sem que nenhum de nós dissesse uma palavra. Seu aperto foi frio, como se não tivesse entusiasmo em dar a mão ou como se dar a mão fosse um ato incomum para ele. Alfonso Echeverría acrescentou:

— Já que nos apresentamos como cavalheiros, embora sejamos apenas uns pobres esfarrapados — espero que só temporariamente —, devo dizer-lhe que tenho um apelido; como é meu, posso dizer. Cristián dirá o seu algum dia, se quiser, e você, se tiver um, o dirá quando tiver vontade. O apelido é algo privado, não público, e pode ser guardado ou dito, como se quiser. Não somos policiais, que sempre querem saber o apelido de todo mundo. Me chamam de Filósofo, não porque eu seja, mas porque às vezes me dá uma vontade terrível de falar: sinto uma espécie de formigamento nos lábios e cãibras nos músculos das mandíbulas e da boca, e então, para passar a sensação, não tenho outro remédio senão falar, e falo; e você sabe: a gente acredita que quem fala muito é inteligente, o que é um erro, mas a gente vive de erros; e como sempre falo sobre a mesma coisa, sobre o homem e sua sorte, me chamam de Filósofo.

Ele apontou para o companheiro:

— Cristián e eu falamos pouco, quer dizer, ele fala pouco; ele me aguenta. Ele é muito ignorante e só tem dois temas sobre os quais pode falar por alguns minutos: a polícia e o roubo.

Cristián, com a cabeça baixa, caminhava. O Filósofo acrescentou:

— Não se surpreenda que ele não fique irritado. Sabe que sou um animal superior e me respeita, não porque eu seja mais forte que ele (pois eu poderia derrubá-lo com um sopro), mas porque posso falar durante horas sobre coisas que ele mal entende, ou que não entende, ou que nem entende de jeito nenhum. Ele me escuta, me aguenta, como já disse, embora talvez não se interesse pelo que digo e, às vezes, nem me escute. Foi muito difícil nos tornarmos amigos, mas conseguimos. Ele precisa comer e eu também. Ele é um desterrado da sociedade; eu, um indiferente. Às vezes brigamos e quase saímos no braço, mas não passamos disso.

Ele deu um tapinha carinhoso no ombro de Cristián e continuou:

— A comida, não qualquer comida, como a grama, por exemplo, ou a cevada, que é o deleite dos animais, mas a comida quente (permita-me cuspir, minha boca está se enchendo de água); sim, a comida quente reúne muitas pessoas. Há muita gente que acha que está unida por laços de amor maternal ou filial ou fraternal: bobagem: estão unidas pela comida, pelo estômago. Os animais não se reúnem para comer e beber, salvo, claro, algumas vezes, os domésticos; os selvagens, nunca. Os seres humanos sim, e quanto mais domesticados, mais. Comer comida quente! Veja os cavalos: não têm problemas metafísicos e quase não se importam de estar ao relento ou debaixo de um teto ou de uma árvore, para falar com mais propriedade; são felizes, dirá você; não, não são: não comem comida quente; comem grama ou cevada, fria, crua, e precisam comer muito para ficarem satisfeitos. Não, não são felizes, embora o homem também não o seja, apesar de comer comida quente.

Ele cuspiu mais uma vez e continuou:

— Você já tentou imaginar o que aconteceu quando o homem descobriu que os alimentos podiam ser cozidos e comidos quentes? Ele assinou sua sentença de escravidão eterna. Acabaram-se a vida ao ar livre, as grandes viagens, o espaço, a liberdade; foi necessário manter o fogo e procurar um lugar onde o fogo pudesse ser mantido. Alguém deveria, também, vigiar a cozedura dos alimentos, a mulher ou os filhos, e, em consequência, precisava permanecer ali. Por outro lado, era necessário trazer os alimentos de lugares onde estavam, lugares às vezes muito distantes, e assim se fez a roda, a interminável roda. O vento é inimigo do fogo, aumenta-o ou espalha, e a chuva também, que o apaga, e então se procurou um buraco entre as pedras ou debaixo delas; mas em algumas partes não se encontravam pedras e foi preciso fazer cavernas, e onde por algum motivo não se encontravam pedras e não se podiam fazer buracos ou cavernas, construiu-se um teto, quatro paus e uns galhos com folhas ou sem elas. Bem, junto com isso, o homem pôs a corda no pescoço e arrastou consigo a mulher, que desde então se tornou escrava da cozinha. E como se acostumaram a comer os alimentos cozidos e não crus, começaram a cair seus dentes. Tudo, no entanto, lhes pareceu preferível a comer cruas as batatas ou a carne. E com muita razão: você já experimentou comer cru um peixe ou uma batata-doce?

Tínhamos feito, conversando, a mesma viagem que ele fez, sozinho, duas ou três horas antes, mas ao contrário; estávamos voltando à cidade. Paramos em uma espécie de praça sem árvores, um espaço mais amplo, onde havia uma troca de linhas e uma estação de bondes, e onde terminavam várias ruas e começava aquela larga que levava à enseada de El Membrillo. Ali Echeverría, estendendo a mão, disse a Cristián:

— Ponha seus tesouros aqui.

Cristián, sempre mudo, deu um olhar ao seu companheiro e, tirando de um bolso rasgado todos os pedaços de metal que pegara na praia, entregou-os:

— Voltaremos em breve; até logo.

Continuamos caminhando, enquanto Cristián, retrocedendo alguns passos, se sentava na beirada da calçada, cheia de fezes e urina de cavalos. Duas ou três quadras adiante, paramos diante de uma porta larga, que dava entrada a dois negócios diferentes, um situado no primeiro andar, ao nível da rua, e outro no porão, ao qual se chegava por uma escada de tijolos. O local estava iluminado por uma lâmpada de fraca intensidade. Uma voz ecoou naquele antro:

— Oi, Filósofo! Já veio com sua mercadoria?

Um homem alto e magro, de cabelo ondulado, branco, pálido, bigode preto e sobrancelhas espessas, com olhos claros, estava lá. Vestia uma jaqueta branca, um pouco suja e rasgada. O colarinho da camisa, aberto, mostrava um copioso pelo encaracolado.

Recebeu os pedaços de metal, todos juntos — pois Echeverría também acrescentou os meus —, pesou-os em uma balança de mercearia e disse:

— Sete pesos exatos: boa manhã.

Pelo sotaque, parecia aragonês, um sotaque forte, bem timbrado, cheio, sem vacilações. Tirou os sete pesos de uma gaveta atrás do balcão, colocou-os um a um sobre a madeira desgastada e rachada, fazendo-os soar, e depois os empurrou para Echeverría: ficaram como em fila indiana e eram sete. O Filósofo os pegou um a um, enquanto o espanhol ficava em silêncio, contemplando a manobra. Echeverría levantou a cabeça e sorriu:

— Bem, dom Pepe: muito obrigado e até logo.

— Até logo — respondeu dom Pepe, com as duas mãos apoiadas no balcão, o corpo inclinado para a frente.

Saímos.

— Sem querer — disse o Filósofo, assim que saímos à rua —, sem querer e contra sua vontade, o incorporei à razão social Filósofo-Cristián.

— Não entendi — falei.

— Sim — explicou —; juntei seu metal com o nosso e agora não sei quanto é o seu.

Em resposta, dei de ombros.

— Não vamos brigar pela divisão.

Ele mostrou os sete pesos, que apertava em sua mão longa e pouco limpa, e disse:

— E, para piorar, topamos com um número difícil: sete. Quanto é sete dividido por três? Vamos ver como estou para a matemática superior: dois pesos para cada um são seis pesos; sobra um, entre três, trinta centavos; dois pesos e trinta para cada um, e sobram dez cobres. Vamos declarar isso como capital de reserva. Vamos voltar para onde Cristián está.

Cristián continuava sentado no mesmo lugar, ao lado de uma poça de urina. Sem dúvida, poderia ficar ali por um ou dois anos. Ele se levantou e se aproximou de nós.

— Vamos ao El Porvenir?

Ninguém respondeu; tanto fazia o porvir ou o passado. El Porvenir era um restaurante de preços módicos, atendido pelo próprio dono, um homem baixo e corpulento, de rosto inchado e cheio de manchas avermelhadas que pareciam prestes a manar vinho tinto. Olhos pequenos observavam sem dizer nada. Vestia também, como dom Pepe, uma jaquetinha branca, um pouco suja e rasgada. O colarinho da camisa, aberto, mostrava um espesso cabelo encaracolado. Um garçom de estatura mediana, magro e musculoso, com cara de boxeador que teve má sorte ou mandíbula muito fraca, o acompanhava. Também usava jaquetinha e camiseta, muito larga, sem mangas. Ele passou um pano não muito limpo sobre o plástico da mesa e colocou sal, pimenta e um frasco com o gargalo quebrado, cheio de algo que queria passar por óleo.

— O que vão pedir? — perguntou com voz desagradável.

Parecia perguntar onde queríamos levar um tapa.

A voz irritou o Filósofo.

— Você já brigou alguma vez com Kid Dinamarca? — perguntou ele, de repente.

— Sim — respondeu o garçom, surpreso e quase se pondo em posição de defesa. — Duas vezes.

Parece que não havia esquecido suas lutas.

— E como foi? — perguntou o Filósofo, fazendo um movimento de luta com os braços.

— Nas duas vezes, ele me venceu por nocaute — respondeu o garçom, honestamente.

O Filósofo pareceu satisfeito. Disse:

— Kid Dinamarca foi meu amigo: se chamava Manuel Alegría. Morreu de um ataque cardíaco. Bom rapaz. — Depois, mudando de tom: — Bem, tragam o de sempre: feijão com carne assada, pão e uma garrafa de vinho.

Eles eram clientes conhecidos e, pelo que deduzi, quase não havia necessidade de perguntar o que iam pedir: sempre comiam a mesma coisa. Além dos feijões e carne assada, pão e vinho, e alguma cebola em conserva, não havia nada ali que pudesse ser servido ou consumido. O prato de feijão foi abundante e saboroso, e embora a carne assada não fosse um modelo de qualidade ou quantidade — era mais parecida com sola, muito boa para exercitar os dentes —, foi aceita e devorada com as honras regulamentares. O pão veio em abundância, e o vinho, ácido e denso, levemente picante, estava agradável. Comemos em silêncio, como trabalhadores em dia de semana, e ficamos ali, descansando.

Embora estivesse satisfeito — era minha primeira refeição em liberdade —, não estava tranquilo; sentia que não poderia ficar muito mais tempo com aqueles homens sem dar alguma explicação: sabia-se o que faziam, sabia-se quem eram, mas não se sabia o que eu estava fazendo ou quem eu era, e um homem de quem não se sabe o que faz, de onde vem ou quem é, é um homem de quem não se sabe nada e que deve dizer algo. Não me assustava dizer isso: o que me preocupava era a escolha do momento. O Filósofo parecia pensar a mesma coisa, pois disse, instantes depois de ter engolido o último bocado e bebido o último gole de vinho:

— Bem, o almoço não foi ruim e poderia ter sido pior ou melhor, é verdade, não se deve ser exigente. Agora nos conte alguma coisa. Não tenho dúvida de que você tem algo a contar. Um homem como você, jovem, que aparece em uma baía como a de El Membrillo e aceita o primeiro que aparece ou encontra, como se não houvesse ou não pudesse encontrar nada mais no mundo, magro, ainda por cima, e com cara de doente e faminto, deve ter, tem que ter algo a contar.

Ele me olhou e, como viu que eu não sabia como começar, quis me ajudar.

— Não se assuste com minhas palavras — disse ele — e nós não nos assustaremos com as suas; mas, se não quiser contar nada, não conte.

Eu o olhei como aquiescendo a tudo que disse.

— Vem do hospital? — me perguntou.

A pergunta foi acertada. Tentei responder da mesma maneira.

— Do hospital da prisão.

Cristián virou a cabeça e me olhou fixo: finalmente algo o interessava. Echeverría se ajeitou na cadeira e esticou as pernas, como se estivesse se preparando para ouvir uma boa história.

— Da prisão? — perguntou ele, fazendo com os dedos da mão direita um movimento no qual os dedos, estendidos, pareciam correr, separados e rapidamente, um atrás do outro, até o mindinho.

— Não — garanti.

E contei, primeiro apressadamente, depois com mais calma, toda a minha aventura. Cristián, que no começo ouviu com interesse, olhando-me de vez em quando, inclinou a cabeça e continuou olhando para os próprios sapatos: a história não lhe interessava muito. Echeverría, ao contrário, ouviu com atenção, sorrindo de vez em quando, como que me incentivando.

— Em suma — disse ele, quando terminei —: nada entre dois pratos, a não ser a doença.

Ele apontou para Cristián e acrescentou:

— Já te disse que Cristián fala pouco, não gosta de falar; não sabe fazer isso e não tem muito o que dizer. Mas ele pode te contar, e ele fará isso se virar seu amigo, histórias muito mais interessantes que a sua sobre a prisão, as delegacias, as seções de detidos, as de investigações e as celas: ele passou anos preso, anos, não dias ou meses, anos inteiros; cresceu e murchou nos calabouços, emagreceu e engordou neles, ficou nu e se vestiu, se descalçou e se calçou, cheio de piolhos, sarna, diarreia, gânglios na virilha e hemorroidas; meteram-no lá dentro a pontapés e o tiraram de dentro a pontapés, lhe afundaram as costelas, rasgaram seus lábios, partiram-lhe as orelhas, incharam-lhe os testículos, aconteceu de tudo, em meses e meses e anos e anos de delegacias e prisões. Sua história é um conto de fadas comparado às que ele pode te contar.

Quando Echeverría terminou de falar, olhei para Cristián: sua cabeça estava afundada entre os ombros e o rosto estava pálido; uma veia tremia em sua maçã do rosto, perto do olho semicerrado. Senti que, se alguém tivesse falado de mim da mesma forma que Echeverría falou dele, eu não teria conseguido conter as lágrimas ou a ira, as palavras, pelo menos, mas nele, aparentemente, a lembrança de sua vida não despertava nada que fosse perceptível, apenas sua palidez e aquela veia tremendo no rosto, perto do olho, sob os pelos ásperos de sua barba.

V

Tive como comer e onde dormir miseravelmente, mais miseravelmente que nunca, mas não pude escolher. Podia, e todo mundo pode, não estar contente, mas não podia me recusar a comer o que podia comer, a dormir onde podia dormir, a falar com quem podia falar e a pegar a única coisa que podia pegar. Não quer? Abandone. É difícil abandonar, e parece tanto mais difícil quanto menos vale o que se tem ou quanto mais miserável se é. Não tinha mais nada, nem podia conseguir mais nada por enquanto.

Sabia o que acontecia ao meu lado e a uns passos mais longe e talvez mais distante — via e sentia tudo, as cores, os sons, o cheiro do vento e das pessoas, os traços dos seres e das coisas, e tudo isso se unia em mim, crescia e me fazia crescer, para quê?, não sabia, mas tudo ficava e nada se ia, as lágrimas, as risadas, as palavras duras e as palavras ternas, o gesto tranquilo e o gesto violento, a piedade de uns, a cólera ou o desprezo de outros, aquele olhar, aquele sorriso —, mas eu devia ficar onde estava e esperar, esperar o quê?, na verdade nada, pelo menos nada definido: esperar nada mais, esperar que o tempo passe, talvez. Todas as pessoas esperam, quase todas, pelo menos, esperam isso, esperam aquilo, o ridículo e o majestoso, o certo e o falso, o pequeno e o grande, o que virá e o que não virá, o que pode vir e o que não pode, o que merecem e o que não merecem; vivem esperando e morrem esperando, sem que nada do que esperam chegue, só a morte, que é sempre — e segundo dizem — inesperada; ninguém disse ao morrer: "não, não é isso o que eu esperava"; não, ninguém; recebeu a morte e calou, como conformado com ela. Há, é verdade, alguns que não esperam e outros que, esperando, esperam pela metade, ou seja, não confiam totalmente no futuro e põem algo de sua parte para que venha ou aconteça depois, trabalham, suam, vigiam, lutam, e alguns, inclusive, enquanto isso, roubam e até matam, sujando assim o que esperam e o que recebem.

De minha parte, não sentia nada que me impulsionasse a fazer isso ou aquilo; se eu trabalhava, era porque precisava comer, e, se comia, era porque, estando vivo, isso me era necessário. Necessidade, eis tudo. Não esperava nada, ninguém chegaria, minha mãe tinha morrido, meus irmãos estavam espalhados e meu pai cumpria em um presídio uma pena por uma quantidade inacreditável de anos. Não sairia senão morto, talvez até já tivesse morrido. Algum dia, em um beco do porto, em uma delegacia, em um vagão de carga, talvez em um albergue, talvez um irmão encontrasse outro irmão. Nesse instante, no entanto, esse possível encontro não era sequer uma esperança. Eu não tinha esperanças, tinha necessidades — me deem comida, onde dormir e abrigo, e fiquem com as esperanças —, poucas necessidades, mas urgentes, e as pessoas ao meu redor tinham as mesmas, às vezes uma ou outra a mais: comer, não opulentamente; vestir, não elegantemente; dormir, não luxuosamente, não, de qualquer jeito; mas que eu não tenha fome, que não tenha frio, que as pessoas não me olhem porque meus sapatos estão rasgados, meu cabelo longo, minhas calças destruídas, minha barba crescida. Não é fácil conseguir isso, no entanto: trabalhar sim, mas às vezes não há trabalho e, além disso, há gente que trabalha e que sempre tem fome, gente que trabalha e anda sempre malvestida, gente que trabalha e dorme no chão ou em catres e colchões cheios de percevejos e pulgas, oito em um quarto, três em uma cama, o tuberculoso, o gonorreico, o epiléptico, o invertido, o eczematoso. Em outro tempo me parecia tudo tão simples; sim, tudo é simples, quando se tem o que se precisa ou quando se sabe onde pegar e pode fazer isso sem que ninguém se oponha.

Não ficarei aqui para sempre. O homem não ficará em nenhum lugar; irá embora sempre, algum dia para não voltar; também algum dia o pulmão deixará de me doer e de sangrar e poderei ir, ir, ir, ir embora; parece uma ordem, um lema, um desejo, uma ilusão e até pode ser uma esperança. O que deseja ir embora não precisa de nada, nada mais que uma oportunidade para fazê-lo.

— O principal é se cobrir bem; comida quente, homem quente, roupas quentes.

— Mulher quente.

— Também não é ruim.

O Filósofo jogou a cabeça para trás, abriu a boca e deu uma gargalhada.

— Toda a vida do homem gira em torno do quente! O homem teme o frio: comida fria, mulher fria, roupas frias, chuva fria, vento frio. Cubra-se bem, Aniceto.

A colcha não tinha franjas e sua cor era indefinível; os buracos, por outro lado, não faltavam; havia mais deles do que eu podia suportar e, em algumas partes, poderia acontecer que, ao se reunir dois ou mais, o cobertor terminasse, se tornando tudo um puro buraco. O Filósofo pretendia me cobrir com ela, colocando a borda sob um colchão de palha não mais grosso que uma moeda, que estava sobre o chão de madeira, em cima de folhas de jornal. Me encolhi: era um leito nada macio e nada confortável, a três centímetros do chão, com cheiro de palha e terra e de homem estranho, sem lençóis, sem fronhas, com um travesseiro que parecia cheio de batatas e um cobertor finíssimo; mas era uma cama, uma cama que estava dentro de um quarto redondo, sem janela, quase sem teto, sem forro, só com umas vigas e umas paredes nuas de barro e palha, mal coladas, sem rodapés — para que rodapés? — e com um piso de tábuas entreabertas e carcomidas, mas que era um quarto, um lugar resguardado do vento e do frio. As paredes, na altura onde costumam ficar os catres, estavam cheias de expectorações secas de várias cores, predominando, no entanto, o verde, a cor da esperança; algumas, brilhantes, pareciam querer se soltar da parede da mesma forma que a má pintura se solta; e naquela cama, colocada dentro daquele quarto, fiquei, mal deitado, dormindo como uma pedra.

Ouvi entre sonhos as gargalhadas de Echeverría e um ou outro resmungo de Cristián: música celestial. Acordei à meia-noite: parecia que me faltava o ar e que minha garganta estava apertada; me sentei; ia tossir e me assustei ao lembrar do pulmão ferido e das escarradas pintadas de sangue. Tosse e um grande escarro encheu minha boca; não tinha escarrado o dia inteiro. O que fazer? Não tinha lenço e ali não havia cuspidouro nem bacia; não queria, no entanto, deixar de ver o catarro: teria ou não manchas de sangue? Me pareceu impróprio jogá-lo no chão; lançá-lo contra a parede, como tinham feito os antigos moradores daquele quarto, nojento: além disso, era um convidado, e devia me comportar decentemente; devia me levantar, então; no dia seguinte veria isso no pátio; mas uma mão me deteve e a voz de Echeverría murmurou:

— Em um papel.

Escarrei, envergonhado, em um pedaço de jornal, que tirei de debaixo do colchão e depois coloquei ao meu lado. Me deitei novamente. Junto a mim estava o Filósofo; mais além, Cristián. Tinha os pés quentes e, embora dormisse quase nu, não sentia frio. Echeverría tinha razão:

— O principal é se cobrir bem; comida quente, cama quente, homem quente.

— Mulher quente.

Cristián sorria como pode sorrir um gato montês.

VI

O escarro não tinha manchas de sangue. Levei-o até o pátio e o joguei dentro de uns latões: senti-me tranquilo: era possível que meu pulmão melhorasse logo. Endireitei o corpo e respirei fundo, bem fundo, até sentir que as paredes do tórax doíam. Dali se via o mar, do pátio, é claro, o cais, as embarcações, a costa se estendendo para o Norte e se dobrando para o Sul, lentamente e como envolta em uma bruma clara. Ali, ao ar livre, de camiseta ou com o corpo meio nu, as pernas abertas, recolhendo a água com as mãos — não havia lavatório nem jarro —, a gente se lavava em uma torneira que deixava escapar durante o dia e a noite um jato fino e forte. Água fria e sabão grosso, um toco escorregadio que escapava das mãos a todo momento e caía sobre os cascalhos do pátio, unidos entre si por pedaços de macarrão, batatas, peles de feijão, pedaços de papel, bolas de cabelos de mulher e ranho e algum resto de trapos; nada de toalhas: sacudia-se as mãos, passava-se na cabeça, usando o cabelo como toalha, e secava-se com elas o molhado, que raramente era muito. Desde bem cedo, ouvia-se o povo se lavando ali, gargarejando, assoando-se com violência e sem mais ajuda que a natural, tossindo, cuspindo, soltando exclamações e praguejando sempre que o sabão, que não tinha onde ser posto, caía sobre os macarrões, os cabelos e as peles.

— Nem te conto como é difícil se lavar aqui no inverno! — exclamou o Filósofo, que ensaboava timidamente o pescoço. — Damos, de passagem, uma olhada na torneira e pensamos no sabão, e passamos batido até o outro dia, em que damos outra olhada. Não é verdade, Cristián? Você também não é nenhum tubarão para a água.

Cristián, de camisa, uma camisa que parecia ter sido rasgada por uma ferramenta, esperava sua vez. O pátio estava ladeado por uma fileira de cômodos dispostos em um corredor com beiral; eram oito ou dez. Ao fundo do pátio, no centro, erguia-se uma espécie de grande caixa com porta: era o vaso sanitário, um buraco profundo, escuro, do qual surgia um vapor denso, quase palpável e de um cheiro estranho, um cheiro disfarçado. A esse cortiço, subindo o morro, chegamos por volta das onze da noite, depois de comer em El Porvenir e após um longo descanso nos bancos de uma sombria praça próxima ao cais.

— Você, com certeza, não terá onde dormir — disse Echeverría —, venha conosco.

Protestei, afirmando que podia dormir em um albergue.

— Não; venha conosco — insistiu. — Para que gastar dinheiro? Além do mais, creio que não lhe sobrou um centavo. Não lhe disse? Trabalha-se um dia para viver exatamente um dia. O capitalismo é muito previdente.

Era verdade pela metade: eu tinha dinheiro para a cama, mas me faltava para o cobertor.

— O alojamento que lhe oferecemos não é muito confortável — acrescentou —: uma cama no chão, um colchão sem forro, uma colcha sem franjas e um cobertor como feito de cebola; é tudo o que temos. Mas pior é nada. Lençóis não há: estão na lavanderia.

Aceitei sem titubear. É violento dormir de imediato e na mesma cama com um homem que se acabou de conhecer — e nesse caso não era um homem: eram dois —, mas não senti, ao aceitar o convite, qualquer desconfiança: vendo-os viver ao longo do dia, um silencioso, o outro eloquente, senti que podia confiar neles, confiar, é claro, em certo sentido e até certo ponto. Contrariando o costume geral, não haviam dito, durante todo o dia, uma só palavra sobre relações entre homens e mulheres, uma só palavra boa ou uma só palavra má; pareciam estar livres da obsessão sexual, livres pelo menos verbalmente, o que era algo e podia ser muito, e digo algo porque quem padece de uma obsessão dificilmente consegue evitar falar dela durante oito ou dez horas. Entediava-me e me assustava esse tipo de gente cuja conversa e preocupações giram sempre em torno dos órgãos genitais do homem e da mulher, conversa cujas palavras, frases, observações, anedotas se repetem indefinidamente e sem muita variedade nem graça: ela estava assim, eu estava assado, lhe disse: aqui, fique desse jeito, e ela olhou para aquilo e disse: não posso, rá, rá, rá, o que você acha...

Ria-se às vezes, com um riso sem alegria nem inteligência, sentindo, ainda que pela metade, que naquilo de que se falava existia algo que nunca se mencionava, algo que valia muito mais que as palavras e as frases, as anedotas e as observações, e que as risadas não tocavam, como se fosse estranho a elas. Podia-se falar dos órgãos nomeando-os com seus infinitos nomes e até, às vezes, descrevendo-os e rindo deles, mas não se podia, em contrapartida, falar daquilo; ou talvez não se falasse daquilo porque era muito difícil fazê-lo, exigia outras palavras, outras expressões, quase outros lábios, quase outras bocas. Por minha parte, não podia falar grande coisa nem sobre isso nem sobre aquilo; só podia repetir o que tinha ouvido, que era muito, mas que me envergonhava um pouco, pois se tratava sempre de prostitutas ou pervertidos ou invertidos ou ociosos que viviam monologando sobre o sexo, principalmente sobre o próprio sexo. Não tinha interesse nisso e me parecia mais um vício que outra coisa, uma obsessão e algo confuso também, em que não se podia pensar com clareza e sobre o qual não se podia falar com desenvoltura. Minha experiência era quase nula: meses atrás, em Mendoza, um amigo me assegurara que uma mulher que me olhava não o fazia desinteressadamente, só por olhar; não; em seu olhar havia um claro interesse e eu era um tolo se não me dava conta disso e não aproveitava. Era casada com alguém e pelas tardes, quando passávamos em frente à casa onde morava, lá estava ela, na porta, me olhando. Era uma casa pobre, com um grande pátio. Com certeza ocupava ali um quarto.

— Por que será que ela me olha?

— Já te disse, tonto; quer algo com você.

Algo comigo? Mas ela tinha marido, e por que iria querer algo comigo? Eu ria, envergonhado. Era morena, magra, de expressão triste, talvez não triste, humilde, tranquila, de testa alta, cabelo preto, de aparência simples.

— É turca[35] — dizia meu amigo.

— O marido também deve ser turco.

— E daí? Fale com ela.

— E o que digo?

— Por exemplo: como vai?

— O que mais?

— Que está fazendo por aqui? Que prazer em vê-la!

— Mas se eu nem a conheço e ela está na casa dela!

— Você é um tonto!

A mulher me olhava e eu retribuía o olhar. Achava-a jovem demais e isso me intimidava um pouco. Teria gostado mais se fosse mais velha, como minha mãe, por exemplo; então me aproximaria dela sem medo, não para perguntar por que me olhava, mas para falar com ela de outras coisas, de outras coisas vagas.

— Se olhasse para mim — dizia meu amigo —, eu já teria me aproximado e saberia sobre o que conversar com ela. Não seja bobo.

---

35 TURCA: Os imigrantes da Palestina, da Síria e do Líbano que chegavam ao Chile eram chamados genericamente de "turcos" no início do século XX. Como o Império Turco Otomano ocupava aqueles países, deviam viajar com passaportes turcos. Essa identificação equivocada com certeza os deixava irritados.

Acabei por cumprimentá-la um dia em que eu estava passando sem meu amigo. A mulher respondeu, um pouco surpresa e sem grande entusiasmo, àquele cumprimento que, aparentemente, não esperava. Não me atrevi a me aproximar, no entanto. Meu amigo era o culpado por minha timidez: falava daquilo de um modo que fazia parecer os olhares da mulher e minha possível aproximação a ela como algo perigoso, quase criminoso. Além disso, em meu subconsciente, a ideia do marido turco me detinha um pouco. Durante minha viagem ao Chile, vindo de Mendoza, a encontrei, também de pé e também junto a uma porta, na solitária estação de Puente del Inca. Embora fizesse tempo que não a visse, não senti nenhum medo ao me aproximar: meu amigo já não estava comigo. Vi que de novo me olhava com um interesse especial, como se me distinguisse dos outros homens. Foi ela quem falou comigo:

— O que faz por aqui? Para onde vai?

Eram, mais ou menos, as mesmas palavras que meu amigo me aconselhara a dizer a ela em Mendoza. Falou comigo como se nos conhecêssemos havia muitos anos, e no tom de sua voz não havia nada de estranho nem nada do que meu amigo suspeitava. A mala pendia de minha mão direita, suja de bosta. Era um dia de sol e vento.

Respondi:

— Vou para o Chile.

Tinha acabado de saltar do vagão cheio de animais em que viajara escondido durante boa parte da noite. Estava entorpecido e cansado, mas não a ponto de não poder continuar caminhando durante todo aquele dia e mais três dias. Ela sorriu e me olhou de novo. Assim, de perto, era mais bonita que de longe.

— E você, o que faz por aqui?

Era outra das frases de meu amigo.

O vento movia, sobre sua testa, uma mecha de cabelo encaracolado. Senti, naquele momento, um grande carinho por ela, era o único ser que me conhecia naquele lugar solitário, o único, além disso, que me sorria e me olhava; mas aquele carinho não tinha uma direção especial, era como seus olhares, um carinho no ar, passageiro, ou como eu, passageiro de um trem de carga, viajando de clandestino.

— Meu marido está trabalhando aqui.

Na estação não havia outra pessoa além dela. Ainda era muito cedo e a chegada de um trem carregado de animais não preocupava, ao que parecia, ninguém. Quem seria seu marido? Teria gostado de conhecê-lo. Mas meus amigos me chamavam. Sorrimos um para o outro uma última vez e fui embora.

VII

O dia amanheceu quase nublado e pela manhã fez frio; a primavera não aparecia assim tão facilmente. Depois de nos lavarmos e nos vestirmos, saímos, deixando a porta aberta. Echeverría lançou um olhar para o céu, como examinando-o ou tentando adivinhar suas intenções, e disse:

— Vai clarear ao meio-dia.

Não havia nada que nos aconselhasse a deixar a porta do quarto fechada. O cortiço ficava no limite entre a cidade e a solidão, pois era solidão aquilo, que começava ali e ali terminava, estendendo-se pelos morros ou vindo deles, afundando-se nas quebradas e umedecendo-se nos brejos que aqui e ali corriam entre árvores, rochas e espaços arenosos. Para chegar ali desde a parte plana, era preciso andar quase uma hora por ruas, vielas e encostas cobertas de casas humildes e barracos. Na primeira noite, cheguei ofegante. O quarto mais próximo, o grupo de quartos mais próximo, estava a não menos de três ou quatro quadras de distância, e só um ladrão muito miserável ou muito endurecido pela necessidade chegaria até aquele lugar para nos roubar a coberta fina com que nos cobríamos — única peça, além disso, que tinha algum valor comercial naquele quarto, já que não contava, além da cama, senão com o que se podia chamar de sua própria constituição, salvo por uma mesa velha, parecida com uma de encadernador, que tremia como mercúrio só de se aproximar e que ninguém compraria, a não ser que fosse para lenha. Além disso, o isolamento em que se encontrava o cortiço tornava difícil entrar ou sair sem ser visto e alcançado por alguma pedra pesada ou algo pior. Por outro lado, sempre havia nas peças algum operário sem trabalho ou doente, e no pátio alguma mulher estendendo roupa, lavando ou tirando piolhos de uma criança. Também teria sido inútil tentar trancar a porta, como percebi no dia seguinte: não tinha fechadura nem chave ou cadeado — apenas um buraco. Talvez a fechadura tivesse sido roubada.

No momento em que saímos, uma mulher que estendia umas roupas no pátio nos cumprimentou e disse:

— Já vão, vizinhos? Não querem tomar uma xicarazinha de café?

Aquilo me pareceu como o canto de um pássaro ou de um anjo — se é que os pássaros ou os anjos podem oferecer de manhã, ou a qualquer hora, uma xicarazinha de café. Não uma xícara, que não teria tanta graça, mas uma xicarazinha. Para minha grande surpresa, Cristián não respondeu, e Echeverría, que era o sócio que sempre falava por todos, pois tinha resposta para tudo, foi quem falou, sorrindo com aquele sorriso que parecia oferecer por debaixo do bigode:

— Aceitamos, se você aceitar que paguemos por ela.

A mulher protestou, sorrindo também, enquanto estendia um lençol tão branco quanto seu sorriso:

— Não, vizinho, nada de pagamento; não vale a pena. Deixe-me terminar de estender essa roupinha e logo lhes sirvo uma xícara de café.

Agora era uma xícara: a roupinha a fizera crescer. O Filósofo se adiantou para ajudá-la, e Cristián e eu, que não tínhamos nada a fazer, observamos. A mulher enganava à primeira vista. Parecia-se um pouco com a mulher do turco, a de Mendoza — não sei exatamente no quê: na cor, na humildade das roupas, na estatura, no cabelo —, mas esta eu podia ver de perto, trabalhando, se movendo, enquanto a outra eu sempre vira imóvel, de pé junto a uma porta, olhando. O corpo desta era magro, mas não mirrado — sim, musculoso e bem delineado; sob as saias pretas, notavam-se quadris cheios, e via-se claramente que as nádegas e o bumbunzinho, pequeno que era, se moviam em dependência absoluta dos outros movimentos do corpo, e não por conta própria. Os seios eram pequenos.

Olhei para Cristián achando que também observava, mas Cristián olhava para o mar; ao que parecia, a mulher não lhe chamava a atenção.

Quando a mulher e Echeverría terminaram de estender a roupa, entramos em seu quarto. Era ao lado do nosso, e ali se sentia aquele cheiro que há nos quartos onde dormem crianças pequenas, e que é como a essência delas: um cheiro misturado de leite, roupa úmida e cocô. Inspirei profundamente. Era um cheiro de lar, e ali estavam, sobre uma das camas — sentado um, deitado o outro —, o primeiro com uns dois anos, o segundo de poucos meses. O mais velho, de olhos bem abertos, nos olhou enquanto comia um grande pedaço de pão; estava despenteado, de camisetinha, a pele morena e reluzente, um cacho de cabelo escuro atravessando a testa de lado a lado. Não demonstrou nenhum temor; ao contrário, nos cumprimentou acenando com a mão. O outro, deitado de costas, meio nu, não deu atenção nenhuma a nós: olhava para o teto e dava chutinhos furiosos, como se tivessem lhe encarregado aquela tarefa, enquanto soltava pequenos gritos de prazer.

— Olá, dom Jacinto — Echeverría cumprimentou o maior. — Está gostoso o pão?

O menino não respondeu: um grande pedaço de pão o impedia, mas assentiu com a cabeça — estava gostoso.

— Sentem-se, por favor — disse a mulher, passando um pano sobre a mesa cheia de migalhas e manchada com algumas gotas de leite. — Em um segundo eu sirvo para vocês.

Enquanto limpava a mesa, me observou rapidamente: era a primeira vez que me via e talvez quisesse saber que tipo de bicho eu era. Fiz o mesmo, olhando sua bochecha esquerda, lisa e morena, sobre a qual rolava um cacho de cabelo preto. Seu primeiro olhar foi de reconhecimento — ou seja, de curiosidade; o segundo, de surpresa e de algo mais que eu não saberia definir, mas que me lembrou o olhar da mulher de Mendoza — um olhar que de longe parecia ter um interesse diferente do que mostrava de perto (mas é que nem de perto nem de longe você é um galã nem nada que se pareça; está magro, abatido, tem os olhos fundos, a testa estreita, o cabelo áspero e revolto. Seu corpo é alto, sim, mas desengonçado, e você anda com a cabeça baixa e as costas curvadas: parece que procura algo no chão, mas não está procurando nada que tenha perdido ou que espera encontrar. Sua roupa, além disso, não te favorece em nada, pelo contrário, te desmerece, e visto de longe ou de perto, parece que só te falta o cheiro para ser um pé de salsa; então não se iluda, Aniceto. Não me iludo, Echeverría. O que acontece é que você chama a atenção pelo contraste entre seu corpo e a expressão do seu rosto e do seu olhar, um rosto de menino e um olhar como de pomba, que deve surpreender as mulheres, toda a gente, melhor dizendo, e a mim também. Falta muito tempo ainda para que você atraia as mulheres, se é que algum dia chegará a atraí-las. Não pretendo atraí-las; só te perguntava por que algumas mulheres me olham assim. Deve ser pelo que te digo e porque elas têm um espírito maternal muito desenvolvido. A mim não me olham jamais com nenhum olhar agradável: já estou muito velho e meu bigode, além disso, as espanta. Os pobres-diabos como eu jamais deveriam usar bigode, mas se o raspasse seria pior: tenho o lábio superior mais horrível que o bigode. Vamos lá, me dê mais um pouco de vinho.)

O quarto era, comparado com o nosso, quase elegante; era mais amplo e havia ali dois catres de ferro em bom estado, colchas intactas, travesseiros com fronhas e lençóis, lençóis limpos! Aqui e ali, dois pequenos aparadores de bambu com tábuas cobertas de plástico; uma mesa, três ou quatro cadeiras e uma mesinha entre as duas camas; além disso, um grande cesto de lavadeira e uma tábua de passar, colocada entre dois cavaletes. Era um quarto humilde, embora completo e bem cuidado. Supunha-se, sim, que quando chegasse uma terceira criança, o casal teria de sair dali, ficaria muito apertado. Ao lado da mesa, no chão e dentro de um braseiro de latão, borbulhava uma chaleira e, dentro de um jarro de ferro esmaltado, uma porção de leite ameaçava transbordar.

A mulher mexeu no fogo, pôs umas xícaras e uns pires sobre a mesa, uns pedaços de pão e um pratinho com manteiga. Era um café da manhã de verdade, um café da manhã que eu não via nem comia fazia muito tempo, e sentei-me, envergonhado e ansioso ao mesmo tempo, diante da mesa. Sentia-me bem: havia ali acolhimento, calor, intimidade, cheiro de crianças. Em um instante, com suas mãos delicadas, a mulher nos serviu café com leite, tostou uns pedaços de pão, passou uma camada de manteiga, pôs em um prato que colocou no centro da mesa e nos animou:

— Pronto; sirvam-se antes que esfrie. Aqui, dom Alfonso.

Echeverría, que havia tomado a iniciativa ao aceitar o convite, estava confuso e desajeitado, seu rosto se avermelhou e ele baixou a cabeça. Cristián, sem pressa, mas também sem hesitar, tomou a iniciativa; eu o imitei, decidido. A mulher olhava para Alfonso.

— Vamos, dom Alfonso, sirva-se. O que foi? Está doente?

Achei que meu amigo fosse chorar, tão abatido ele parecia. Reagiu, por fim, e disse, sentando-se diante da mesa, com a voz um pouco embargada:

— E o mestre Jacinto? Está bem?

— Muito bem — afirmou a mulher, que estava de pé, perto da mesa. — O trabalho é longe e ele sai bem cedo. Às seis já está descendo o morro.

— É homem muito trabalhador — assegurou o Filósofo, sem muito entusiasmo.

A mulher concordou:

— Sim, mas se não houvesse tanto vinho nos bares, trabalharia menos.

Echeverría olhou para a mulher.

— Ainda gosta do tinto?

— É a única coisa de que gosta: não há noite em que não chegue com pelo menos duas garrafas no corpo, e duas garrafas não são nada para ele, um gole que mal dá para umedecer as pontas do bigode.

Aquilo me divertia.

— E quantas garrafas precisa para se sentir satisfeito? — perguntei.

— Ninguém sabe até agora, nem ele mesmo — respondeu a mulher sorrindo. — Quando começa a beber com dinheiro no bolso e tempo pela frente, nunca se contenta com pouca bebida, sempre copos cheios, seja do tamanho que forem; para ele, duas garrafas é beber pouco, e ele só para quando, depois de muitas, tem, segundo ele próprio diz, o vinho até os olhos; então não pode se abaixar, não por medo de cair, mas por medo de que o vinho lhe saia pelo nariz.

Rimos.

— O mais curioso de tudo — acrescentou a mulher, que parecia falar com prazer sobre o assunto — é que o vinho não lhe faz nada; fica embriagado, é verdade, mas não doente. Acho que, se bebesse de uma vez tanta água quanto bebe de vinho, adoeceria; com vinho, outras pessoas vomitam, sentem dor de cabeça, acordam com o estômago embrulhado, o coração dispara, o pulso treme, mas ele... Às vezes nem chega a dormir; se embriaga tanto que não consegue chegar em casa; fica por aí, acordado ou dormindo, talvez sentado; mas no dia seguinte, na hora certa, está no trabalho, sem dor, sem incômodo, bem sério, ainda cheio de vinho e martelando, serrando.

Poucos dias depois, conheci mestre Jacinto: era um homem alto, de costas grandes e peito largo, muito moreno, de bigode, pernas compridas e andar firme; olhou-me de lado e, apesar de me ver saindo de um quarto vizinho ao seu, não me cumprimentou nem disse palavra alguma; parecia homem muito calado; e noites depois, enquanto Cristián, com agulha e linha em uma mão e a camisa na outra, tentava remendá-la à luz de um toco de vela, e o Filósofo, sentado ao lado dele, lia um pedaço de jornal velho, de um mês ou de um ano atrás

— tirado de debaixo do colchão —, e eu, com a cabeça apoiada em uma mão, tentava adivinhar o que se dizia nas páginas de uma revista talvez tão velha quanto o jornal que o Filósofo lia, sentimos que mestre Jacinto chegava a seu quarto, não silencioso como era costume, mas ao contrário, falando e cantando uns versos sobre o porto de Valparaíso: "Porto de Valparaíso/ janelas e corredores,/ onde embarca o marinheiro/ junto com os carregadores"[36].

Sua canção foi recebida com um silêncio impressionante; ele a repetiu e recebeu uma advertência:

— Vá dormir, bêbado, as crianças estão dormindo; não faça barulho.

Mas o carpinteiro, alegre, continuou cantando com sua voz rouca os demais versos da canção e pareceu passear de um lado para o outro; riu depois e, por fim, ouviu-se um tropeço, um baque atroz e em seguida, em vez de choros de crianças ou resmungos de mulher, um novo grande silêncio, como se mestre Jacinto, ao cair, tivesse esmagado e matado toda a sua família, o que não seria nada difícil. Depois de um instante, ouviu-se alguém ofegando, escutamos que a mulher exclamou:

— Bêbado do diabo! Além de chegar nesse estado, ainda vem fazer tolices...

O Filósofo havia parado de ler e ouvia com atenção. Cristián, também escutando, piscava diante da luz enquanto fazia manobras delicadas para conseguir unir as duas bordas de um rasgão; estava coberto apenas pela jaqueta, e via-se sua pele branca cheia de algo como picadas. Ouviu-se uma batidinha na parede e de novo a voz da mulher:

— Vizinho...

Ninguém respondeu nem se mexeu; não sabíamos a quem se dirigia. A mulher insistiu, com muita doçura agora:

— Vizinho Alfonso...

---

36 Salvo o último, os versos coincidem com "Puerto de Valparaíso", *cueca* tradicional chilena da zona central, registrada pelos musicólogos Carlos Vega e Isabel Aretz. Essa versão diz: "La vida, puerto de Valparaíso/ la vida, ventanas y corredores/ la vida, donde se embarca el marino/ la vida, junto con los españoles".

— O que foi, senhora? — perguntou Echeverría, com a mesma doçura, erguendo-se.

A mulher respondeu, aflita.

— Venha me ajudar a levantar esse bêbado; não consigo movê-lo.

Meu amigo deixou de lado o pedaço de jornal e saiu para o pátio. Achei que Cristián o acompanharia, mas Cristián não fez nenhum movimento; todo o seu interesse estava concentrado nos restos de sua camisa; continuou costurando. Endireitei-me, mas ele levantou a cabeça e me deteve com um gesto, ao mesmo tempo que dizia em voz baixa:

— Não vá.

Parei, cheio de surpresa.

— Por quê? — perguntei.

Respondeu:

— Deixe-o sozinho.

— Mas ele conseguirá sozinho?

Fez então um gesto que me deixou ainda mais surpreso, um gesto que indicava algo que naquele instante era difícil de compreender. Dei de ombros e o olhei, interrogando:

— O que quer dizer?

Então sussurrou, apontando com o dedo para o quarto vizinho:

— Ele gosta.

— Gosta?

— Sim.

Acho que estava de boca aberta.

— Gosta? Do que é que ele gosta?

Cristián sorriu e pôs um dedo sobre os lábios, pedindo silêncio. Fiquei calado e escutamos. Echeverría abriu a porta do quarto vizinho e perguntou:

— O que houve, vizinha?

A mulher respondeu, com a mesma voz aflita:

— Esse homem, dom Alfonso: caiu e não consigo levantá-lo.

Não era de se estranhar: o carpinteiro era pesado e imaginei que nem mesmo meu amigo conseguiria erguê-lo.

— Vamos ver, vamos ver. Ora! Escolheu a pior posição.

O bêbado tinha caído entre as duas camas e, depois de se mexer, ficou atravessado entre elas. Era necessário fazê-lo girar e depois levantá-lo. O difícil era realizar o primeiro movimento, mas Echeverría, que não tinha muita força, tinha, em compensação, criatividade, e propôs:

— Vamos mover a cama.

Ouviu-se o arrastar de um catre; uma criança reclamou e logo escutamos um suspiro. O Filósofo pegava o homem por alguma parte e o fazia girar ou deslizar.

— Ajude-me; pegue daí, pelos pés. Isso.

O catre rangeu novamente, ouviu-se um duplo gemido e o estrado de uma das camas estalou sob o peso precioso de mestre Jacinto. Depois disso, tudo ficou em silêncio, um silêncio que durou alguns segundos. Olhei para Cristián: continuava costurando e escutando. Em seguida, ouviram-se os passos de Echeverría, a porta de nosso quarto se abriu e o Filósofo entrou, sentando-se de novo junto à vela e pegando outra vez o pedaço de jornal; mas não conseguiu ler: o esforço e a impressão haviam lhe tirado a calma; suspirou profundamente, deixou o jornal de lado e levantou-se, caminhando de um lado para o outro do quarto, muito calado.

(— O sem-vergonha do Cristián tem razão: ela me agrada, mas me agrada como o vento ou a lua, para quê?, apenas para ouvi-la ou olhá-la; nunca será minha e jamais me ocorreria sequer insinuar algo. Vieram para aquele quarto quando eu já morava no meu, sozinho, faz uns três anos, mais ou menos. Naquele quarto passaram a lua de mel e naquele quarto ela teve seus dois filhos, fui testemunha de tudo, ainda que apenas pelos ouvidos, o que às vezes é a pior forma de ser testemunha; ouvi suas queixas de amor e seus gemidos de dor.

("Estava dormindo naquela noite e não sei que horas eram quando fui acordado por uma algazarra horrível: gritos, gargalhadas, latidos de cães, miados de gatos, mugidos de boi, cacarejos, tudo o que a garganta humana e animal pode produzir ou imitar. Ouvi que abriam a porta do quarto e isso me surpreendeu: pela manhã, ao sair, estava desocupado, mas, sem dúvida, durante minha ausência tinham trazido os móveis: o administrador não me havia dito nada e, além disso, não tinha por que dizer; nos cortiços a gente se acostuma a viver ao lado das pessoas mais extraordinárias: ladrões, policiais, trabalhadores, mendigos, assaltantes, comerciantes, de tudo; gente que muda de um lugar para outro com muito mais frequência do que de roupa de baixo; mas em algum lugar têm que viver, não é verdade? Existem e precisam exatamente de tudo o que os outros precisam.

("Abriram a porta, como te disse, e entraram os gritões, os miadores, os mugidores, os bramadores, e ouviam-se vozes de homens e gritos e risos de mulheres que riam e gritavam como se estivessem levantando-lhes as saias, e elas se assustassem e gostassem ao mesmo tempo. Que diabos estava acontecendo? Depois de um momento, percebi: alguém repetia, como se fosse pago para isso, um mesmo grito em tom menor: viva os noivos! Não acreditei, no começo, que fossem realmente noivos, isto é, recém-casados; supus que fosse um casal, sim, marido e mulher, casados ou não, e que o 'noivos' era uma brincadeira, um casal, jovem ou não, que vinha morar ali e que seus amigos acompanhavam até o novo lar.

("Esperei que aquilo se acalmasse; depois dormiria: é preciso ser tolerante com as festas dos outros, até certo ponto, é claro. Mas as coisas não se acalmaram; acalmou-se o escândalo, sim, foram embora os que gritavam, os que uivavam, os que mugiam, os que cacarejavam, mas mestre Jacinto e sua mulher, sua mulher, novinha e só para ele, ficaram. Você já viu mestre Jacinto: só fala em raras ocasiões e só canta quando está bêbado; pois bem, naquela noite falou menos que nunca; não era noite para falar. Não houve nada de prévio, nada daquilo que se supõe que acontecerá ou se dirá em tais circunstâncias: lançou-se sobre a mulher como quem se lança sobre uma garrafa de vinho: de uma vez, e nem ele nem ela tentaram dissimular ou parecer discretos; pareciam acreditar que estavam sozinhos no cortiço e quase sozinhos no morro e na cidade.

("Pensei em me levantar e sair por aí, me refrescar, mas depois pensei: bah, logo estarei dormindo; como não; impossível dormir, e não porque eu seja pervertido ou curioso, nada disso, o que aconteceu foi que a paixão daquela mulher se mostrou tão extraordinária, tão incomum, sobretudo em uma mulher como a daquela noite, virgem e recém-desflorada, que o sono foi arrancado de mim como se tivessem tirado com a mão. Jamais tinha ouvido falar de algo semelhante e, se alguém me contasse, eu não acreditaria; quase me causava medo e te juro que em nenhum momento, depois dos primeiros instantes, desejei estar no lugar do carpinteiro. Ele adormeceu rápido — quem sabe quanto vinho tinha bebido para celebrar o casamento —, e ela então o despertou com queixas, dengos e beijos; ele resmungou, mas acordou; voltou a dormir e ela o despertou de novo; voltou a resmungar e acho que a ameaçou com um tapa; ela insistiu. Para que repetir o que dizia?! Seria ridículo. Passou a noite inteira acordada; eu também; mestre Jacinto dormia, roncava, bufava, resmungava; ela, acordada, o ninava, acariciava, dizia palavrinhas que me fizeram sorrir quando pensei, depois, para quem elas tinham sido dirigidas.

("Até hoje não sei se aquilo era espontâneo ou se alguém, sua mãe ou uma amiga ou irmã, a aconselhou; o que posso te dizer é que, para meu azar e para felicidade do mestre Jacinto, ou o contrário, não durou muito tempo. No dia seguinte, ele se levantou bem cedo, se lavou, preparou o café da manhã e foi trabalhar; e foi sem se despedir dela, que talvez dormisse. Eu ouvia tudo, tudo, e continuei ouvindo por várias noites, não sei quantas, não muitas, felizmente, mas suficientes.

("No outro dia, quando vi a mulher, fiquei pasmo: você a conhece, é uma pluma, magra, ágil, leve, com um rosto que não tem nada de extraordinário, exceto os olhos, cheios de uma luz que brilha desde muito fundo. Então essa era a fera erótica? Não percebeu nada, isto é, não percebeu que alguém podia tê-la ouvido, e na noite seguinte — cheguei cedo e silenciosamente ao quarto — seguiu com sua paixão. Mestre Jacinto ria por baixo do bigode: rá, rá, rá — o que mais poderia querer um homem como ele senão uma mulher como aquela? —, mas ria só até o momento em que, já satisfeito e cansado, o sono o mergulhava na escuridão; ela o despertava e ele cedia, embora resmungando: tinha trabalhado o dia todo — é carpinteiro de obras —, em pé ou pendurado em andaimes e, além disso, como ainda faz hoje, antes de voltar para casa, tomava suas duas garrafinhas de vinho; comia, deitava-se e se divertia um pouco com ela; mas, embora ainda seja um homem jovem, às onze da noite era uma pedra, uma pedra que a mulher conseguia às vezes despertar e comover, mas que não conseguiu nem fazer resmungar quando, algumas noites depois da primeira, ele chegou bêbado.

("Suplicou, ameaçou, pediu, ninou em vão: mestre Jacinto era apenas um imenso ronco, um ronco que fazia estremecer as paredes do quarto. Aí acabou: desde aquela noite a paixão foi se apagando como um fogo que ninguém alimenta, mas que, ao contrário, alguém apaga. O vinho a apagou e só voltou a se acender, de vez em quando, quando ele se esforçava; mas já não era o mesmo fogo. Eu sempre escutava e às vezes me sentia feliz que estivesse se apagando, e às vezes me sentia triste; terminava algo que me fazia sofrer, mas também algo que me dava prazer, não de maneira vulgar, mas de outra forma, que não sei te explicar — aquela paixão, com a qual eu não tinha nada a ver — era apenas um ouvinte — me dava uma poderosa sensação de vida; não era apenas carnal, grosseira, havia nela, naquela mulher, algo tão profundamente terno no meio de algo tão ardente, algo tão puro em meio a algo tão obscuro, que seu desaparecimento me causou tristeza; era como o fim de um romance cuja vida e sentimentos terminamos por compartilhar.

("Algumas noites, sozinho no meu quarto, eu pensava: gostaria de ter uma mulher como essa, carinhosa, terna, ardente, tudo. Depois pensava: para quê? Eu me comportaria com ela como mestre Jacinto, talvez pior, porque sou um doente e um preguiçoso e chegaria o momento em que, diante dos seus beijos, seus carinhos, seus dengos, eu responderia apenas com um resmungo ou uma ameaça... E embora Cristián te diga que gosto dessa mulher, não acredite, ou acredite só pela metade: ela me agrada como uma lembrança, como a lembrança de algo perdido, de uma beleza ou de uma bela força que desapareceu. O pior de tudo é que mestre Jacinto não se deu conta de que aquela mulher e aquela paixão desapareceram; jamais disse uma palavra sobre isso. É como se nunca tivesse existido. E é possível que ela também não se lembre. Eu sou o único que se lembra de tudo.")

XVIII

Descemos devagar o morro. O desnível obriga as pessoas a andarem depressa, embora não seja só o desnível que as impulsiona; é também o trabalho ou o desemprego, a comida, a mulher ou alguma criança doente, a roupa prestes a se perder na casa de penhores, o dinheiro que vai ser pedido, essa coisa e aquela outra; tem-se isto e falta aquilo, e sempre é mais o que falta do que o que se tem. O homem faz o que pode: trabalha e ganha algo, não tanto, contudo, que lhe permita cobrir todas as despesas, e então é preciso que trabalhem a mulher e o filho mais velho, se tiver idade suficiente — e às vezes mesmo sem tê-la; lavar, costurar, vender jornais, engraxar sapatos, soprar garrafas em uma fábrica de vidro ou carregar e descarregar tábuas em um depósito: sempre há alguém que tem trabalho para uma criança; paga-se menos a ela, e isso é sempre uma economia industrial ou comercial; alguns pedem esmola, outros roubam, e assim se vai vivendo ou morrendo. Mas nós rimos do desnível; não temos mulher nem filhos, não temos roupas empenhadas — as poucas que temos, levamos no corpo — e ninguém nos emprestaria nem cinco centavos; é uma vantagem, uma vantagem que nos permite caminhar passo a passo, parar quando quisermos, olhar, rir, conversar e sentar aqui ou ali. Marchamos em fila se a calçada é larga, em fila indiana se é estreita, e dois na frente e um atrás, ou um na frente e dois atrás, se for só mediana. As ruas dos morros não obedecem a nenhuma lei nem cálculo urbanístico; foram traçadas, feitas, melhor dizendo, procurando-se gastar o menor esforço para subi-las, pois trata-se de subi-las, não de andá-las, como as ruas planas; além disso, muitas estão ali à toa, já que por elas raramente passa um veículo; o desnível impede, a inclinação se opõe, e só algum carregador com seu cavalo ou um vendedor com seu burro passa por elas. As casas apertam as pistas, e as calçadas ajudam a estreitá-las. Cristián caminha sempre pela beirada da calçada, junto às casas — algumas não são mais que barracos e outras parecem gaiolas; para chegar a elas é preciso subir três ou quatro metros de escada íngreme —, e as observa, de passagem, com minúcia, como se em cada uma encontrasse ou fosse encontrar algo extraordinário; às vezes para diante de uma delas e então o Filósofo tem de chamar sua atenção:

— Caminhe, Cristián; não pare. Aqui não há nada para você.

A rua é nossa, e é como se a cidade também fosse, e o mar. Às vezes, sem ter nada, parece que se tem tudo: o espaço, o ar, o céu, a água, a luz — e é que se tem tempo: o tempo que se tem é o que dá a sensação de ter tudo; quem não tem tempo não tem nada, e nada pode aproveitar o apressado, o que anda depressa, o angustiado; ele não tem mais que sua pressa, sua urgência e seu corre-corre. Não se apresse, homem, caminhe devagar e sinta, e se não quiser caminhar, deite-se no chão, sente-se, olhe e sinta. Não é necessário pensar, a não ser que pense em algo que não te obrigue a levantar-se e sair correndo: esqueci disso, tenho de fazer aquilo, até logo, o gerente me espera, o vendedor vai chegar, o patrão precisa de mim, lá vai um bonde.

O mar está lá embaixo, diante de nós, à margem da cidade e de sua vida sem descanso nem tempo; parece repousar, não ter pressa nem urgência, e de fato não tem, e nele se vê, no entanto, todo o céu e por ele corre todo o vento: o terral, que surpreende a cidade por trás, subindo os morros, vindo do sul; o vento norte, que a investe por seu lado aberto: ou o do oeste, que não tem cerimônias e ataca de frente, lançando grandes ondas sobre os calçadões.

Talvez seja difícil explicar isso e talvez ainda mais difícil compreender, mas era assim e é assim: me dê tempo para olhar e continue contando sua mercadoria; me dê tempo para sentir e prossiga com seu discurso; me dê tempo para escutar e continue lendo as notícias do jornal; me dê tempo para gozar do céu, do mar e do vento e continue vendendo seus queijos ou seus preservativos; me dê tempo para viver e morra contando sua mercadoria, convencendo os tolos da bondade de seu programa de governo, lendo seu jornal ou traficando seus produtos, os quais você paga sempre mais barato do que vende. E se, além do tempo, você me der espaço — ou, pelo menos, não o tire de mim —, tanto melhor: assim poderei olhar mais longe, caminhar além do que imaginava, sentir a presença das árvores e das rochas.

Vamos em direção ao mar e o mar não sairá dali; ele nos espera; há milhares de anos está ali mesmo, ou um pouco mais adiante, batendo nas mesmas ou parecidas rochas, levando e trazendo a mesma areia fina ou grossa, amarela ou escura; vivemos dele como os pássaros, os pescadores e os marinheiros: para nós, alguns gramas de metal, apenas alguns gramas, são suficientes; para os pássaros, um punhado de peixes, e para os pescadores e marinheiros, um bote, um feixe de algas, um cesto de mariscos, portos distantes.

E ali está o biguá, tremendo sobre a boia, as asas escuras abertas e como apoiado na cauda: é o branqueador dos barcos grandes e das barcaças, dos rebocadores e das escunas da baía; parece que vai desmaiar de frio e inanição e, no entanto, já comeu vários quilos de peixe — sardinhas, peixes-rei, cavalinhas, manjubas, corvinas, robalos, garoupas — e está sempre com fome e sempre voa depressa, muito depressa, como poderia voar um homem sem tempo; e mais além o albatroz, sobre as rochas, muito sério com seu longo bico cruzado sobre o peito e sua bolsa gular, parece um frade mendicante, triste e pesaroso, mas tem o papo cheio e está contente; pesca de dia e de noite, a toda hora, em voo ou mergulhando, e não há no oceano peixes suficientes para seu papo; e o atobá, vagabundo, sem localização fixa, que não está nas boias nem nas rochas, sempre voando, vigiando do alto, pescando de passagem ou lançando-se em queda, com as asas recolhidas, sobre a pescada, o robalo ou a corvina; às vezes se mata ao bater contra alguma rocha submersa, mas um peixe-rei bem vale uma cabeçada ou até mesmo a morte; e as gaivotas, brancas ou cinzentas, de todos os tamanhos, voando rente ao mar, seguindo o peixe em seu deslocamento e agarrando-o de surpresa, sem esforço, quase com elegância; mas não é elegante: come de tudo, até cadáveres, e seu papo é como uma lata de lixo; e por fim os mandriões, reis da costa e da baía; terror dos cormorões e dos biguás, das gaivotas e dos albatrozes, dos atobás e dos chimangos, parasita que vive do que os outros conseguem com seu trabalho pessoal. Olhe para ele: persegue o atobá que pegou um pedaço de lula e o bica até que ele solta sua presa; o chimango o engole e se prepara para um novo assalto.

Me parece de repente que não caminhamos pela calçada de uma rua qualquer de Valparaíso, mas sim pelo centro de uma corrente de água. Talvez seja o tempo, o tempo que avança através de nós — ou seríamos nós que passamos através do tempo? — e se afunda naquilo que um dia constituirá nossa vida passada, uma vida que não pudemos escolher nem construir conforme desejos ou planos; não os temos. Que desejos, que planos? Ninguém nos deu desejos especiais nem traçou planos determinados. Todos vivem do que o tempo traz. Chegará o dia em que olharemos para trás e veremos que tudo o que vivemos é uma massa sem ordem nem harmonia, sem profundidade e sem beleza; apenas aqui ou ali haverá um sorriso, uma luz, algumas palavras, o nome de alguém, talvez uma cançãozinha. O que podemos fazer? Não podemos mudar nada daquele tempo nem daquela vida; serão, para sempre, um tempo e uma vida irremediáveis, e o são e o serão para todos[37]. O que verá o carpinteiro, na velhice, ao olhar para seu passado, para aquele passado feito de um tempo irremediável? O que verá o dono do mercadinho, o empreiteiro, o caixa, o gerente, a prostituta, o policial, todos e cada um? Portas e janelas, paredes; caixas de velas, sacos de batatas; operários que chegam praguejando de manhã e que saem xingando à tarde, montes de cédulas e moedas alheias; empregados com calças lustradas e narizes cheios de espinhas; homens desconhecidos com as calças na mão, cheios de desejos e de gonococos; celas e homens bêbados, feridos ou acusados de assassinato, estupro ou roubo, e o milionário com seus milhões e apesar deles, e o industrial com sua indústria e apesar dela, e o comerciante com seu comércio e apesar dele, todos com um passado feito de questões e fatos miseráveis, sem grandeza, sem alegria, sem espaço. O que fazer? Não poderemos fazer nada, não poderão fazer nada. O que se pode fazer contra um tempo sem remédio? Chegará um dia, no entanto, em que este momento, este momento em que navegamos pelo rio do tempo, nos parecerá um dos melhores de nossa vida, um momento limpo, tranquilo, sem desejos, sem portas, janelas nem paredes, sem caixas de velas nem sacos de batatas, um momento sem moedas nem cédulas, próprias ou alheias, sem operários praguejando, sem empregados, sem gonococos, sem bêbados e sem xingamentos.

Sentia que, às vezes, algo como bolhas saíam do fundo daquela corrente. Talvez, ao pisar no fundo, elas se desprendessem e subissem, roçando a pele das minhas pernas e dos meus flancos, chegando até minha consciência: era a lembrança ou

---

37 *Tiempo irremediable* é o primeiro título que Manuel Rojas escolheu para seu livro, e o título do manuscrito que enviou a um concurso de romances que a Sociedade de Escritores do Chile fez em 1950. Embora não tenha ganhado o prêmio, a editora Nascimento publicou a obra em 1951. Enrique Espinoza, pseudônimo do escritor argentino Samuel Glusberg, sugeriu o título que tem até hoje, *Filho de ladrão*. Sobre o sentido da expressão "tempo irremediável", o crítico Jaime Concha apontou algumas hipóteses válidas: trata-se do tempo recordado pelo narrador adulto, um tempo que passou e é irrecuperável. Também assinala um tempo histórico e social, o tempo das oportunidades de emancipação que foram se perdendo ao longo do século XX.

minha vida passada, a lembrança de meus irmãos, de minha mãe, de meu pai sobretudo, de minha infância; algumas eram de sabor agradável e se desfaziam logo; outras eram amargas e duravam mais, como se fossem remorsos, como se fossem a lembrança de algo que deixei de fazer; todas desapareciam no fim e eu seguia avançando. O que podia fazer? Meus dois irmãos, o segundo e o quarto, haviam ficado em Buenos Aires e atenderiam ao meu pai como pudessem, como o filho de um ladrão pode cuidar do pai. Eu voltaria algum dia, não sabia quando, se é que algum dia voltaria.

Percebia, ao avançar, que algumas pessoas, às vezes homens, às vezes mulheres e outras vezes crianças, caminhavam com a mesma desenvoltura, com a mesma leveza que nós, como se nada os tocasse ou nada os impedisse de ir para cá ou para lá; apareciam como envoltos por uma atmosfera que lhes pertencia, impenetrável para os outros, impenetrável até para eles, e nela se moviam com a agilidade com que eu me movia dentro da corrente clara e tranquila; sem dúvida tinham tempo ou, por um instante, haviam se desprendido de sua angústia pessoal; mas via também outros que caminhavam como agarrados de todos os lados, inclusive de seus semelhantes, colados a eles, colados às casas, aos postes, às moscas, ao lixo, aos carroções, e percebiam-se densos, sombrios, submetidos, afundados e como perdidos dentro de uma atmosfera comum viscosa, como de cola, como de alcatrão, gotejante, na qual parecia que todos respiravam, ao mesmo tempo, o mesmo ar. Quando você se livrará ou te livrarão, quando poderá levantar a cabeça, desprender-se dessa atmosfera, olhar o céu, olhar o mar, olhar a luz? (Deixe-me em paz. Que lhe importa se vou assim ou estou assado? Acaso estou lhe pedindo algo?)

A enseada, de resto, seguia sempre igual, com seus pescadores, suas gaivotas, seus barcos, suas pedras grossas, os albatrozes que de repente emitiam sons como de matracas e o homem que trançava ou consertava em silêncio as redes cor de tijolo; nos olhava de lado, de passagem, e seguia trabalhando; parecia que junto com a rede trançava a si mesmo, seus sentimentos, seus pensamentos, suas lembranças: jamais conseguiria se desprender da rede. Cristián e o Filósofo eram conhecidos dos pescadores, Cristián mais que Echeverría, pois Cristián era, naquele ambiente, uma personalidade — uma triste personalidade, é certo, mas uma personalidade, afinal. Um dos pescadores, recém-desembarcado de seu barco, se aproximou de nós naquela manhã e nos cumprimentou: era um homem baixo e rechonchudo, sólido, como feito de uma peça só e sem articulações, moreno, escuro, de cabelo áspero e curto, orelhas pequenas e escasso bigode. Falou com brusquidão:

— Que houve, diabos? Bom dia.

Nos detivemos. Seu rosto, seus braços e suas pernas pareciam duros, apertados, grossos de pele.

— Bom dia, Lobo — respondeu Echeverría. — Como vamos?

— Aí, na labuta. E vocês, como vão?

— Não de todo mal: indo.

O Lobo cruzou os braços rechonchudos sobre o peito, os esfregou um pouco um no outro e os deixou ali. Depois riu com desdém:

— Bah: indo... Morrendo, quer dizer. Como conseguem aguentar esta vida?

O Filósofo respondeu:

— Como você aguenta a sua.

Seus calções estavam arregaçados até acima dos joelhos. Com o dedão do pé, traçou uma linha sobre a areia, me olhou e perguntou:

— E esse moleque aí?

Me apontou com o queixo, e seu olhar e sua pergunta foram inquisitivos, seus olhos estavam um pouco avermelhados. Echeverría respondeu:

— Acabou de sair da cadeia.

O Lobo levantou um dos braços do peito e girou os dedos da mão:

— Amigo do alheio?

E soltou uma gargalhada.

O Filósofo explicou:

— Não, ele estava pagando o pato. Acusaram-no de assaltar uma joalheria, sabe, naquela confusão dos bondes.

— Ah, sim.

Olhou para mim de novo. O olhar de seus olhinhos causava incômodo.

— É verdade?

Respondi:

— É verdade.

Pareceu meio satisfeito.

— Pergunto só por precaução... Estou cansado de receber visitas dos tiras. Cristián e Echevarría são conhecidos e com eles não há problema, mas basta saberem que apareceu uma cara nova por aqui (e nem sei como descobrem) e já vêm me interrogar ou mandam me chamar: quem é, o que faz, por que está aí, de onde veio, para onde vai.

Parou e voltou a me olhar.

— É jovem, o garoto — disse, olhando para Echevarría. — Quantos anos?

Respondi:

— Dezessete.

— Parece mais velho. Aprendeu alguma manha? Digo, na cadeia.

Não entendi o que queria dizer com aquilo e fiquei em silêncio.

Insistiu:

— Sabe trabalhar?

Respondi:

— Sou pintor e já trabalhei em Valparaíso.

Aceitou a resposta, mas seguiu perguntando:

— Gosta mais é de não trabalhar?

— Não; mas estou doente.

— Doente? O que tem?

— Tive uma pneumonia enquanto estava preso; um pulmão ruim.

Calou-se por um momento. Depois disse:

— Sim, dá para ver que você não está muito bem; está com má aparência.

Balançou a cabeça e tirou de algum lugar um maço de cigarros.

— Estão um pouco úmidos, como cigarros de pescador — disse —, mas dá para fumar. Querem?

Echevarría agradeceu, mas não aceitou; fumava pouco. Cristián e eu aceitamos um cigarro.

— O Fatalito! — exclamou o Lobo, sorrindo e olhando para Cristián, enquanto soltava uma baforada pelas narinas curtas. — Quantos anos faz que te conheço?

Cristián respondeu secamente:

— Não sei, mas quando eu era moleque você já era como é agora.

O Lobo riu de leve.

— Sim, é verdade — confirmou, olhando para Cristián com um olho e piscando o outro —; mas é que você envelheceu muito cedo. O xadrez acaba com a gente. O mar, por outro lado, deixa a pele curtida.

Tornou a olhar. Parecia não estar convencido.

— Então você está doente? Não está fugindo da polícia, não?

Assegurei que não; estava em liberdade incondicional e ninguém me procuraria; pior ainda: ninguém precisava de mim.

— Os tiras são muito chatos — continuou o Lobo, jogando a guimba no chão e esmagando-a com o pé descalço —; acham que gosto de dar abrigo a ladrões e piratas. Ao diabo com os tiras, os ladrões e os piratas! Aqui mataram o Tripulina, bem diante dos meus olhos, aos tiros: vinha com um bote cheio de casimira inglesa e quis se defender com um canivete. Daqui levaram preso o Tapado: dez anos por pirataria; ainda faltam seis, e esse e aquele, até companheiros meus, que se deixaram tentar pelas barcaças cheias de mercadoria. Não tenho nada a ver com eles. Às vezes os encontro à noite, remando quietos, e não os vejo. Mas a enseada não é um bom lugar para se esconder dos urubus.

Tornou a me olhar.

— O melhor é trabalhar — disse —, mesmo que se ganhe pouco. Não gostaria de ser pescador?

Sorri, sem saber o que responder: teria gostado de dizer que sim e aceitar, mas com certeza não conseguiria fazer aquele trabalho.

— Precisamos de um garoto para um dos botes.

De repente, ouviu-se a voz de Cristián:

— Ei, Lobo — disse secamente —, está mais chato que os tiras. O garoto já te disse que não é larápio, que esteve preso porque jogaram a culpa nele, que está doente e que não pode trabalhar. O que mais quer? Por que continua perguntando isso e aquilo? Está doente ou comeu algum siri podre?

O Lobo olhou surpreso para Cristián, depois riu:

— Não se irrite, Fatalito — disse —, não saque o canivete ainda. Não gosto de encher o saco de ninguém, mas você sabe que às vezes tenho que fazer isso. Nunca falei nada que tenha prejudicado ninguém e até já estive preso por isso. Cada um sabe o que faz, por que faz e como faz; mas sou o guardião da enseada e às vezes tenho que ser chato. Outro cigarro?

Tornou a oferecer seus cigarros úmidos.

— Obrigado.

— Alguns acham que ser pirata ou ladrão é ser tudo e ter tudo. Mentira. É o mesmo que eu achasse que ser pescador é tudo. Puxa! Outros acham que ninguém vê os piratas e os ladrões e que dá para ser isso tranquilamente. Claro. Vê-se mais um ladrão que um honesto. Eu enxergo um pirata na noite mais escura e no mar, a duas milhas de distância, e posso dizer quem é e em que bote está. Sei de cor todos os botes do porto de Valparaíso. O homem rema como caminha, com um jeito próprio de remar, como o passo, que também é próprio. E os botes são iguais: têm movimentos que são só deles: carregados a bombordo, inclinados a estibordo, orçam ou querem virar de través; têm manhas e eu conheço todas.

— Ei, Lobo: estamos prontos — gritaram naquele momento de um dos botes.

— Já vou — gritou, virando um pouco a cabeça, e depois, para nós: — Até logo.

Partiu, atarracado, duro, moreno, andando com pouca desenvoltura, enrijecido, como homem de bote: seus braços mal se moviam ao caminhar e pareciam mais nadadeiras que braços. Depois de alguns passos parou, voltou-se e gritou:

— Ei: espero vocês para o almoço; tenho um atum de primeira!

Não respondemos e o observamos se afastar.

— Anda como um passarinho novo — comentou Echevarría. — O Lobo! Quando está como agora, é uma alma de Deus: quando está bêbado, um furacão: recupera toda a agilidade que o bote lhe tirou; nenhum tira se atreve a chegar perto dele nos dias de cachaça, e ele bebe por semanas seguidas. Trabalha bêbado: cai no mar, resfolega como uma foca e sobe no bote; trocam sua roupa e lhe dão um gole de aguardente; continua trabalhando e nem espirra. Nasceu homem por acaso: devia ter nascido lobo.

O mar, sem interrupção, continuava jogando metal na praia. Bastava, às vezes, uma hora para encher os bolsos, especialmente quando a maré tinha sido muito alta, e não encontrávamos só metal: apareciam também facas, garfos, colheres, ferramentas, alguma bugiganga e, às vezes, moedas ou pequenas joias. O lixão próximo contribuía para nossa prosperidade.

Naquele dia, ao irmos embora, ouvimos alguém nos chamar pelas costas; nos viramos: era o Lobo. Aproximou-se, irritado, nos enchendo de xingamentos:

— Não falei, seus panacas, que esperava vocês para o almoço?

— Desculpe — disse Echeverría —; achamos que era brincadeira.

— Nada de brincadeira: é um atum das delícias; a patroa fez no forno e está de lamber os beiços. Vamos lá.

Voltamos. O Lobo morava na própria enseada, em uma casinha sobre as pedras, sob a proteção de São Pedro, padroeiro dos pescadores. Fomos até lá e nos sentamos ao redor de uma mesinha colocada ao abrigo de uma meia-água feita de chapas de zinco já corroídas pela maresia. Os quartos — havia dois — ficavam dentro do corpo da casinha: a sala de jantar e a cozinha, fora; o chão era de terra e de onde estávamos dava para ver as camas e algumas cadeiras, um penico bem grande e uma mesinha de cabeceira. Três crianças começaram a circular ao nosso redor, todas negras e fortes, de olhar firme e movimentos decididos.

— A família — disse o Lobo, apontando para eles. — O mais velho já saiu comigo e sabe armar uma vara de pesca. Vem cá, dom Rúa, dê um oi para os amigos. O nome dele é Rudecindo — explicou —, mas chamamos de Rúa: é mais curto.

Dom Rúa, de uns doze anos, era baixo e rechonchudo, como o pai; tinha a cabeça como um ouriço e os olhos muito escuros e pequenos; a boca, com dentes muito grandes e separados, lembrava a de um tubarão. Estava descalço, com as pernas cobertas por uma calça muito fina, e o resto do corpo protegido por um suéter muito desbotado, que lhe chegava quase até os joelhos. Tinha um ar de importância, como o de um aprendiz que já começa a dominar seu ofício. Os outros dois meninos não foram apresentados e, da parte deles, não deram atenção alguma aos amigos do pai. O mais velho havia fabricado, com dois gravetos e algumas carretilhas de linha cortadas ao meio, um carrinho que empurrava de um lado para outro, seguido pelo menor, que arregalava os olhos diante da maravilha construída pelo irmão. Pareciam também uns lobinhos.

A patroa, uma mulher jovem e corpulenta, de grandes tranças e quadris e seios volumosos, de rosto duro, trouxe uma travessa de ferro esmaltado, dentro da qual, rodeada por rodelas de cebola e cenoura, flutuava em óleo dourado a metade de um atum. Uns grãos de pimenta aqui e ali e um dente de alho bem tostado completavam o prato. Sobre a mesa havia sal, pimenta, pão e uma garrafa cheia de vinho tinto.

— Sirvam-se, amigos — mugiu o Lobo —, e comam sem compaixão de ninguém. Isso é coisa rara para quem vive de catar lixo na praia.

Riu com uma risada forte e nos serviu vinho. A mulher, como se não quisesse presenciar o que ia acontecer, retirou-se para a cozinha, enquanto nós, imitando o Lobo, nos inclinávamos sobre a travessa e os pratos. Mas aquilo não foi um almoço: foi uma corrida contra o tempo e contra o atum, as pimentas, o pão e o vinho. Comíamos calados, como se temêssemos que, ao falar, aquela metade de atum fosse escapar com seu colar de rodelas de cebola e cenoura, seus grãos de pimenta e seus tostados dentes de alho. O Lobo, por sua vez, deu o exemplo: não falou uma só palavra, apenas devorou, soltando a cada dois ou três bocados uns arrotos que faziam oscilar o vinho da garrafa, cujo nível descia angustiosamente. Olhava de esguelha com seus olhinhos avermelhados e comia bufando, engolindo atum, pão, pedaços de pimenta e goles de vinho, e chupando cada espinha que encontrava.

Sentia meu rosto e minhas orelhas queimarem, como se o sangue de repente tivesse esquentado. Cristián calava, como sempre, e quanto a Echeverría, normalmente tão conversador, parecia ter engolido a língua. Sentado à minha frente, me olhava com piscadelas marotas, como querendo me dizer: Aniceto, não há um minuto a perder; temos muito tempo para conversar; o atum, por outro lado, vai durar pouco e, quando é que nós, miseráveis catadores de lixo da enseada de El Membrillo, vamos conseguir outra dessas? É ouro: é atum. Além disso, se formos tímidos, o Lobo vai comer tudo.

Quando terminamos, quando já não havia pão, nem pimenta, nem vinho, e quase nem sal, quando daquele belo pedaço de peixe não restava senão uma ridícula e incomível fileira de espinhas, Echeverría, ao deixar o garfo sobre a mesa, disse, recostando-se:

— Ganhamos do atum.

O Lobo riu com gosto, se levantou, bateu na barriga, soltou, do fundo da alma, um último arroto, e disse:

— Já comeram. Agora vão embora. Vou dormir. Até logo.

E se retirou para um dos quartos. Nos levantamos, dissemos umas palavras confusas de agradecimento à patroa, que não disse nem uma só palavra e apenas assentiu com a cabeça, como quem aprova algo que lhe propõem, e fomos embora. Mal conseguíamos andar e chegamos apenas até a entrada da enseada, onde nos sentamos sobre o murinho de pedra, silenciosos e empanturrados. De longe, e por nossa imobilidade e expressão de plenitude, podiam nos confundir com uma fileira de albatrozes que acabaram de engolir um cardume de cavalinhas. Depois de muito tempo, Echeverría falou, pausadamente:

— Não há nada como a amizade e também não há nada como o atum, embora dure bem menos, mas quem foi que disse que o que dura mais é o que mais vale? Se encontrássemos todos os dias um amigo assim e um pedaço de atum assado desse jeito, que agradável a vida seria!

Deu um sorriso bondoso e continuou:

— Que atum! É um peixe nobre, generoso, tudo nele é carne e não esconde nada. Não é como a pescada, que é só espinha, ou como a garoupa, peixes de pobre-diabo. Só o congro vermelho se compara um pouco, e vale tanto quanto a corvina, que também é generosa.

Divagou por um tempo e o ouvimos sem comentários. Calou-se, por fim, abatido pelo esforço da digestão, e cochilou.

Desde esse dia comecei a me aproximar dos botes, não porque tivesse esperança de outro almoço — almoços bons e amigos bons são raros, dizia Echeverría —, mas porque o fato de ter sido convidado uma vez pelo Lobo, o guardião da enseada, me deu ânimo para isso. O Lobo, por sua vez, não voltou a me fazer perguntas nem a me oferecer nada, nem trabalho nos botes nem atum assado; me olhava e me cumprimentava, dedicando-me um ou outro sorriso. Estava tranquilo: já sabia que o moleque, como ele dizia, não lhe traria problemas.

Os botes chegavam geralmente à mesma hora e esperavam uns pelos outros, não encalhavam até que todos estivessem juntos; os homens se ajudavam a levar suas embarcações até a areia; a praia era brava e os remadores tinham de calcular com exatidão o momento de avançar; um homem ia na proa e o outro sentado nos remos, na popa; a onda, sempre grande e sem piedade nem espera, lançava o bote com força, e era necessário que o proeiro saltasse na areia, pouco importando se era melhor ou pior, e tomasse a embarcação, puxando-a com força e rapidez; do contrário, a ressaca a levava de volta ao mar. Às vezes, quando a maré estava alta, ajudávamos, descalçando-nos, arregaçando as calças e colocando sob a quilha rolos de algas ou pedaços de tábuas que permitissem que os botes deslizassem com suavidade. No fundo da embarcação pulavam os peixes, cavalas, garoupas, pescadas, congros, corvinas, e, aqui e ali, uma lula esticava seus tentáculos. Os pescadores os pegavam um a um, dando-lhes com um pau na cabeça para imobilizá-los, e depois os amarravam aos pares com cânhamo, pendurando-os em um remo que colocavam, com a pá para dentro do bote, na proa da embarcação. Apareciam uns facões curtos e afiados, de pouca ponta, que entravam com violência pelo orifício anal e corriam depois até as guelras; pela ferida saía uma montanha de vísceras, que escorriam pelas mãos dos pescadores, sujando-as de sangue e gordura. Alguns peixes, ainda vivos, ao sentir o rasgo, se contorciam e abriam desmesuradamente as guelras, como se fossem gritar, mostrando brânquias vermelhas e dentadas.

Os pescadores eram, em geral, homens sombrios, silenciosos, de aparência estranha, vestidos com restos de roupas: suéteres em quantidades incontáveis e coletes, muitos coletes, todos grandes, alheios aos seus corpos, e cachecóis esfiapados. Passavam toda a noite no mar, dormindo em breves intervalos, sem falar no meio da escuridão ou falando apenas o indispensável. No bote, à proa e à popa, se amontoavam pedaços de peles peludas, retalhos de pano, cobertores velhos, sacos, tiras de jaquetas rasgadas e mais coletes e mais suéteres, que pareciam pertencer a todos, indistintamente. Aqui há um caldeirão redondo, em forma de tubo: serve para esquentar comida ou água, veja: tem dentro uma chaleira; ali há um prato de metal, uma caneca, duas canecas de ferro esmaltado, bem lascadas as duas, um garfo, duas colherzinhas, uma lata com um pouco de café e um pouco de açúcar, tudo misturado: economiza tempo; você joga o café junto com o açúcar, uma garrafa vazia; devia ter água; bah, a essa hora, tem que estar vazia, mas ao partir, ontem à tarde, com certeza tinha algo reconfortante: vinho ou aguardente. Às vezes a pesca é boa; outras, razoável; e outras, ruim. O mar nem sempre é generoso e às vezes cobra sua parte. Sempre há alguém que paga uma cota.

Na hora de aportar, apareciam na praia algumas pessoas; pareciam brotar da areia. Olhando-se as embarcações que balançavam perigosamente no topo das ondas, como albatrozes, esquecia-se de olhar para trás ou para os lados, e então os homens surgiam de repente, como se viessem do ar: talvez viessem do morro, que ficava a uns cinquenta metros de distância; desciam correndo ao ver os botes perto da praia. Em geral, eram homens já de idade, que também ajudavam a puxar as embarcações, a abrir os peixes, a levar para as casinhas as varas, as redes, os arrastões, os ganchos para lulas, os remos. Com certeza eram pescadores aposentados ou inválidos, reumáticos; vinham também crianças, filhas dos pescadores ou alheias a eles, que conversavam entre si e faziam comentários sobre a pesca e os nomes dos peixes: uma moreia, um robalo, uma anchova; e junto com as crianças e com os velhos, que recebiam por sua ajuda o que lhes dessem — uma pescada com um olho estourado ou alguns peixes-rei esmagados pelos pés dos pescadores —, chegavam os compradores: homens com grandes cestos, outros com burros, tropeiros, que penduravam nos animais, atravessando-os sobre o lombo, longos congros vermelhos ou pretos, ou corvinas que levavam para vender nos morros e nos vilarejos próximos. Vinham também mulheres do povoado, geralmente de bastante idade, que compravam apenas peixes baratos — garoupas, cavalinhas, serras ou pescadas —, pechinchando o preço e discutindo o tamanho:

— E isso aqui é o que você chama de pescada? Não é maior que uma sardinha. Precisa usar óculos para enxergar. Me dê uma maiorzinha; não seja miserável, olha que Deus vai te castigar.

Mas os pescadores, com sono e famintos, eram homens de poucas palavras; nunca diziam mais que duas frases sobre um assunto; a terceira guardavam para si, e era inútil insistir. Era preciso acabar logo.

— Não pechinche, senhora; não somos paisanos[38].

O mercado durava pouco, meia hora ou um pouco mais, já que os botes não eram muitos, e quando iam embora os tropeiros, as velhas e as crianças, os compradores no atacado e os curiosos, a enseada retomava sua solidão e seu silêncio, não se ouvindo mais que os gritos das gaivotas disputando os restos de peixes e o surdo bater das ondas na praia. Um homem, o Filósofo, vagueava por aqui; mais adiante, Cristián; mais perto, eu. O homem da rede seguia tecendo suas palavras não ditas, seus pensamentos não expressos, seus sentimentos desconhecidos — e tecia a rede, o mar, o céu, tudo junto —, e outro homem, um desconhecido — sempre aparecia por ali um desconhecido —, olhava da rua para a praia, as mãos nos bolsos esburacados, o cabelo comprido, a barba crescida, os sapatos rotos. Parecia se perguntar, assustado: o que vou fazer?, como se fosse o primeiro a se fazer essa pergunta.

Viver, irmão. Que outra coisa você vai fazer?

---

38 **PAISANOS:** Um dos termos com que os chilenos se referem aos imigrantes de origem árabe. Muitos deles se dedicaram ao comércio de maneira formal ou informal, e daí surge o estereótipo aludido aqui.

Quarta
PARTE

I

Não cheguei a saber, naqueles dias, o que havia dentro de Cristián — e talvez nunca chegasse a saber. Vivendo ao seu lado, próximo a ele, senti que o rodeava uma atmosfera de uma densidade impenetrável para o simples olhar ou para a simples proximidade. Não irradiava nada que pudesse ser compreendido de forma inteligente, e não soube se aquilo que os demais irradiavam — o Filósofo ou outros — o tocava. Por Echeverría soube, em certo momento, mais do que teria podido saber, em muitos anos, pelo próprio Cristián. Echeverría era talvez o único homem que havia conseguido se aproximar dele — apenas se aproximar.

— Ele resistiu, mas sua resistência não me intimidou; não queria penetrá-lo; queria que me visse e ouvisse falar, ainda que não me entendesse; queria despertar nele a palavra, ver que cor e que sabor poderia ter em seus lábios. Você sabe que tem uma cor e um sabor de coisa enferrujada. Sempre procurei dar, em um certo sentido, no sentido das relações mentais humanas, mais do que possivelmente posso receber; gosto de tirar algo dos outros, ainda que muitas vezes esse algo não valha o esforço de se ter olhos nem ouvidos. Não faço isso por presunção nem por curiosidade; é da minha natureza: gosto de escavar no homem. Consegui, por fim, que falasse e me dissesse, com seu idioma monossilábico, que só abandona quando se irrita, algo de si mesmo, não do que pensa, pois creio que não aprendeu a pensar, mas do que viveu. Não foi grande coisa, mas foi algo. Não tenho a mínima esperança de que ele tenha escutado ou entendido tudo que eu lhe disse desde que o conheço; não me importa. Conheci-o já muito homem, mineralizado até um ponto difícil de avaliar. Não poderia defini-lo cientificamente; não sou psicólogo, ainda que, diacho, também não sinta falta disso. Quando dom Pepe me deu a dica sobre a mina marítima de El Membrillo e fui reconhecê-la, ele estava lá; estava como você, encalhado na praia; mais que encalhado, arremessado pela ressaca, mas ele ia da terra para o mar, ao contrário do metal, que vem do mar para a terra. É outra ressaca, mais temível que a outra. Estava ali como esteve você, com a diferença de que o que te acontece pode ser circunstancial, momentâneo, enquanto o que acontece com ele parece definitivo; não sabe trabalhar, não pode roubar e tampouco quer sair da sua cidade. Se você lhe der um pincel, um martelo ou uma chave inglesa, não saberá o que fazer com eles, não conseguirá manuseá-los: seus músculos estão entorpecidos. Durante vários dias me viu entrar e sair, recolher metal e ir embora; enquanto eu ia e vinha, lançava-lhe meus olhares, suspeitando o que se passava com ele, e ele respondia com uma expressão tão turva e um gesto tão duro que, apesar da minha coragem mental (que é a única que tenho, além da verbal, claro), não me atrevi a me aproximar. Isso acabou por me irritar, e me aproximei, disposto a receber um chute ou o que fosse. Não lhe ofereci nem lhe perguntei nada; disse apenas que o mar jogava um metal na praia, que era fácil recolhê-lo e que alguém o comprava. Não pense que foi correndo; andou passo a passo e demorou um dia inteiro para decidir-se a recolher um pedaço; não mentiria se te dissesse que é possível que, ao se agachar, sua espinha tenha estalado como se estivesse quebrada. A vida o endureceu a tal ponto que o converteu em um ser que não é animal nem vegetal; infelizmente, tampouco é mineral: precisa comer, precisa respirar, e precisa fazer muitas outras coisas, limitadas, sim, mas todas necessárias. Assim é Cristián, e não pense que seja o único, não, há muitos como ele, e todos precisam viver, vivem, melhor dizendo, e é preciso aceitá-los como são. Podemos desprezá-los, podemos viver afastados deles, mas não podemos ignorá-los; poderíamos matá-los, mas outros viriam para substituí-los; nascem milhares todos os dias, e o mal, em algumas ocasiões, não está neles mesmos: alguns nascem assim, outros se tornam assim. Às vezes algo os salva, às vezes nada os salva; e não pense que só existem em nosso meio: nascem em toda parte, e alguns chegam a se tornar pessoas importantes. Cristián nasceu assim ou chegou a ser assim? É difícil saber, e é difícil porque o único que poderia dizê-lo, ele mesmo, não conseguiria fazê-lo. Você teve sorte...

Sorte... Contei ao Filósofo aquela parte da minha vida: durante um tempo, minha família e eu moramos, em Rosário, em uma casa que meu pai alugou de uma senhora de sobrenome italiano, já idosa e viúva, que não tinha filhos nem parentes, e cujo único sustento era aquela casa, que alugava, reservando para si um quarto de madeira, separado do resto da construção, que seu marido, empreiteiro, havia construído para usá-lo como galpão e depósito de ferramentas. Ao morrer o marido, a senhora mandou arrumar o quarto, acrescentou uma cozinha, construiu um galinheiro onde criava meia dúzia de galinhas e alguns patos, e ali se instalou para passar seus últimos dias. A construção ficava no fundo do terreno, cercada de árvores e de um jardinzinho que a senhora fez com suas próprias mãos: tinha cardeais, arruda, maravilhas, damas-da-noite, dois ou três heliotrópios muito perfumados e um jasmim-do-cabo. Tudo isso era cercado por uma grade de madeira pintada de branco. Ao meu pai, no começo, não agradava a ideia de ter na mesma casa uma pessoa estranha, mas a senhora se mostrou tão discreta que ele acabou por tolerar sua presença. Meus irmãos e eu íamos algumas vezes espiar a senhora, seu jardim e suas árvores, entre as quais havia alguns pessegueiros que amadureciam no tempo certo. A senhora nos oferecia alguns e conversava conosco, sem nunca perguntar nada sobre nós mesmos. Não tinha empregada e raramente recebia visitas. Saía às vezes, muito arrumadinha, para visitar antigas amigas ou vizinhas, e nos pedia que cuidássemos da casa. Nunca se atreveu a nos visitar e, da parte dela, minha mãe — que era muito prudente — nunca a convidou; passava, cumprimentava e se encerrava no seu jardim, entre as árvores. Ela mesma cozinhava suas refeições e lavava suas roupas; tinha boa saúde e um semblante muito alegre. Em um dia de verão, quando os pêssegos já estavam maduros, fui dar uma olhada: ali estava a senhora, no jardim, tentando ler um jornal. Ela me viu e me convidou a entrar. Perguntou-me:

— Sabe ler?

— Sim — respondi.

— Eu — me confessou — mal consigo; me custa muito; me canso e me dói a cabeça. É uma sorte ser jovem.

Inclinou a cabeça e endireitou o jornal, que tinha deixado no colo, lançando-lhe um olhar por cima dos óculos. Continuou:

— Neste jornal sai um folhetim muito bonito; é um romance espanhol.

Eu a escutava e olhava um galho cheio de pêssegos avermelhados pela maturação. Ela me perguntou:

— Quer pegar alguns? Pegue. Tem muitos.

Peguei dois ou três e, enquanto os saboreava, me ocorreu oferecer-me para ler o folhetim: era uma forma de retribuir os pêssegos e, ao mesmo tempo, de garantir outros para o futuro; o verão era longo e a fruta estava cada vez mais cara.

— Quer que eu leia o folhetim para a senhora?

Jamais tinha lido um folhetim e não sabia o que era.

— Não vai se incomodar de ler?

— Não — respondi, limpando as mãos no lenço —; não vai me incomodar nada.

— Pois tome — disse, e me entregou o jornal.

Peguei o jornal, olhei o título do folhetim e li de um só fôlego tudo o que havia ali. Enquanto eu lia, a senhora soltava exclamações e fazia comentários que eu não escutava. Terminei de ler e devolvi o jornal.

— Obrigada — disse —; lê bem, mas muito depressa; parece que o que está lendo não lhe interessa.

No dia seguinte, repetiu-se o que ocorrera no anterior: comi meus pêssegos e li o folhetim, e assim foi acontecendo nos dias posteriores e continuou acontecendo até muito depois de a fruta acabar: a curiosidade me pegou e, não satisfeito em saber o que se passava no que lia, quis saber o que tinha acontecido antes. A senhora me deu as partes anteriores; ela as recortara e guardara, e não apenas as desse folhetim: tinha muitos outros. Em retribuição, em pouco tempo conheci um mundo até então desconhecido. Entre os folhetins, apareceram romances de todas as nacionalidades: espanhóis, franceses, italianos, ingleses, alemães, poloneses, russos, suecos. Cidades, rios, lagos, oceanos, países, costumes, paixões, épocas — tudo se tornou familiar para mim. Um dia, em que meu pai falava sobre Madri, interrompi-o e disse algo sobre aquela cidade, não me lembro o quê.

— Como é que você sabe disso? — perguntou ele, sorrindo.

— Sei muitas coisas sobre Madri — respondi — e também sobre a Galícia, sua terra.

— Mas onde você aprendeu isso? — insistiu. — Porque na escola não ensinam essas coisas.

— Li alguns romances espanhóis — respondi.

— Onde?

— A senhoria me emprestou. Li para ela o que estava saindo em *La Capital* e ela me emprestou outros.

— Por isso é que tirou notas tão ruins na escola — suspirou minha mãe.

Meu pai não disse nada, e continuei lendo, e li de tudo: jornais, revistas, calendários e livros. Contagiei meus irmãos com minha paixão, e eles também começaram a ler, embora não com a mesma assiduidade. Minhas notas escolares caíram até um mínimo que alarmou meus pais, que, no entanto, não me proibiram de ler: não sabiam se era bom ou ruim fazer isso de forma tão exagerada. Temeram apenas por meus estudos, estudos que nunca terminaria, e me recomendaram prudência.

Mas nunca contei a Echeverría o fim das minhas relações com aquela senhora: um dia, no jornal que ela costumava ler, apareceu, entre outras coisas, uma fotografia do meu pai. Era ele sem dúvida, sem disfarce possível, e o jornal o apontava como ladrão perigoso, dando seu nome, seu apelido e todos os seus antecedentes policiais. Não havia nada a fazer: a senhora lia o jornal com atenção e era certo que veria. Não disse, de fato, uma só palavra, mas meu pai, que tinha o pudor da sua profissão, decidiu mudar de casa e foi notificá-la. A senhora perguntou:

— Quer deixar a casa?

— Sim, senhora — respondeu ele.

Ela o olhou fixamente e perguntou:

— É por causa do jornal?

Meu pai não respondeu, e a senhora disse:

— Se é por causa do jornal, dom Aniceto, não vá. Não me importa nada o que diz o jornal e não tenho nenhuma queixa do senhor. Cada um ganha a vida como Deus permite, e o senhor é um homem decente. Fique.

No entanto, meu pai, a quem aquela propaganda jornalística não favorecia em nada, não queria apenas mudar de casa: queria mudar também de cidade e insistiu. Quando fui me despedir, a senhora me abraçou, chorou algumas lágrimas e me deu, de lembrança, três folhetins. Quando tive de sair da minha casa para correr o mundo, eles ainda estavam lá.

— Sim, você teve sorte e eu também tive: meu pai era anarquista e também lia, e que livros! Livros que eu quase não entendia, da biblioteca Sempere[39], e sobre os quais falava o tempo todo. Pegava alguma ideia, a menorzinha que fosse, e ruminava durante semanas inteiras, falando disso não só com a esposa e

39 BIBLIOTECA SEMPERE: A editora valenciana F. Sempere publicou entre 1900 e 1914 um grande número de obras ensaísticas e filosóficas, com uma clara preferência pelo pensamento anarquista, a preços muito baixos e em tiragens enormes para a época. Foi muito importante para a criação de bibliotecas privadas em lares humildes da Espanha e da América Latina.

os filhos, que não entendiam nada, mas também com amigos e companheiros, que também não eram nenhuma sumidade. Tinha certo dom para falar em público e manejava algumas palavras, bem poucas, pois era carpinteiro e não havia tempo para se aprimorar, mas com essas poucas palavras ele dava um jeito de fazer seus discursinhos. Eu o acompanhava às reuniões e o escutava com mais atenção que qualquer um, embora sem entender grande coisa. Com o tempo, cheguei a ler aqueles livros, todos livros de ciência, e outros que encontrei por aqui e por ali. No fim das contas: peguei gosto pela leitura e me atrevi a pensar por conta própria. Fiz o que meu pai não conseguiu fazer: o serrote, manejado oito horas por dia, e o martelo outras tantas, não são ferramentas que permitam pensar em coisas abstratas: você acaba esmagando uma mão ou cortando um dedo...

"Mas Cristián, Cristián, por outro lado... Não sabe ler nem escrever. O pai era vendedor ambulante de querosene e velas de sebo, bêbado, analfabeto e violento. Teve três filhos e ficou viúvo; não se casou de novo — não há muitas mulheres dispostas a casar com um vendedor ambulante dessa mercadoria — e os filhos se criaram como puderam. Dois morreram, suponho que de fome, e Cristián virou ladrão: era uma forma de se salvar, ruim, é certo, mas nem todos podem escolher o melhor. Ele escolheu o pior: não tem habilidade muscular nem mental; além disso, para seu azar, tem um problema de visão; assim que escurece, o chão se transforma para ele em uma tremedeira, confunde sombra com luz e os acidentes do terreno viram, cada um, um problema. Você compreende que não se pode ser ladrão e ter esse tipo de problema: também não dá para um ladrão noturno andar com cão-guia. Enquanto não era pego, a coisa ia mais ou menos, mas ele era pego quase sempre: tropeçava nos móveis ou deixava cair as ferramentas no chão. Fugindo, tropeçava a dez metros de distância: confundia um buraco com uma mancha de sombra, ou uma mancha de luz com uma pedra solta, e lá ia ele ao chão, e então o dono da casa, os filhos do dono, a esposa e até o criado caíam em cima dele e lhe davam uma surra tremenda. Ninguém apanha tanto quanto um ladrão pego dentro de casa; o sentido de propriedade é infinitamente mais forte que o da piedade. E assim, inúmeras vezes.

"Passou anos na prisão e sempre chegava às delegacias cheio de galos, machucados e até ferimentos. Toda a polícia de Valparaíso o conhecia, não só os detetives, mas até os policiais dos postos mais distantes; prendiam-no onde quer que estivesse, mesmo que não estivesse fazendo outra coisa senão respirar. Além disso, como é violento, brigava com os policiais, e, como os policiais têm o senso de autoridade muito desenvolvido — quase tão forte quanto o de propriedade —, acontecia que ele não só chegava às delegacias machucado, mas também saía de lá do mesmo jeito. A vida se tornou impossível para ele. Vagueava pelas quebradas e pelos cumes dos morros, e só a fome o obrigava a descer aos bairros em busca de algo para comer; lá o apanhavam e o levavam à delegacia. Por fim, alguém se compadeceu dele, um sargento do posto de Playa Ancha, que conhecera seu pai e nunca o prendia: fingia que não o via. Daquela vez, viu: a figura e a expressão de Cristián deviam estar tão terríveis que o sargento, impressionado, se aproximou dele. Era um homem bem mais velho que Cristián, bondoso, e Cristián pôde lhe contar o que estava acontecendo. O sargento falou com seu superior, este com o seu, e não sei se este com um superior ainda maior; conseguiram que não o prendessem sem motivo e fixaram-lhe residência. Cristián teve de prometer não roubar mais e não sair do bairro.

"Pouco depois, eu o conheci. Não sei até quando estarei com ele, mas prometi a mim mesmo não abandoná-lo; mais ainda, tenho o desejo oculto de ensiná-lo a trabalhar. Assim que me sentir com disposição suficiente, irei embora com ele; o trabalho começa e o bom tempo chega; o vento sul começa a soprar com força. Você podia vir conosco: formaríamos um trio imbatível. Com o pincel nas mãos, nem as moscas se aproximariam de nós."

II

Quem sabe se vivemos sempre apenas ao redor das pessoas, mesmo aquelas que vivem conosco por anos e anos e a quem, devido ao trato frequente ou diário, até mesmo noturno, acreditamos que vamos conhecer intimamente; de algumas conhecemos mais, de outras menos, mas seja qual for o grau de conhecimento que adquirimos, sempre percebemos que elas reservam algo que é impenetrável para nós e que talvez seja impossível de entregar: o que são em si mesmas e para si mesmas, o que pode ser pouco ou pode ser muito, mas que é: esse núcleo oculto e indivisível, que se recolhe quando tocado e que costuma matar quando ferido. Não tinha nenhuma esperança de me aproximar de Cristián; ele era tão monossilábico quanto eu e não tinha, como o Filósofo, audácia mental. O que eu soube, no entanto, fez com que pelo menos tivesse um pouco de simpatia por ele.

Quanto a Echeverría, não era um problema para mim e, aparentemente, não era para ninguém, embora talvez fosse para ele mesmo. Naturalmente franco, comunicativo, cordial, era um homem que também fazia o possível para dar, no sentido das relações humanas mentais, mais do que poderia possivelmente receber, como me dissera. Seu comportamento em relação a Cristián e a mim, e o que eu observava com as pessoas que conhecia, demonstrava isso. Todos se aproximavam dele como amigo e ele não tinha reservas com ninguém. Não ocultava nada, não tinha nada a perder, mercadorias ou dinheiro, posição ou interesses. Certamente teria seu núcleo oculto, já que ninguém deixa de tê-lo, mas esse núcleo não seria tão grande e tão duro como o de Cristián, nem tão pequeno e escondido como o meu. Como havia formado um caráter assim? Não era o primeiro que conhecia, embora fosse o mais completo. Outros homens se apresentaram para mim abertos, cordiais, comunicativos. Olhando para eles, me ocorria que eram como uma superfície onde tudo parecia limpo e claro, como um espelho, por exemplo, ou a mesa de uma máquina de lixar; mas a visão nem sempre é suficiente. Passando a mão sobre a superfície, sente-se sua verdadeira textura: aqui há um desnível, uma curva com um seio. O que há nesse seio? Outras vezes, a mão encontra algo pior: um pedaço invisível de vidro ou metal que fere como a mais dolorosa agulha. Não era um ser mole, excessivamente mole; dava para ver que em algumas ocasiões ele estaria disposto a lutar, não fisicamente, pois era um ser fraco, mas sim mentalmente e com a ajuda da força de que pudesse dispor naquela ocasião. Era, talvez, irresoluto, não resoluto, não audaz — como se podia deduzir de suas relações com a mulher de mestre Jacinto —, mas essa falta de resolução e de audácia indicava o próprio reconhecimento de sua falta de condições para realizar algo que estimava e que não queria ver arruinado. Isso me parecia valioso. Tinha confiança nele, mais ainda, tinha admiração por ele. Não gostaria, no entanto, de ser como ele, talvez porque não pudesse ou talvez porque não quisesse.

Quanto a mim, não sei que imagem eu apresentava aos meus companheiros. Certamente, a que os jovens sempre apresentam às pessoas mais velhas: a de um ser cujas possibilidades e disposições permanecem ainda ignoradas ou inadvertidas. No entanto, eu sentia — talvez desejasse — que jamais chegaria ao estado de Cristián — já era impossível —, e que não ficaria no estado do Filósofo. Percebia em mim algo que não havia neles, um ímpeto ou uma inquietação que não tinha direção nem destino, mas que me impediria de aceitar para sempre apenas o que a casualidade quisesse me dar. Talvez devesse isso ao meu pai. Às vezes, a mesma força pode ser usada para agir em várias direções; tudo reside em saber utilizá-la. Não tinha ambições, não poderia tê-las, mas existia em mim um limite de resistência para as coisas exteriores, alheias a mim mesmo. Isso eu aceitava, isso não. Até aí chegava. Não era muito, mas era o suficiente.

Os dias passaram; entretanto, não muitos; mas passaram. O barco em que meu amigo fora embora voltou e partiu novamente; ele não veio nem me escreveu de lugar algum; não o recriminei: entendi que talvez não tivesse sido fácil para ele fazê-lo. O Filósofo me perguntou sobre meus projetos; disse-lhe que não tinha nenhum específico, além de buscar um trabalho melhor remunerado, pois minhas roupas já não eram roupas e eu sentia falta de algumas coisas. Estava refeito e me sentia forte novamente; meu pulmão parecia funcionar bem; não me doía nem me causava aqueles escarros que me assustavam. Estava sempre magro, mas forte e animado.

— Não vão acreditar — disse uma noite o Filósofo, enquanto conversávamos ao redor da vacilante mesa de nosso quarto —, não vão acreditar, mas há dias estou sentindo a necessidade de pintar um muro, não um muro qualquer, um de adobe e cal, por exemplo, mas um grande, bem rebocado e com tinta a óleo. Gostaria de um azul — terminou.

Depois, como permanecíamos em silêncio, continuou:

— Um amigo meu diz que o homem deve trabalhar um dia por mês bem trabalhado, e descansar vinte e nove, bem descansados. Eu sou mais radical: acho que o homem deve trabalhar apenas quando sente vontade de fazer isso e eu estou com vontade: estou completamente arruinado.

Riu.

No dia seguinte, ele não nos acompanhou na coleta. Apareceu ao meio-dia, quando Cristián e eu já estávamos para terminar, naquela manhã, nosso trabalho de coletores de lixo, como dizia o Lobo.

— Terão que me convidar para almoçar — declarou —; espero que não se neguem. Lembrem-se de que fui eu quem os iniciou nesse lucrativo negócio.

Acrescentou:

— Não tenho um único centavo. Isso é o que acontece quando me meto a buscar trabalho.

Ele realmente tinha buscado trabalho, e não só isso, um contratante conhecido aceitou lhe dar um trabalho para pintar várias casas em um balneário distante.

— Pensei em vocês dois — disse, na hora do almoço. — Sou um bom mestre e o contratante, que tem confiança em mim, me adiantará algum dinheiro, mas não aqui; ele me dará quando eu estiver no balneário. Sua confiança não chega a tanto — disse, sorrindo. Depois acrescentou: — O que acham?

Cristián não respondeu uma palavra, mas Echeverría sabia que eu iria com ele: também tinha vontade de pintar, mas não um muro, e sim uma janela, uma janela ampla, não azul, mas branca: eu a untaria primeiro, depois daria uma ou duas demãos de fixação, a massa, a lixa, até que a palma da mão não sentisse na madeira nenhuma aspereza, e finalmente estenderia sobre ela uma, duas, três camadas de alvaiade. Brilharia de longe e eu saberia quem a havia pintado.

No entanto, Cristián não sentia o mesmo; as portas e janelas só lhe despertavam sensações de tédio e talvez de ódio: eram algo que tinha de ser aberto contra a vontade das pessoas que estavam atrás delas, e não de uma forma boa, mas forçando ou quebrando-as, expondo-se, para isso, a encontrar ou receber algo muito mais desagradável do que o que buscava. Naquela mesma noite, desapareceu. Uma ou duas quadras antes de chegarmos ao cortiço, percebemos que ele não estava atrás de nós. Sempre, à noite, ele marchava por último, com a cabeça baixa, as mãos nos bolsos rasgados, entregue à tarefa de adivinhar, mais do que ver, o lugar onde podia pôr seus passos, o piso das calçadas não se destacava pelo bom estado ou regularidade: degraus, buracos, mudanças — aqui era de terra, ali de ladrilhos, mais além de asfalto; aqui afundava, ali se levantava, aqui sobressaía o toco de um antigo farol a gás, mais além se abria uma fenda. Alfonso perguntou:

— O que aconteceu com ele?

— Não sei — respondi —; estava ouvindo seus passos e, de repente, parei de ouvi-los. Como o chão era de terra, não me surpreendi.

— Vamos voltar — me pediu.

Voltamos e revistamos, passo a passo, a rua, seus locais ermos, às vezes fechados com velhas chapas de zinco, os cantos úmidos e fedorentos, as encostas que davam para as quebradas, as quebradas em si, e finalmente entramos em dois bares: ele não estava em lugar algum. A rua, além disso, tinha conexões com outras ruas e becos, caminhos e atalhos que levavam a todos os lugares. Era impossível percorrer tudo — teríamos acabado percorrendo todos os morros de Valparaíso —, e o Filósofo disse novamente:

— Vamos voltar.

— Será que ele voltou para o porto? — insinuei.

— Talvez — respondeu —, mas lá é mais difícil encontrá-lo.

Voltamos a percorrer a rua.

— Ele deve ter se sentido mal — insisti.

Echeverría balançou a cabeça:

— Ele teria dito algo.

Ficou em silêncio por um momento. Depois perguntou:

— O que você acha que aconteceu?

Encolhi os ombros:

— Não sei. Deve ter ido ver alguém.

Ele negou novamente com a cabeça.

— Não. Não tem ninguém a quem ir ver, ou melhor, tem, mas eles não querem vê-lo; sim, os ladrões. Sair, não digo para roubar, mas simplesmente para passear com Cristián, não é algo que agrade a eles, e ele sabe disso muito bem. Os ladrões fogem daquele que já foi preso muitas vezes ou que falhou em muitos golpes. Eles agem como os comerciantes com seus companheiros falidos. Não. O que acontece é outra coisa. — Ele ficou em silêncio. Depois recomeçou: — O que acontece é outra coisa. Cristián não quer sair de Valparaíso e não quer trabalhar, não quer aprender a fazer isso, não porque ache que lhe faltam forças, mas porque suspeita que isso exigiria um esforço mental que ele não quer fazer, que ele não pode fazer, ou que acho que ele não é capaz de fazer.

Ele parou e me olhou. Estávamos sob um poste de iluminação: uma lâmpada elétrica emitia uma fraca luz sobre nós. Seu rosto expressava preocupação e tristeza.

— Mas o que pode fazer?! — exclamou. — O que pode fazer? Ele está no último degrau, na boca da sarjeta; mais abaixo não há nada, nem mesmo a mendicância; Cristián não poderia ser mendigo, não poderia pedir nada, preferiria morrer de fome antes de fazer isso. Ele tem algo, uma dureza, uma altivez, quase uma dignidade, que o impede de aceitar qualquer coisa que ele não sinta que pode aceitar sem que isso o rebaixe diante do conceito que tem de si mesmo, não no sentido de ladrão, não no sentido de ser social (ele não entende dessas coisas), mas no sentido de homem, porque Cristián tem um conceito do homem, um conceito de si mesmo, melhor dizendo, que talvez não seja senão algo inconsciente, que talvez nem sequer seja conceito, pois isso parece implicar inteligência, discernimento ao menos, mas que é algo e algo que vale, pelo menos para mim. Ele odeia a piedade, talvez porque não saiba o que é ou porque suspeita que não eleva, mas mantém o homem na sua miséria. Muitas vezes suspeitei que, em muitos indivíduos desta terra, sobretudo nas camadas mais baixas, sobrevive de forma violenta o caráter do antepassado indígena, não do indígena livre, mas do que perdeu sua liberdade; ou seja, conservam a atitude daquele: silenciosos, antissociais, relutantes ao trabalho, relutantes à submissão: não querem se entregar, e entregar-se, para quê? Para ser escravos. Vale a pena? Há gente que os odeia, sim, há gente que os odeia, mas os odeia por isso, porque não se entregam, porque não servem. Devo te dizer que os admiro, e os admiro porque não necessito deles: não preciso que trabalhem para mim, que me sirvam, que me obedeçam. Outras pessoas se queixam deles, embora não os odeiem. Esquecem que o homem que domina o outro de alguma forma, porque é mais inteligente, porque é mais rico, porque tem poder ou porque é mais forte, não deve esperar que o homem que se sente dominado atinja algum dia qualquer um dos seus níveis. Ele os atingirá ou tentará atingi-los apenas quando não se sentir mais dominado ou quando perceber e entender que aquele que o domina, mesmo contra sua vontade (porque é mais inteligente, por exemplo), quer levantá-lo para fazê-lo um homem perfeito e não um servo perfeito. Deveria se aproximar deles como um pai ou um irmão se aproxima do filho ou irmão que ama, mas onde estão os senhores, os governantes ou os bandidos dispostos a se esquecer do seu dinheiro, do seu poder ou da sua força? Sem contar que não são os mais inteligentes... Quando um caráter assim, rebelde, se dá em um indivíduo de outra condição social, em um homem ao qual não se poderia, de forma alguma, obrigar a servir ninguém, as pessoas o admiram: quando se dá em pobres-diabos, eles o odeiam. Não se pode ter esse caráter e ser um pobre-diabo: o pobre-diabo deve ser manso, submisso, obediente, trabalhador; em uma palavra, deve ser um pobre-diabo total. Mas não sei se isso é um fenômeno da terra; acho que não: esses homens existem em todos os lugares. Cristián sabe que, se tivesse se mostrado submisso nas delegacias, não teriam batido nele; mas ele não quis ser, não pôde ser: preferiu os socos e os tapas a ser um servo ou um idiota. Isso tem valor, Aniceto.

Calou-se e suspirou. Continuamos andando. Ele falou de novo:

— Sim. O que pode fazer?

Não me ocorreu o que responder. O que Cristián poderia fazer? Roubar, nada mais, ou seja, tentar, enfrentando o que poderia lhe acontecer. Ele preferia isso a qualquer outra coisa. Além disso, o mesmo faziam inúmeros homens: foi o que fez meu pai, o que faz o Filósofo, o que faziam os que atravessavam à noite a cordilheira, e estes e aqueles e muitos mais, heróis sem grandeza e sem uniforme, heróis malvestidos e sem passaporte.

O Filósofo falou de novo:

— Eu sabia que algo ia acontecer e me preparava para a luta, mas o adversário me tira do caminho e prefere outra, muito pior do que a que eu lhe ofereço. Você já viu algo mais absurdo?

Defendi Cristián:

— Ele conhece essa outra luta e a prefere.

— Pior que pior.

— Para você, não para ele. Ponha-se no lugar dele e verá que ele tem razão.

— Bom, talvez seja verdade.

Não havia mais o que falar, e não falamos; deveríamos esperar o que acontecesse. Alfonso pensava em Cristián; eu deixei Cristián de lado e lembrei de meu pai: durante muitos anos ele soubera quantas joias havia ali, como eram e onde estavam, como se deveria entrar na casa e como se deveria sair, qual distância era necessário percorrer, desde a porta da casa até o móvel onde estavam guardadas: mais ainda, ele guardava em um estojo especial as chaves que deveria usar no momento em que decidisse roubá-las; mas ele não se decidia: esperava o último momento, o momento em que não lhe restasse outro caminho. De tempos em tempos ele visitava a casa e experimentava as chaves: nada mudava, as fechaduras eram as mesmas. Conhecia os hábitos do dono daquelas joias, a hora em que ele se levantava e a hora em que se recolhia. Outro espanhol, ladrão também, condenado a Ushuaia por uma grande quantidade de anos, confiara-lhe o assunto. Meu pai entrou como criado na casa — sua condição de galego o ajudou nisso — e estudou tudo, sem roubar nada. Era fácil fazê-lo e preferiu esperar: as joias não sairiam dali. Eram sua reserva. O dono era um homem já idoso, sedentário, e também dono da casa onde morava. E um dia chegou o momento: minha mãe morreu e Aniceto Hevia ficou sozinho com seus quatro filhos. Ele não poderia mais se mover com a liberdade de antes e deveria se cuidar: ser preso significava abandonar seus filhos, os quais não podia confiar a ninguém. Foi. Mas o dono também morreu por esses dias, talvez no mesmo dia em que minha mãe morreu, e os herdeiros já estavam na casa. Meu pai forçou a porta e entrou. Um dos herdeiros o encontrou quando ele estava saindo. Às vezes, o que o homem acredita que vai salvá-lo acaba matando-o.

Echeverría e eu ficamos sentados à mesa por um longo tempo, uma hora, duas, três, esperando: eu lia uma velha revista. Alfonso meditava e ouvia; de repente se levantava, ia até a porta, abria e olhava para o escuro pátio do cortiço: voltava.

— Não pretendo mudar seu caráter — disse, ao voltar de uma de suas idas. — O que quero é que ele viva. E não me importaria a mínima o que ele faz ou o que quer fazer se fosse outro homem, um homem de quem eu soubesse que vai fazer bem o que, bem ou mal, ele quer fazer, tenta fazer, roubar, organizar uma greve ou descobrir a Passagem do Noroeste[40]. Para tudo são necessárias condições, para tudo, por mais diferente que seja o que um ou outro fazem. Mas Cristián não as tem, pior, para o que menos tem é para o que quer fazer, para o que eu suponho, com toda certeza, que ele quer fazer.

Eu o ouvia. Meu pai tinha condições, no entanto...

Ficamos em silêncio e eu me deitei, cansado da tensão; adormeci. Depois senti que o Filósofo se deitava também, suspirando. Voltei a adormecer e acordei ao ouvir alguém abrindo a porta com cuidado, sim, embora não tanto a ponto de as dobradiças não soltarem um pequeno rangido. Nos endireitamos na cama; uma figura de homem apareceu no vão da porta: era Cristián.

Alfonso perguntou, apesar de tudo:

— É você, Cristián?

Cristián deixou escapar um murmúrio que poderia signifi-

---

40 **PASSAGEM DO NOROESTE:** Rota marítima que interliga o Pacífico e o Atlântico pelo norte do Canadá e do Alasca, no extremo setentrional do continente americano. Depois de vários séculos de tentativas fracassadas, em 1906 o explorador norueguês Roald Amundsen conseguiu percorrê-la por completo.

car várias coisas, mas que nos bastou: era ele e estava ali. Nos deitamos novamente e ficamos em silêncio. Echeverría não fez outra pergunta. Cristián fechou a porta, avançou pesadamente, procurou a mesa e a cadeira e se sentou. Ali ficou, sem falar e sem se mover, e assim permaneceu o resto da noite, sem dar mais sinais de sua presença que uns escarros que de vez em quando lançava contra o chão.

Amanheceu lentamente, e à medida que a luz do dia entrava no quarto, pude ver melhor Cristián: ele estava sentado à mesa, com as costas voltadas para nós, os cotovelos na superfície da mesinha, o rosto apoiado nas mãos. Ele parecia dormir, tão imóvel estava. Continuava, no entanto, escarrando de vez em quando. Por que tanto? Não era seu costume fazer isso com tanta frequência. Eu me levantei sobre um cotovelo e olhei para o chão: entre seus pés, humildemente calçados, havia uma mancha escura, larga, salpicada aqui e ali de outras menores, esbranquiçadas. Toquei com o cotovelo em Alfonso, que virou a cabeça e me olhou, perguntando com um gesto da cabeça o que estava acontecendo. Apontei para a mancha: talvez Cristián estivesse ferido; aquilo era sangue. Echeverría olhou com atenção e estranheza, soltou algo como um resmungo e se levantou rapidamente, vestindo-se com uma agilidade incomum para ele. Ele foi até a porta, abriu-a e se dirigiu a Cristián. Pôs uma mão sobre o ombro dele e disse:

— Ei.

Cristián deu um pulo, mas não levantou a cabeça.

— O quê? — grunhiu.

Alfonso perguntou:

— Você está ferido?

Cristián deu de ombros e não respondeu.

Alfonso insistiu:

— Responda.

— Não tenho nada — disse, finalmente.

— E esse sangue?

Ele deu de ombros novamente.

— É a boca — disse.

— Você não tem mais nada?

— Nada.

Echeverría vacilou.

— Levante a cabeça — disse, tentando dar à sua voz um tom carinhoso.

Cristián se recusou.

— Deixc-me em paz.

Echeverría estendeu o braço e tocou sua cabeça. Cristián, com um movimento rápido e áspero, se levantou parcialmente na cadeira e gritou com violência:

— Deixe-me, eu disse!

Lentamente voltou a se sentar. Alfonso permaneceu em silêncio ao lado da mesa: ele tinha visto o rosto de Cristián. Enquanto isso, tentando fazer o mínimo de movimentos, eu me levantei e saí para o pátio para me lavar. Um momento depois, Alfonso se juntou a mim. Olhou-me e me disse, em resposta:

— Ele está com a cara como se tivessem dançado em cima dele. — Ficou em silêncio e depois acrescentou: — Temos que fazer algo, e não me ocorre o quê. Ele não vai deixar que toquemos nele, e também não podemos deixá-lo assim.

Instantes depois, enquanto se lavava, teve uma ideia:

— Vamos pedir ajuda à sra. Esperanza.

A sra. Esperanza era nossa vizinha, a mulher de mestre Jacinto. Antes de sair para El Membrillo, Alfonso foi até ela. A senhora, de pé na porta de seu quarto, escutou atentamente e disse:

— Não se preocupe, vizinho: farei com muito prazer. Vá tranquilo e me traga o que você disse.

Ela parecia, como sempre, limpa, bem-arrumada, morena, recém-lavada e penteada. Um pequeno avental branco lhe chegava até a metade da saia. Era uma mulher que parecia um bibelô. Nos despedimos e ela disse:

— Vou lá antes que os meninos acordem.

Esperamos. A mulher bateu na porta e não obteve resposta. Então, abriu e disse:

— Bom dia, vizinho.

Sua voz soou estranha naquele quarto, com uma doçura e clareza incomuns ali. Ela também não obteve resposta, e insistiu, agora de forma decidida, entrando no quarto:

— Vizinho, posso ajudar em algo?

Sua voz alcançou uma ternura comovente. Ouviu-se um tipo de rugido e imediatamente uma lamentação aguda e como borbulhante: Cristián chorava. Um dos filhos da sra. Esperanza respondeu no quarto vizinho, também começando a chorar. Fomos embora.

— Certamente — disse Alfonso, e este foi seu único comentário —, é a primeira vez que alguém fala com Cristián dessa forma.

Trabalhamos mais que nunca e, ao meio-dia, depois de vender o metal a dom Pepe, o Filósofo me avisou.

— Vou até o quarto deixar umas coisas para Cristián. Se quiser me espere, senão almoce sozinho. Tome.

Ele me deu umas moedas, mas eu não quis almoçar sozinho e o esperei, sentado no mesmo lugar em que Cristián costumava nos esperar, rodeado de poças de urina e montes de estrume de cavalo. Não me importavam o estrume nem a urina; sentia que, de um jeito ou de outro, mesmo só acompanhando, ajudava Alfonso em sua luta, e isso me agradava. Ele voltou logo e fomos para El Porvenir, aquele restaurante de terceira classe, com seu garçom derrotado e o dono com cara de destiladora[41].

Sentamo-nos e pedimos o almoço.

— Ele está mais tranquilo — me explicou Echeverría —; mas vai precisar de vários dias. — Ficou em silêncio e falou de novo: — É curioso. Eu lhe falei ontem sobre a luta que eu teria com Cristián... bem, luta em sentido figurado... e lhe disse que Cristián a evitava e procurava outra. Ele falhou na outra e não tem mais escolha senão me enfrentar, ou melhor, ele tem que

41 DESTILADORA: Filtro usado para purificar a água da chuva. Consiste em uma vasilha de tamanho considerável feita de pedra-pomes, que permite a passagem da água, mas não das impurezas. A "cara de destiladora" era, portanto, um rosto inexpressivo, como de pedra.

se enfrentar a si mesmo, pois na verdade a luta não é comigo, é com ele mesmo. Não posso me alegrar por ele ter sido espancado; mas posso me alegrar por ele ter falhado, esse fracasso trabalha a meu favor... De todo modo, temos que esperar.

Esperamos. Por fim, uma noite, depois de vários dias, o Filósofo, enquanto estávamos em nosso quarto, disse:

— O contratante me pressiona e eu dei minha palavra de que iremos fazer esse trabalho. Hoje é quinta-feira. O que vocês acham de irmos no sábado? Chegaríamos lá na segunda ou terça.

Ninguém respondeu, e Alfonso perguntou então:

— O que você diz, Aniceto?

— Vamos quando você quiser — respondi.

Ele virou a cabeça para Cristián, que nos dava as costas, e, fazendo um esforço, perguntou:

— E você, Cristián?

Demorou um pouco para responder.

— Não sei.

Alfonso acrescentou:

— De qualquer forma, vamos no sábado.

Amanheceu um dia sombrio. Alfonso e eu nos levantamos bem cedo, saímos para o pátio para nos lavar e voltamos ao quarto: Cristián também já tinha levantado. Ficamos os três por um momento em silêncio. O Filósofo deu uma olhada ao redor do quarto, pegou o cobertor, fez um embrulho e o meteu debaixo do braço: não ocupava muito espaço. Saímos de novo para o pátio, que estava vazio, e partimos, mas partimos só Alfonso e eu: Cristián ficou de pé diante da porta do quarto, com o olhar distante. Olhei de soslaio: seus olhos estavam sombrios, ainda arroxeados pelos golpes, e seu rosto tinha uma expressão de desconforto, quase de angústia. Eu o vi ao partir. Quando, depois de dar alguns passos, quis olhar para trás e vê-lo mais uma vez, Alfonso me advertiu:

— Não olhe e não se apresse.

Descemos passo a passo e cada um desses passos era para nós mais e mais doloroso. Achei, por um momento, que o Filósofo se deteria e voltaria para Cristián, mas não o fez. Aquilo, no entanto, logo terminaria: vinte passos mais e chegaríamos ao ponto onde o caminho descia abruptamente, ali perderíamos Cristián e o cortiço de vista. O grito nos alcançou ali:

— Me esperem!

Era um grito rouco, como de desgarramento.

Paramos. Cristián avançou em nossa direção.

Quando ele se juntou a nós, recomeçamos a marcha.

FIM

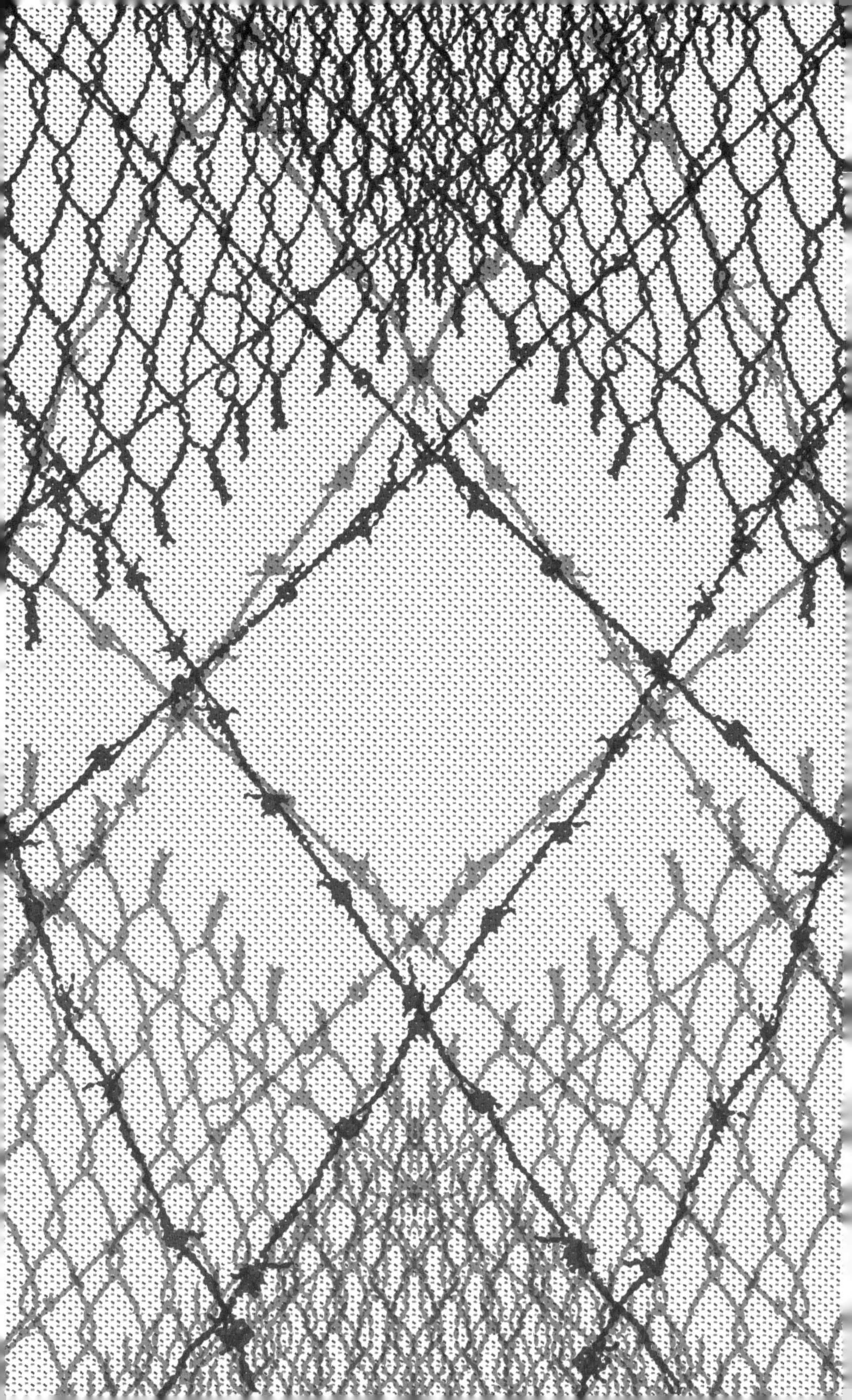

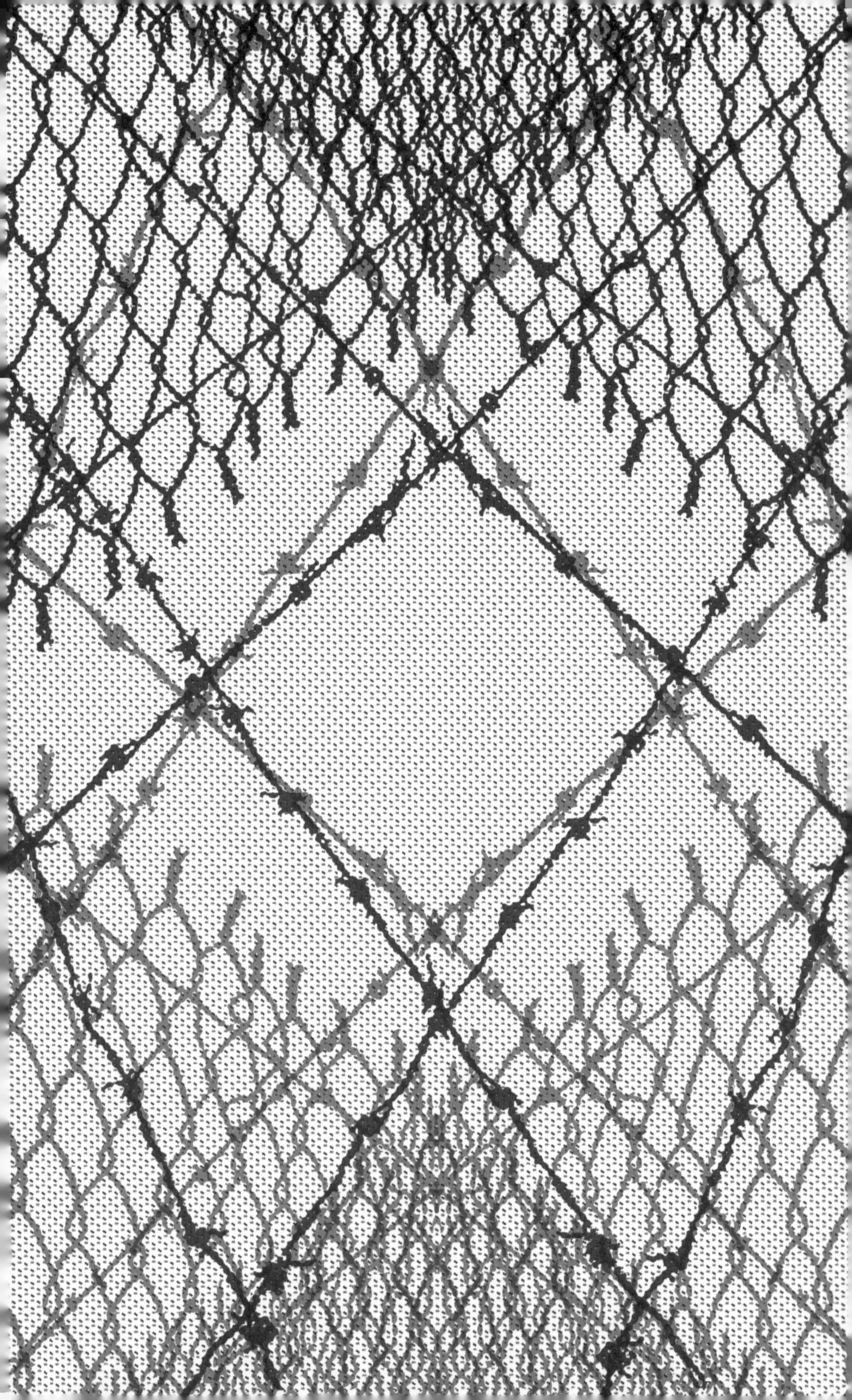

POSFÁCIO

DE JOVEM ANARQUISTA A HOMEM DE ESQUERDAS: UMA ANÁLISE BIOGRÁFICA, POLÍTICA E LITERÁRIA DE MANUEL ROJAS[1]

Pablo Fuentes Retamal[2]

> "Pero él no es nadie [...] no es un teórico del anarquismo ni de nada, es sólo un joven hambriento a quien le gustan ciertas cosas, leer, oír, conversar, divagar, caminar..."
> — MANUEL ROJAS, *Sombras contra el muro*

INTRODUÇÃO

A escritura de Manuel Rojas é um discurso que representa os "sujetos más desvalidos y despreciados de la sociedad"[3] (Jerez, pg. 31). O compromisso do autor com os setores populares encontra antecedentes em três marcos biográficos: sua origem

1 Este artigo tem como origem a tese de doutorado *Detalles que parecen no tener importancia. Un análisis del pormenor en la tetralogía narrativa de Manuel Rojas* (2016) e integra a pesquisa que o autor realizou no âmbito do seminário *Literatura Universal em Língua Espanhola* na Faculdade de Artes e Humanidades da Universidade de Concepción (Chile).

2 Autor chileno. Professor de Língua Espanhola formado pela Universidade de Santiago do Chile. Mestre em Literatura Latino-Americana e Chilena pela mesma universidade. Doutor em Literatura Latino-Americana pela Universidade de Concepción. Também realizou pesquisa de pós-doutorado na mesma universidade.

3 "sujeitos mais desvalidos e desprezados da sociedade"

nos arrabaldes *bonaerenses*[4], seu vínculo com o *bajo pueblo*[5] e sua filiação anarquista. A crítica literária tem enfatizado a militância política do autor, aspecto utilizado para explicar categorias tão diversas como as decisões de vida do escritor, a construção de seus personagens, o lugar que seus relatos ocupam na literatura chilena, entre outros aspectos. Nesse sentido, Ignacio Álvarez (2012) observa que os estudos literários ensinam que Rojas deve ser lido como um autor anarquista, próximo ao anarquismo, superficialmente anarquista — e outras variações semelhantes (pg.112).

As perspectivas críticas que valorizam a obra rojiana a partir da militância ácrata de seu autor sustentam suas leituras em *Viaje al país de los profetas* (1969), pontualmente naquele fragmento em que Rojas afirma o seguinte: "tengo una formación ideológica socialista, más bien dicho, una formación anarquista, formación que no he dejado nunca, por más que las circunstancias de la vida y de mi vida me hayan reducido al solitario trabajo de escritor"[6] (pg. 17).

De fato, Manuel Rojas atuou como militante nas fileiras do anarquismo; no entanto, essa filiação não constitui um traço imutável da identidade política do autor, tampouco é um atributo capaz de articular toda a sua produção artística. Sem dúvidas, o jovem Manuel Rojas, de dezesseis anos, que redigia proclamas reivindicatórias (1912), difere daquele homem maduro, de setenta e cinco anos, que escreveu *La oscura vida radiante* (1971). Esta afirmação pode parecer óbvia, no entanto consideramos que a crítica literária e alguns leitores mais

4 Manuel Rojas destaca sua origem proletária em *Imágenes de infancia y adolescencia* (1985). O autor evidencia nesse texto autobiográfico sua procedência popular: "Nací en una casa de la calle Combate de los Pozos, al sur de la ciudad (Buenos Aires). Es un barrio proletario, un poco abandonado, como todo lo proletario" (pg. 5).

5 A ascendência de Manuel Rojas justifica a representação do *bajo pueblo* em sua obra. O escritor afirma que sua produção literária representa "hombres sin pasado ni futuro, eternos al parecer, alcohólicos, ignorantes, sin ninguna noción de otro mundo que no fuese el suyo [...] una clase de seres que en cierto modo pertenecían a mi clase y a la de mis antepasados" (Rojas, *Imágenes*, pg. 27).

6 "tenho uma formação ideológica socialista, ou melhor dizendo, uma formação anarquista, formação que nunca abandonei, por mais que as circunstâncias da vida e da minha vida tenham me reduzido ao solitário trabalho de escritor".

entusiastas do autor concebem na filiação libertária de Rojas um atributo estático e incólume às mutações do tempo. Em sentido contrário, nos parece indispensável sublinhar que Manuel Rojas foi um escritor complexo, heteróclito e contraditório, aberto a múltiplos devires.

O propósito deste artigo é responder a essas imprecisões por meio de um estudo biográfico do autor em diálogo com sua produção literária. Esses elementos de análise permitem esboçar o devir político e social de Manuel Rojas. Consideramos que nosso trabalho projeta uma imagem do autor que inaugura novas instâncias de diálogo, oferecendo materiais de discussão que expandem as fronteiras dos estudos rojianos.

MANUEL ROJAS: DE JOVEM ANARQUISTA A HOMEM DE ESQUERDAS

O marco reflexivo que orienta nossa análise encontra sua gênese no texto "Efraín Plaza Olmedo", publicado por Manuel Rojas em 1912 na revista *La Batalla*. Um jovem escritor, de apenas dezesseis anos, expressou nessa proclamação sua inconformidade diante da sentença que condenou Plaza Olmedo a "cuarenta años de presidio"[7] (Vicuña, pg. 98).

Recordemos que Efraín Plaza Olmedo foi um jovem ácrata do século passado, nascido no seio da aristocracia chilena. Passou a maior parte de sua vida em um palacete familiar situado na rua Dieciocho, em Santiago. O advogado Carlos Vicuña (2002) relata que esse jovem, em 1895, aos dez anos de idade, teve seu primeiro contato com a pobreza e a carência ao observar a situação em que viviam seus vizinhos:

> Montado sobre la muralla que dividía ambas casas, Efraín Plaza Olmedo comenzó a entregarles diariamente a sus vecinos el pan y la leche que robaba desde la despensa de su hogar. Ya en su época adulta Pla-

7 "quarenta anos de prisão".

> za Olmedo, a pesar de su origen aristócrata, decidió hacerse panadero pues consideraba que esta era "la industria más noble"[8] (p. 98).

O inverno de 1912 foi especialmente rigoroso em Santiago, o que evidenciou profundas desigualdades sociais. Enquanto a burguesia circulava alegremente vestida com casacos e estolas, a classe proletária tremia de frio e doença. Esse panorama desconcertou o jovem Plaza Olmedo, que disparou seu revólver, em forma de protesto, contra uma multidão aglomerada na rua Huérfanos. Tal ato custou a vida de um aristocrata de sobrenome Guzmán e de Carlos Consolín, um empregado de classe média. Como já mencionado, essa ação resultou numa dura sentença para Plaza Olmedo, veredicto que um jovem Manuel Rojas reprovou veementemente.

Tremalk Naik[9] foi o pseudônimo que nosso autor utilizou para manifestar seu descontentamento diante do julgamento[10] que condenou Plaza Olmedo, praticamente por toda a vida:

> Cayó. Pero su caída equivalió a triunfo. Gritó en contra de las injusticias sociales y su grito repercutió en los horizontes [...] su estremado [sic.] amor para los de abajo prevaleció y su odio para los de arriba explotó, rabioso por la negra boca de su revólver [...]. Quizás ahogarán en sangre sus palabras, pero su figura y su jesto [sic.] quedarán impunes grabados en el corazón de las multitudes hambrientas [...]. ¡Hermano! Te lla-

8 "Montado sobre o muro que separava ambas as casas, Efraín Plaza Olmedo começou a entregar diariamente a seus vizinhos o pão e o leite que furtava da despensa de seu lar. Já na vida adulta, Plaza Olmedo, a despeito de sua origem aristocrática, decidiu tornar-se padeiro, pois considerava que essa era "a mais nobre das indústrias""

9 Tremalk Naik é um personagem do romance *Devastaciones de los piratas* (1896), de Emilio Salgari. Esse relato é significativo para Manuel Rojas, pois foi o primeiro livro que comprou, ainda menino, com seus próprios recursos. Em *Imágenes de infancia y adolescencia*, o autor descreve as vicissitudes e privações que teve de enfrentar para adquirir esse romance (pg. 94 e ss.).

10 Para conhecer em detalhe as implicações de Efraín Plaza Olmedo na narrativa de Manuel Rojas, veja-se meu artigo: "Sombras contra el muro: tras el rescate y vindicación del acervo cultural ácrata de comienzos del siglo XX" (2012).

man asesino los idiotas nosotros te llamamos justiciero [...] ¡Salud al precursor![11] (pg. 2-3).

Esse mártir anarquista, vindicado por um jovem Manuel Rojas, será mencionado décadas depois em *Sombras contra el muro* (1964). Esse romance, escrito por Rojas aos sessenta e oito anos, evidencia reparos quanto ao ato de Plaza Olmedo:

> Un anarquista que mate a un verdugo, al responsable de una masacre, llámese Silva Renard[12] en Chile, Falcón[13] en Argentina, Canalejas[14] en España, Perico los Palotes en otra parte, pase, además arriesgan su vida y su libertad, son como apóstoles, apóstoles de la sangre, es cierto; pero matar a un empleado de banco, a un policía, a un cliente, sólo con el pretexto de robar, ya no me gusta tanto. Plaza Olmedo mató a un joven que no conocía sólo porque deseaba manifestar su disconformidad con la justicia y la moral burguesa; eso me parece absurdo: pudo matar a su madre; disparó al bulto[15] (pg. 172-173).

---

11 "Caiu. Mas sua queda equivaleu a um triunfo. Gritou contra as injustiças sociais e seu grito repercutiu pelos horizontes [...] seu extremecido [sic] amor pelos de baixo prevaleceu e seu ódio pelos de cima explodiu, furioso, pela negra boca de seu revólver [...]. Talvez afoguem em sangue suas palavras, mas sua figura e seu jesto [sic] permanecerão impunes, gravados no coração das multidões famintas [...]. Irmão! Os idiotas te chamam de assassino — nós te chamamos de justiceiro [...] Saudações ao precursor!"

12 Refere-se ao Comandante Roberto Silva Renard, responsável pelo massacre cometido em 21 de dezembro de 1907 na Escola Santa María de Iquique (Chile).

13 Ramón Falcón, apelidado de "sacerdote da disciplina" (Bayer, pg. 73), foi político, militar e policial argentino que reprimiu com mão de ferro as manifestações operárias no início do século XX. Entre as vítimas de Falcón encontra-se o célebre anarquista ucraniano Simón Radowitzky. Para conhecer as implicações desse mártir ácrata na escrita de Manuel Rojas, veja-se meu artigo: "Tetralogía narrativa de Manuel Rojas: tras el rescate y vindicación del acervo cultural ácrata de comienzos del siglo XX" (2015).

14 José Canalejas foi político espanhol militante do partido liberal. Preocupou-se em reprimir a sublevação republicana de 1911 e a greve ferroviária de 1921. Canalejas morreu ao ser alvejado por um anarquista.

15 Um anarquista que mata um carrasco, o responsável por um massacre, chame-se ele Silva Renard no Chile, Falcón na Argentina, Canalejas na Espanha, ou Perico los Palotes em qualquer outro lugar, vá lá — além disso, eles arriscam a vida e a liberdade, são como apóstolos, apóstolos do sangue, é verdade; mas matar

O que Manuel Rojas afirmou na adolescência, em contraste com o que declarou na idade adulta sobre um mesmo assunto, evidencia um deslocamento no sentimento político do escritor. Essa impugnação torna-se evidente quando Aniceto Hevia, o alter ego de Rojas (Espinoza, pg. 17), condena a violência e suas implicações em *Sombras contra el muro*: "matar a un empleado de banco, a un policía, a un cliente, sólo con el pretexto de robar, ya no me gusta tanto"[16] (pg. 173).

Seguindo Wayne Booth (1983) em suas reflexões sobre o autor implícito, Manuel Rojas não constrói um protagonista ideal e impessoal, mas uma versão tácita de "si mesmo". Desse modo, Aniceto Hevia é uma projeção de Rojas[17], já que, por mais impessoal que pretenda ser o protagonista, o leitor constrói esse agente literário a partir da imagem que o autor projeta de si (Booth, pg. 70). Em consequência, a desaprovação de Aniceto Hevia quanto ao ato de violência cometido por Plaza Olmedo reflete o afastamento de Manuel Rojas em relação àquelas posturas ácratas que validavam a violência.

Essa impugnação à violência encontra eco na biografia do autor. Manuel Rojas menciona, em *Antología autobiográfica* (1962), um episódio conflituoso de sua juventude que, à luz dos anos, lhe causa receio e desconforto. Após haver cruzado a pé a cordilheira dos Andes, o escritor estabeleceu vínculos com alguns anarquistas que empregavam a violência como meio para alcançar a redenção social:

---

um funcionário de banco, um policial, um cliente, apenas sob o pretexto de roubar, isso já não me agrada tanto. Plaza Olmedo matou um jovem que não conhecia apenas para manifestar sua inconformidade com a justiça e a moral burguesas; isso me parece absurdo: poderia ter matado a própria mãe; atirou a esmo.

16 "matar um funcionário de banco, um policial, um cliente, apenas sob o pretexto de roubar, já não me agrada tanto"

17 Manuel Rojas indica, em sua *História breve de la Literatura Chilena* (1964), o componente autobiográfico de sua obra narrativa. Nesse sentido, o autor afirma que as páginas de *Filho de ladrão* reúnem "cinquenta ou quarenta por cento" de suas vivências pessoais (158).

> Algunos de los jóvenes anarquistas que conocí decidieron convertirse en pistoleros y apaches, al estilo de Bonnott y de Garnier – anarquistas franceses que se dedicaron a asaltar bancos para propagar esas ideas –, y sin querer, pero aun, temiéndolo, me vi metido en vastos proyectos de robos de automóviles.
>
> [...]
>
> El azar, la necesidad de ganarme la vida en forma inmediata y el deseo de vagar me libraron de tomar parte en la realización de algunos de estos proyectos[18] (pg. 20).

La oscura vida radiante oferece alguns trechos valiosos para nossa reflexão. O narrador divaga[19], no oitavo capítulo, sobre os estudantes e suas atividades no exercício revolucionário. Nesse contexto, é citado o seguinte verso do "Himno de los estudiantes americanos"[20]: "juventud, juventud, soplo eterno de eterna ilusión"[21] (Rojas, *La oscura*, pg. 305). O narrador incorpora ao verso citado as seguintes palavras: "torbellino, ilusión, todo pasajero"[22] (pg. 305). Essa adição dá novo sentido à citação do poema "Estudiantes", de André Spire[23], que havia sido mencionada alguns parágrafos antes:

18 "Alguns dos jovens anarquistas que conheci decidiram tornar-se pistoleiros e apaches, à maneira de Bonnot e Garnier — anarquistas franceses que se dedicavam a assaltar bancos como forma de propagar essas ideias —, e sem querer, embora, já temendo, me vi envolvido em vastos projetos de roubo de automóveis. [...] O acaso, a necessidade de ganhar a vida de forma imediata e o desejo de sair me livraram de tomar parte na execução de alguns desses projetos."

19 Ignacio Valente propõe que *La oscura vida radiante* (2007) possui certa maturidade sem alcançar a sustância e a intensidade de *Filho de ladrão*. Nesse sentido, os episódios do romance "parecen algo desarmados al carecer de una estructura argumental que organice el relato" (pg. 20). Essas dificuldades narrativas se contextualizam nas divagações permanentes do narrador, de modo que o leitor pode saltar dez ou cinquenta páginas sem maiores consequências.

20 Obra do escritor argentino Manuel Gálvez (1882–1962) e do músico chileno Enrique Soro Barriga (1884–1954).

21 "juventude, juventude, sopro eterno de eterna ilusão"

22 "turbilhão, ilusão, tudo passageiro"

23 Escritor e poeta francês (1868–1966).

> Obrero, ¿te acuerdas de los estudiantes? [...] ¡Cuántas esperanzas pusimos en aquellas valientes muchachas, en la violencia de sus tesis en el calor de sus gritos! ¡Soñaban con lucha de clases, derechos al trabajo, mejoras de jornal, emancipación de su sexo, amor libre! [...] Obrero, las he visto; las ví con sus maridos, tus patrones. Llevaban vestidos de moda y al pagar hacían regateos sórdidos. Revientan de trabajo a sus criadas Y dicen: ¡Quieren aumento de sueldo, qué robo![24] (pg. 304).

O narrador de *La oscura vida radiante* dialoga com esses fragmentos ao descrever o devir político da juventude chilena. Segundo sua reflexão, os jovens se declaram em rebeldia enquanto cursam os estudos; no entanto, com o passar dos anos, esses mesmos jovens tornam-se disciplinados e se aburguesam, para então usufruir dos privilégios que o poder oferece: "Hoy soy ingeniero de puentes o ferrocarriles, médico especializado en proctología, arquitecto del Ministerio de Obras Públicas, sección proyectos; dentista, agrónomo o burócrata de buena renta, diputado o senador"[25] (Rojas, *La oscura*, pg. 305). Esse enquadramento reflexivo justifica a percepção do narrador ao afirmar que os estudantes são efêmeros no exercício da revolução: "llegan, hablan o gritan durante un tiempo y después se van"[26] (pg. 304). O corolário proposto pelo narrador para esse processo de aburguesamento é o seguinte: "«el que no es anarquista a los veinte años, es un idiota» -dice el Sancho nacional-, «pero el que lo sigue siendo a los cuarenta, es un huevón», cualquier clase de huevón"[27] (pg. 305).

---

24 "Operário, lembras-te dos estudantes? [...] Quantas esperanças depositamos naquelas jovens valentes, na veemência de suas teses, no ardor de seus gritos! Sonhavam com luta de classes, direito ao trabalho, aumento de salário, emancipação de seu sexo, amor livre! [...] Operário, eu as vi; vi-as com seus maridos, teus patrões. Vestiam-se conforme a moda e, ao pagar, pechinchavam de maneira sórdida. Exploravam suas criadas e diziam: Querem aumento de salário? Que roubo!".

25 "Hoje sou engenheiro de pontes ou ferrovias, médico especializado em proctologia, arquiteto do Ministério de Obras Públicas, seção projetos; dentista, agrônomo ou burocrata com bom salário, deputado ou senador".

26 "chegam, falam ou gritam por um tempo e depois vão embora".

27 "«quem não é anarquista aos vinte anos, é um idiota» — diz o Sancho nacional —, «mas quem continua sendo aos quarenta, é um otário», qualquer tipo de otário"

Os fragmentos citados refletem a maturidade intelectual de Rojas. Àquela altura, o autor já possuía a lucidez necessária para compreender que as subjetividades transitam por múltiplos devires, sendo inadequadas as categorizações rígidas e imutáveis. Dessa forma, aquele estudante revolucionário que se tornou pequeno-burguês não é condenado pelo discurso rojiano — suas contradições são apenas expostas, com certo matiz irônico. Consideramos que a paródia é um recurso estético que permite ao narrador conciliar incongruências ou incompatibilidades, sublinhando que todas as identidades — inclusive a subjetividade de Manuel Rojas — são altamente móveis, mutáveis e abertas à contradição.

O seguinte fragmento de *Pasé por México un día* (1964) dialoga com o exposto aqui, pois Manuel Rojas alude, nesse diário de viagens, sem ressentimento nem rancor, àqueles anarquistas espanhóis que abandonaram a acracia para beneficiar-se das oportunidades financeiras oferecidas por aquela nação: "Dicen aquí que los anarquistas españoles se han dedicado en México a hacerse millonarios, cosa que me parece bien; bastantes años habrán sido pobres; lo terrible sería que adquiriesen mentalidad de nuevos ricos"[28] (pg. 179).

Em conformidade com a tolerância e o respeito promovidos pelo discurso rojiano, não deve causar surpresa a simpatia de Manuel Rojas pelo Partido Socialista do Chile. Os primeiros indícios que vinculam o autor a essa ideologia encontram-se em "Palabras inútiles", texto publicado por Rojas no jornal *Célula*[29], em sua edição de junho a setembro de 1932. O escritor explica, nos parágrafos finais desse artigo, o que entende por Socialismo:

> El Socialismo, más que una doctrina económica, más que un sistema social, es un sentimiento moral, una especie de sentimiento religioso, basado en el amor al prójimo y en el deseo del bienestar colectivo. Y siendo así, es im-

28 "Dizem aqui que os anarquistas espanhóis se dedicaram, no México, a se tornarem milionários, o que me parece justo; pobres já devem ter sido por muitos anos; o terrível seria se adquirissem a mentalidade de novos-ricos".

29 Manuel Rojas desempenhou funções de coeditor nesse período.

> posible construirlo con elementos que sean extraños a su composición moral, que no estén de acuerdo con la base que en el espíritu del hombre tiene, que no esté de acuerdo con su finalidad de amor y fraternidad[30] (apud Soria, *Palabras*, pg. 135).

A explicação para essas palavras encontra-se na data de publicação do referido artigo, ou seja, após o término da agitação ocorrida no contexto da República Socialista. Recordemos que esse episódio político teve breve duração: iniciou-se em 4 de junho de 1932 e foi encerrado, à força, em 13 de setembro do mesmo ano. Esse projeto reuniu jovens socialistas liderados pelo advogado Eugenio Matte e militares leais ao Coronel Marmaduke Grove. Esses setores se aglutinaram em torno da figura de Carlos Dávila para exigir a renúncia do presidente Juan Esteban Montero (1931–1932). Segundo Jorge Grove[31] (1933), a República Socialista foi uma experiência que buscou "representar el mejor baluarte de todo un pueblo que sabe exteriorizar y comprender el alto significado y sano espíritu que anima el sentimiento de fraternidad humana"[32] (pg. 4). Analisar os alcances e matizes desse período excede os propósitos deste artigo; no entanto, suas implicações contextualizam as circunstâncias históricas em que Manuel Rojas forjou sua simpatia pelo Socialismo.

O léxico empregado por Rojas em "Palabras inútiles" para definir o Socialismo é interessante. Os termos utilizados pelo autor revelam certo tom místico. Por exemplo, ele afirma que por trás dessa doutrina subjaz um "sentimiento religioso, basa-

---

30 "O Socialismo, mais do que uma doutrina econômica, mais do que um sistema social, é um sentimento moral, uma espécie de sentimento religioso, baseado no amor ao próximo e no desejo do bem-estar coletivo. E sendo assim, é impossível construí-lo com elementos que sejam estranhos à sua composição moral, que não estejam de acordo com a base que ele possui no espírito humano, que não estejam em consonância com sua finalidade de amor e fraternidade."

31 Irmão de Marmaduke Grove.

32 "representar a melhor trincheira de todo um povo que sabe exteriorizar e compreender o elevado significado e o espírito sadio que anima o sentimento de fraternidade humana".

do en el amor al prójimo y en el deseo del bienestar colectivo"[33] (apud Soria, pg. 135). O diálogo estabelecido entre Socialismo e Cristianismo no artigo de Rojas remete a um discurso de Marmaduke Grove, ideólogo da República Socialista: "Hace 200 años, Jesucristo prometió una vida mejor [...]. Nosotros no sólo la prometemos, sino que de una buena vez proporcionaremos una vida mejor. [...] Chile establecerá una República Socialista que será seguida por otros países latinoamericanos"[34] (apud Drake, pg. 59).

À luz dos fatos, consideramos que a figura de Marmaduke Grove foi especialmente atrativa para nosso escritor. Possivelmente, essa identificação lançou as sementes do socialismo em Manuel Rojas. Essa fascinação é evidenciada nas palavras que Rojas dedicou aos ideólogos da República Socialista, no momento em que esses homens marchavam rumo ao exílio político — líderes que Manuel Rojas considerava "vaticinadores de algo grande":

> Miro y veo, a lo lejos, cinco hombres[35] que marchan al destierro. No hay piedad para ellos, no existe la piedad en política [...] ¿Qué hicieron esos hombres y los que con ellos trabajaron? Anunciaron el advenimiento de algo grande, de algo que ellos, impedidos por los intereses ajenos, por el miedo ajeno, por los rencores y por la incapacidad total del país, no podían realizar[36] (apud Soria, *Palabras*, pg. 134).

---

33 "sentimento religioso, baseado no amor ao próximo e no desejo do bem-estar coletivo".

34 "Há 200 anos, Jesus Cristo prometeu uma vida melhor [...]. Nós não apenas a prometemos, como de uma vez por todas proporcionaremos uma vida melhor. [...] O Chile estabelecerá uma República Socialista que será seguida por outros países latino-americanos".

35 Refere-se ao Coronel Marmaduke Grove, ao doutor Jorge Grove, ao advogado Eugenio Hurtado, ao Tenente Carlos Charlín e ao Major Carlos Millán. Esses líderes rebeldes foram confinados na Ilha de Páscoa.

36 "Olho e percebo, ao longe, cinco homens que marcham para o exílio. Não há piedade para eles, não existe piedade na política [...] O que fizeram esses homens e os que com eles trabalharam? Anunciaram o advento de algo grandioso, de algo que eles, impedidos pelos interesses alheios, pelo medo alheio, pelos rancores e pela total incapacidade do país, não puderam realizar".

A afinidade de Rojas com o Socialismo resultou, dezenove anos mais tarde, em uma militância efetiva no Partido Socialista. O autor referiu-se a esse vínculo militante em uma entrevista concedida a Antonio Avaria:

> *Usted siempre ha mantenido una clara e independiente posición de izquierda. ¿Nunca le interesaron los partidos políticos?* —Jorge Jobet me llevó una vez al Partido Socialista e integré una de sus células culturales. Renuncié a los pocos meses, porque el Partido apoyó la candidatura presidencial de Carlos Ibáñez[37] (Avaria, pg. 43).

O crítico José Miguel Varas abordou a militância socialista de Manuel Rojas no prólogo da *Antología autobiográfica* (2008). O crítico literário afirma o seguinte:

> En 1951, después de muchas dudas (Manuel Rojas), resolvió ingresar al Partido Socialista. Lo recibieron con gran entusiasmo y le encomendaron tareas de divulgación cultural. Al día siguiente, la dirección del Partido decidió apoyar al ex dictador Carlos Ibáñez en la elección presidencial de 1952. Manuel Rojas envió de inmediato una carta de renuncia. "Breve y seca"[38] (pg. 11).

Julianne Clark, terceira esposa de Manuel Rojas, referiu-se em suas memórias à militância socialista do marido. A senhora Clark (2007) recorda que o presidente Salvador Allende, durante um jantar do Partido Socialista, comentou alguns detalhes da militância de "Manolo":

---

37 *"O senhor sempre manteve uma posição clara e independente de esquerda. Nunca teve interesse por partidos políticos?* — Jorge Jobet me levou certa vez ao Partido Socialista e integrei uma de suas células culturais. Renunciei poucos meses depois, porque o Partido apoiou a candidatura presidencial de Carlos Ibáñez."

38 "Em 1951, após muitas dúvidas, Manuel Rojas decidiu ingressar no Partido Socialista. Foi recebido com grande entusiasmo e lhe atribuíram tarefas de divulgação cultural. No dia seguinte, a direção do Partido decidiu apoiar o ex-ditador Carlos Ibáñez na eleição presidencial de 1952. Manuel Rojas enviou imediatamente uma carta de renúncia. "Breve e seca"."

> Recuerdo en particular que asistimos a una cena de adhesión que hubo en Santiago, organizada por el Partido Socialista, donde por supuesto estaba Salvador Allende. Muchos años antes, según me contó él mismo, Manolo fue miembro de ese Partido por una semana, hasta que se anunció la candidatura de González Videla, "movida" supuestamente a ensanchar las bases, pero causó que Manolo devolviera su tarjeta y se retirara[39] (pg. 138-139).

Apesar das contradições nas informações, é possível comprovar que Manuel Rojas militou no Partido Socialista. O tempo em que o autor permaneceu nas fileiras dessa agremiação política permanece incerto: alguns meses, segundo o próprio Rojas; um dia, de acordo com Varas; uma semana, segundo o testemunho de Clark e Allende. Tampouco conhecemos com precisão as circunstâncias que motivaram sua deserção do Partido Socialista; talvez o rompimento tenha ocorrido pelo apoio de seus camaradas à candidatura de Ibáñez; possivelmente, pela simpatia que despertaram no Partido as aspirações de González Videla. Apesar dessas ambiguidades, podemos afirmar que Manuel Rojas, no pleno exercício de suas convicções político-sociais, foi militante pelo Partido Socialista do Chile.

O que expusemos até aqui confere especial relevância a uma entrevista concedida por Manuel Rojas à revista *Vea*, em junho de 1957. O título dessa entrevista é revelador, pois incorpora o prefixo "Ex" ao referir-se à militância do autor, ou seja, anuncia que o vínculo ácrata de Rojas pertence ao passado: "*Ex anarquista, lanchero, pintor de brocha gorda, peón de cam-*

39 "Lembro em particular que comparecemos a um jantar de adesão realizado em Santiago, organizado pelo Partido Socialista, no qual, naturalmente, estava presente Salvador Allende. Muitos anos antes, segundo me contou ele mesmo, Manolo foi membro desse Partido por uma semana, até que foi anunciada a candidatura de González Videla, uma "manobra" supostamente destinada a ampliar as bases, mas que levou Manolo a devolver sua carteira de filiação e se retirar".

po, consueta y arriero, recibió el Premio Nacional de Literatura"[40] (apud Fuenzalida, pg. 60). Manuel Rojas refere-se, nessa entrevista, aos seus antecedentes libertários. Chama atenção o fato de o autor empregar o pretérito imperfeito ao mencionar seus vínculos com a acracia, ou seja, um tempo verbal que designa ações desenvolvidas no passado:

> *¿Cómo tomó sus primeros contactos con la literatura?* — Yo era anarquista, como tan escribía artículos en La Batalla, un periódico anarquista de Buenos Aires[41] (pg. 62).

Em última instância, as motivações de Manuel Rojas, aos cinquenta e cinco anos, para abandonar as fileiras do anarquismo e inscrever seu nome nos registros do Partido Socialista não são certas. Essa questão se torna ainda mais complexa quando consideramos um texto publicado pelo escritor José González Vera (1951). Amigo íntimo de Rojas, e também adepto do credo anarquista na juventude, González Vera acusa o socialismo de adormecer o proletariado com migalhas, retardando assim seu despertar social:

> En Chile todos los partidos son esencialmente capitalistas y no pueden desear ni propiciar jamás ninguna ventaja fundamental para el pueblo. [...] Los partidos socialistas del mundo [...] han hecho algo, ha sido contribuir al exterminio de las iniciativas populares; engañar al pueblo con reformas que nunca cambian enteramente una situación y retardan la emancipación del proletariado [...]. Siempre los partidos socialistas han hecho de almohadones entre el capitalismo y los trabajadores. Mientras el proletariado acepte intermediarios, se haga representar y transe, tendrá menos pan del que necesita y menos comodidades de las que ha menester; pero cuando comprenda que su

---

40 "Ex-anarquista, barqueiro, pintor de parede, peão de campo, ponto de teatro e tropeiro, recebeu o Prêmio Nacional de Literatura".

41 "*Como se deu o seu primeiro contato com a literatura?* — Eu era anarquista, por isso escrevia artigos para *La Batalla*, um jornal anarquista de Buenos Aires".

> salvación está en lo que por sí mismo pueda hacer, entonces sentirá que sus ataduras no son tan sólidas[42] (apud Soria, *La formación*, pg. 38-41).

A militância socialista de Manuel Rojas remete a um episódio semelhante na vida do escritor González Vera. Este autor menciona que seu pai, ao descobrir sua filiação ácrata, recomendou-lhe que abandonasse imediatamente esses circuitos rebeldes e se filiasse ao Partido Socialista: "Al salir de la adolescencia le confesé [a mi padre] que yo era anarquista, le desagradó. Venía de vuelta y hubiese preferido que fuera socialista, porque en un partido, aseguró, una persona asciende. Estaba derrotado y aunque parecía no estimarme, a su modo me deseaba mi bien"[43] (pg. 55).

A militância socialista de Manuel Rojas encontra um correlato em sua produção literária. Recordemos que a citação é um recurso frequentemente utilizado na prosa rojiana, de modo que *La oscura vida radiante* incorpora referências bibliográficas alinhadas a essa ideologia. O narrador menciona, no primeiro capítulo do romance, Robert Owen, um socialista inglês descrito nos seguintes termos: "el fundador del socialismo [...] que no predicaba la lucha de clases, sino la fraternidad humana"[44] (pg. 35). O narrador menciona alguns projetos liderados por esse teórico socialista, destacando os benefícios

---

42 "No Chile, todos os partidos são essencialmente capitalistas e jamais poderão desejar ou promover qualquer vantagem fundamental para o povo. [...] Os partidos socialistas do mundo [...] se fizeram algo, foi contribuir para o extermínio das iniciativas populares; enganar o povo com reformas que nunca alteram inteiramente uma situação, e retardam a emancipação do proletariado [...]. Sempre os partidos socialistas atuaram como almofadas entre o capitalismo e os trabalhadores. Enquanto o proletariado aceitar intermediários, se deixar representar e negociar, terá menos pão do que necessita e menos conforto do que carece; mas quando compreender que sua salvação está naquilo que for capaz de fazer por si mesmo, então perceberá que suas amarras não são tão sólidas".

43 "Ao sair da adolescência, confessei [a meu pai] que eu era anarquista — isso lhe desagradou. Já vinha de volta e teria preferido que eu fosse socialista, porque em um partido, garantiu ele, uma pessoa ascende. Estava derrotado e, embora não parecesse me estimar, à sua maneira desejava o meu bem".

44 "o fundador do socialismo [...] que não pregava a luta de classes, mas sim a fraternidade humana".

de suas iniciativas: "dirigía [Roberto Owen] una fábrica de hilados de algodón en New Lanark, con quinientos obreros que recibió borrachos y andrajosos y que convirtió en seres responsables de sí mismos y de su trabajo"[45] (pg. 35). Parágrafos adiante, o narrador concede a palavra a um de seus personagens para que esclareça o que se entende por "Socialismo": "preguntando sobre qué es el socialismo, respondió: «El sistema racional de sociedad fundado sobre la naturaleza»; nadie entendió nada, y muchos, gracias a esa definición tan vaga, se sintieron vagamente socialistas"[46] (pg. 35).

A formulação referida pelo personagem, destacada entre aspas pelo narrador, foi extraída das propostas teóricas de Robert Owen, que, preocupado com as condições de vida da classe operária, colocou em prática iniciativas de trabalho e redistribuição de riquezas. Segundo os fundamentos de Robert Owen, a Bondade é inerente à condição humana, mas um ambiente social adverso impede sua manifestação. Assim, melhorar as condições de vida do proletariado facilitaria a irrupção da Bondade no seio da humanidade (Touchard, pg. 425).

Robert Owen aplicou esses princípios em seus ateliês e fábricas, promovendo melhorias salariais, garantindo moradias dignas aos operários, promovendo sua instrução, entre outras ações. De acordo com essas propostas, somente o Socialismo — entendido como "o sistema racional de sociedade" — pode derrubar as desigualdades sociais sem fomentar a luta de classes. Os frutos desse sistema esgotariam "la fuente del egoísmo y del espíritu de rivalidad [...] pues a nadie debe interesar ser malo, cuando se tiene, anticipadamente, una parte de beneficio igual que los demás"[47] (apud

45 "dirigia [Roberto Owen] uma fábrica de fiação de algodão em New Lanark, com quinhentos operários que recebeu bêbados e esfarrapados, e que converteu em seres responsáveis por si mesmos e por seu trabalho".

46 "perguntado sobre o que é o socialismo, respondeu: <<O sistema racional de sociedade fundado sobre a natureza>>; ninguém entendeu nada, e muitos, graças a essa definição tão vaga, se sentiram vagamente socialistas".

47 "a fonte do egoísmo e do espírito de rivalidade [...] pois a ninguém interessará ser mal, quando se possui, antecipadamente, uma parte do benefício igual à dos demais".

García, pg. 269). Conforme Jean Touchard, em *Historia de las ideias políticas* (2010), a proposta de Owen jamais foi popular; no entanto, sustenta duas noções fundamentais: em primeiro lugar, que "la sociedad puede ser reformada a partir de una comunidad ejemplar"[48] (pg. 425); e, em segundo, que "la reforma social es independiente de la acción política y de la toma del poder"[49] (pg. 425).

Consideramos proveitoso contrastar os recursos de citação empregados em *La oscura vida radiante* com as fontes que Rojas incorporou em *Lanchas en la bahía*, seu primeiro romance, publicado em 1932. Os parágrafos finais desse relato descrevem Eugenio, o protagonista, entrando em seu quarto para ler um livro cuja capa exibe o rosto de um homem barbudo. O personagem abre o volume que segura nas mãos e lê as seguintes linhas: "El pueblo sufre y pregunta: «¿Qué hacer para salir del atolladero?»"[50] (*Lanchas*, pg. 99).

As palavras de Eugenio, colocadas entre aspas pelo narrador, pertencem ao russo Piotr Kropotkin — o homem barbudo que figurava na capa do livro. Esse teórico ácrata escreveu tais linhas no terceiro capítulo de *La conquista del pan* (1900). À pergunta "O que fazer para sair do atoleiro?", Kropotkin responde da seguinte maneira: "reconocer y proclamar que cada cual tiene, ante todo, el derecho de vivir; y que la sociedad debe repartir entre todo el mundo, sin excepción, los medios de existencia de que dispone"[51] (pg. 24–25).

A citação mencionada em *Lanchas en la bahía*, em contraste com as fontes citadas em *La oscura vida radiante*, indica que esse procedimento analítico é adequado para estudar o devir político de nosso autor. Provavelmente, Rojas, em sua juventude, foi bastante rigoroso ao compor sua biblioteca exclusivamente com textos de cunho anarquista.

48 "a sociedade pode ser reformada a partir de uma comunidade exemplar".

49 "a reforma social é independente da ação política e da tomada do poder".

50 "O povo sofre e pergunta: <<O que fazer para sair do atoleiro?>>".

51 "reconhecer e proclamar que cada um tem, antes de tudo, o direito de viver; e que a sociedade deve repartir entre todos, sem exceção, os meios de existência de que dispõe".

Mais tarde, essa exclusividade cedeu espaço a uma abertura ideológica que ampliou as fronteiras político-culturais do escritor. Nesse sentido, seria proveitosa uma investigação que identificasse todas as citações utilizadas por Rojas em sua produção escrita. A partir dessas referências, seria possível cartografar o devir político e escritural do autor. Uma tarefa árdua e complexa, mas capaz de precisar, com exatidão, a biografia intelectual do escritor.

Ao revisarmos a produção literária menos estudada de Manuel Rojas, identificamos uma passagem de A pé pelo Chile (1967) que oferece informações relevantes para este artigo. O autor anota, nesse diário de viagens[52], no capítulo "O queltehue", publicado originalmente em 1942, uma descrição autobiográfica peculiar: "Mientras camino por una de las aceras de la calle donde vivo, oigo a mis espaldas un grito de un pájaro que me deja como con el alma detenida. Por un instante me desoriento y no sé si camino por la calle de un barrio burgués o por una de esas solitarias playas que amo"[53] (*A pie*, pg. 111).

Essa pormenorização é desconcertante, pois, como já foi dito, sempre que se pensa em Manuel Rojas, o imaginário remete aos arrabaldes, aos cortiços e às populações operárias. Inevitavelmente, surgem algumas perguntas: em que momento o autor ascendeu aos setores mais abastados da sociedade santiaguina? Essa ascensão social se manifesta em sua escrita? Por que essa informação raramente é mencionada nos estudos rojianos?

Para explicar o ascenso social de Manuel Rojas, é necessário contextualizar um episódio de sua biografia. Em 1942, Rojas celebrou seu primeiro aniversário de casamento com

---

52 Um dos maiores passatempos de Manuel Rojas eram as caminhadas pelos Andes. Durante essas jornadas, o autor conseguia conciliar seus interesses: "pensar y sentir mientras hago algo, en este caso, caminar por las montañas y las playas" (*A pie*, pg. 5).

53 "Enquanto caminho por uma das calçadas da rua onde moro, ouço às minhas costas o grito de um pássaro que me deixa como com a alma suspensa. Por um instante me desoriento e não sei se caminho por uma rua de um bairro burguês ou por uma daquelas praias solitárias que tanto amo".

dona Valérie López Edwards, sua segunda esposa[54]. Essa união durou vinte anos. A partir desse casamento, Rojas abandona os extramuros da cidade e se instala em um bairro privilegiado de Santiago — uma zona abastada cuja valorização difere profundamente dos setores operários que o autor descreve em seus relatos. A rua Llewellyn Jones, na comuna de Providencia, a sete quilômetros a leste de sua primeira morada, acolheu o lar Rojas-López. Lembremos que o primeiro espaço habitado por nosso autor, ao chegar ao Chile com seus pais, foi um armazém "puesto a la diabla [...] en una de las esquinas de las calles Coquimbo y Nataniel"[55] (*Imágenes*, pg. 6). O casamento com a senhora López Edwards permitiu a Rojas vincular-se à elite santiaguina e conhecer, em primeira mão, os interesses e as pretensões dos segmentos privilegiados.

Em relação ao exposto anteriormente, Julianne Clark menciona uma anedota ocorrida em Seattle, no outono de 1961. Naquela ocasião, Manuel Rojas foi contratado, na condição de *Visiting Professor*, pela Universidade de Washington, para lecionar espanhol e literatura. A estudante Clark, em razão de sua baixa frequência às aulas, visitou o escritório do professor Rojas. O docente aproveitou a oportunidade para convidá-la a buscar guias e trabalhos pendentes em seu apartamento. Durante essa visita pedagógica, a jovem Clark conheceu dona Valérie López Edwards, esposa do professor Rojas, que, fazendo jus ao seu refinamento burguês, ordenou o seguinte:

> Fue durante esa visita cuando (el profesor Rojas) me mostró el departamento y me presentó a doña Valérie por primera vez, quien — cosa para mí insólita — se tendió en la cama y me dijo, "Vamos a fingir que yo estoy muerta, y tú nos vas a preparar de comer" [...]. Me di cuenta de que no lo decía en broma [...]

54 Manuel Rojas casou-se com Valérie López Edwards após permanecer viúvo por cinco anos. Sua primeira esposa, María Luisa Baeza, faleceu em 1936. Do matrimônio Rojas-Baeza nasceram três filhos: María Eugenia, Paz e Patricio. Em suas relações posteriores, Manuel Rojas não teve descendência.

55 "montado de qualquer jeito [...] numa das esquinas das ruas Coquimbo e Nataniel".

me sentía sumamente incómoda[56] (pg. 19).

Essa situação embaraçosa motivou uma anotação que Manuel Rojas registrou em *Pasé por México un día*. O autor escreveu, nesse diário de viagens, na segunda-feira do dia 2 de setembro de 1963, o seguinte:

> Cuanto estoy en Estados Unidos y recuerdo a la América española o latina, lo que más recuerdo es su pobreza. Una vez viví diez meses en Seattle, en el Estado de Washington, y llegó un momento en que hubiese dado hasta un dólar por ver una mosca; por un piojo habría dado tal vez hasta dos[57] (pg. 66).

Àquela altura, a pobreza latino-americana era apenas uma lembrança tênue e distante para Manuel Rojas. Essa recordação funciona como sinal do devir social do escritor. Embora a carência tenha sido um tema recorrente nas primeiras etapas de sua vida, com o passar dos anos essas necessidades foram superadas. A posição social de Rojas, naquele período, explica a sugestão que lhe foi feita por Emilio Rodríguez Mendoza. O autor de *La flecha en el arco* (1940) sugeriu que Rojas deixasse de escrever sobre os subúrbios para tornar-se o escritor das classes abastadas:

> Hace dos años, el escritor chileno Emilio Rodríguez Mendoza me dijo para qué perdía el tiempo describiendo pobres, cuando en Chile había una clase alta y una clase media que estaban pidiendo un escritor. Le contesté que no podría, ni quería cambiar lo que había sido y era: un hombre del suburbio[58] (Rojas, *Pasé por*, *pg.* 66).

---

56 Foi durante essa visita que (o professor Rojas) me mostrou o apartamento e me apresentou à dona Valérie pela primeira vez, que — algo insólito para mim — deitou-se na cama e me disse: "Vamos fingir que estou morta, e você vai nos preparar o almoço" [...]. Percebi que ela não estava brincando [...] senti-me extremamente desconfortável.

57 "Quando estou nos Estados Unidos e me lembro da América espanhola ou latina, o que mais me vem à mente é sua pobreza. Certa vez, vivi dez meses em Seattle, no estado de Washington, e chegou um momento em que eu daria até um dólar para ver uma mosca; por um piolho talvez desse até dois".

58 "Dois anos atrás, o escritor chileno Emilio Rodríguez Mendoza me perguntou por

A ascensão social e o devir político delineiam um Manuel Rojas muito distinto daquele adolescente anarquista que se ocultava sob um pseudônimo para escrever proclamas reivindicatórias. No entanto, apesar das ressalvas que discutimos ao longo deste artigo, consideramos que o fundamento proletário constitui um traço permanente em sua produção literária. Uma referência capaz de articular, de forma transversal, todas as temáticas que o autor aborda em seus relatos.

CONSIDERAÇÕES FINAIS

As palavras de encerramento deste trabalho surgem a propósito de uma situação vivida por Manuel Rojas durante sua visita a Jalisco, em 1963. O autor e sua esposa Julianne almoçaram, naquela ocasião, em um restaurante à beira-mar. Durante a refeição, Rojas avistou, ao longe, um rapaz faminto que chamou intensamente sua atenção. A figura daquele jovem esquálido interpelou sua memória, fazendo-o lembrar que, tempos atrás, ele próprio também havia sido um menino pobre e necessitado: : "Se quedan sólo dos (muchachos), y uno de ellos, moreno, de pelo negrísimo, delgado atrae mi atención. Se ve que es un muchacho pobre -ninguno de los dos ha ido a almorzar [...]-, y, no sé, por qué, encuentro que el muchacho se parece a mí, que tal vez yo fui como él en mi juventud"[59] (Rojas, *Pasé por*, pg. 281).

Essa anotação demonstra que Manuel Rojas tem plena consciência de seu devir. De fato, o autor já não é o rapaz faminto que atravessou a pé a cordilheira dos Andes em busca de oportunidades para sobreviver. Agora, Rojas é um escritor fundamental das letras chilenas, cuja subjetividade política, social e literária se transformou, acompanhando as múltiplas

---

que eu perdia tempo descrevendo pobres, quando no Chile havia uma classe alta e uma classe média que estavam esperando por um escritor. Respondi que não poderia nem queria mudar o que fui e que era: um homem do subúrbio".

59 "Ficam apenas dois [rapazes], e um deles, moreno, de cabelos muito negros, magro, atrai minha atenção. Nota-se que é um menino pobre — nenhum dos dois almoçou [...] — e, não sei por quê, acho que o rapaz se parece comigo, que talvez eu tenha sido como ele na juventude".

instâncias da vida por ele experienciadas.

Tradução de Paulo Lannes

REFERÊNCIAS BIBLIOGRÁFICAS

Álvarez, Ignacio. "El diagrama de un nuevo pacto. La oscura vida radiante de Manuel Rojas". Novela y nación en el siglo XX chileno: Ficción literaria e identidad. Santiago, Ediciones Universidad Alberto Hurtado, 2012, pp. 97-139.

Avaria, Antonio. "Entrevista con Manuel Rojas". *Árbol de letras*. Santiago, Universitaria, 1968, pp. 42-45.

Bayer, Osvaldo. *La Patagonia rebelde*. Coyhaique, F.U.R.I.A, 2009.

Booth, Wayne. *The Rhetoric of Fiction*. Chicago, Universidad de Chicago, 1983.

Clark, Julianne. *Y nunca te he de olvidar. Memorias de mi vida con Manuel Rojas*. Santiago, Catalonia, 2007.

Drake, Paul. *Socialismo y Populismo 1936-1973*. Valparaíso, Universidad de Valparaíso, 1992.

Espinoza, Enrique. *Manuel Rojas: narrador 1895-1973*. Santiago, Babel, 1976.

Fuentes, Pablo. "Sombras contra el muro de Manuel Rojas: tras la preservación y vindicación del acervo cultural ácrata de comienzos del siglo XX". *Literatura: teoría, historia, crítica*, no. 14, 2012, pp. 177-191.

___. "Tetralogía narrativa de Manuel Rojas: tras el rescate y vindicación del acervo cultural ácrata de comienzos del siglo XX". *Apuntes Universitarios*, no. 52015, pp. 79-102.

Fuenzalida, Daniel. "Ex anarquista, lanchero, pintor de brocha gorda, peón de campo, consueta y arriero, recibió el Premio Nacional de Literatura". *Conversaciones con Manuel Rojas. Entrevistas 1928-1972*. Santiago, Zig-Zag, 2012, pp. 60-67.

García, Flandín. "De los sistemas socialistas modernos". *Febrero ó librería de jueces abogados y escribanos*. Madrid: Imprenta y Librería de D. Ignacio Boix, 1852, pp. 266-280.

González Vera, José. *Cuando era muchacho*. Santiago, Nascimento, 1951.

Grove, Jorge. *Descorriendo el velo. Episodios de los doce días de la República Socialista*. Valparaíso Aurora de Chile, 1933.

Jerez, Fernando. "Manuel Rojas, al pasar". *Millatún*, no. 3, 1996, pp. 31-32.

Kropotkine, Priort. *La conquista del pan*. Valencia, Sempére, 1900.

Naik, Tremal. "Efraín Plaza Olmedo". *La Batalla* [Santiago, Chile]. 01 Nov. 1912, pp. 1-2.

Rojas, Manuel. *A pie por Chile*. Santiago, Editora Santiago, 1967.

___. *Antología autobiográfica*. Santiago, LOM, 2008.

___. *Historia breve de la literatura chilena*. Santiago, Zig-Zag, 1964.

___. *Imágenes de infancia y adolescencia*. Santiago, Zig-Zag, 1985.

___. *La oscura vida radiante*. Santiago, LOM, 2007.

___. *Lanchas en la bahía*. Santiago, Zig-Zag, 1932.

___. *Pasé por México un día*. Santiago, Zig-zag, 1965.

___. *Sombras contra el muro*. Santiago, Quimantú, 1973.

___. *Viaje al país de los profetas*. Buenos Aires, Zoplotorio, 1969.

Soria, Carmen. "La formación de un partido de clase". *Letras anarquistas. Artículos periodísticos y otros escritos inéditos*. Santiago, Planeta, 2005, pp. 38-41.

___. "Palabras inútiles". *Letras anarquistas. Artículos periodísticos y otros escritos inéditos*. Santiago, Planeta, 2005, pp. 133-135.

Touchard, Jean. *Historia de las ideas políticas*. Madrid, Tecnos, 2010.

Varas, José Miguel. "Manuel Rojas". *Antología autobiográfica*. Santiago, LOM, 2008, pp. 5-17.

Valente, Ignacio. "Una novela casi desconocida de Manuel Rojas". *El Mercurio* [Santiago, Chile]. 25 May. 2008, p. 20.

Vicuña, Carlos. *La tiranía en Chile. Libro escrito en el destierro en 1928*. Santiago, LOM, 2002.

Coleção Prosa Latino-americana

Originária do latim, a palavra *prosa* significa o discurso direto, livre por não ser sujeito à métricas e ritmos rígidos. Massaud Moisés a toma como a expressão de alguém que se dobra para fora de si e se interessa mais pelos outros "eus", pela realidade do mundo exterior. A prosa está no cotidiano, no rés do chão, nas vizinhas que conversam por cima do muro, nos parentes que plantam cadeiras nas calçadas para tomar ar fresco e ver a vida lá fora. Se ouvimos dois dedos de prosa, já sabemos que estamos em casa. Em "Las dos Américas", escrito em 1856, o poeta colombiano José María Torres Caicedo apresenta pela primeira vez a ideia de latino-americano ao falar de uma terra merecedora de futuro glorioso por conter "um povo que se proclama rei". Hoje o termo diz respeito a todo o território americano, exceto os Estados Unidos, abrangendo os 12 países da América do Sul, os 14 do Caribe, os 7 da América Central e 1 país da América do Norte. É a nossa casa. Dona de uma literatura rica pela diversidade, mas ainda com muitos títulos desconhecidos pelos leitores brasileiros, a prosa latino-americana vem composta pelos permanentes ideais de resistência, sendo possuidora de alto poder de contestação, dentro de uma realidade que insiste em isolá-la e esvaziá-la. Com esta coleção cumpre-se o objetivo de ampliar nosso acervo de literatura latino-americana, para corrermos e contemplarmos a casa por dentro, visitá-la em estâncias aconchegadas, de paredes sempre bem revestidas.

1. Dona Bárbara, de Rómulo Gallegos
2. O aniversário de Juan Ángel, de Mario Benedetti
3. A família do Comendador, de Juana Manso
4. Homens de Milho, de Miguel Ángel Asturias
5. Eu o Supremo, de Augusto Roa Bastos
6. Museu do romance da Eterna, de Macedonio Fernández
7. O Caudilho, de Jorge Guillermo Borges
8. Huasipungo, de Jorge Icaza
9. Sab, de Gertrudis Gómez de Avellaneda
10. Raça de bronze, de Alcides Arguedas
11. Avalovara, de Osman Lins
12. A semana das cores, de Elena Garro
13. O recurso do método, de Alejo Carpentier
14. Quão caro foi o açúcar?, de Cynthia McLeod
15. A morte de Artemio Cruz, de Carlos Fuentes
16. María, de Jorge Isaacs
17. Sobre heróis e tumbas, de Ernesto Sabato
18. Filho de ladrão, de Manuel Rojas

Obra editada en el marco del Programa de Apoyo a la Traducción para Editoriales Extranjeras de la División de las Culturas, las Artes, el Patrimonio y la Diplomacia Pública (DIRAC) de la Subsecretaría de Relaciones Exteriores de Chile.

Obra editada no âmbito do Programa de Apoio à Tradução para Editoras Estrangeiras da Divisão de Culturas, Artes, Patrimônio e Diplomacia Pública (DIRAC) da Subsecretaria de Relações Exteriores do Chile.

PATRONOS
DA PINARD

A publicação deste livro não seria possível sem o apoio dos patronos João Pedro de Almeida Ribeiro, Murilo Honório Monteiro e Túlio Côrrea Monteiro.

Grafia atualizada segundo o Acordo Ortográfico da Língua Portuguesa de 1990, que entrou em vigor no Brasil em 2009

EDIÇÃO
Igor Miranda e Paulo Lannes
TRADUÇÃO
Silvia Massimini Felix
PREPARAÇÃO
Vinicius Barbosa
REVISÃO
Paulo Lannes
POSFÁCIO
Pablo Fuentes Retamal
TRADUÇÃO DO POSFÁCIO
Paulo Lannes
ILUSTRAÇÕES
Rodrigo Corrêa
PROJETO GRÁFICO
E DIAGRAMAÇÃO
Luisa Zardo

DADOS INTERNACIONAIS DE
CATALOGAÇÃO NA PUBLICAÇÃO (CIP)

Rojas, Manuel
Filho de ladrão / Manuel Rojas ;
[ilustração Rodrigo Corrêa ;
tradução Silvia Massimini Felix].
-- 1. ed. -- São Paulo : Pinard, 2025.

Título original: *Hijo de ladrón*

ISBN 978-65-83919-02-1

1. Ficção chilena I. Corrêa, Rodrigo. II. Título.

25-289700 CDD-C863

Índices para catálogo sistemático:
1. Ficção : Literatura chilena C863
Eliane de Freitas Leite - Bibliotecária - CRB 8/8415

PINARD

contato@pinard.com.br
instagram - @pinard.livros

@pinard.livros

Impresso em agosto de 2025, logo após de o Chile sediar a cúpula "Democracia Sempre" com o objetivo promover uma posição compartilhada em favor do multilateralismo, da democracia e da cooperação global baseada na justiça social. Além do presidente chileno, o evento contou com a presença dos líderes do Brasil, Colômbia, Espanha e Uruguai.

Composto em
HK GOTHIC E DANTE

Impressão
GRÁFICA PALLOTTI

Papel
LUX CREAM 70g